P9-DMD-392

EN LA CIUDAD DE ORO Y PLATA

KENIZÉ MOURAD

EN LA CIUDAD DE ORO Y PLATA

Traducción de
Paz Pruneda Gonzálvez

Edición de
Encarna Castejón

ESPASA

ESPASA NARRATIVA

Título original: *Dans la ville d'or et d'argent*

Adaptación de cubierta: más!gráfica
Imágenes de cubierta:
panorama de Bara Imambara, Lucknow, India.
Fotografía de Samuel Bourne (1834-1912),
© Alinari / Roger-Viollet
y retrato © Steven J. Gelberg / Trevillion Images

Depósito legal: Na. 2.795 - 2010
ISBN: 978-84-670-3547-6

Espasa, en su deseo de mejorar sus publicaciones, agradecerá cualquier sugerencia que los lectores hagan al departamento editorial por correo electrónico: sugerencias@espasa.es

Impreso en España/Printed in Spain
Impresión: Rodesa, S. A.

Espasa Libros, S. L. U.
Paseo de Recoletos, 4
28001 Madrid
www.espasa.com

El papel utilizado para la impresión de este libro es cien por cien libre de cloro
y está calificado como **papel ecológico**

A mi tía,
la begum Wajid Khan.

«La begum de Awadh demuestra más sentido estratégico y valor que todos sus generales juntos».

THE TIMES, *1858*

«Las enseñanzas sobre la insurrección de 1857 son muy claras. A nadie le gusta que otro pueblo venga a conquistar su territorio, le prive de su tierra o le fuerce a adoptar mejores ideas bajo la amenaza de las armas. Los británicos descubrieron en 1857 algo que Estados Unidos todavía está aprendiendo: nada radicaliza más a un pueblo ni desestabiliza tanto al islam moderado como una intrusión agresiva».

WILLIAM DALRYMPLE

ADVERTENCIA

Los hechos históricos y los héroes de este relato son reales.

Esta epopeya se desarrolla en Awadh, un reino del norte de la India equivalente en su momento de apogeo al Uttar Pradesh actual, tan grande como la mitad de Francia.

Al tratarse de una novela, y no de una biografía, nos hemos permitido algunas libertades, procurando, en todo caso, respetar las características de la sociedad de la época*.

* Todas las citas señaladas con un asterisco son históricas.

Prólogo

En 1856, la Compañía Inglesa de las Indias Orientales gobierna en la India.

En menos de un siglo, esta asociación de mercaderes, que, como las Compañías francesa, holandesa o portuguesa, había obtenido el derecho a comerciar a partir de pequeños puestos costeros, comienza a inmiscuirse en las disputas entre los soberanos indios que proclamaron su independencia en el crepúsculo de poder del Imperio mogol. Les ofrece sus buenos oficios y sus tropas armadas a cambio de ilimitados derechos de comercio y de enormes retribuciones y se permite intervenciones cada vez más brutales en la política de los estados que se supone que debe proteger.

Muy pronto termina por controlar, directa o indirectamente, todos los estados de la India. Entre 1756 y 1856, y en nombre de la Corona británica, la Compañía se anexiona casi un centenar, lo que se correspondería con dos tercios de la superficie del país y las tres cuartas partes de su población. Los estados restantes —en la creencia de que es más eficaz no anexionarlos, sino dejarlos en manos de sus rendidos soberanos, dóciles por necesidad— están, en realidad, también bajo su dominio.

Es en estos primeros días de enero de 1856 cuando tiene lugar el caso del reino de Awadh[1], el más rico del norte de la India.

---

[1] En ocasiones escrito Oudh.

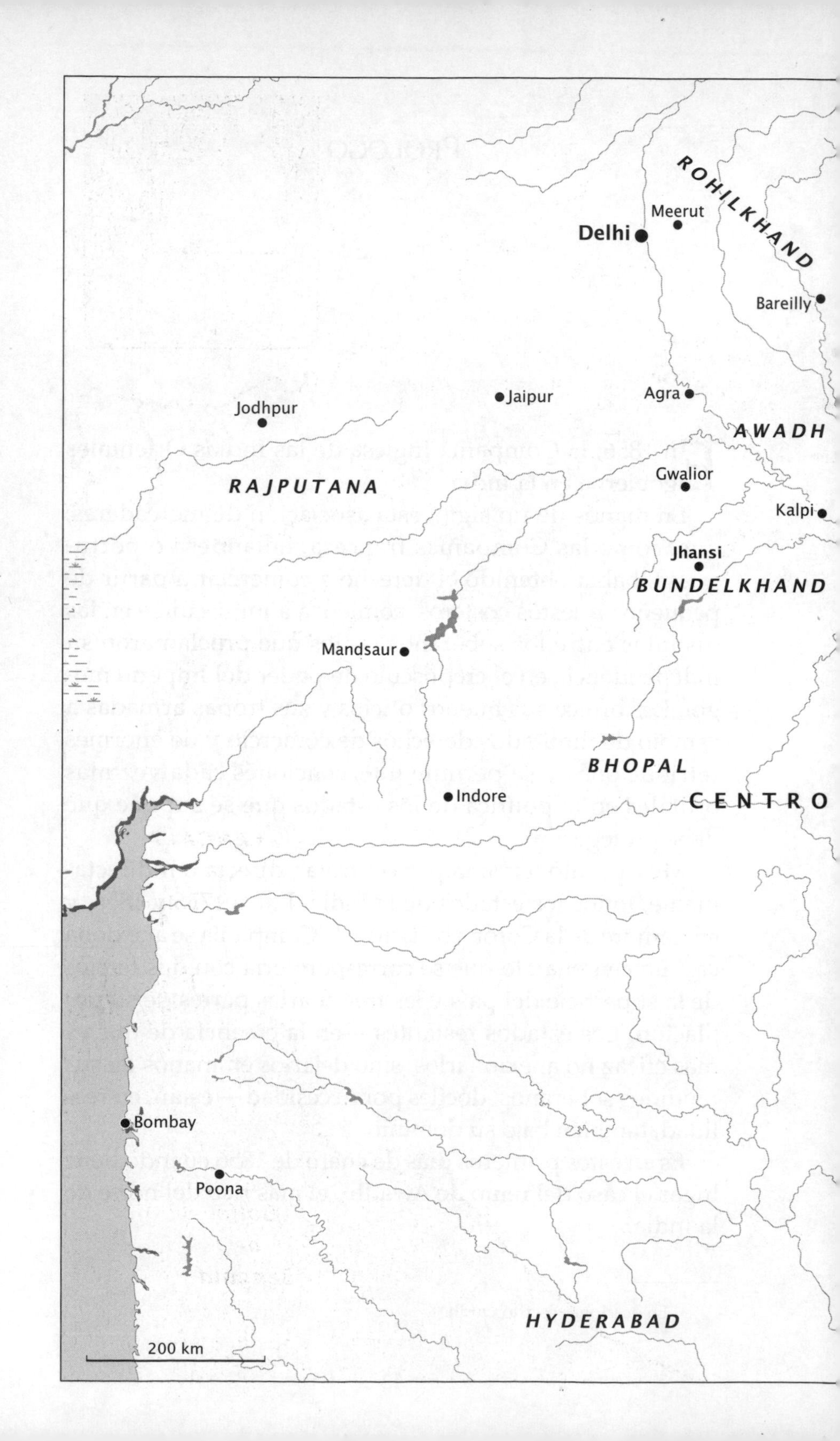

ROHILKHAND
Meerut
Delhi
Bareilly
Jodhpur
Jaipur
Agra
AWADH
RAJPUTANA
Gwalior
Kalpi
Jhansi
BUNDELKHAND
Mandsaur
BHOPAL
Indore
CENTRO
Bombay
Poona
HYDERABAD
200 km

CHINA
NEPAL
Shahjahanpur
Terai
Nanpara
Gumti
Bithauli
Baundi
Butwal
Katmandú
Mahmudabad
Bahraich
Chinhut
Nawabganj
Lucknow
Rapti
Fayzabad
Ghogra
Gorakhpur
Kanpur
Sultanpur
Ganges
Jumna
Allahabad
Benarés
Jagdishpur
BIHAR
DE LA INDIA
BENGALA
Calcuta
Golfo
de
Bengala

1

—¡Si hasta se ha atrevido a insultar al rey!

Malika Kishwar recorre furiosa su habitación, rodeada por su asustado séquito. Habitualmente dueña de sí misma, apenas consigue hablar, la indignación la ahoga. Cómo odia a esos *ingreses*[2]. Se comportan como si fueran los amos y, día tras día, humillan a su muy respetado soberano, su bienamado hijo. Ella, la primera dama del reino de Awadh, va a prohibirles a esos groseros... ¿Prohibirles? Rabiosa, se ha desembarazado de su *dupatta*[3], revelando su generosa figura, y una pequeña sirvienta se apresura a recogerlo. ¿Qué puede hacer? Ha tratado infinidad de veces de persuadir al rey para que se oponga a las exigencias cada vez mayores de sus «amigos y protectores», pero Wajid Alí Shah, pese a ser tan dulce, ha terminado por irritarse:

—Os ruego que no insistáis más sobre ese tema, mi muy honorable madre. La Compañía está tratando de encontrar cualquier pretexto para confiscar el estado; nosotros no debemos entregárselo, sino, por el contrario, comportarnos como aliados leales.

—¿Aliados leales? ¿Con esos traidores? —había estado a punto de replicar, pero la mirada del rey la había obligado a callar. Una mirada tan triste, tan desamparada que había comprendido que sería inútil, y sobre todo cruel, seguir insistiendo. Después de todo, ¿quién más, aparte de su hijo,

---

[2] *Ingrés/ingreses:* inglés / ingleses.

[3] Estola larga usada para disimular las formas.

está padeciendo la degradante situación a la que, durante años, le ha confinado el Residente, el representante de la poderosa Compañía Inglesa de las Indias Orientales y verdadero amo de un reino en el que él mismo no tiene de monarca más que el título? Una marioneta, en realidad, entre las manos de esa Compañía que, desde hace un siglo, se lleva apoderando, mediante presiones, amenazas y falsas promesas, de todos los estados soberanos, uno tras otro.

Aún no logra entender cómo han podido llegar a esto.

El pesado cortinón de la entrada de su habitación se abre: un eunuco, vestido con un *shalwar*[4] blanco y una larga túnica de terciopelo color ciruela, anuncia la llegada de la primera y de la segunda esposa de Su Majestad. Las dos hacen su entrada entre el murmullo de seda de su largas colas con sonrisa altanera y paso majestuoso. La tez clara atestigua la pureza de sus linajes. La primera esposa tiene cerca de treinta años, la segunda alguno menos, pero las formas abundantes de ambas, debido a la vida ociosa y al exceso de dulces, las ha envejecido prematuramente. Poco les importa: su posición está asegurada. Han dado a luz a un varón. Según las leyes de la zenana[5], tendrían que detestarse —en ese entorno cerrado, las luchas por el poder son despiadadas—, y, sin embargo, son amigas o, al menos, así lo dan a entender.

Malika Kishwar no se deja engañar. Admira la habilidad de su primera nuera: atarse a su rival demostrando un afecto solícito y exigente, sin dejarle un instante de libertad, prestarle sirvientes y eunucos que le informan hasta de sus palabras más nimias, persuadirla de que sus hijos no pueden vivir el uno sin el otro; en resumen, envolverla en la telaraña de su indefectible amor. ¿Qué mejor medida para impedirle conspirar? Frente a Alam Ara, la discreta Raunaq Ara no es rival. Sin embargo, como hija de un gran visir, ha sido du-

---

[4] Pantalón bombacho usado tanto por hombres como por mujeres.

[5] Harén. En la India, la separación entre hombres y mujeres, ya sean musulmanes o hindúes, se denomina *purdah*.

rante mucho tiempo la favorita de Wajid Alí Shah; pero, poco a poco, él se ha ido cansando, como se ha cansado, una tras otra, de todas las bellezas que adornan su palacio.

Después de haberse inclinado en un respetuoso *adab*[6] delante de la Rajmata[7], Alam Ara se yergue.

—¿Qué sucede, Houzour[8]? Los eunucos me han informado de que los *ingreses* se han excedido en su insolencia e incluso han amenazado a Su Majestad. ¡Debemos hacer algo!

Sus ojos echan chispas. Insultar a su amo y señor es como insultarla a ella, y la primera esposa, que se enorgullece de descender de una de las familias más nobles de Delhi, sufre cruelmente con esas constantes humillaciones.

Malika Kishwar deja escapar una sonrisa irónica: conoce la vanidad de su nuera, pero también sabe que, para acceder algún día al envidiado estatus de reina madre, nunca se arriesgará a mostrar un mal gesto contra los odiados amos.

—Id pues a ver a mi hijo, está muy afectado, ya conocéis su sensibilidad. Atendedlo. Intentar hacerle olvidar esta penosa escena manifestándole vuestro respeto y admiración es lo único que podéis hacer.

Y, con un ademán, las despide. No está de humor para escuchar sus quejas o pasarse interminables horas tramando maquinaciones. El peligro se acerca, puede sentirlo; debe consultar a su astrólogo.

~

Un sirviente ha indicado a las dos esposas que el rey se encuentra en el *parikhana,* la casa de las hadas, en el corazón del parque de Kaisarbagh.

---

[6] Fórmula cortés de saludo entre los musulmanes: se llevan la mano a la frente inclinándose todo lo posible según el respeto que se quiera mostrar. La civilización de Adab floreció en Lucknow, conocido como el centro de los modales más refinados de toda la India.

[7] Reina madre.

[8] Vuestra Majestad, Vuestra Gracia.

Kaisarbagh, el Jardín del Emperador, es un conjunto de palacios construidos en forma de cuadrilátero con un parque inmenso en el interior en el que se mezcla la exuberancia barroca de los estucos amarillo pálido o turquesa y los balcones festoneados con altos arcos encuadrados por pilastras, evocando a Versalles, mientras las cúpulas de estilo mogol recuerdan que estamos en Oriente. Wajid Alí Shah escogió ese eclecticismo cuando, como príncipe heredero, hizo construir para sus múltiples mujeres, favoritas y bailarinas este majestuoso conjunto, mayor que el palacio del Louvre y el de las Tullerías juntos.

La casa de las hadas, situada en el límite del parque y adornada con fuentes de mármol blanco que representan a Venus y Cupido, es una escuela de música, danza y canto reservada a jóvenes que se reclutan por todo el reino gracias a su encanto y belleza y que forman la compañía artística, el coro y el cuerpo de danza del soberano, enamorado de la música y la poesía. Él mismo destaca en el arte de versar y es el autor de un centenar de pequeños poemarios, que tienen en alta estima los especialistas, tanto hindúes como extranjeros[9].

Cuando las dos begums entran en el *parikhana,* acaba de comenzar una representación teatral ofrecida por las hadas.

Sobre el escenario, unos curiosos personajes con crinolina o con el uniforme rojo de los oficiales británicos conversan, remedando al ocupante, por encima de los aplausos y las risas de la audiencia, que consiste en varias decenas de jóvenes tendidas sobre una tupida alfombra sembrada de cojines de terciopelo.

«Verdaderamente, estos indígenas no tienen ningún sentido moral, pues poseen innumerables mujeres y concubinas», declara con voz aguda una gruesa dama en crinolina verde manzana.

---

[9] En especial, Joseph Garcin de Tassy, especialista en lenguas orientales, miembro de la Academia Francesa y profesor de indostánico en la Escuela Imperial.

«¡Y las pobres criaturas se conforman! ¡Qué falta de dignidad!».

«¿Y qué esperabas? Tienen mentalidad de esclavas. Yo, si mi esposo se atreviera a mirar a otra...».

En un aparte, dos oficiales comentan:

«No es su falta de sentido moral lo que yo criticaría, sino su falta de sentido práctico. Nosotros, si tomamos una amante, ¿habríamos cometido la estupidez de hacerlo oficial? Cuando nos cansamos, la dejamos y en paz. Y si, por mala suerte, se queda encinta, no es asunto nuestro. En cambio, estos imbéciles se sienten obligados, sólo porque se han acostado con una bella joven, a otorgarle una posición y una pensión y a reconocer a todo bastardo como hijo legítimo. ¿Te imaginas los problemas de herencia que habría si nosotros hiciéramos lo mismo?».

Una crinolina rosa con tono gangoso interviene:

«Imagínate, querida, que una de mis sirvientas me ha contado que ella misma ha elegido una segunda esposa para su marido, ya que, según me explicó, se sentía vieja y no tenía ganas de compartir su cama ni de ocuparse de las labores de la casa. La segunda esposa se encargaba de todo eso y además la trataba con respeto y... agradecimiento».

«Verdaderamente, estos musulmanes no tienen ninguna moralidad».

«Tampoco los hindúes son mucho mejores».

«Musulmanes o hindúes, esas gentes no tienen más leyes que las de la holgazanería y la sensualidad —comenta una crinolina azul—. ¿Qué cristiana imaginaría no tener que cumplir con sus deberes de esposa, incluso aunque ella no obtuviera ningún placer? Yo, mientras mi marido me... eh, bueno, recito mis oraciones».

«Como todas nosotras, querida. Sólo las rameras aprecian esas porquerías».

En el *parikhana,* la audiencia no cesa de reír. Las bromas se suceden y transcurre un buen rato antes de que las actrices puedan continuar.

Por el frente del escenario se adelanta un uniforme rojo:

«Rameras o no, estos indios tienen la suerte de hallar en sus casas aquello que nosotros estamos obligados a buscar fuera de ellas, con los riesgos —¡y gastos!— que eso conlleva».

«¿Sabíais —añade su vecino— que hace una treintena de años, antes de que nuestras jóvenes inglesas desembarcaran en las Indias para casarse y establecer las reglas de decoro, cada oficial tenía en su casa a su *bibi,* su amante indígena, dulce devota, sensual...? ¡Era el paraíso!».

Los dos hombres suspiran y elevan los ojos al cielo.

«Esos pobres indios tal vez tengan más de lo que compadecerse que de lo que culparse —aventura una delgada crinolina malva—. Unos adoran a los dioses con cabeza de mono o de elefante, los otros siguen a un falso profeta y nos tratan de politeístas porque creemos en la Santísima Trinidad. Afortunadamente, desde hace algunos años, nuestros misioneros son cada vez más numerosos. He oído decir que han comenzado a darse conversiones...».

Unas exclamaciones la interrumpen; entre la audiencia, las mujeres, que hasta ese instante se reían a carcajadas, protestan indignadas:

—¡Mentiras! ¡Esos falsos *ingreses* hacen correr esas calumnias para dividirnos! ¿Quién querría convertirse en uno de esos caníbales que se jactan de comer a su Dios bajo la forma de un trozo de pan? Un Dios al que han crucificado, un Dios que...

—¡Cálmense, señoras!

Una voz grave se alza sobre el auditorio. De repente, las mujeres se callan y se vuelven hacia el diván con patas de oro donde está recostado su bienamado señor.

A sus treinta y cuatro años, Wajid Alí Shah es un apuesto hombre de tez clara y cabello azabache. El hecho de que esté entrado en carnes, signo de riqueza y de poder, acentúa la majestuosidad de cada uno de sus gestos. Las manos, pequeñas y finas, parecen doblarse bajo el peso de sus sortijas, pero son sobre todo sus ojos lo que llama la atención: dos inmensos pozos negros en los que la tristeza no logra disimularse tras la dulzura de su sonrisa.

—Desgraciadamente, es cierto que algunos se convierten, o fingen hacerlo. No por convicción, ¿cómo podríamos creer en semejante disparate? Los mismos ingleses, incapaces de explicárselo, lo califican de misterio. En mi opinión, esos pretendidos conversos son producto de la miseria, pues sucede entre los más pobres, ya que los misioneros les dan dinero y se encargan de la educación de sus hijos.

—Sin embargo, esos conversos pasan a ser objeto de desprecio en su entorno —aduce una mujer.

—Por eso mismo estoy convencido de que engañan a los extranjeros y, a escondidas, continúan practicando la religión de sus ancestros. —Y recorriendo a los asistentes con la mirada, declara—: Volviendo a la representación de esta tarde, me ha parecido muy ingeniosa. ¿A quién se debe?

Una joven esbelta, de grandes ojos verdes que contrastan con su piel mate, da un paso adelante y se inclina graciosamente, llevándose la mano a la frente en señal de respeto.

—¡Hazrat Mahal! Te sabía poetisa, pero ignoraba que poseyeras también el acerado don de la sátira. En este penoso día, me has hecho reír. Realmente, te mereces el sobrenombre que te he dado: Iftikhar un Nisa, «el orgullo de las mujeres». —Retira de su dedo una enorme esmeralda y añade—: Toma, cógela como muestra de mi reconocimiento.

—¡El orgullo de las mujeres! ¡Ahí es nada! —se burla Alam Ara, que jamás ha podido soportar a Hazrat Mahal.

Todas asienten a su alrededor, ya sea por complacer a la primera esposa, dueña incontestable de la zenana, sólo por detrás de la reina madre, o por celos hacia todas aquellas a quienes el soberano distingue.

—Disculpadme, Houzour —se aventura—, ¿pero no creéis que puede ser peligroso burlarse así de los *ingreses?* Si ellos se enteran...

—Si se enteran, significará que en este palacio hay espías, y me niego a creer eso —deja caer el rey con ironía—. Si, a pesar de todo, el eco de nuestros juegos llegara hasta ellos, no me disgustaría que se dieran cuenta de que nos reímos de ellos igual que ellos de nosotros. Los *ingreses* tienen sus cañones, mientras que nuestra única arma es la risa, y no tengo ninguna intención de renunciar a ella.

Con esas palabras, Wajid Alí Shah se levanta y, sin dejar de sonreír, se despide de sus hadas.

~

«Es demasiado bueno, demasiado dulce, y tal vez demasiado...».

Hazrat Mahal trata de aferrarse a esas palabras, que regresan de manera insistente, palabras que no pueden aplicarse al hombre que ama, al soberano que admira; palabras que le provocaron el efecto de una bofetada cuando, hace unos días, se las oyó pronunciar al rajá Jai Lal Singh, a pesar de ser el mejor amigo de su esposo.

Se había aventurado a salir a la terraza norte de la zenana, la que da a los jardines del Diwan Khas, la sala del Consejo de Ministros. Allí, al abrigo de las altas *jalis*[10], nadie podía verla; ella, en cambio, observaba las idas y venidas de los dignatarios, algo que la distraía de la parlanchina compañía de las mujeres y los eunucos.

Un hombre de gran estatura, cuya elegante delgadez contrastaba con las obesas siluetas de los hombres de la corte, mantenía una fuerte discusión con otras dos personas:

—En las presentes circunstancias, no parece muy sensato. Cuanto más les cedamos, más autorizados se creerán los ingleses para gobernar todo. Su Majestad debería ponerles en su sitio, pero, desgraciadamente, es demasiado débil.

---

[10] *Mucharabieh,* celosías, paneles de madera calada.

Perturbada, Hazrat Mahal se había inclinado hacia delante y había reconocido al rajá, un hombre famoso por su franqueza, pero también por su coraje y lealtad hacia el soberano.

Y en la corte, éstos no eran legión.

Hazrat había tenido la sensación de recibir un puñetazo en el estómago y temblaba de indignación. ¿Débil el rey? ¡Él, que presidía los destinos de millones de súbditos, que los dirigía y protegía! A toda prisa, regresó a sus habitaciones y despidió a los sirvientes. Necesitaba sosiego.

Acurrucada en su diván, había continuado temblando, no tanto de rabia como de miedo. Le invadía un extraño sentimiento, parecido al que había sentido a la muerte de su padre. Entonces, no tenía más de doce años y, como su madre había fallecido al darla a luz, se encontró huérfana. Había perdido al único ser que la amaba y protegía, desde ese momento en adelante no tendría a nadie que la defendiera.

Como hoy... Pero ¿qué es lo que imagina? El rey reina, aún es joven, rebosa salud, ella es una de sus esposas y, sobre todo, le ha dado un hijo que es el vivo retrato de su padre.

Recuerda los once cañonazos que acogieron el nacimiento, diez años atrás. Wajid Alí Shah era por entonces el príncipe heredero y todo el palacio había parecido alegrarse de la llegada de ese bebé regordete, a pesar de que no era más que el cuarto hijo en la línea de sucesión. Ascendida a la envidiada posición de madre de un varón, había recibido el título de nabab Hazrat Mahal[11], Su Excelsa Gracia.

Ella, la pequeña huérfana... Alá era testigo: venía de muy lejos...

Aspirando lentamente el humo de su *hookah*[12] de cristal, Hazrat Mahal recuerda...

---

[11] Mahal: título atribuido a la mujer que da un varón al rey.

[12] *Hookah:* pipa de agua, también llamada narguile.

2

Muhammadi, ése era entonces su nombre, había nacido en una familia de pequeños artesanos de Fayzabad, la antigua capital del reino de Awadh, una próspera ciudad hasta que en 1798 el rey Asaf ud Daulah decidió instalarse en Lucknow. Esta partida había supuesto la ruina de miles de artesanos que abastecían de joyas y preciosas alhajas, ricamente ornamentadas, a una corte numerosa y refinada. Desolado, el abuelo de Muhammadi se había dejado morir y su padre, Mian Amber, había sobrevivido ejerciendo pequeños trabajos hasta que en 1842 le ofrecieron un puesto de intendente en Lucknow[13].

Toda la familia le había seguido, pero, unos meses más tarde, Mian Amber falleció víctima de la tuberculosis. Muhammadi, su hija más joven, fue recogida por su tío, conocido por ser el mejor bordador de *topis*, el gorro de terciopelo o seda de moda entre los aristócratas. Se decía que los suyos eran tan perfectos que se adaptaban exactamente a aquel a quien estaban destinados y que, si cualquier otro se cubría con ellos, sufría insoportables dolores de cabeza.

Un día en el que el bordador preparaba un *topi* para el príncipe heredero, la joven no pudo resistirse y, aprovechando la ausencia de su tío, se probó aquella maravilla de

---

[13] Los orígenes de Hazrat Mahal son inciertos. Nacida en una familia pobre, podría igualmente haber nacido en Faroukhabad, a doscientos cincuenta kilómetros de Lucknow. Su padre habría sido guardián de un mausoleo.

seda azul noche salpicada por una constelación de pequeños diamantes. Al mirarse en el espejo, se quedó asombrada: una encantadora princesa la observaba desde el otro lado. Con gran pesar, dejó el *topi* sobre la mesa. Justo a tiempo: su tío regresaba, habían reclamado el gorro y debía entregarlo inmediatamente.

Al día siguiente, unos terribles gritos retumbaron en la apacible calle:

—¿Dónde está ese granuja de bordador? ¡Haré que le azoten!

Aterrorizado, el bordador había huido por el patio de atrás mientras su esposa, temblando, abría la puerta. Frente a ella, un gran eunuco negro, acompañado por dos guardias, sujetaba el *topi*.

—¿Dónde está tu esposo?

—Ha salido.

Tras hacer una señal a los guardias para que registraran la casa, el eunuco preguntó amenazante:

—¿Quién se ha atrevido a probarse el *topi* destinado al príncipe heredero?

—Pero... Nadie se hubiera atrevido...

—Entonces, ¿cómo se explica esto? —El eunuco gruñó y agitó el tocado: en su interior estaba adherido un largo cabello negro. Arrojó el *topi* al suelo.

En ese momento, los guardias regresaron. Empujaban delante de ellos a una lívida Muhammadi.

—No hemos encontrado al bordador, pero esta joven estaba escondida en una habitación del fondo.

El eunuco la examinó atentamente y, aplacado, preguntó:

—¿Quién es?

—Una sobrina huérfana que hemos acogido —se apresuró a responder la esposa del bordador, aliviada ante aquella distracción.

—¿Está casada?

—Todavía no.

El eunuco sacudió la cabeza.

—Bien, por esta vez tu esposo se librará, ya que mi príncipe es indulgente y detesta la violencia, pero si vuelve a repetirse, dile que volveré personalmente a arreglar cuentas y que lamentará el día en que nació.

Algunos días más tarde, dos mujeres se presentaron en el domicilio del bordador. Bajo sus burkas negros, lucían *gararas*[14] de vivos colores y llevaban el rostro profusamente maquillado. La esposa del bordador las había reconocido al instante: eran Amman e Imaman, dos antiguas cortesanas que recorrían la ciudad y sus alrededores en busca de bellas jóvenes que ellas mismas instruían en el conocimiento de buenos modales, danza y diversas artes, antes de proponerlas para los harenes de los aristócratas o, a las más dotadas, para el harén real.

El asunto había concluido rápidamente, dado que Muhammadi, torturada por los remordimientos, había admitido su falta y, por ello, su tía, que jamás la había querido, no había sentido el menor escrúpulo en librarse de ella. Por suerte, su esposo, que hubiera podido conmoverse por el llanto de su sobrina, estaba ausente. Asombrada y encantada con la bolsa de monedas que le habían entregado las dos mujeres —¡tanto dinero por esa flacucha!—, había intentado, al menos, prevenirlas contra su mal carácter, pero Amman e Imaman ya no la escuchaban. Cubrieron a Muhammadi con un burka y la introdujeron en el palanquín que las aguardaba en la calle.

Muhammadi no lloró durante mucho tiempo. El mundo que descubrió era fascinante. La espaciosa casa de Amman e Imaman se encontraba en el centro del Chowq, el gran bazar de la ciudad vieja, con sus puestos de kebabs y de apetitosas golosinas, sus incontables artesanos, sus famosos

---

[14] Pantalón con forma de falda amplia que llega hasta el suelo y termina en cola.

joyeros, zapateros, perfumistas y bordadores de *chikan*[15], delicadas maravillas famosas en toda la India, y todo ello bañado en un aroma de especias y jazmín. Tras las celosías de los balcones, por encima de los tenderetes, se podían distinguir a las prostitutas vestidas con sedas de vivos colores que masticaban *paan*[16] y, con aire indiferente, miraban de reojo a los hombres que titubeaban ante ellas.

Pero el Chowq era célebre, sobre todo, por ser el barrio de las cortesanas, de las grandes damas frecuentadas por los hombres de la mejor sociedad. En Lucknow, las cortesanas tienen un estatus muy alto, diferente al de las prostitutas. Por lo general, cuentan con un rico protector y, cada tarde, reciben en sus salones a aristócratas y artistas. Mientras se beben y se degustan delicados manjares, se escucha música, se recitan poemas y se conversa hasta las primeras horas del alba.

Algunas cortesanas son poetisas, otras músicos; todas utilizan un lenguaje esmerado y muestran unos modales tan refinados que es usual mandarles a las jóvenes de buena familia para que perfeccionen su educación.

Pero, antes de llegar a esta respetable posición, tienen que trabajar duramente y someterse a una implacable disciplina. Aquellas que, por falta de habilidades o de carácter, fracasan en alcanzar la perfección necesaria, quedan relegadas a la parte popular del Chowq como cortesanas de segundo rango, o a veces, incluso, a lo que constituye la pesadilla de todas esas mujeres: se las rebaja a simples prostitutas.

La residencia de Amman e Imaman podía acoger a una decena de pupilas —hospedar a más habría sido poner en peligro la calidad de su notable enseñanza—. Las jóvenes se levantaban a las cinco de la mañana y, tras hacer sus abluciones con agua fría, recitaban sus oraciones,

---

[15] Finos bordados de muselina.

[16] Cono de hojas amargas relleno de trozos de nuez de betel y hebras de tabaco que se mastica largamente antes de ser escupido.

que, para su educación, religión y moralidad, resultaban primordiales.

Después de un ligero desayuno, comenzaban las clases, que se prolongaban hasta las dos de la tarde: modales, lecciones de danza y de canto, así como de música; cada una debía aprender al menos a tocar un instrumento, el sitar, el sarangui o la tabla [17]. Más tarde, después de una frugal colación, llegaba el turno de la enseñanza del persa, la lengua de la corte y de los poetas, en la que trataban de escribir poemas. Era el momento preferido de Muhammadi, en el que podía dar rienda suelta a su imaginación y a su sensibilidad, dentro de las limitadas reglas de la poesía clásica.

Por la noche, las pupilas tenían total libertad y aprovechaban que sus dos «benefactoras» salían a menudo a visitar a potenciales clientes. Era el momento de la fiesta: se maquillaban cuidadosamente, danzaban vestidas con velos transparentes e imitaban escenas de pasión o de celos en las que derrotaban a todas sus rivales y rendían loco de amor a un bello príncipe que las cubría de joyas. Cada noche añadían un nuevo episodio al sueño, viviendo anticipadamente el brillante destino prometido por las dos hermanas a sus alumnas más capacitadas. Y cada una de ellas creía que era la más capacitada.

Al principio, Muhammadi había participado en esos juegos, pero pronto se cansó. Prefería aislarse para caligrafiar sus poemas o discutir durante horas con Mumtaz, otra joven originaria, como ella, de los alrededores de Fayzabad.

Las dos matronas la habían descubierto en una de sus peregrinaciones anuales por las lejanas aldeas del reino. Seducidas por su frescura, habían embaucado a sus padres, unos humildes campesinos, con la posibilidad de un próspero matrimonio. Unas cuantas monedas de plata habían terminado de convencerlos.

---

[17] Sitar, sarangui: instrumentos de cuerda. Tabla: pareja de tambores pequeños que se golpea con los dedos.

Habían transcurrido dos años desde que Mumtaz había llegado a Lucknow y, poco a poco, se había dado cuenta de que jamás podría contar con un esposo rico; como mucho, con una sucesión de ricos protectores.

Pero eso no había afectado en nada a su alegría; siendo de naturaleza feliz, no veía jamás el mal. A menudo, Muhammadi había tenido que prevenirla contra las mezquindades y los chismorreos de las otras compañeras. Aunque era dos años más joven, tenía más perspicacia y era capaz de adivinar cuándo maquinaban algo.

Un día —Muhammadi acababa de celebrar su catorce cumpleaños—, Amman e Imaman anunciaron a sus pupilas una gran noticia: el príncipe heredero necesitaba nuevas hadas para su *parikhana,* por lo que, al día siguiente, las mejores alumnas serían presentadas en palacio. Sin vacilar, las hermanas habían escogido a tres —Yasmine, Sakina y Muhammadi—, e inmediatamente abandonaron la estancia, insensibles a las protestas y súplicas de las otras jóvenes.

Mumtaz y Muhammadi habían pasado la noche juntas —tal vez su última noche— llorando y fantaseando, prometiéndose no olvidarse jamás, jurándose que volverían a verse sucediera lo que sucediera. Al perderse la una a la otra, tenían la sensación de estar perdiendo de nuevo a su familia.

—No te pongas así, seguramente no saldré elegida —murmuraba Muhammadi besando las lágrimas de su amiga.

—No digas tonterías, sin duda seducirás al rey, ¡eres tan bella! Llegarás incluso hasta lo más alto, lo presiento... pero júrame que después me harás llamar para estar a tu lado; entre todas esas cortesanas necesitarás una amiga fiel, y yo... no tengo a nadie más que a ti.

Muhammadi se lo había jurado y ambas se quedaron dormidas, exhaustas, la una en brazos de la otra.

«Al día siguiente, el día de mi llegada a palacio... hace once años... parece que hubiera sucedido ayer...».

Hazrat Mahal recuerda su miedo cuando le hicieron entrar, junto a sus dos compañeras, en el gran salón de la zenana. Allí, un centenar de mujeres ataviadas como princesas las observaban de pies a cabeza, intercambiando, entre risas, comentarios que intuyó poco amables.

De pie, esperaba con la mirada baja. Mientras el alboroto y las risas aumentaban, sentía, poco a poco, cómo crecía su cólera: jamás había soportado ser humillada, ¡qué más daba si decían que tenía mal carácter y que nunca encontraría esposo! Su padre la había educado así: «Nosotros somos pobres, pero de una antigua familia, no lo olvides nunca, incluso si eso te acaba costando caro. Debes saber que lo peor es perderse el respeto a uno mismo». Su adorado padre... cuánto le echa de menos, cuánto desearía estar lejos de allí, de ese palacio, de esas mujeres a las que ya detesta con todas sus fuerzas.

—¡Silencio, señoras! ¿Acaso no veis que estáis aterrorizando a estas jóvenes?

La voz es melodiosa, pero el tono severo. Muhammadi, sorprendida, ha levantado la vista. Ante ella, un hombre apuesto envuelto en un chal de cachemira recamado le sonríe. Y ella, boquiabierta, olvidando todas las fórmulas y saludos ensayados miles de veces, se queda inmóvil mirándole.

Indignadas, Amman e Imaman se adelantan y la fuerzan a inclinar la nuca.

—Debéis perdonarla, alteza, esta joven es una de nuestras pupilas más completas, vuestra presencia ha debido de hacerle perder la cabeza.

El príncipe heredero se echa a reír. Tiene veinticuatro años y, si bien está acostumbrado a su éxito entre las féminas, también sabe lo hábiles que son a la hora de interpretar la comedia del amor. Sin embargo, esta maravillosa joven, tan desamparada y tan torpe, obviamente no finge y su admiración le halaga. Aun así, se rehace rápidamente y declara dirigiéndose a las matronas:

—Vuestras protegidas son encantadoras, pero veamos si están dotadas. Para el aniversario del dios Krishna, he creado un nuevo espectáculo y me hacen falta bailarinas no solamente bellas, sino que tengan verdadero sentido del ritmo, ya que el *khattak*[18] no tolera la mediocridad.

Da una palmada y la pequeña orquesta femenina que está en el estrado se apresura a tocar.

Como en un sueño, Muhammadi contempla a Sakina y a Yasmine avanzar sobre la pista y moverse graciosamente al son de la música, sensuales, alegres; le gustaría unirse a ellas, pero sus miembros parecen de plomo y permanece inmóvil mientras a su alrededor afloran murmullos indignados.

Bruscamente, el príncipe hace un gesto a la orquesta para que se detenga y exclama con tono irritado:

—¿Es que no me has entendido? ¡Te he pedido que bailes!

Con los ojos llenos de lágrimas, Muhammadi baja la cabeza. Después de tantos meses de prepararse para el momento en que su vida está en juego, resulta que lo estropea todo...

—¿Por qué no bailas? —El príncipe se impacienta.

—¡No soy bailarina!

¿De dónde había sacado el valor para responder así? Se lo ha preguntado a menudo, y ha acabado por admitir que es en las situaciones más desesperadas cuando encuentra su fuerza y su verdad. Porque, en ese minuto, comprende que, si bien ha aprendido a bailar igual que sus compañeras, sólo se trata de una actividad más entre otras muchas. Jamás se ha imaginado como bailarina. Tiene otros sueños.

Sabiendo que no tiene nada que perder, encuentra la fuerza suficiente para añadir:

—¡No soy bailarina! ¡Soy poetisa!

---

[18] Una de las danzas más populares del norte de la India, resultado del acercamiento entre las culturas hindú y musulmana. Tiene mucho ritmo, el movimiento de pies y brazos es extremadamente rápido, mientras el busto permanece inmóvil. Fue llevada a su grado más alto de perfección por el rey Wajid Alí Shah.

Un silencio estupefacto acoge su declaración, seguido de un griterío que Wajid Alí Shah hace acallar con un gesto.

—¿Así que poetisa? ¡Qué vanidad! ¿Cuántos años tienes?

—Catorce años, vuestra alteza.

—¡Catorce años! Eres de una insolencia poco común, no sé si debo enfadarme o reírme.

Amman e Imaman intervienen, balbuceantes:

—Debéis perdonarnos, Houzour, nunca nos habríamos imaginado... Esta criatura se ha vuelto loca, vamos a castigarla, a devolverla, es la primera vez que semejante deshonor...

—Antes quiero castigarla yo mismo dejando que se ponga en ridículo públicamente. Vamos, siéntate aquí y recítanos uno de tus poemas. Pero te aviso, yo también practico este arte y conozco a todos sus maestros. No podrás engañarme.

Muhammadi siente la sensación de estar ante un pozo negro en cuyo borde oscila. Lo único que ve son sombras, va a caer... va a caer...

—¡No!

Su propio grito hace que se recupere, abre los ojos, a su alrededor las mujeres se ríen... no les dará el placer de humillarla. Piensa en su padre, cuando le decía que la mayor virtud es el valor. Así, tras inspirar profundamente, comienza a recitar, acompañada por los acordes de un sitar. Su voz, al principio frágil, se reafirma poco a poco, unas veces susurrante y otras vibrante, al ritmo de las imágenes que despliega en un gran fresco. Ya no está en el malintencionado harén, ahora es una bella dama a la que su enamorado lleva a lomos de un fogoso corcel, es las montañas nevadas y los valles floridos recorridos al galope, es la fuente en la que se refrescan y el lecho de musgo donde, con toda dulzura, él la abraza depositando un beso sobre sus labios de pétalos de rosa.

Cuando, una hora más tarde, se calla, reina un profundo silencio. Algunas mujeres enjugan furtivamente sus lágrimas mientras el príncipe, pensativo, la contempla.

Muhammadi se da cuenta de que ha ganado y, de repente, toda la tensión acumulada aflora y se echa a llorar.

3

Amman e Imaman han dejado a las tres jóvenes en el harén del príncipe y se han marchado.

Mientras Sakina y Yasmine participan a diario en los ensayos dirigidos por el príncipe, Muhammadi, que no está invitada, se mantiene al margen, cada vez más inquieta. Nadie le dirige la palabra. Aunque conmovidas momentáneamente por sus poemas, las mujeres han vuelto a ignorarla; no le perdonan que se crea diferente y, en voz alta, comentan el carácter voluble de Wajid Alí Shah, que, de un día para otro, es capaz de olvidar a aquella que, durante un instante, supo captar su atención.

En cuanto a sus antiguas compañeras, no hacen nada por tranquilizarla: «Su Gracia está entusiasmado con su nuevo ballet, es muy amable con todas las bailarinas. Te has equivocado enfrentándote a él, no le gustan las mujeres con mal carácter y las más veteranas aseguran que te arriesgas a pasar tu vida como una criada».

Ha transcurrido una semana. Una noche, Wajid Alí Shah la hace llamar a sus aposentos. Rodeado de algunos amigos, está recostado en unos mullidos cojines y fuma una espléndida *hookah* damasquinada en oro. Sorprendida, Muhammadi se queda parada en el umbral.

—Adelante, no tengas miedo, ven a recitarnos algunos de tus poemas —la anima él sonriendo.

Animada, se concentra unos instantes y, con voz vibrante, comienza por un poema dedicado a la mayor gloria del más enamorado de los hombres, el emperador Jahangir, que hizo construir para su bienamada el Taj Mahal, una maravilla de mármol blanco. Lentamente, despliega su talento y su encanto, sólo interrumpida por las halagadoras exclamaciones de la concurrencia.

Ya entrada la noche, cada uno regresa a su casa, pero Wajid Alí Shah le ruega que se quede. «Si tú quieres», murmura.

¡Que si quiere! Fue en ese momento cuando se enamoró perdidamente.

Recuerda las noches pasadas juntos, recitando poemas y amándose hasta el alba. Ella, maravillada por su delicadeza; él, por su inocencia. Incluso le había compuesto un poema en su honor que comenzaba así:

¿Por qué milagro Amman e Imaman han podido traer aquí a esta joven modesta?
De todo su cuerpo emana un perfume de rosas, es un hada[19].

Algunas semanas más tarde se quedó embarazada, y él le otorgó el título de Iftikhar un Nisa, «el orgullo de las mujeres», ya que admiraba ese orgullo que la distinguía de las otras, demasiado sumisas.

Cuando, finalmente, Alá la bendijo concediéndole un hijo, ella se sintió protegida de toda vicisitud, aunque ése fue, realmente, el principio de la guerra, esa guerra larvada de los harenes, donde los accidentes y envenenamientos son las armas con las que las mujeres protegen sin descanso a su prole.

Afortunadamente, ella tiene a su fiel Mammoo. En ese universo de celos e intrigas, el eunuco es su único protector, puesto que ya no cuenta con los favores del rey. Tan encantador como voluble, está muy ocupado con las nuevas bellezas; si quiere conservar su afecto, debe distraerle, divertirle como aquella tarde y no hablarle de sus problemas.

---

[19] Extracto de uno de los poemas dedicados a Hazrat Majal.

Había sido el propio Wajid Alí Shah quien le ofreció a Mammoo, o, más exactamente, quien había aceptado que ella se valiera de sus servicios. Por aquel entonces, nadie quería al eunuco con la excusa de que traía mala suerte: su dueña, una de las nuevas favoritas, había muerto misteriosamente y Mammoo había sido acusado, aunque no de complicidad, sí de negligencia. Wajid Alí Shah tenía que haberle despedido, pero vaciló; entre los sirvientes de la zenana, aquel hombre era sin duda el más hábil y destacaba resolviendo asuntos delicados. Así, cuando Hazrat Mahal, que acababa de dar a luz a su hijo, apareció para rogar a su esposo que le cediera al eunuco como intendente, él terminó por acceder, aliviado por esa solución inesperada. Las otras mujeres habían tratado a toda costa de disuadirla, argumentando que era demasiado crédula y que el eunuco no era digno de confianza, pero ella se había mantenido firme. No obraba sólo por caridad —ciertamente, daba pena ver a Mammoo: si era despedido de palacio, todas las puertas se le cerrarían y daría con sus huesos en la calle; Hazrat Mahal, que a los doce años se había encontrado repentinamente sola, comprendía su desesperación—; también se guiaba por su intuición: dotada de una capacidad para juzgar más allá de las apariencias —algo que le valía tanto lealtades como exacerbados odios—, había intuido en el eunuco una inteligencia aguda y mucha ambición y había sentido vagamente que, apropiándoselo, ganaba un aliado de peso. En cuanto a Mammoo, lo tenía muy claro: la joven le había salvado; de ahora en adelante se consagraría a ella en cuerpo y alma.

Hazrat Mahal se felicita cada día por su decisión. Confinada en la zenana, el eunuco se ha convertido en sus ojos y sus oídos. Éste frecuenta los mercados de Lucknow, se demora en los puestos donde ha trabado amistades y, por la noche, informa a su ama de los rumores de la ciudad, de lo que se dice del soberano, de lo que dicen de los ingleses, tanto que Hazrat Mahal está más al corriente de lo que sucede en la calle que cualquiera del harén, con la excepción, obviamente, de la Rajmata, que mantiene a un ejército de informadores.

Últimamente, Hazrat Mahal está especialmente atenta a los rumores, sospecha que la insolencia del Residente inglés no es fruto del azar, sino que ha recibido órdenes y se está tramando algo grave. Por eso, cuando el eunuco finalmente aparece, ya no puede contener su impaciencia.

—Y bien, Mammoo Khan, ¿qué noticias hay?

—La gente está descontenta porque los *ingreses* se muestran cada vez más desagradables. Esos jóvenes mocosos recién llegados de Inglaterra que mandan a los veteranos y aguerridos cipayos se permiten tratarlos como «negros[20]» e incluso como «cerdos». Cada vez que se les ocurre aventurarse en el Chowq es peor: son incapaces de distinguir a una prostituta de una gran cortesana, por lo que éstas les cierran sus puertas. Entonces arman un escándalo, ya que a menudo están borrachos.

—¿Y qué dicen de Djan-e-Alam[21]?

—Sigue siendo igual de querido, pero se quejan de que apenas le ven. Echan de menos sus procesiones semanales, cuando cada uno podía meter sus peticiones en las cajas de plata colgadas de los costados de su elefante. Dicen que son los *ingreses* quienes se lo prohíben, que hacen cualquier cosa para alejarlo de su pueblo, pero que él es el rey y no debería escucharlos.

—¡Es fácil decirlo! —corta crispada Hazrat Mahal encogiendo los hombros. Hasta el momento, se ha negado obstinadamente a dudar de su esposo, considerándolo como la peor de las traiciones, pero, en los últimos tiempos, ha tenido que rendirse a la evidencia: el rey ha ido progresivamente consintiendo todo y ahora son los ingleses los que deciden. Se acuerda de las reformas que, al principio

[20] Los documentos de la época muestran, en efecto, que los términos *niggers* y *negros* (sic) eran frecuentemente empleados en inglés para referirse a los indios.

[21] «El amado del mundo». Así se le llamaba a menudo a Wajid Alí Shah.

de su reinado, emprendió el joven, reformas en el ejército, la justicia, la administración; se acuerda de su entusiasmo, de su deseo de ayudar a su pueblo... y de cómo, poco a poco, se fue desanimando ante las interminables objeciones, los obstáculos, las advertencias y las amenazas veladas proferidas por el Residente. El rey sabe lo que cuesta tener descontenta a la todopoderosa Compañía de las Indias, que ya se ha anexionado los dos tercios de los estados principescos.

Entonces, Wajid Alí Shah se refugió en sus pasiones de juventud, la música y la poesía, con todo el furor de la desesperación. Pasaba sus días y sus noches componiendo, escribiendo versos y bailando. La zenana nunca había estado tan alegre, acogiendo constantemente nuevas hadas y montando espectáculos cada vez más elaborados.

Rápidamente, el Residente puso el grito en el cielo y se quejó al gobernador general[22], lord Dalhousie, del grado de desenfreno de aquella corte en la que el soberano, no pensando más que en sus placeres, declinaba toda responsabilidad. El gobernador le había amenazado, y el rey había tratado de satisfacer sus demandas, pero, hiciera lo que hiciera, nada le congraciaba a los ojos de la Compañía. Así que, para escapar de esa intrincada situación, para olvidar las constantes humillaciones, se había sumergido de nuevo en un torbellino de fiestas.

«Es desdichado, intenta escapar... Ah, si yo pudiera hablar con él, animarle a resistir, asegurarle que su pueblo le ama y que le apoyará... Pero él no me escuchará, no soy más que su cuarta esposa, y su propia madre, la Rajmata, apenas tiene ya alguna influencia sobre él...».

Inmóvil, el eunuco espera órdenes. No hay que dejar que adivine su angustia, él es su devoto servidor, no su confi-

[22] En cada estado no anexionado, la Compañía de las Indias Orientales estaba representada por un Residente inglés. Todos los Residentes dependían de la autoridad del gobernador general de la Compañía, cuya sede estaba en Calcuta.

dente, no puede permitirle ganar dominio sobre ella. Está al tanto de cómo algunos eunucos consiguen tal influencia sobre sus amas que terminan por controlarlo todo.

Y ella conoce el ansia de poder de Mammoo; Mammoo Khan[23], como le llama para satisfacer su sed de respetabilidad. Él presume, en efecto, de ascendencia aristocrática y hay que reconocer que tiene cierto empaque: pequeño, pero bien proporcionado, se mantiene muy erguido y su severo rostro sólo se ilumina ante ella. Sin embargo, a pesar del interés que le demuestra Hazrat Mahal, siempre ha sido discreto sobre su pasado y ella sospecha que, como muchos eunucos, es hijo ilegítimo, abandonado o vendido al nacer. En palacio no es especialmente querido, pues, si se cree objeto de burla o desprecio, se venga; ella lo sabe, pero no le importa, lo fundamental es que él daría su vida por protegerla a ella y a su hijo.

Su hijo, al que tanto añora después de que a la edad de siete años tuviera que abandonar la zenana para incorporarse a las dependencias de los hombres. Había tratado de retrasar ese fatídico momento, argumentando la frágil salud del niño y la necesidad que tenía de la presencia constante de su madre. Pero fue en vano. Se lo habían arrebatado.

Poco a poco, ella se fue conformando y ahora ya no se ven más que los viernes y solamente si no hay ceremonias oficiales a las que los hijos del rey, por jóvenes que sean, están obligados a asistir.

Ahora lleva muchos días sin verle.

—Mammoo Khan, ve a traerme al príncipe Birjis Qadar, te lo ruego.

Unos minutos más tarde, Mammoo reaparece, radiante, seguido de un frágil chiquillo de cabellos ondulados que se precipita a los brazos de su madre.

—Amma, hemos hecho un concurso de cometas y he ganado.

---

[23] Khan: distintivo de nobleza.

Enternecida por el entusiasmo del niño, su madre le felicita.

—De todos los hijos de Su Majestad, nuestro pequeño rey es el más dotado —no puede evitar comentar el eunuco, obteniendo al mismo tiempo una oscura mirada de su ama.

—¡Te he dicho que no le llames así! ¡Si alguien te oyera alguna vez! ¿Acaso intentas atraer la desgracia? Sabes muy bien que no es más que el cuarto hijo en la línea de sucesión y que hay muy pocas posibilidades de que reine algún día.

—¿Quién sabe? Es mucho más inteligente que sus hermanos mayores, esos chiquillos gordinflones y mimados. El rey acabará por darse cuenta, o tal vez sus hermanos caigan enfermos...

Hazrat Mahal se ha estremecido.

—Desaparece de mi vista antes de que me enfurezca.

Mientras el eunuco sale refunfuñando, ella estrecha en sus brazos a su asombrado hijo.

—No tengas miedo, querido, yo te protegeré de cualquier cosa que suceda.

¿Qué puede suceder? No acierta a imaginarlo, pero tiene la clara sensación de que las nubes se ciernen en el horizonte.

4

Toda la ciudad, engalanada de fiesta, converge hacia la casa de las hadas. El elegante teatro, ornamentado con blancas balaustradas y elevados pabellones coronados por hermosas cúpulas, está situado en el parque de Kaisarbagh. Se han abierto para la ocasión las monumentales puertas labradas de sirenas y peces —emblema de los reyes de Awadh— que separan el palacio y sus jardines del resto de la ciudad. Caracoleando en los purasangres de crines y colas teñidas de vivos colores, los jinetes flanquean el palanquín con dosel de seda carmesí en el que van los dignatarios, transportados por ocho hombres con turbante, y a los *taluqdars*[24], sentados sobre sus elefantes cubiertos de brocado de terciopelo. Esa noche tiene lugar el gran Mela, la fiesta que cada año celebra el rey y a la que está invitada la ciudad entera.

Desde la entrada del parque, la multitud se queda absorta frente a los árboles y arbustos esculpidos en forma de ciervo, de pavo real o de tigre, e iluminados por miles de farolillos. De cada rama pende un frasquito de perfume que gotea delicadamente sobre los paseantes. Avanzan lentamente, fascinados por los fuegos artificiales que, partiendo de los pequeños cerros, se abren en forma de ramos de flores, arroyos y palacios, de animales fantásticos o efímeros personajes de todos los colores. Un mundo mágico creado

---

[24] Señor feudal comarcal que controla cientos de aldeas. Un *taluqdar* puede en ocasiones recibir del rey el título de rajá o de nabab.

por el soberano, donde el arte y el sueño reemplazan a la realidad, una realidad a la cual él no tiene derecho.

Bajo las guirnaldas de flores exóticas, decoradas con filigrana de oro, se han preparado inmensas mesas llenas de delicados manjares cubiertos por láminas de plata más finas que el ala de una mariposa —plata en estado puro con el propósito de refrescar y mejorar la memoria y la vista—. Awadh se enorgullece de haber llevado hasta el extremo el refinamiento de la cocina mogola. Todas las aves de pequeño tamaño han sido cebadas con piña, granadas y jazmín para perfumar su carne y los cabritos se han abrevado con leche, almizcle y azafrán. La corte emplea a decenas de cocineros y cada uno se afana en inventar los platos más sabrosos, como si se tratara de verdaderas obras de arte por las que serán regiamente recompensados. En un siglo, estos maestros han hecho de Lucknow el centro incuestionable del arte culinario del norte de la India.

En ese momento, la muchedumbre afluye en continuas oleadas; para su avidez de deleitarse con deliciosas comidas se han dispuesto un centenar de platos variados, entre ellos, unos *galawat kebabs* que se deshacen en la boca, aromatizados con un toque de esencia de rosa; *nargisi kofta,* albóndigas de cabrito rellenas de huevo; innumerables *currys* y *byrianis* y, sobre todo, la especialidad de la ciudad, siete *pulao*[25] diferentes: el *pulao* de jardín, el de la luz, el de cuclillo, el de perla y también el de jazmín... En fin, toda suerte de sorbetes y golosinas como la *mutanjan,* carne picada de cabra guisada en azúcar, o el *lab-e-mashooq,* «labios de la bienamada», una preparación a base de crema de leche, almendras, especias, miel y nueces de betel para darle el color rojo. Este betel, para el rey y su entorno más próximo, ha sido reemplazado por polvo de rubíes, que, supuestamente, aplaca los nervios.

Los ciudadanos han venido con toda la familia a pesar de que es de noche, pues por nada del mundo se perderían

---

[25] Plato a base de arroz acompañado de guarniciones de gran variedad.

esta espléndida fiesta de la que todos saben que solamente Lucknow, la ciudad de los nababs, puede sentirse orgullosa. Lucknow, con sus noventa y dos palacios, sus innumerables jardines floridos, sus trescientos templos y mezquitas, sus cincuenta y dos mercados en los que abundan alfombras, tejidos bordados y perfumes, la capital de la música, de la poesía y de la danza, pero también de las escuelas de teología, una ciudad a la que han apodado «la novia de India» y que comparan con París. Sólo Lucknow es capaz de ofrecer tan lujosos entretenimientos.

Alí Mustafá, el grabador de cobre, ha venido con su vecino, Suba Nanda, el bordador; se conocen desde hace años, sus mujeres son amigas y sus hijos han crecido juntos; no hay una sola fiesta de Holi, la celebración hindú de los colores, en la que la familia de Alí Mustafá no sea invitada a compartir los pasteles de leche y miel, ni una cena de Eid el Fitr, fiesta del final del ayuno del ramadán, a la cual la familia de Suba Nanda no esté convidada.

Los enfrentamientos entre comunidades religiosas, que de vez en cuando agitan los otros estados, no se conocen en Lucknow, donde los soberanos jamás han discriminado a sus súbditos. Ellos mismos, musulmanes chiitas, siempre han seguido la política de designar habitualmente para los puestos más importantes a musulmanes suníes y a hindúes, que representan la mayoría de la población. También les gusta congregar a sabios de diferentes creencias, para discutir problemas religiosos, siguiendo así el ejemplo del más grande soberano de la India, el emperador mogol Akbar. Éste, ya en el siglo XVI, invitaba en la capital de Delhi a representantes de distintas corrientes de pensamiento a debatir ante él con vistas a fundar una religión universal concebida para unir a todos los hombres. De ahí surgió la Din-i-Ilahi, una ideología sincretista que tomaba prestadas ideas del islam, del budismo, del cristianismo y del hinduismo, en una época en la que en España, Portugal e Italia la Inquisición hacía estragos y en la que las guerras de religión desangraban a Francia.

Wajid Alí Shah ha perpetuado esa tradición de tolerancia, pero sus gustos estéticos le incitan a dedicarse especialmente al dominio de las artes. «Todos los males vienen de la ignorancia», dice a menudo. «Sólo a través del conocimiento de la cultura del otro las comunidades aprenden a apreciarse y a respetarse».

Bajo su impulso, Lucknow, centro de la «civilización de oro y plata», la «civilización Ganga-Jumna», denominada así por los dos ríos sagrados que bañan el estado, ha alcanzado el grado más alto de refinamiento. La alianza del Ganges y el Jumna como símbolo de la fusión de las tradiciones hindú y musulmana.

Esta noche el soberano pone en escena un drama musical que él mismo ha escrito: una variación sobre la juventud del dios Krishna y sus amores con las bellas guardianas de vacas.

Delante del palacio de las hadas se ha montado un gran escenario, iluminado por miles de centelleantes velas en candelabros de cristal. A un lado, la orquesta, al otro, los invitados de renombre, tendidos sobre gruesas alfombras y cojines de terciopelo. La muchedumbre seguirá el espectáculo desde los jardines y, aunque no llegue a percibirlo bien, al menos podrá embriagarse con la música.

Krishna, el dios azul, es la divinidad más estimada de los hindúes y las peripecias de su juventud constituyen una fuente inagotable de leyendas. Antes de su nacimiento, un oráculo había anunciado que acabaría con el cruel soberano. Para escapar a esa maldición, este último, como más tarde Herodes, había mandado matar a todos los recién nacidos. Pero el padre de Krishna, el príncipe Vasudeva, había conseguido esconder a su hijo en el campo, donde el joven se había criado y trabajaba como vaquero. Su belleza, su inteligencia y su nobleza le granjeaban los favores de las *gopis,* las vaqueras del pueblo, jóvenes doncellas y mujeres casadas.

Incontables relatos y miniaturas lo muestran tocando la flauta y bailando con las hermosas vaqueras, y describen sus amores. Pero Krishna no es un seductor cualquiera, es un dios, y si satisface a todas las *gopis* es porque representa el amor universal, el príncipe divino al que las almas individuales buscan unirse para obtener la liberación del mundo terrestre.

Cuando aparece Wajid Alí Shah, es recibido con murmullos de admiración. Va ceñido por una muselina blanca, con sus cabellos ondulados flotando sobre sus hombros y todo el cuerpo recubierto de un polvo azul creado de turquesas y perlas finamente trituradas. A su alrededor, sus encantadoras hadas, disfrazadas de vaqueras, lucen las más exquisitas joyas.

Durante horas, las hadas danzarán y cantarán, imitando la alegría, los celos, la desesperación y de nuevo la felicidad, mientras él, seductor, les recita poemas que las vuelven locas de amor. Wajid Alí Shah los ha compuesto para la ocasión en esa lengua urdu que mezcla armoniosamente el sánscrito, el persa, el árabe y el turco y cuya más perfecta expresión se da en Lucknow. El rey, no obstante, ha introducido en la vida de Krishna una variación inspirada en los amores de Majnoun y de Layla, el cuento árabe más célebre: Krishna cae enamorado de Radha, pero la familia de ésta, ignorando la naturaleza divina y principesca de aquel que para ellos no es más que un vaquero, se opone a su relación y encierra a Radha. Enloquecido de dolor, Krishna abandona sus juegos con las *gopis* y se entrega a la danza para paliar su desesperación.

Wajid Alí Shah se consagra así a una deslumbrante interpretación de *khattak*. Han desplegado en el suelo una larga pieza de seda sobre la cual el rey se desliza. Su agilidad es asombrosa, a pesar de su corpulencia parece volar, sus pies desnudos trazan complejas figuras y, cuando la música se detiene, el público asombrado constata que, en el suelo, la tela arrugada forma las iniciales del soberano: W A S.

Pero mientras que el cuento árabe termina con la muerte de Majnoun, incapaz de soportar la pérdida de Layla, el rey, para complacer al pueblo, ha dado un giro feliz al drama: conmovidos por la intensidad de su amor, los dioses reunirán a los dos amantes.

La última escena supera a todas las demás. Al mismo tiempo que los fuegos artificiales imitan las aguas plateadas de un torrente, se introduce en el escenario un elefante blanco, el elefante real, cubierto de brocados incrustados de piedras preciosas, las orejas adornadas con perlas y las patas orladas por brazaletes de oro. Arrodillándose pesadamente ante su amo, levanta la trompa en un respetuoso saludo. Entonces Wajid Alí Shah-Krishna, acompañado de Radha, toma asiento en el *howdah*[26] bermellón, retirándose a palacio entre las exclamaciones admirativas y las bendiciones de los espectadores.

Abandonando con pesar el maravilloso mundo en el que han vivido esas largas horas de fiesta, la muchedumbre se pone lentamente en movimiento. Alí Mustafá y Suba Nanda, con los ojos todavía dilatados ante tanto esplendor, se dejan llevar por la animada multitud.

—¡Cada año es más hermoso! —afirma Suba Nanda—. Nuestro rey es un mago.

—¡Sin duda! —aprueba Alí Mustafá—. Y, sobre todo, es generoso. ¿Conoces algún otro soberano que organice fiestas semejantes para su pueblo?

—En absoluto. Y me siento realmente impresionado de ver cómo ha sabido encarnar a nuestro Krishna.

—¿Sabes que tu dios Krishna me ha hecho recordar a nuestro profeta? Las mujeres también caían enamoradas ante él, pero, al igual que Krishna sólo amó a Radha, el profeta no experimentó más amor verdadero, creo yo, que el que sintió por su joven mujer, Aïcha.

Y durante todo el camino de regreso, cogidos de la mano, los dos amigos continuaron conversando.

~

[26] Asiento coronado por una cúpula y fijado al lomo de un elefante en el que se acomodaban uno o varios dignatarios.

—¡Es un escándalo! ¡Bailar medio desnudo delante del populacho y además con sus concubinas! ¡Y gastarse extravagantes sumas para esos ridículos espectáculos, en vez de acometer las reformas que llevamos pidiéndole durante tantos años!

En su salón de sombríos artesonados, iluminado por lámparas de cobre, el Residente británico, el coronel James Outram, cómodamente instalado en un gran sofá de cuero, recibe a algunos amigos. Se podría creer que se halla en la lejana Inglaterra de no ser por los criados de piel oscura, que con manos enfundadas en guantes blancos sirven silenciosamente whisky.

—A partir de ahora, todo esto se va a acabar. Señores, tengo una gran noticia que anunciarles: vuelvo de Calcuta, donde me he entrevistado con el gobernador general, lord Dalhousie. Se ha decidido que de ahora en adelante el estado de Awadh sea administrado por la Compañía de las Indias, que tendrá todo el poder y controlará las finanzas. El rey conservará sus títulos, la soberanía sobre su casa, y nosotros le pasaremos una pensión de ciento cincuenta mil rupias al año. Si se niega, nos veremos obligados a anexionar el estado y el rey será desposeído de todos sus derechos y privilegios.

Diversas exclamaciones acogen la noticia. Aunque la esperaban desde hacía algún tiempo —lord Dalhousie nunca ha mantenido en secreto su deseo de ofrecer a la Corona esa nueva joya, el estado más rico del norte de la India—, no pueden evitar asombrarse por el procedimiento. Anexionar cuando se está unido con los soberanos de Awadh por múltiples tratados, que siempre han sido los aliados más fieles y que incluso en momentos difíciles han prestado a la Compañía considerables sumas, teniendo el buen gusto de no reclamarlas jamás... ¿cómo justificar ese acto ante la opinión pública hindú?

—Veamos, señores, hacerse cargo de este estado es un deber moral. La población indígena nos estará agradecida por haberla liberado de semejante derroche —exclama el coronel Outram, indignado por las inesperadas reticencias de parte de sus compatriotas. ¡Después de casi diez años de exigir reformas al rey y resulta que, en lugar de obedecer, ha continuado cantando y bailando!

—Son las formas lo que puede traernos problemas, ya que en el fondo, señor, todos estamos de acuerdo: Wajid Alí Shah es totalmente inepto para gobernar.

—Digamos más bien que hemos hecho todo lo posible por impedírselo —interviene el coronel Simpson, un caballero de pelo blanco. Y sin perturbarse por las exclamaciones de reprobación, prosigue—: Llevo viviendo aquí desde hace veinticinco años, mucho más tiempo que todos ustedes. He sido colaborador del mayor Bird[27] y del coronel Richmond, Residente de Awadh durante los dos primeros años de reinado de Wajid Alí Shah. Puedo asegurarles que, apenas llegó al poder, el rey intentó reformar el ejército y la administración, en particular la justicia, pero el coronel Richmond le impuso su veto. El rey, entonces, se declaró dispuesto a seguir nuestras directrices. De hecho, durante ocho meses, su primer ministro, aconsejado por el Residente y el mayor Bird, estuvo preparando un plan de reformas muy avanzado que se llevaría a cabo en una parte del territorio. El rey se disponía a firmarlo cuando el coronel Richmond decidió pedir la previa aprobación de lord Dalhousie, el gobernador general en Calcuta. Recién desembarcado de Inglaterra, éste ni siquiera miró el proyecto: lo rechazó poniendo como pretexto que, a menos que esas reformas se aplicaran inmediatamente en todo el estado de Awadh, no servirían de nada.

»Indignado, el Residente presentó su dimisión, pues estaba claro que en adelante, por mucho que hiciera el rey, Awadh estaba condenada. Por razones económicas, la Compañía había decidido, desde aquella época, anexionarla, como lo prueba una carta de lord Dalhousie que pude leer en septiembre de 1848.

---

[27] Mayor corresponde, en el ejército inglés, al grado de comandante.

Las protestas acogen su testimonio.

—Si eso es cierto, ¿por qué esperar ocho años?

—¡Faltaba encontrar una excusa! Según los tratados, no podemos anexionar Awadh salvo en caso de rebelión y, tal y como se quejaba el propio lord Dalhousie, el rey se mostraba «desesperadamente dócil». Así que Dalhousie envió como nuevo Residente al coronel Sleeman, con la misión oficial de evaluar la situación, en realidad fuera para elaborar un informe acusatorio.

»Efectivamente, con él el rey no tenía ninguna posibilidad, cualquier cosa que hiciera estaba equivocada. Sleeman, un puritano, detestaba todo aquello que Wajid Alí Shah representaba y no perdía nunca la oportunidad de contrariarle y humillarle. Para desacreditarle a los ojos de su pueblo, incluso le comunicó públicamente la prohibición de utilizar su título de Ghazi, «el Conquistador», título que han llevado sus antepasados desde que reinan en Awadh.

—Yo mismo trabajé con Sleeman. Después de cuarenta años en la India, tenía los nervios destrozados —confirma un oficial—, sospechaba de todo el mundo y vivía con el terror de que le asesinaran. Pero en lo que concernía al rey, no hacía más que obedecer las órdenes de lord Dalhousie: éste necesitaba probar que Wajid Alí Shah era incapaz de reinar y que, por ello, la Compañía de las Indias estaba obligada a asumir el poder en su lugar.

—Un momento, caballero —interrumpe vivamente sir James Outram—. El coronel ha dejado miles de páginas incriminando al gobierno y yo me he basado en ellas para hacer mi informe para lord Dalhousie. No irá a decirme que lo ha inventado todo…

—No, pero él no escuchaba más que lo que encajaba con sus prejuicios. Todos los rumores, todas las calumnias las aceptaba como si fueran dinero contante y sonante. La Residencia se había convertido en una auténtica oficina de reclamaciones. Había terminado por formar un estado dentro del estado que invadía, cada vez más, las prerrogativas del rey. Si Wajid Alí Shah protestaba, Sleeman lo tildaba de rebelión y recordaba al infeliz soberano que, desde el tratado de 1801, aquello era motivo de anexión.

—Tal vez haya exagerado —admite sir James encogiendo los hombros—, pero sea como fuere, es innegable que el pueblo estará mucho mejor administrado. Al menos, aportaremos a esos pobres diablos los beneficios de la justicia y de la civilización.

—Disculpe, señor, pero ¿quién le asegura que ellos no prefieren su justicia y su civilización? —objeta vivamente el coronel Simpson.

Las carcajadas acogen sus palabras.

—¿Su civilización? Llámelo más bien sus costumbres, pero, por lo que más quiera, no nos hable de civilización.

—Son demasiado ignorantes para distinguir lo que es bueno para ellos —deja caer un oficial con gesto condescendiente—. Han vivido bajo la tiranía, explotados por la corte y por los grandes *taluqdars*. Nosotros los liberamos y les abrimos las puertas a un mundo de justicia. Como cristianos, es nuestra misión ofrecer a esos desgraciados los valores en los que se fundan nuestras sociedades.

Sus palabras son recibidas calurosamente.

—El deber de la Compañía es velar por el bienestar de la población de la India y protegerla contra los soberanos indignos. Nuestra lucha es la del bien contra el mal, la anexión de Awadh es un deber moral*.

Y si, de paso, la Corona británica obtiene algunas ventajas, ¿por qué hacerle ascos...? Después de todo, Awadh es un importante productor de algodón y seda, materiales de los que las fábricas de Inglaterra tienen gran necesidad, y su suelo es perfecto para cultivar el índigo, que actualmente ha alcanzado precios de vértigo.

5

En plena noche, en el gran salón de la zenana, el rey se relaja, agasajado por sus esposas y favoritas. El espectáculo ha sido un enorme éxito, el pueblo estaba entusiasmado y, a su alrededor, el selecto plantel de aristócratas y artistas ha acogido sus poemas con fervor. Esos felices momentos le hacen olvidar las constantes reprimendas y vejaciones del Residente. Además, lleva algunos días sin verle y tiene la impresión de respirar mejor.

Mientras a su espalda dos esclavas mecen largos abanicos de plumas de pavo real, Wajid Alí Shah degusta los platos mogoles recubiertos de una fina lámina de oro que le presenta un desfile ininterrumpido de jóvenes criadas. El oro es conocido por ser un tónico cardiaco, pero la razón de este precioso revestimiento es, sobre todo, porque permite detectar el eventual añadido de veneno. La Rajmata, sentada al lado de su hijo, no prueba ninguno de los platos: nadie, ni siquiera ella, puede permitirse comer delante del soberano: sería una inconcebible falta de respeto. Además, por la noche, ella toma únicamente su bebida favorita, un zumo de frutas frescas mezclado con polvo de finas perlas, excelente para la salud, según le ha asegurado su *hakim*[28].

La atmósfera es liviana, las mujeres bromean, la noche es dulce.

---

[28] Doctor en medicina tradicional a base de plantas.

De repente, el pesado cortinón de seda se abre y un eunuco anuncia que el primer ministro, Alí Naqvi Khan, desea ser recibido.

—¿A esta hora? ¿No puede esperar a mañana?

—Ha insistido, Majestad, dice que es urgente.

—Bien. Demos a estas damas el tiempo de retirarse y hazle pasar.

Mientras las mujeres, desilusionadas, recogen, el rey hace una seña a su madre:

—No os vayáis, quedaos detrás de las *jalis,* os lo ruego.

La Rajmata asiente —en los asuntos delicados, su hijo le consulta a menudo— y, advirtiendo a Hazrat Mahal, murmura:

—Ven conmigo, hija mía, tengo la impresión de que se trata de un asunto importante. Me dirás tu opinión.

La Rajmata ha tenido la oportunidad en numerosas ocasiones de apreciar la inteligencia de la joven y, sobre todo, su rectitud, que la mantiene alejada de las intrigas del harén. Es una de las pocas personas en las que la vieja dama confía.

Entra el primer ministro, lívido. Se deshace en saludos hasta el suelo, pero ningún sonido consigue salir de sus labios.

—Vamos, Alí Khan, tranquilízate, ¿qué es lo que sucede?

Con mucho esfuerzo, el hombre consigue articular:

—El Residente me ha hecho llegar una carta para vos... de lord Dalhousie.

Wajid Alí Shah siente que un desagradable escalofrío recorre su cuerpo, pero se rehace rápidamente.

—¡Cuánto honor! ¿Y qué dice esa carta?

Alí Naqvi Khan sacude la cabeza y, apretando los labios, tiende la misiva al rey.

Durante largos minutos, Wajid Alí Shah la estudia, sus manos tiemblan y mientras las lágrimas oscurecen poco a poco su visión, enfurecido, arroja la carta lejos.

—¿Cómo se atreven a mentir tan descaradamente? ¡Pretender que por mi culpa el pueblo vive en la miseria cuando

Lucknow es la ciudad más rica del país y Awadh es llamada «el jardín de la India» por sus abundantes cosechas! Muy al contrario, precisamente han decidido apoderarse del estado gracias a nuestras riquezas. Para aquellos que quieren apoderarse de vuestros bienes en nombre de la virtud, cualquier cosa que hagamos estará siempre equivocada. Pero no me dejaré intimidar, ¡jamás firmaré la entrega de mi país y de mi pueblo a los extranjeros!

—El Residente me ha encargado transmitir a Vuestra Majestad que, en caso de negaros a cumplir, varios batallones de tropas británicas, situadas a una treintena de millas[29], tienen órdenes de marchar sobre Lucknow...

—Y de masacrarnos a todos, imagino. Convoca inmediatamente al Consejo: hay que encontrar una solución. Y, sobre todo, no olvides avisar al rajá Jai Lal Singh.

Una hora más tarde, una decena de consejeros, medio dormidos, se hallan reunidos en torno al rey. Indignados, ninguno tiene palabras lo suficientemente duras para calificar la traición de aquellos que, pese a su arrogancia, consideraban hasta ayer como aliados. Pero nadie tiene la menor idea de cómo salir de esa situación tan dramática, más allá de tratar de dialogar y prometer que seguirán al pie de la letra todas las órdenes del Residente y del gobernador general, en la medida en que éstos consientan en formularlas claramente...

—No nos hagamos ilusiones, señores, no servirá de nada. Sir James me ha informado de que la honorable Compañía de las Indias ha tenido demasiada paciencia y que, hagamos lo que hagamos, su decisión es irrevocable. Si el tratado no se firma en los próximos tres días, el reino será anexionado por la fuerza y Vuestra Majestad perderá todos sus derechos y privilegios. Temo que, a menos que pongamos nuestras vidas y las de miles de inocentes en peligro, estamos obligados a obedecer.

---

[29] Una milla equivale a 1,6 kilómetros.

—¿Obedecer a qué?

Un hombre apuesto de alrededor de cuarenta años acaba de entrar. Es el rajá Jai Lal Singh. Respetuosamente, se inclina ante el soberano.

—Os ruego perdonéis mi retraso, Majestad, no estaba en casa, un tío enfermo...

A pesar de la gravedad de la situación, el rey no puede reprimir una sonrisa. El rajá es conocido por frecuentar asiduamente las veladas de las grandes cortesanas del Chowq, que se disputan su presencia, pues tiene tanto ingenio como encanto.

Rápidamente, le ponen al corriente de la situación y le muestran la carta del gobernador. Sin hacer ningún comentario —pues, a diferencia de los hombres de la corte presentes, el rajá posee una formación militar—, anuncia con gran calma:

—Yo no veo más que una solución: combatir.

Su declaración es acogida por temerosas protestas.

—¿Combatir? ¡Contra el ejército británico! ¿Y con qué?

—Reuniremos a los *taluqdars*. Cada uno tiene su pequeño ejército y detestan a los ingleses porque tratan de recortar sus privilegios. Sumados a las tropas de Vuestra Majestad, alrededor de setenta mil hombres incluyendo los guardias de palacio y la policía, poco adiestrados lo reconozco, pero que darían la vida por su señor, eso nos convierte en una fuerza capaz de resistir. Sin contar, claro, con la población. —Y, volviéndose hacia el rey, añade—: El pueblo os ama, Majestad, y cada día se siente más indignado por las groserías y la arrogancia de los ingleses. Combatirá para protegeros y no caer bajo el yugo extranjero que trata de reformar sus costumbres e incluso sus creencias.

—¿Qué puede hacer el pueblo contra los cañones ingleses? —aduce impaciente el primer ministro—. Y en cuanto a las tropas de los *taluqdars*, no sirven más que para combatir contra los salteadores. Serían rápidamente barridas por unas fuerzas militares bien entrenadas. No escuchéis al rajá, Majestad; quiere arrastraros a una loca aventura donde tenéis todas las de perder. La única solución razonable es firmar: tendréis una vida tranquila, unos ingresos muy considerables y conservaréis vuestros títulos y honores.

—¡Señor, siempre he creído que erais amigo de los *ingreses*, pero vuestra propuesta me demuestra que no sois más que su lacayo! —exclama el rajá Jai Lal, rojo de ira.

Detrás de las *jalis*, la Rajmata deja escapar una pequeña risa de satisfacción.

—¡Bien dicho! Con frecuencia he aconsejado a mi hijo que no se fiara, ese Alí Naqvi es un traidor colocado por los ingleses para espiarle.

Hazrat Mahal no responde, sólo tiene ojos para el rajá: él sí que es un hombre valiente. Si el rey pudiera escucharle a él en lugar de a los serviles cortesanos que le rodean... Recuerda lo que le han contado sobre él: su familia, hindú, es de origen modesto; su padre era un pequeño terrateniente que, con ocasión de una cacería, salvó la vida del rey, Nasir uddin Hayder, atacado por una pantera. El soberano le ennobleció y le hizo su hombre de confianza. De niño, Jai Lal jugaba con el príncipe Wajid Alí Shah, pero su padre, temiendo la mala influencia de la negligente atmósfera de la corte, le hizo seguir una formación militar. Los dos siguen siendo muy amigos y el rey sabe que puede contar ciegamente con la lealtad del rajá.

En la sala del Consejo la discusión va subiendo de tono, y si el soberano, cansado, no les hubiera ordenado que se calmaran, Alí Naqvi y Jai Lal, sin duda, habrían llegado a las manos, pues, en ese instante, el odio que esos dos hombres se han profesado desde siempre está a punto de desbordarse. El primero, viejo aristócrata sutil y corrupto, no siente más que desprecio por el militar de reciente nobleza con maneras y lenguaje tan directos. En todo caso, la corrupción que ese mocoso le reprocha es mucho más llevadera, si se practica con elegancia, que una aburrida y vergonzante honestidad. Por lo que respecta a Jai Lal, el primer ministro simboliza todo aquello que detesta, la hipocresía y la ofuscación, los pequeños compromisos y las grandes bajezas que poco a poco han llevado a la despreocupada sociedad de Lucknow al drama actual.

—He dado mi opinión y no tengo nada más que añadir. ¿Da su permiso Vuestra Majestad para que me retire? —susurra el primer ministro confiando en que le retendrán.

Pero el rey ya ha oído bastante y tiene ganas de conversar a solas con su amigo. Con un ademán, despide a la asamblea de consejeros.

Después, volviéndose hacia el rajá, declara:

—¿De verdad crees que tenemos alguna oportunidad?

—Creo que si estamos unidos, podemos ganar. De todas formas, no podéis permitir dejaros robar Awadh por esos bandidos. Es necesario luchar, Majestad, está en juego vuestro honor, el honor de vuestra familia, que ha construido este reino de prosperidad y edificado esta admirable ciudad, la perla del norte de la India. Y, además, pensad en vuestro pueblo. Confía en vos, ¿cómo podríais dejarlo en manos de esos extranjeros que no sienten más que odio por sus valores y quieren obligarles a aceptar los suyos? Según dicen, ¡es por su bien! —Sumido en la indignación, el rajá se acalora—. Siempre la misma táctica... Cuando un poderoso decide invadiros, os acusa de todos los crímenes: ya seáis un cruel dictador o un inepto. La opinión, pues en esos países llamados «civilizados» prefieren sentirse respaldados por la opinión pública, es manipulada por una prensa que describe con todo detalle los supuestos vicios del hombre con el que hay que acabar. Sabéis bien que los periódicos ingleses os presentan como un derrochador y un borracho, aunque jamás hayáis tocado un vaso de vino, cumpláis escrupulosamente sus cinco oraciones del día y en vuestro lecho no entra una mujer sin que primero hayáis pasado ante el *maulvi*[30].

---

[30] Entre los chiitas, el *muta,* el matrimonio temporal, está permitido y lo celebra un *maulvi,* una figura religiosa. Eso facilita que, si nace un niño de esa relación, por corta que sea, pueda ser reconocido y tener derecho a las mismas ventajas que los demás hijos, especialmente en la sucesión.

—Todo eso lo sé, y también que estamos impotentes ante esas calumnias... Pero dime, tú, que eres militar, ¿cuánto tiempo se necesitaría para reunir a los *taluqdars* y preparar a nuestras fuerzas?

—Alrededor de dos semanas.

—¡Debo darles mi respuesta en tres días! Si me niego, el ejército británico marchará sobre Lucknow y eso significará un baño de sangre. No, amigo mío, la resistencia es imposible, sería sacrificar a mi pueblo en vano.

—¿Vos aceptaríais abdicar?

—¡Jamás! Para tomar el poder, se verán obligados a violar el tratado y deponerme a la fuerza. A los ojos del mundo entero aparecerán como agresores, estoy seguro de que vacilarán...

—No os hagáis ilusiones, Majestad, el mundo olvida rápidamente, un acontecimiento tapa el siguiente y aquel que tiene el poder impone su versión de la historia, que, en pocos años, se convierte en la verdad incontestable.

~

Esa tarde de primeros de febrero de 1856, a las cuatro en punto, el coronel James Outram, seguido de un intérprete, se presenta ante uno de los más suntuosos palacios de Lucknow, el palacio de Chaulakhi, donde reside la reina madre. Ésta ha solicitado verle y él se apresura a responder a su invitación: es la confidente de su hijo, y espera, a través de ella, convencerle. Que el rey entrara en razón y accediera a abandonar el poder sería mil veces preferible a una anexión, que, como le ha repetido a lord Dalhousie, corre el riesgo de suscitar violentas reacciones. Pero el gobernador general no ha querido saber nada. Después de ocho años en la India, durante los que ha anexionado sucesivamente los estados de Satara, Punyab, Jaipur y Sambalpur, Jhansi, Berar, Tanjore y Karnataka, está a punto de marcharse y se muestra particularmente ansioso por culminar su labor ofreciendo el estado de Awadh a la Corona británica, por el medio que sea, incluida la abjuración del tratado que les ha unido.

El coronel está convencido de que no será necesario llegar a ese extremo: el rey se preocupa más por la poesía que por la política y su madre es una mujer inteligente que comprenderá rápidamente dónde reside el interés de su familia.

Bajo el umbral del palacio, una guardia de mujeres en *kurtah*[31] y *chowridar*[32] negros, cruzados por una canana en bandolera, le rinden honores. El coronel, corpulento y de baja estatura, se siente siempre incómodo en presencia de esas amazonas morenas y musculosas, más imponentes que sus propios soldados. Apodadas «las gatas negras» y, según se dice, de origen abisinio, las primeras llegaron en tiempos de Bahu Begum, una antepasada de Wajid Alí Shah que poseía su propio ejército. Son eficaces y totalmente leales, al contrario que los eunucos, siempre dispuestos a conspirar. El único problema es que, a menudo, se quedan embarazadas...

Dentro del palacio, otro cuerpo de guardia femenino se hace cargo del Residente, unas turcas de piel lechosa que le preceden al grito de: *«¡Purdah karo*[33]*!»*, a fin de prevenir a las mujeres de la presencia de un extraño. Le hacen atravesar un laberinto de galerías que bordean pequeños patios interiores en sombra, ascender y descender estrechas escaleras sin cruzarse con un alma viviente, a pesar de que sir James tiene la clara sensación de estar vigilado por centenares de ojos.

Finalmente llegan al salón de honor, el salón de los Espejos. El coronel ha oído hablar de él, pero es la primera vez que lo ve. Se detiene deslumbrado en el umbral: bajo el resplandor de los altos candelabros de cristal, los muros y techos recubiertos de mosaicos y de miles de minúsculos

---

[31] Túnica larga.
[32] Pantalón de origen mogol, ajustado en las pantorrillas y plisado.
[33] ¡Observad el *purdah!*

espejos que representan los jardines del paraíso centellean en una profusión de flores y pájaros multicolores.

En medio de ese esplendor, sentadas sobre un sencillo lienzo blanco, dos formas negras aguardan.

¡El *purdah,* sin duda! Lo había olvidado. Va a ser difícil conversar con sombras. El coronel siente una creciente irritación, ya que el salón se halla, como todos los interiores tradicionales, desprovisto del más mínimo asiento y, pese a los cojines que le traen las sirvientas, no consigue sentarse cómodamente. ¿Y ahora qué? ¿Tendrá que quitarse los zapatos? ¡Eso ni pensarlo! Es costumbre en la India, e incluso se considera el signo más elemental de cortesía, pero él es inglés y no ve ninguna razón para plegarse a los usos indígenas.

La Rajmata le recibe con una larga fórmula de bienvenida, transmitida al intérprete por la pequeña silueta negra sentada a su lado, ya que resultaría inapropiado que un hombre escuchara la voz de la reina madre[34].

Mientras el intérprete responde a los deseos de bienvenida con una ampulosa fórmula, el coronel Outram se arma de paciencia. La experiencia le ha enseñado que en la India y, sobre todo, en Lucknow, sólo se entra en detalle después de dar largas vueltas y que querer precipitar las cosas no hace más que retrasarlas.

Unas jovencitas han hecho su aparición portando unas fuentes de plata surtidas de platos de vivos colores que él deberá rechazar siete veces, como prescribe el protocolo. No aceptará más que un vaso de limonada, un zumo de cidra y rosas muy azucarado. A pesar de intentarlo varias veces, no ha logrado jamás acostumbrarse, pero se ha especializado en el arte de mojarse los labios fingiendo que bebe.

Ha transcurrido una hora, entre el convencional desfile de platos y largos silencios, cuando por fin la Rajmata se decide a hablar:

---

[34] Contrariamente a la costumbre, que prescribe que las mujeres de la familia real reciban a los hombres detrás de una colgadura, la Rajmata ha preferido para la ocasión el burka, que, pese a todo, permite un contacto más directo.

—¿Es cierto, señor, que la honorable Compañía de las Indias, que usted representa, ha decidido que mi hijo, el rey, ya no es apto para reinar?

—Es cierto, Vuestra Majestad.

—¿Es cierto que han decidido desposeerle de todo poder y administrar el estado en su lugar?

—Es cierto.

—Y si el rey se niega, ¿es cierto que la Compañía ha decidido anexionar nuestro estado por la fuerza?

—Es cierto, Majestad, pero tengo la esperanza de que no llegaremos a esos extremos.

—¿Y cómo, señor Residente?

—Muy sencillo. El rey sólo tiene que abdicar y la honorable Compañía, en su clemencia, le concederá una generosa pensión de ciento cincuenta mil rupias y le permitirá conservar sus títulos y la autoridad sobre su corte.

Después de un largo silencio, la voz ronca de la Rajmata se eleva. Ignorando el protocolo, se dirige directamente al Residente.

—¿Qué crímenes ha cometido mi hijo? ¿Qué ha hecho para provocar la cólera del gobierno británico, por el que no siente más que respeto y admiración? Dígame qué es lo que se ha de hacer, señor, y le prometo que él se conformará punto por punto.

—Lo lamento, Majestad, pero ésas son las órdenes, yo sólo puedo obedecerlas.

—Al menos, podrá transmitir un mensaje al gobernador general, lord Dalhousie, y decirle que el rey sólo pide administrar su estado según sus instrucciones, si tiene a bien definirlas claramente.

—El rey ya ha hecho esas promesas, la Compañía ha sido muy paciente, desgraciadamente, ya es demasiado tarde.

La reina calla un momento, abatida, antes de continuar:

—Ya veo, señor, que mi hijo está condenado. Pero si el gobierno británico no lo juzga apto para reinar, ¿por qué no nombrar en su lugar a su hermano, Mizra Sekunder Hashmat, o a su hijo?

El coronel Outram, cogido por sorpresa, se queda mudo. La oferta es sensata, no tiene ninguna respuesta válida que oponer. Salvo que lord Dalhousie nunca... Entonces farfulla:

—No logro entender... ¿cuál sería vuestra ventaja?

La sombría silueta se yergue.

—Ninguna ventaja personal, señor, pero, al menos, el reino de Awadh perduraría y nuestro nombre no sería deshonrado.

—Lo lamento mucho, Majestad, la decisión de Londres es definitiva e irrevocable. He venido aquí para solicitaros que convenzáis al rey de que acceda: si firma, vivirá en la opulencia, sin más preocupaciones; si se niega, perderá su reino y toda su fortuna. Estamos convencidos de que, como madre, no deseáis más que el bienestar de vuestro hijo y de todos aquellos que dependen de él. Vos misma tendréis una dotación independiente, ya que la Compañía se propone concederos una pensión de cien mil rupias.

—¡Ya es suficiente! —A través del velo negro la voz brota estridente—: ¿Quién os ha permitido esa insolencia? ¡Os atrevéis a intentar comprarme para que convenza al rey de abdicar y deshonrarse! Para ustedes, los *ingreses*, lo único que cuenta es el dinero. ¿Acaso creen que no vemos claramente su juego? Hace mucho tiempo que codician las riquezas de Awadh y cualquier cosa que hiciera mi hijo no tenía ninguna posibilidad de satisfacerles.

Con un gesto seco, la Rajmata da a entender a sir James que la entrevista ha concluido.

Mientras la guardia turca rodea al Residente para acompañarlo, la pequeña silueta negra, sentada junto a la Rajmata y que no es otra que Hazrat Mahal, se inclina hacia ella.

—Está blanco de rabia, Houzour, va a querer vengarse.

—Hija mía, nos roban nuestro país, ¿qué más pueden hacer? He sido más que paciente. Cuando ese sinvergüenza me ha insultado, he tenido que reprimirme para no ordenar a mis amazonas que lo azotaran. Cuando pienso que hace cien años la Rajmata de Awadh, la begum Sadr i Jahan, se paseaba en un palanquín llevado por una docena de prisioneros británicos... ¡Ay! ¡Cuánto han cambiado los tiempos...!

6

Cada día las tropas británicas se acercan más a Awadh. Para demostrar que sus intenciones son pacíficas, el rey les ha hecho llegar provisiones y ha ordenado que sus tropas sean desarmadas y su artillería desmontada. Intenta demostrarles que no abriga la más mínima intención de rebelión y despojar así a la Compañía de las Indias de todo pretexto para anexionarlos. Incapaz de la menor doblez, se niega a creer que pueda violar el tratado que, durante cincuenta y cinco años, la ha ligado a su fiel aliado y más que generoso donante.

De nada ha servido que su amigo, el rajá Jai Lal, le recordara que en los últimos años el gobernador general ha anexionado una decena de estados sin una justificación válida y que ningún escrúpulo le impedirá apoderarse de Awadh, pues Wajid Alí Shah no quiere escuchar a nadie.

—Centenares de *taluqdars* os garantizan su apoyo —insiste el rajá—. Pueden reunir a un ejército de cien mil hombres y un millar de piezas de artillería. Y vos sabéis bien que los cipayos del ejército británico, originarios en su mayor parte de Awadh, se negarán a disparar contra sus hermanos. Una sola palabra vuestra, Majestad, y el país estará dispuesto a luchar para no caer bajo el dominio de los *ingreses*.

Un discurso en vano. El rey insiste en declarar que no quiere derramar la sangre de su pueblo. Puede que quizá no tenga demasiada confianza en la lealtad de los *taluqdars*, y en eso Jai Lal no se atreve a asegurar lo contrario. La historia de la región demuestra que la mayoría de los grandes señores feudales son, en primer lugar, leales a sus intereses y, cuando se encuentran en una posición delicada, no dudan en cambiar de bando para aliarse con el más fuerte. Pero, ante todo, Wajid Alí Shah no es guerrero ni hombre de acción... Jai Lal lo quiere y respeta por sus cualidades humanas, pero sabe muy bien que su amigo vive en un sueño y ha huido siempre de cualquier enfrentamiento.

El 4 de febrero, a las ocho de la mañana, el coronel Outram, acompañado por dos oficiales, se presenta en el palacio real, donde es recibido por guardias desarmados. Un pesado silencio reina en los desiertos salones habitualmente ocupados por los cortesanos, y los escasos sirvientes con los que se cruza apartan la mirada.

En la sala del Consejo el soberano aguarda rodeado de sus ministros. En cuanto entra el Residente, se precipita a abrazarle calurosamente como si recibiera a un amigo largo tiempo esperado y no al juez que anunciará su castigo.

Molesto por esas inesperadas demostraciones de afecto, a sir James le cuesta trabajo liberarse de él.

—¡Majestad, os lo suplico, Majestad! —Retrocede a una distancia respetuosa y añade—: Majestad, debo transmitiros un mensaje de parte de su excelencia el gobernador general lord Dalhousie, honorable representante de la Compañía de las Indias Orientales.

Con su tono más formal, el coronel Outram anuncia al rey que la Compañía se ve obligada a romper el tratado de 1801 que le vincula al reino de Awadh debido a las múltiples infracciones cometidas por el soberano respecto a las obligaciones enunciadas en dicho tratado. La Compañía, por tanto, exige al rey la firma de un nuevo tratado de siete artículos en el que reconozca que «de forma constante y pública ha incumplido todos sus compromisos» y que, en consecuencia, acepta que la administración exclusiva de los asuntos civiles y militares del estado de Awadh sea de ahora en adelante y para siempre responsabilidad de la honorable

Compañía, al igual que la libre disposición de todos los ingresos del estado. Por su parte, y haciendo gala de su gran magnanimidad, la Compañía garantiza al rey una pensión de ciento cincuenta mil rupias al año, así como el respeto a sus títulos y a su autoridad sobre la corte.

Si bien el Residente esperaba sus protestas, no está preparado para la explosión de sollozos y gemidos que acoge el veredicto. Entre lágrimas, Wajid Alí Shah recuerda su fidelidad y la de sus antepasados a la Compañía de las Indias, de la que han sido siempre devotos aliados y a la que nunca han dudado en ayudar en los momentos difíciles. Él no se rebajará a especificarlas, pero todos conocen las fabulosas sumas prestadas y nunca reclamadas, el coste de sostener un ejército impuesto por la Compañía, las numerosas construcciones requeridas para alojar al Residente, a su séquito y su administración, así como los cuantiosos e incesantes gastos necesarios para la comodidad de unos huéspedes cada vez más avasalladores.

Con un gesto dramático, el rey llega a despojarse de su turbante, símbolo de su soberanía, y, con voz desgarradora, exclama:

—Ya no tengo ningún poder, ¿cómo puede mi humilde persona concluir un tratado con la todopoderosa Compañía?

Durante horas, el Residente, flemático, repetirá que se limita a obedecer órdenes y que si el rey no firma su abdicación, además de su reino, perderá todos los beneficios concedidos. Pero ha subestimado al monarca, que, para su gran sorpresa, tan indiferente a las promesas como a las amenazas, se niega obstinadamente a ceder.

—¡Apelaré al gobernador general de Calcuta, iré incluso hasta Londres a demandar justicia a la reina Victoria!

Crispado por lo que considera, como buen británico, una pantomima indigna, sir James Outram termina por zanjar la entrevista:

—Vuestra Majestad tiene tres días para decidirse. Si el día 7 de febrero a mediodía no ha firmado, la Compañía de las Indias Orientales tomará el control permanente y exclusivo del estado y Vuestra Majestad perderá todos sus privilegios.

El 7 de febrero de 1856, la anexión del Estado de Awadh es anunciada oficialmente y, en Calcuta, el gobernador general lord Dalhousie comenta con satisfacción:

«En el día de hoy nuestra muy graciosa soberana tiene cinco millones de súbditos y unos ingresos de un millón trescientas mil libras más que ayer*».

Mientras tanto, en Lucknow, los acontecimientos no se desarrollan tan bien como se había previsto. Convencidos de que la población, explotada y tiranizada por un gobierno irresponsable y corrupto, acogería con entusiasmo la nueva administración, los británicos se hallan desconcertados ante la resistencia pasiva de sus ciudadanos. Como el rey ha ordenado a sus súbditos obedecer a la nueva autoridad mientras aguardan el resultado de su visita a Calcuta y a Londres, no se van a producir manifestaciones, pero circulan, sin embargo, peticiones para exigir que se mantenga al Djan-e-Alam, «el amado del mundo».

Sir James desdeña esas protestas, que supone inspiradas por la corte. No puede ignorar, en cambio, el rechazo del ejército y de la administración a incorporarse a su gobierno. A pesar de una oferta de salarios muy elevada, los altos funcionarios se escabullen, lo mismo que los militares del ejército real recién disuelto y que el coronel quiere reenganchar con las tropas de la Compañía. Para su desgracia, ni la promesa de magníficos sueldos ni la oferta de reclutar, tanto a jóvenes como a veteranos, consigue convencer a los soldados. A riesgo de ser tachados de rebeldes, los oficiales le declaran sin ambages: «¡Cese de hacernos ofertas! ¡Los hombres "han comido la sal"[35] de su rey durante décadas, ahora no pueden servir a sus enemigos!».

---

[35] La sal fue en otros tiempos un alimento escaso e indispensable para la supervivencia. «Comer la sal» significa deber la vida a aquel que te emplea.

Por su parte, Wajid Alí Shah, consciente de que exigir justicia al gobernador general —representante de la Compañía— supone una pérdida de tiempo, ha decidido acudir directamente a Inglaterra para rogar por su causa ante la reina y el Parlamento. Tiene la intención de presentar las pruebas de sus constantes esfuerzos, desde su advenimiento al trono, por acatar las órdenes de los sucesivos residentes, y explicar cómo, mientras era presionado para hacer las reformas, éstos le despojaban sistemáticamente de toda posibilidad de iniciarlas o llevarlas a cabo. Algunos de sus ministros de la época pueden atestiguarlo. Existen, además, un gran número de documentos que prueban sus declaraciones y la mala fe de los responsables de la Compañía. A la reina Victoria no le quedará más opción que constatar su lealtad y las incesantes intrigas de aquellos que se presentan como paradigmas de la moralidad.

Temiendo que salgan a la luz los discutibles métodos de la Compañía de las Indias Orientales y que la prensa británica descubra que «el culpable no es aquel que uno piensa», el coronel Outram ha decidido hacer todo lo posible para impedir que el rey se vaya. Con falsos pretextos, se somete a vigilancia a los ministros que deben acompañarlo: el ministro de Economía, el responsable de los archivos gubernamentales e, incluso, el primer ministro, cercano a los británicos, pero crítico con la anexión. El coronel ordena asimismo confiscar los documentos oficiales y las actas públicas que puedan avalar los argumentos del rey, de tal manera que éste se encuentre desprovisto de todo medio para defender su causa.

A pesar de ello, y contrariamente a los cálculos del Residente, Wajid Alí Shah no renuncia: irá a postrarse a los pies de la reina; tiene absoluta confianza en su imparcialidad y quiere hacerse oír.

El coronel Outram se siente superado: abandonando cualquier intento de urbanidad, no escatima ocasiones para humillar al rey siempre que puede y no se detiene a la hora de echar mano de cualquier mezquindad para impedir su partida. Al no poder retenerlo a la fuerza, hace arrestar a veintidós familiares escogidos para acompañarle e incluso llega a confiscar todos sus caballos y carruajes...

Desde sus aposentos en el palacio de Chattar Manzil, donde residen las esposas y los parientes del rey, Hazrat Mahal sigue detenidamente esas peripecias gracias a los valiosos informes de Mammoo, que tiene informadores tanto en la Residencia como en palacio.

Se siente orgullosa de su rey, que muestra tanta determinación ante esa dura prueba, pero lamenta que no haya seguido los consejos del rajá Jai Lal. Ella misma ha tratado de hablar con él, pero desde sus primeras palabras ha fruncido el ceño y, pese a ser de ordinario paciente, le ha sugerido que regresara a sus poemas.

La joven duda mucho que el soberano vaya a ganar la causa delante de la reina Victoria. ¿Cómo va a desautorizar la soberana a la Compañía si, en apenas unas decenas de años, ha aportado a la Corona las tres cuartas partes de la India y sus inmensos recursos? Recursos que han permitido que Inglaterra se convierta en la primera potencia industrial y comercial del mundo.

Éstas son las cuestiones sobre las que se debate a menudo en la zenana.

Con una sonrisa, Hazrat Mahal recuerda la estupefacción de las damas inglesas recibidas por la Rajmata a propósito de una fiesta oficial. No hablaban más que de telas y baratijas, convencidas de que son los únicos objetos accesibles para aquellas desgraciadas mujeres enclaustradas, hasta en el momento en que la reina madre, exasperada, había empezado a interrogarlas sobre el programa de su nuevo primer ministro y fueron incapaces de responder.

Para esas *memsahib*[36] convencidas de su superioridad, la reclusión implica ignorancia y sumisión. Están muy le-

---

[36] Literalmente, «la esposa del caballero», así era como los indios llamaban a las mujeres blancas.

jos de imaginar la complejidad de un harén y cómo, si se quiere superar la condición de simple odalisca, hace falta mantener el ingenio alerta y estar al corriente de todo, a fin de ser capaz de capitanear el barco a través de incontables escollos.

La reclusión es una prueba de carácter que destruye a las débiles y mantiene inquebrantables a las más fuertes, puesto que, para conseguir sus fines, estas mujeres fuera de lo común deben desarrollar el tesoro de la inteligencia, la sutileza y la tenacidad. Por ello, las orientales, esas «criaturas sumisas», ya estén recluidas en un harén, confinadas en sus dependencias o escondidas tras un velo, tienen a menudo el control sobre aquel que se supone que es su dueño y señor.

Inconscientemente, los pensamientos de Hazrat Mahal vuelven a su esposo: ¿por qué habrá renunciado a luchar? Ella había reaccionado vehementemente cuando oyó al rajá Jai Lal tacharlo de débil, pero, a la vista del drama que están viviendo, ahora titubea... Acostumbrado a la vida placentera de la corte, ¿será aún capaz Wajid Alí Shah de tomar decisiones difíciles? Se promete hacer lo imposible para transmitirle toda la energía que le sobra y que le hará falta en su misión en Inglaterra, que estará sembrada de miles de obstáculos. Está decidida a no quedarse en Calcuta con las otras Mahal, y cuenta con persuadir a la Rajmata para que la lleve, a fin de distraer al rey, hacerle reír y recitarle versos.

El 13 de marzo de 1856, después de seis semanas de soportar una prueba de resistencia de la que nadie, ni siquiera sus amigos, le habrían creído capaz, Wajid Alí Shah abandona su amada ciudad. Es despedido por una llorosa muchedumbre, hindúes y musulmanes mezclados, que le acompañan durante millas bendiciéndole y suplicándole que regrese pronto, que no les abandone.

Hazrat Mahal no forma parte de la comitiva.

La noche antes, la reina madre la había convocado.

—Me siento desolada, niña, pero, a pesar de mi insistencia, mi hijo ha decidido no llevarte con él.

La joven tiene la sensación de que la tierra se abre a sus pies.

—¿Por qué razón? —replica, trastornada—. ¿Qué he podido hacer para disgustar a Su Majestad?

—Nada, él contaba con tu compañía, pero debes saber que tienes poderosas enemigas en la zenana. Su primera esposa, Alam Ara, le ha montado una escena terrible, jurando que si tú le acompañabas, se quedaría en Lucknow con su hijo, el príncipe heredero. El rey ha tratado de ablandarla, pero no ha querido saber nada y él ha tenido que ceder.

«¡Ha tenido que ceder! ¿Acaso no es él el rey? Nadie, ni siquiera Alam Ara, puede imponerle su voluntad. Pero él odia los enfrentamientos... y por mantener la paz me abandona...».

Siente como si algo la ahogara, le cuesta respirar, sus piernas no la sostienen.

Cuando se recupera de su desvanecimiento, la Rajmata, a su lado, le está acariciando la frente con una dulzura inhabitual en una mujer conocida por su frialdad.

—No te pongas así, querida, mi hijo y yo esperamos mucho de ti: tú serás aquí nuestros ojos y oídos y nos transmitirás aquello que te parezca importante. El rey aprecia tu inteligencia y tu lealtad; él sabe que tú no le decepcionarás.

—Oh, ¡me gustaría tanto serle útil! —balbucea todavía conmocionada—, pero no veo cómo... ¿Cómo, a tantos miles de millas y vigilados por los *ingreses*, podremos comunicarnos?

—Encontrarás la manera. El rey confía en ti. No olvides que te ha apodado «el orgullo de las mujeres».

En los meses siguientes, durante los momentos más desesperados, Hazrat Mahal se repetirá a menudo esa frase, como un preciado talismán.

7

La anexión de Awadh escandaliza a la opinión pública de la India.

El Patriota Hindú[37] escribe:

> *Lo que es cierto del ladrón de manzanas, lo es también de los «héroes» que anexionan un estado. Si en el primer caso la moral ofendida denuncia al culpable, ¿cómo no denuncia ésta con más vehemencia al usurpador? Awadh —dicen— está mal gobernada, anexionemos Awadh. Hyderabad está oprimida, destituyamos a su soberano. Pero si uno sigue ese razonamiento, ningún reino del mundo estará jamás a salvo de la agresión de su vecino, ya que las acusaciones de mal gobierno serán lanzadas desde el momento en que un estado poderoso y sin principios decida pisotear los derechos de un estado más débil pero que tiene la mala suerte de poseer unos bienes envidiables.*

Todos consideran esta anexión como un puro y simple robo y se sienten inquietos: ¡si son capaces de expoliar a su más fiel aliado, los ingleses pueden hacer cualquier cosa! ¿Quién será su próxima víctima?

Pero estos temores serán rápidamente olvidados. Por una extraordinaria coincidencia, en ese año de 1856, las fiestas de Holi, la celebración hindú de los colores, y la fiesta de Nowrouz, el comienzo del nuevo año para los

---

[37] Publicado en Asola, en el estado de Maharashtra.

chiitas musulmanes, caen el mismo día, el viernes 21 de marzo, y en todo el país las celebraciones serán continuas.

En Lucknow, en cambio, una atmósfera de duelo pesa sobre la ciudad. Las calles están silenciosas, los mercados desiertos y la mayoría de los comercios cerrados. Hace ocho días que el rey ha partido y nadie tiene ganas de divertirse. Se quedan en sus casas lamentándose y evocando los días felices, se hacen visitas entre vecinos para intercambiar las escasas e inciertas noticias, pero, sobre todo, se sienten inquietos por un porvenir que se presenta lleno de amenazas.

En el palacio, la atmósfera es lúgubre, la vida parece haberse detenido y las mujeres deambulan, desocupadas. Para pasar el tiempo, otrora marcado por las visitas del rey, se acicalan y se dan masajes durante horas con afeites perfumados, pero estos rituales anteriormente dichosos tienen ahora un gusto amargo: ¿para quién ponerse bellas? La idea misma parece absurda, incluso culpable. Estas mujeres existían para «el amado», para una mirada suya, una palabra, una sonrisa... ¿por quién y para qué vivir ahora?

Hazrat Mahal apenas sale de sus aposentos, nunca ha tenido paciencia con los cuchicheos y las maledicencias, y aún menos con los lloriqueos. Por otro lado, si bien es cierto que se ha librado de su enemiga declarada, la primera esposa, también lo es que ha perdido a su protectora, la reina madre, la cual —ahora comprende— le ahorraba muchos problemas. Las pullas y las alusiones malévolas de las que es objeto tras la marcha del rey —«mi pobrecita niña, no ha querido llevarte...», «vaya sorpresa, creíamos que estabas muy unida a él...»— la han sorprendido más que herido: no se sabía tan envidiada.

Sin embargo, y tras reflexionar, tiene que admitir que la reacción de las mujeres de la zenana, muy similar a la de sus compañeras de juventud en la casa de Amman e Imaman, no es más que el resultado de su propia actitud. Sin ser jamás desagradable, no cultiva las relaciones triviales que hacen soportable la vida en una atmósfera confinada; prefiere permanecer sola y leer o componer poemas antes que participar en juegos y charlas que juzga pueriles. E incluso aunque es siempre cortés y está de buen talante, su indiferencia atrae hacia ella acritud y resentimiento. Pero hace mucho tiempo que ha abandonado la ilusión adolescente de querer ser amada por todos, pues ¿qué puede significar ser apreciada por gentes por las cuales no se tiene ninguna estima? Evidentemente, al vivir de esta manera uno se aísla, pero, a excepción de algunos meses de felicidad pasados con el rey, su esposo, antes de que él se fuera con otras, la soledad es, desde hace tiempo, su más preciada compañera.

¿Y su hijo? Birjis Qadar es la niña de sus ojos y daría mil veces su vida por él, pero desde que sus preceptores lo tomaron a su cargo, apenas si lo ve.

Absorta en sus pensamientos, Hazrat Mahal no ha oído entrar a Mammoo.

—¿Houzour? —carraspea discretamente el eunuco—. ¿Houzour?

Sonriendo, le observa avanzar. Después de once años de estar a su servicio no ha cambiado, salvo por un ligero aumento de peso y por sus cabellos prematuramente canosos que tiñe con henna, lo que les da un tono pelirrojo de discutible efecto. Habida cuenta de su susceptibilidad, ella se cuida mucho de comentárselo.

—Houzour, acabo de llegar de la gran mezquita. ¡Ha sucedido una tragedia! Imaginaos, después de la oración, el hermano de Su Majestad, el príncipe Mustafá Alí Khan, ha tomado la palabra para exhortar a los fieles a desobedecer a los extranjeros. Las gentes le han aclamado, pero a la salida los guardias le esperaban y se lo han llevado a la fuerza a la residencia del alto comisario[38]. La muchedumbre ha tratado de interponerse, pero los guardias la han mantenido a raya y ésta no ha podido hacer otra cosa más que proferir insultos contra los *ingreses*.

---

[38] En un estado anexionado, el Residente se convierte en alto comisario.

—¡Que Alá proteja a ese pobre príncipe! ¡Un alelado, un irresponsable! Me pregunto qué ha podido empujarle a hacer esa declaración...

—El alto comisario ya ha ordenado una investigación y ha advertido al príncipe de que, si vuelve a repetirlo, le desterrará. Sir James no quiere correr ningún riesgo, parece que teme una rebelión. La población está muy soliviantada contra los extranjeros, en la calle fingen no verles para no tener que saludarles, en el bazar los mercaderes no les conceden ya ningún crédito[39] e incluso los porteadores se niegan a cargar con sus paquetes.

Ante la imagen de los ingleses sudando y resoplando cargados de paquetes, Hazrat Mahal no puede contener una sonrisa burlona: ¡buena lección! Pero ¿cuánto tiempo podrá durar esto? Sabe que sus compatriotas son, ante todo, realistas y, por tanto, los compromisos que ella reprocha a los ricos, ¿cómo podría exigírselos a los pobres? ¿Se puede escupir en la mano que te ofrece el *chapati*[40] cotidiano? Los grandes principios rara vez resisten al hambre... De niña vio a su alrededor los estragos de la miseria y, más tarde, se ha preguntado con frecuencia si, en esas situaciones extremas, la moral tradicional tiene cabida, si incluso tiene algún sentido... Esa moral escarnecida diariamente por pudientes virtuosos que proclaman a gritos el crimen en cuanto uno de esos hambrientos encuentra el valor de «robarles» algo para comer.

¿Quién es en realidad el criminal? ¿Quién debería ser juzgado?

Cae la noche, en el cielo rosáceo las nubes de estorninos han iniciado su danza diaria y, en el borde de las fuentes, los ruiseñores rivalizan con sus trinos. Mammoo se ha retirado, Hazrat Mahal se hace traer su escribanía. Desde

---

[39] Los militares ingleses llevaban en la India una vida de lujo que su sueldo estaba lejos de permitirles.

[40] Torta de trigo, equivalente al pan.

que se ha ido el rey, no ha recibido ninguna noticia suya, pero cada día, escrupulosamente, escribe para él un diario. ¿Cómo hacérselo llegar? Aún no lo sabe, pero el eunuco le ha prometido encontrar un medio seguro.

Tras la momentánea excitación de verse confiada una misión importante, se ha llenado de dudas: ¿es realmente ese diario una idea del rey o una invención de la Rajmata para consolarla por haber sido abandonada y dar sentido a su presencia en la zenana? La zenana, otrora tan alegre, se ha convertido, después de la partida del que era su razón de ser, en una absurda monstruosidad, una cárcel donde se marchitan las mujeres más bellas del reino. ¿Volverá alguna vez Wajid Alí Shah?

«Y si él no vuelve jamás, ¿he de quedarme aquí, enterrada en vida? A mis veinticinco años, ¿es posible que mi vida haya terminado...?».

Con la garganta oprimida por la angustia, recorre a grandes pasos su habitación. Se niega a llorar como todas esas tontas, prisioneras ante todo de sus hábitos de lujo e indolencia. Ella no ha seguido jamás los caminos trazados, desborda energía y unas fervientes ganas de vivir. Si el soberano no vuelve, abandonará la zenana. ¿Cómo? ¿Para ir a dónde? No tiene ni idea, sólo sabe que saldrá de allí, igual que ha salido siempre de las situaciones más difíciles.

~

Las nuevas autoridades británicas, que esperaban el agradecimiento del pueblo, se han desencantado rápidamente. Aunque tratan de hacer creer que los descontentos no son más que una minoría, han situado a sus espías en todas partes, tomando una serie de medidas para consolidar su poder. Hace falta, afirma desde Calcuta el gobernador general, borrar el recuerdo del antiguo régimen: «Mientras que el pueblo no haya olvidado a su rey, nuestra autoridad será cuestionada».

Para tal fin, van a destruir, dispersar o confiscar todo aquello que evoque la magnificencia de la dinastía.

Empezarán por el espléndido zoológico que Wajid Alí Shah había establecido a orillas del río Gomti y al que le gustaba acudir en su imponente barco construido en forma de pez. Se subastan siete mil animales, entre ellos cientos de leones, elefantes, tigres, los dos mil purasangres de las cuadras reales, los miles de pavos reales, loros y palomas mensajeras. Todo encuentra comprador entre los europeos y sus «lacayos», ya que ningún indio respetable comete la indecencia de apropiarse de los despojos de su soberano, sin contar con que los ingresos de la venta deben revertir en la Compañía de las Indias.

En mayo, sir James Outram, enfermo, es reemplazado por un nuevo alto comisario, Coverley Jackson, un hombre de modales bruscos que no oculta su desprecio por los «indígenas». En su celo reformador, no le detiene ninguna recomendación de prudencia. Ordena la destrucción de una parte de los monumentos de la ciudad a fin de hacer sitio, declara, a grandes avenidas y a una vía férrea. Con el corazón roto, los habitantes de Lucknow ven demoler palacios y mansiones señoriales, pero también el gran bazar de Khas, el mercado más importante de objetos de lujo del norte de la India, e, incluso, edificios religiosos, especialmente un pequeño templo hindú, lugar venerado de peregrinación. En cuanto a Qadam Rasoul, monumento erigido para acoger una roca que supuestamente contiene la huella impresa del pie del profeta Mahoma, es transformado en arsenal de pólvora para los cañones.

Entre la población, dolida por aquello que percibe como medidas arbitrarias destinadas a saquear la belleza de la capital y a borrar cualquier recuerdo de su grandeza, circulan toda suerte de rumores: «El rey ha sido hecho prisionero, nadie sabe dónde se encuentra... El rey ha caído enfermo de pena, se teme por su vida...».

El 15 de mayo, la noticia de la restauración del soberano y del fin de la autoridad británica hace salir a todo el mundo a la calle. Una vez más, se trata de una noticia falsa y el alto comisario, furioso por estos desafíos al nuevo orden, hace arrestar y ahorcar públicamente a los responsables. No se atreverá a llegar tan lejos como para hacer ejecutar al editor del semanario *Tilsim* —que también ha publicado las informaciones—, pero, para dar ejemplo, le condena a tres meses de prisión.

Coverley Jackson no vacilará tampoco en confiscar, a beneficio de la Compañía, la preciosa biblioteca de Wajid Alí Shah, con cuarenta y cinco mil obras y antiguos manuscritos de un valor incalculable. Por más que los ciudadanos protestan ante el robo, al igual que cuando se vendieron los animales del rey, no hay vuelta atrás. Jackson, encargado de administrar Awadh, toma las decisiones que juzga necesarias y no tiene ninguna intención de dejarse influenciar por los sentimientos de la población.

Finalmente, el 18 de agosto, Jackson da el golpe de gracia destinado a destruir hasta los mismos cimientos del antiguo régimen. Se promulga un decreto que ordena a los *taluqdars* desarmar los seiscientos veintitrés fuertes y las tropas que mantienen a fin de salvaguardar una cierta independencia de cara a la capital. A lo que los soberanos de Awadh toleraban, se opone ahora la autoridad británica, que intenta centralizar el poder e impedir cualquier resistencia a la nueva reforma agraria.

Bajo la influencia del rigor puritano y de las ideas de justicia social al uso en Inglaterra, se ha decidido, en realidad, desposeer a los *taluqdars* —esos vividores y explotadores—, en beneficio de los campesinos que trabajan sus tierras. Uno de los medios empleados es exigirles el pago de impuestos antes de la venta de la cosecha de mayo. Como la mayor parte de las veces los *taluqdars* no disponen de los fondos necesarios, sus tierras son confiscadas y luego distribuidas entre los agricultores. Así, no solamente se hace «obra moral», sino que también se decapita a la oposición —a los señores feudales, una vez arruinados, no les quedará ningún medio de enfrentarse al nuevo régimen— y se gana el reconocimiento eterno de millones de pobres diablos que, en caso de problemas, apoyarán a sus benefactores.

~

—¡Tenemos que luchar! ¡No podemos aceptar impasibles que nos despojen de nuestros derechos!

En la confortable *mardana*[41] del rajá de Taripur, están reunidos una treintena de *taluqdars*. El asunto es grave. La administración, inflexible, se ha negado a conceder prórrogas en los pagos, y a pesar de todos los esfuerzos —joyas de familia empeñadas, préstamos a precios de usurero—, muchos de los grandes terratenientes no han podido conseguir el dinero necesario. Algunos han sido llevados a prisión, otros han huido para escapar de esa indignidad, otros más se han atrincherado en sus fuertes, decididos a resistir. Solamente en el distrito de Fayzabad, donde poseen ocho mil aldeas, los *taluqdars* han perdido la mitad. En el distrito de Bahraich les ha sido confiscado un tercio...

—¿Sabíais que han querido meter en prisión al viejo rajá de Kalakandar, pero al ver que estaba muy enfermo han decidido aceptar a su hijo mayor en su lugar?

—También han encarcelado a ese pobre idiota, el hijo adoptivo del *taluqdar* de Bhadri, con la excusa de que éste no podía pagar sus impuestos antes de finalizar mayo.

Y cada uno cita a un amigo o un conocido, recientemente encarcelado.

—¡Qué vergüenza! Pero, entonces, ¿qué es lo que buscan?

—Es muy sencillo: quieren arruinarnos y deshonrarnos con el fin de arrebatarnos cualquier influencia sobre nuestros campesinos y convertirse en los únicos amos.

—En mi opinión, el problema es más complicado —interviene un hombre de barba blanca—. Los ingleses no son simplemente codiciosos, están convencidos de poseer la

---

[41] Sala de recepción en los aposentos de los hombres.

verdad, y creen que, puesto que su sistema de valores es universal, deben difundirlo por el mundo entero: un sentimiento de superioridad que procede de su ignorancia de las otras civilizaciones. Los más fuertes raramente se toman el trabajo de entender a aquellos a quienes dominan, se aferran a los detalles que encuentran chocantes o risibles, y eso les refuerza sus prejuicios.

—Pero cuando tratamos de hacérselo ver, incluso cuando conseguimos demostrarles que se equivocan, se cierran en banda y ponen fin a toda discusión.

—¡Evidentemente! Esa ceguera les es indispensable: si no se creyeran superiores, ¿cómo podrían justificar su dominio? Si se dieran cuenta de que su cultura, su religión o su sistema de gobierno no son mejores que otros, no tendrían ninguna razón válida para imponerlos. Estarían obligados a admitir que esas ideas que no se les caen de la boca, el establecimiento de un mundo mejor, la defensa de los oprimidos, no son más que bellas palabras para disimular su voluntad de apropiarse de los recursos de aquellos que no se pueden defender.

—Exactamente lo que han hecho destituyendo a nuestro rey y confiscando nuestros bienes bajo pretexto de inmoralidad —coincide un enorme *taluqdar* atusándose el bigote—. ¡Esos ingleses son el demonio!

—Desengáñate, querido amigo, no son solamente los ingleses, son los poderosos en general. Lo han hecho siempre y lo continuarán haciendo.

—Visto así, creo que los animales son muy superiores —subraya un viejo *taluqdar*—. Ellos matan para satisfacer sus necesidades vitales, pero luego dejan vivir a los otros. Los hombres, en cambio, no ponen ningún límite a su avidez, acumulan riquezas hasta no saber qué hacer con ellas, ¡y peor para aquellos que se hunden en la miseria!

—¡Y como se consideran «almas bondadosas», mientras con una mano se apropian de los recursos de la gente, con la otra les dan limosna!

—¡Y se escandalizan si uno protesta!

—Y cuando la población se subleva, disparan.

La asamblea se caldea, todos lanzan imprecaciones, quieren pelear; y lucharán, no podrá decirse que los nobles *taluqdars* de Awadh...

—¡Ya basta, amigos míos! —interviene el rajá de Taripur—. No sirve de nada que nos exaltemos. Estamos aquí para decidir una estrategia. Al menos, ahora todos somos conscientes de que los ingleses son nuestros enemigos. Durante mucho tiempo hemos creído en sus bellas palabras. La cuestión es: ¿cómo debemos defendernos?

—¡Debemos parapetarnos en nuestros fuertes y resistir!

—Antes deberíamos enviar una delegación de *taluqdars* a Calcuta para explicar al gobernador general que el país está al borde de la rebelión.

—¿La rebelión? Pero ¿por qué iban a rebelarse los campesinos ahora que les están dando tierras? —se asombra un joven aristócrata recién llegado de Delhi, donde estudia astronomía con un reputado *alim*[42].

—Porque ya no cuentan con la seguridad que nosotros les proporcionábamos. Cualquiera que fuese el resultado de nuestras cosechas, nosotros les entregábamos un buen porcentaje, y así siempre tenían con qué alimentarse. Es más, les ayudábamos si estaban enfermos o si tenían necesidad de dinero para casar a alguna hija. Eran unas relaciones de vasallaje y confianza establecidas desde hacía siglos, en las que cada uno obtenía ventajas.

Se agitan las cabezas en señal de aprobación. Aquí, las ideas de igualdad propagadas en Europa no tienen cabida y se juzgan absurdas: ¿cómo un campesino analfabeto va a tener el mismo poder de decisión que su señor? ¿Cómo podrá defenderse ahora contra los deshonestos funcionarios y arreglárselas solo en la selva de la administración? ¿Cómo conseguirá pagar sus impuestos cuando no ha aprendido jamás a ser previsor y ha vivido siempre al día?

---

[42] Singular de ulema, sabio.

—Y aun lo conseguirán menos habida cuenta de que los británicos han emprendido una revalorización de todas las tierras —anuncia un *taluqdar* recién llegado de sus dominios con las últimas noticias—. Han enviado a docenas de funcionarios, que no conocen en absoluto nuestros campos y cuyo único modo de informarse es a través de los funcionarios locales. Por supuesto, estos últimos, ya sea por quedar bien ante los ingleses o bien por vengarse de aquellos que se negaban a sobornarles, sobrestiman los ingresos. Dependiendo de los distritos, parece que los próximos impuestos serán entre un diez y un cincuenta por ciento superiores a los del pasado año.

Se reanudan las protestas: ¡los campesinos nunca podrán pagar semejantes sumas! ¿Acaso quieren encarcelarlos a todos?

—¡Bendita sea su codicia, ella nos salvará! —ironiza el rajá de Taripur—. En poco tiempo, incluso aquellos de nuestros colonos que han creído beneficiarse con la nueva situación, volverán a nosotros. Entonces estaremos en mejor posición para negociar con la Compañía, o para combatir. Pero es necesario que acordemos con urgencia una estrategia. De nuevo os pido que reflexionéis.

Las discusiones se retoman, animadas. Sin embargo, a la caída de la tarde, no se ha adoptado ninguna decisión, salvo la de volver a reunirse la semana siguiente...

8

Cumpliendo órdenes del nuevo alto comisario, los británicos se apoderan paulatinamente de los palacios más hermosos de Lucknow. Cualquier excusa es buena. En ese comienzo del mes de septiembre de 1856, un rumor según el cual Qadir Alí Shah, un *maulvi* al mando de una tropa de doce mil fieles, prepara un levantamiento en el que una parte de la familia real estaría implicada, desencadena una serie de confiscaciones.

El 6 de septiembre, al amanecer, un destacamento inglés rodea el palacio de Moti Mahal y, bajo el pretexto de buscar documentos comprometedores, expulsa brutalmente a sus inquilinos, sin importarles que sean mujeres y niños. Los soldados aprovechan para apropiarse de las joyas y objetos preciosos, pero evitan saquear el lugar, porque el Residente ha decidido instalar allí a los oficiales de la Compañía.

Unas semanas más tarde, el 3 de octubre, es la imponente fortaleza de Macchi Bhavan, en la orilla sur del río Gomti, la que es asaltada por las fuerzas británicas. El oficial indio al mando se niega a rendirse y lo hacen prisionero, y los soldados se apoderan de armas antiguas y armaduras de gran valor, así como de una treintena de cañones. La fortaleza, que es la residencia de un hermano del rey, se convierte en cuartel para las tropas de la Compañía.

Desde Chattar Manzil, un fastuoso palacio de cinco plantas junto al río Gomti, las mujeres de la familia real y las principales esposas siguen los acontecimientos con ansiedad, ya que Coverley Jackson acaba de hacerles saber que deben prepararse para abandonar su hogar: necesita el palacio para albergar al 32º regimiento de infantería.

—Alojar a un regimiento en el más bello edificio de Lucknow, ¡ese hombre está loco! ¡Van a saquearlo todo! ¿Acaso no puede encontrar otro palacio entre los noventa y dos que hay en la ciudad, o es que quiere expulsarnos y así humillarnos y mancillar aún más el honor de nuestro soberano?

—No temáis, no puede tomar Chattar Manzil —decreta sabiamente una de las begums—. El palacio está incluido en la lista de propiedades que la Compañía ha dejado a la familia real para alojarse.

—¿Todavía creéis en su palabra?

Hazrat Mahal acaba de entrar en el salón.

—Conocemos por experiencia su hipocresía. Por mucho que lo hayan prometido, o incluso firmado, harán lo que quieran, no tenemos ningún medio de impedírselo.

Las mujeres sienten ganas de hacer callar a ese pájaro de mal agüero, al que, sin embargo, reconocen cierta sensatez y, dado que la ansiedad hace olvidar los resentimientos, le abruman con preguntas: ¿qué se puede hacer? ¿Se le ocurre alguna idea?

La llegada de un eunuco negro que sostiene solemnemente entre sus manos un cilindro de plata cincelado interrumpe el alboroto.

—¡Señoras! Una carta de Su Majestad.

¡Una carta de Djan-e-Alam! Las mujeres se quedan paralizadas. ¡Por fin! Desde que se marchó, hace ya ocho meses, no han recibido ningún mensaje suyo y acaban de enterarse por rumores de que, tras seis semanas de viaje, había llegado a Calcuta, donde se detuvo durante un tiempo para reponerse de las fatigas del viaje y preparar la partida a la lejana Inglaterra.

Con una mezcla de aprensión y esperanza, observan el estuche que protege el preciado pergamino. ¿Anunciará el éxito de la misión?

Hazrat Mahal es la primera en recuperarse de la impresión.

—¿El mensajero viene directamente de Inglaterra?

—No, Houzour. Viene de Calcuta.

—¡De Calcuta! —exclaman las mujeres. ¿Por qué ese rodeo? Desde Inglaterra tendría que haber desembarcado en Bombay y venir directamente a Lucknow. El viaje ya es bastante largo, alrededor de dos meses, si no hay tempestades. En fin, lo importante es que la carta está aquí. Rápido, rompamos el sello y veamos qué nos dice nuestro bienamado rey.

A la begum Shahnaz, una prima del rey que es la mayor de todas ellas, le corresponde el honor de leer en voz alta el augusto mensaje:

> *A mis esposas y parientes respetadas y queridas de mi corazón:*
>
> *Después del fatídico día en que tuve que dejaros y abandonar mi ciudad adorada, no pasa un solo día sin que las lágrimas me opriman ante el recuerdo de todo aquello que he perdido. El viaje fue muy duro, caí enfermo y nos vimos obligados a hacer un largo alto en Benarés, donde el maharajá me acogió como a un hermano. Ahora que estoy en Calcuta...*

Las exclamaciones interrumpen la lectura:

—¿Cómo que en Calcuta? ¿No está el rey en Londres? ¿Le habrán impedido partir esos canallas?

La begum se enfada:

—¡Dejadme seguir si queréis saber lo sucedido!

> *Ahora que estoy en Calcuta me encuentro mucho mejor, pese a la espantosa humedad. Pero, al llegar, me sentía tan agotado que no me vi capaz de afrontar la larga travesía por mar. Decidí entonces enviar en mi lugar a la Rajmata, con el fin de que ella ruegue por mi causa ante la reina Victoria. Todas conocéis la inteligencia y la tenacidad de la reina, mi madre, y estoy convencido de que no podría desear mejor embajadora. Mi hermano y mi hijo mayor la acompañan, así como algunos de mis ministros y, sobre todo, el mayor Bird, un apoyo inestimable que será*

testigo de cuanto suceda. En total, ciento cuarenta personas embarcaron el 18 de junio, arribando sin dificultad a Southampton el 20 de agosto.

La acogida fue entusiasta. La multitud se congregó para ver a los príncipes, que se habían adornado con sus más lujosos atavíos. Por su parte, la Rajmata recibió a las damas más importantes de la ciudad. Unos días más tarde, la delegación partió hacia Londres, donde esta vez no hubo recepción oficial. Mi hermano, el general sahab, ha hecho llegar a la reina, a su esposo el príncipe Alberto y al primer ministro nuestra respuesta detallada a las alegaciones del coronel Sleeman expuestas en el «libro azul de Awadh» como subterfugio para la anexión. A la Rajmata no le han concedido todavía audiencia con la reina Victoria, pero le han prometido que será recibida muy pronto.

«¡Ni siquiera ha ido a Inglaterra!».

Hazrat Mahal ha dejado de escuchar, tiene la sensación de que la sangre ha dejado de circular por su cuerpo y siente un gran cansancio.

«¿Por qué? ¿Pero por qué no ha ido él mismo a defender su causa? De haber estado a su lado, yo le habría convencido para que fuera a Inglaterra, pero, rodeado de cortesanos y traidores, se ha dejado influir decidiéndose por el camino más fácil. ¿Acaso no comprende que así les da la razón a aquellos que le reprochan que huye de sus responsabilidades y que es incapaz de reinar...? Pero estoy siendo muy severa... ¿Habrá estado verdaderamente enfermo? Quizá hayan tratado de envenenarle para impedirle marchar y revelar a la reina las bajezas de la "honorable Compañía"...».

La begum continúa la lectura:

El nuevo gobernador general, lord Canning, es muy amable. Ha puesto a mi disposición un palacio en el que, según me ha asegurado, puedo permanecer el tiempo que me plazca. Pero tengo la intención de mandar edificar, en recuerdo de mi adorada Lucknow, un nuevo palacio que sea una copia de Kaisarbagh, de tal manera que pueda recrear aquí el marco encantador de mi felicidad perdida. Para pasar el tiempo, he empezado a montar un nuevo espectáculo, pero echo de menos a mis hadas, éstas de Calcuta no pueden compararse con las bellezas de Lucknow.

Y a vosotras, mis queridas esposas, os añoro más que a cualquier cosa.

Espero que muy pronto un destino más favorable nos permita volver a estar juntos.

Llorando por estar separado de vosotras, beso vuestras hermosas manos.

Con una sonrisa amarga en los labios, Hazrat Mahal piensa en ese rey al que durante tanto tiempo ha admirado.

«Sólo habla de sí mismo, de sus añoranzas, de su tristeza, ni siquiera ha dicho una sola palabra de preocupación por nuestra suerte; nosotras, que desde su partida estamos solas frente a la arbitrariedad del ocupante... Y ni siquiera menciona los mensajes que le he enviado. ¿Los habrá recibido? Mammoo me asegura que se los ha hecho llegar regularmente, pero creo que me miente para que mantenga la moral alta, para que abrigue esperanzas...».

En cuanto a sus compañeras, no pueden contener su alegría.

—Esta carta es una señal del cielo —comenta la begum Shahnaz— que nos indica el camino que debemos seguir: escribamos al rey para contarle nuestra situación y roguémosle que recuerde al gobernador general sus promesas.

Aliviadas, las mujeres asienten. ¡Si Djan-e-Alam interviene, están salvadas! Hazrat Mahal no comparte su confianza, pero se abstiene de hacer el más mínimo comentario. Contagiadas por el entusiasmo, escriben la carta y se la entregan al mensajero llegado de Calcuta, al que recompensan con una bolsa de oro para animarle a darse prisa.

Un mes más tarde, el 12 de noviembre, a primera hora de la mañana, los habitantes del palacio se despiertan al oír gritos y ruido metálico de armas. Un batallón de soldados, comandado por un oficial británico, trata de entrar en

Chattar Manzil. Los guardias que intentan resistir son rápidamente neutralizados y los eunucos empujados sin miramientos.

—Orden de su excelencia el alto comisario —clama el oficial, un joven fuerte y robusto embutido en su uniforme rojo—. El aviso de evacuación se envió hace un mes. En su gran indulgencia, y por consideración a las mujeres de la antigua casa real, su excelencia les concedió una prórroga de gracia. La prórroga ha expirado. Se ruega a las damas que recojan sus pertenencias y abandonen el palacio en una hora.

Tras los pesados cortinajes de la zenana reina el caos. Se escuchan gritos, gemidos, ultrajadas protestas: «¿Abandonar el palacio? ¡Eso es imposible! ¿Y a dónde vamos a ir?».

—Han tenido un mes para prepararse, ahora disponen de una hora, señoras, y ni un minuto más.

En la zenana el desorden está en pleno apogeo. Las mujeres, recién despertadas, tienen la impresión de que se hallan en medio de una pesadilla. No pueden creer su desgracia. Sí, hubo un ultimátum, pero no se lo tomaron en serio, estaban convencidas de que Wajid Alí Shah intervendría y lo arreglaría todo. Y ahora, esos monstruos... Presas del pánico, corren de una habitación a otra llorando, reprendiendo a eunucos y criados: ¿qué hacer?, ¿qué llevarse? Meten a toda prisa en improvisadas bolsas los pesados aderezos de rubíes, diamantes y esmeraldas; pero entre los *dupattas* recamados con perlas, las *gararas* bordadas en oro, los neceseres de carey y marfil, la vajilla de color bermellón, los espejos de plata… entre ese montón de objetos preciosos indispensables, ¿cuál escoger y cuál dejar? Una decisión cruel, imposible... El lujo, el refinamiento es toda su vida, una vida que en ese instante esos bandidos les exigen abandonar.

—¡Tendrán que matarme porque no pienso marcharme! —Con los ojos enrojecidos por el llanto, la begum Akhtar se deja caer en un diván.

Las mujeres se detienen, estupefactas, a su alrededor.

—¡Todo esto es indigno! Si tengo que vivir como una pobre, prefiero morir —continúa la begum con voz temblorosa por la emoción.

Algunas están de acuerdo:

—Si nos negamos a salir, no se atreverán a dispararnos.

—¿Quién sabe? ¡Son capaces de todo!

Mientras se pierde un tiempo precioso en vanas discusiones, Hazrat Mahal, ayudada por Mammoo, ha hecho guardar sus joyas, sus vestidos más bellos y sus libros y manuscritos en baúles, y sus sirvientes los vigilan. Un eunuco que ha sido enviado a averiguar su nuevo destino informa de que las esposas reales, sus hijos y su séquito tienen que instalarse en el ala sur de Kaisarbagh.

Hazrat Mahal, de nuevo con sus compañeras, las apremia:

—¡Sólo quedan diez minutos, apresuraos!

—Si queréis obedecer a los *ingreses*, ¡mejor para vos! Nosotras hemos decidido quedarnos —responde altanera la begum Shahnaz.

—Sed realistas: ¡no os lo van a permitir!

—No somos cobardes, nos enfrentaremos a ellos.

Cansada, Hazrat Mahal evita seguir insistiendo, aunque no entiende esa actitud pueril. Después de todo, su marcha podría haber sido peor, los palacios de Kaisarbagh están entre los más bellos de Lucknow y sus parques son los más extensos y floridos.

Unos palanquines esperan al otro lado del pesado cortinón de la zenana. Escondida tras su velo, Hazrat Mahal toma asiento acompañada de su hijo Birjis, encantado con la aventura, y de algunos sirvientes. Mammoo la sigue con una veintena de hombres robustos cargados con sus baúles.

A través de las cortinillas ligeramente entreabiertas contempla, nostálgica, cómo se aleja el palacio con cúpula de oro donde ha vivido los últimos doce años; el lugar en el que fue una de las favoritas, donde regias celebraciones acogieron el nacimiento de su hijo; donde conoció un año de felicidad y de gloria y, luego, diez años de olvido casi absoluto, destino común de todas las bellas prisioneras de los harenes. Y, aun así, no puede quejarse, su don para la poesía le ha proporcionado hasta el último momento la atención y la amistad del soberano.

Cuando llega al palacio de Kaisarbagh, recorre varios vestíbulos, terrazas y patios interiores y examina numerosas habitaciones vacías. Está sola, y se toma todo su tiempo. Finalmente, elige una decena de espaciosas y claras estancias que dan a una terraza cubierta de buganvillas. Mammoo y los sirvientes se afanan para dejarlas lo más cómodas posibles, cogiendo de aquí y de allá cofres, divanes, cortinas y alfombras.

Apenas ha terminado de instalarse cuando, a última hora de la tarde, aparecen sus desafortunadas compañeras, despeinadas y con la ropa revuelta. Hablan entrecortadamente, entre sollozos e imprecaciones, y se entera de que a la hora fijada, sin concederles ni un minuto más, los soldados las han agarrado y, a pesar de sus gritos, las han hecho salir a la fuerza ante la población horrorizada. Después han arrojado de mala manera sus pertenencias a la calle, robando de paso sus joyas.

Estos actos de violencia gratuita infligidos a las esposas reales suscitan tal indignación que el escándalo llega hasta el gobernador general de Calcuta.

Lord Canning, ya asediado por las cartas de Wajid Alí Shah en las que denuncia la venta de sus bienes privados, el robo de una gran parte de sus tesoros, la ocupación de sus palacios para guarnecer a caballos y perros, además de las amenazas de suprimir las pensiones asignadas a los miembros de la familia real, trata de moderar el brío de Coverley Jackson. Pero es en vano. Éste no quiere saber nada, aunque sus injustas y brutales medidas le granjeen el odio de toda la población. Los ciudadanos cada vez hacen más caso a los faquires y a los *maulvis,* hombres santos hindúes y musulmanes, que recorren el país predicando la rebelión.

A partir de ese momento, los días transcurren en el palacio de Kaisarbagh monótonos y sin esperanza. Hazrat Mahal ha dejado de enviar sus informes al rey, pues está convencida de que no los recibe o que, si lo hace, no los lee porque está demasiado ocupado en recrear en su nueva residencia los fastos de su vida de antaño. Inconscientemente, se hunde en la melancolía, a pesar de los esfuerzos de Mammoo por distraerla.

Aunque amaba componer poemas, ya no tiene ganas de hacerlo. Escribía para ofrecer belleza y ensueño, para transmitir ideas, sentimientos, retazos de vida, pequeños guijarros en el camino de una serenidad que buscaba y deseaba compartir. No escribe para no mostrar su pena y desprecia el enfermizo narcisismo que juzga que las miserias son tan dignas de interés que hay que darlas a conocer al mundo entero. ¿Hay algo más banal que la desgracia? Todo el mundo ha sufrido en carne propia alguna vez lo que significa «caer en desgracia». La felicidad, en cambio, es un arte, y los libros y las escuelas de filosofía han tratado siempre de mostrar los más diversos caminos para llegar a él. Es en esa corriente donde ella se inscribe.

Sin embargo, las duras pruebas de su juventud le han enseñado que la desgracia puede ser también un regalo si se sabe valorar, no como un estado, sino como una etapa, una etapa necesaria para comprenderse a sí mismo y comprender al mundo, superarla y así llegar poco a poco a la serenidad. Para ella, esa transformación pasa por la escritura. Imagina al escribano como un alquimista para el que la existencia es un intento de cambiar las tinieblas por luz, una gran obra que exige dedicación en cuerpo y alma.

Pero Hazrat Mahal todavía no está preparada para eso, tiene demasiada necesidad de acción, la escritura es para ella un tiempo de reflexión indispensable, pero que no colma su sed de vivir.

¿Vivir? Esboza una mueca amarga. ¿A qué vida puede aspirar, encerrada en la zenana? Ella, que de niña soñaba con cabalgadas y aventuras, ávida de una libertad que su padre, poco conformista, le permitía creyendo que ya tendría tiempo de padecer su vida de mujer. En la pubertad había descubierto su triste destino de prisionera cuando, al quedarse huérfana, fue recogida por un tío que no bromeaba con las tradiciones. Pero, contrariamente a sus compañeras, que no han conocido más que una existencia confinada entre altos muros, el gusto ácido de la libertad está en ella y le impide resignarse. ¡Ah! ¿Por qué no tendrá el carácter despreocupado de su amiga Mumtaz, para la cual todo era una excusa para reír?

Mumtaz... ya hace doce años que no se han visto...

«Sin embargo, le juré que nunca nos separaríamos, que en cuanto me hubiera instalado, enviaría a buscarla... Habrá esperado, se habrá inquietado, sin duda habrá llegado al enfado y a la desesperación... y yo estaba inmersa en mi nueva vida, en mi amor por el rey, y después por mi hijo, ocupada en burlar las intrigas y en hacerme una posición incuestionable. La he olvidado porque en este mundo tan diferente no tenía necesidad de ella... sin pensar que ella, tal vez, tenía necesidad de mí...».

Hazrat Mahal se levanta, siente la imperiosa necesidad de volver a ver a su amiga.

Ante su llamada, el eunuco se precipita.

—¡Mammoo Khan! Es preciso que me encuentres un palanquín modesto, transportado por dos hombres, que harás esperar delante de la entrada de la servidumbre. También quiero que tomes prestado un burka de una de las esclavas. Sé discreto, no deben sospechar que es para mí.

—Pero, Houzour, hay decenas de palanquines en palacio. En cuanto al burka, ¿no pensaréis llevar esa horrible carpa negra con la que sólo las mujeres del pueblo se disfrazan?

—¡Mammoo! —le increpa, levantando una ceja—. ¿Te he pedido tu opinión? ¡Vamos, apresúrate!

9

Hazrat Mahal casi no reconoce su ciudad a través de las cortinillas del palanquín. Le habían hablado de las demoliciones, pero nunca hubiera podido imaginar que éstas han alcanzado este punto. La red de callejuelas que parten de Kaisarbagh y confluyen en el centro de Lucknow está destrozada y, bajo el ardiente sol, unos obreros famélicos se afanan en construir lo que parece ser una gran avenida. Aquí y allá se han arrasado antiguos edificios, el palacio de Ahmed Alí Khan, el del general Anees-ud-din y el club de Qahwa Khana, cerca de la Residencia, e incluso... el gran bazar de Khas donde de joven compraba sus cintas. No puede creer lo que ve. ¿A qué se debe este saqueo?

—Es para modernizar la ciudad —explica Mammoo, sarcástico—. Así lo han decidido nuestros nuevos amos.

Mientras el palanquín se aleja del ruido y del polvo levantado por las obras y se dirige hacia el Chowq, Hazrat Mahal tiene la extraña sensación de adentrarse en un universo gris y silencioso. En otros tiempos resultaba difícil abrirse paso entre los muchísimos suntuosos carruajes, los *sukpal* —divanes con baldaquino coronados por una cúpula dorada para las damas nobles—, los *finases* —sillas de mano ricamente decoradas—, los palanquines, los caballos enjaezados de plata y, a su alrededor, una multitud bulliciosa y colorida que se apretaba contra los tenderetes repletos de mercancías.

Ahora parece como si la peste hubiera asolado la ciudad, la mayoría de los comercios han cerrado y por las calles ya no circulan más que algunas sillas de mano de bambú. El palanquín de Hazrat Mahal, a pesar de su aspecto modesto, llama la atención y se ve rodeado por un enjambre de mendigos que Mammoo trata de apartar repartiendo unas monedas. Entre los desgraciados, Hazrat Mahal, asombrada, distingue a varios soldados harapientos.

—En efecto, son soldados del antiguo ejército del rey, que los ingleses han disuelto —confirma Mammoo—. De los setenta mil que el Residente le permitía, controlándolos de cerca, el gobierno actual ha recuperado quince mil, que, para poder alimentar a sus familias, se han visto obligados a aceptar. Pero la mayoría se ha negado a servir al enemigo de su antiguo señor. Sin duda, esperaban encontrar empleo con los grandes *taluqdars*, pero éstos, arruinados por la reforma agraria, no cuentan ya con medios para contratarlos. Así que la mayor parte se encuentran en la miseria. Para esos hombres orgullosos supone una decadencia intolerable y sólo aguardan la ocasión de vengarse.

El palanquín se adentra por la calle principal del Chowq, el centro de las tiendas de lujo y de las casas de las cortesanas. Hazrat Mahal no puede creer lo que ve: todas las puertas están cerradas y los balcones, antaño floridos, donde las jóvenes bellezas se mostraban lánguidamente, están desiertos e invadidos de hierbajos. Allí donde se oían risas, canciones y poemas, reina un silencio sepulcral. Finalmente, el palanquín se detiene en el extremo de la calle ante una residencia imponente, la de Amman e Imaman.

Tienen que aguardar algunos minutos antes de que la pesada puerta se abra y una mujer anciana envuelta en un chal negro se asome.

—¿Qué sucede? —pregunta, suspicaz.

—¿Es ésta la casa de las damas Amman e Imaman? —pregunta Mammoo, desconcertado por esa aparición inesperada—. ¿Viven todavía aquí?

—¿Qué queréis de ellas?

—¡Vaya con la vieja! ¡Mira bien con quién estás hablando! Ve inmediatamente a decirles que mi ama, la muy noble y respetable begum Hazrat Mahal, esposa de nuestro rey Wajid Alí Shah, ha venido a hacerles una visita.

Transcurre un largo cuarto de hora antes de que se escuchen pasos precipitados y exclamaciones, y que, de repente, las dos hojas de la puerta se abran para dejar paso al palanquín.

—¡Muhammadi! ¡Alabado sea Alá! ¡Qué sorpresa!

Dos corpulentas mujeres de cabellos blancos apartan las cortinillas y se ofrecen para ayudar a Hazrat Mahal a bajar. Ésta vacila un instante, ¿serán Amman e Imaman estas ancianas? Recuerda a las majestuosas mujeres con cabellos color bronce, labios pintados y ojos sombreados de kohl, siempre vestidas con ricos tejidos, unas mujeres que, sin ser bellas, resultaban imponentes. ¿Cómo han podido cambiar tanto? Pero no son sólo sus arrugas, es el aspecto desaliñado que tienen, como si su apariencia, antes tan primorosamente cuidada, no tuviera ya ninguna importancia.

Una dejadez que también advierte dentro de la casa, a medida que la recorre. El polvo recubre los muebles y las grandes lámparas de cristal, los cobres están opacos, las alfombras no se han sacudido desde hace meses y, sobre los grandes divanes, las sedas están arrugadas y, en algunos puntos, desgarradas. Parece una casa abandonada.

Dos sirvientas llegan apresuradamente para desempolvar y ahuecar unos cojines, extendiendo una tela blanca sobre la alfombra, mientras una tercera trae unos sorbetes. Las dos hermanas se deshacen en excusas:

—¡Ni siquiera tenemos dulces que ofrecerte! ¡Ah, si hubiéramos sabido que ibas a venir! Pero hace meses que no recibimos visitas y hemos tenido que prescindir de todas nuestras pupilas.

—Pero... ¿por qué?

—Si tú supieras... ¡Es un desastre! Cuando el gobierno confiscó las aldeas de los *taluqdars* y subió los impuestos, nuestros clientes, la flor y nata de la aristocracia de Awadh, se arruinaron. Puede que les queden algunos bienes, pero están tan inquietos que no tienen ganas de divertirse. Todas las casas respetables del Chowq han cerrado, no quedan más que algunos establecimientos de segunda categoría para los militares *ingreses* o para los nuevos ricos que han hecho fortuna comprando por nada las tierras distribuidas a los campesinos.

—¿Los campesinos venden sus tierras en lugar de cultivarlas?

—Está claro que no sabes lo que sucede en el país —replica Amman con tono amargo—. Tengo alojada a una prima que ha venido del campo con sus hijos. Te lo explicará todo.

Ofendida por esa falta de consideración, a la que no está acostumbrada, Hazrat Mahal se calla mientras Mammoo e Imaman se deshacen en cortesías para distender la atmósfera.

«Me trata como si tuviera trece años y no fuera más que una de sus pupilas... pero ¿acaso prefiero que murmuren y se burlen a mis espaldas, como hacen en la corte...? De hecho, ya he perdido la costumbre de que me hablen con franqueza. Tiene razón, estoy muy alejada del mundo... un mundo que está cambiando a toda prisa...».

Apaciguada, acoge con una gran sonrisa a la pariente de Amman, Nouran, una campesina de los alrededores de Sitapur, a unas cincuenta millas de Lucknow. Llegó caminando a la ciudad con sus cinco hijos pequeños. Aunque no tiene más de treinta años, aparenta casi cincuenta; el duro trabajo del campo y la rudeza del clima han acabado por agotarla.

—Nuestra aldea pertenecía al rajá de Salimpur —relata Nouran en un rico dialecto que Hazrat Mahal debe concentrarse en entender—. Desde siempre habíamos trabajado sus tierras y, de acuerdo con la tradición, él nos entregaba un cuarto de las cosechas. También nos surtía de semillas, agua, aperos, la carreta para el transporte del trigo o la caña de azúcar, y pagaba todos los impuestos. Si la temporada era buena, teníamos de qué vivir, e incluso un poco más. Si era mala, el rajá nos ayudaba hasta la siguiente cosecha, de modo que jamás pasamos hambre. Era un buen amo. Su ejército nos protegía de los merodeadores y bandoleros y su presencia impedía que los funcionarios nos incordiaran. Era como un padre para nosotros y le éramos fieles. Podía pedirnos cualquier cosa que quisiera: reparar el fuerte, limpiar los fosos... Si bien a veces era duro, también era siempre justo y le respetábamos. Hasta que los *ingreses* vinieron y lo cambiaron todo.

—Pero al menos os han dado las tierras —objeta Hazrat Mahal.

La campesina se echa a llorar.

—¡Ah, el cielo nos ha castigado bien! Sin embargo, yo había advertido a mi marido de que no debíamos apropiarnos de las tierras que pertenecían al amo. Él me pegó, vociferó que no era más que una mujer ignorante y estúpida, que los *ingreses* nos ofrecían la oportunidad de ser propietarios, de disponer de toda la cosecha y de hacernos ricos. Como el resto de campesinos, siguió la recomendación del Consejo del Pueblo, que, tras muchas discusiones, había decidido aceptar. Afortunadamente, no hemos vuelto a ver a nuestro rajá, me hubiera muerto de vergüenza.

—¿Y qué sucedió luego?

—Primero, tuvimos que endeudarnos con el usurero del pueblo, a un quince por ciento de interés al mes, para comprar las semillas, pagar el agua y, más tarde, el arrendamiento de la carreta para transportar la caña. La cosecha no fue muy buena, pero, sobre todo, los nuevos impuestos de los *ingreses* eran mucho más elevados que los del año anterior. Eso significaba la mitad de nuestras ganancias. Descontando el reembolso de nuestro préstamo, no nos quedaba nada para vivir. El Consejo del Pueblo pidió una prórroga al gobierno hasta la siguiente cosecha, seis meses más tarde. La respuesta nos llegó inmediatamente: «O pagáis ahora u os quitamos vuestras tierras». Creímos que se trataba de una simple amenaza, pues en el estado de Awadh ningún campesino recordaba haber visto jamás que se confiscaran las tierras por deudas. Ni el rey ni ningún *taluqdar* nos hubieran privado de nuestro instrumento de trabajo con la excusa de que les debíamos dinero. En el peor de los casos, nos exigían enviarles a nuestros hijos para ayudarles en diversos trabajos—. Nouran se enjuga los ojos con un extremo de su *dupatta* y prosigue con voz rota—: Cuando vimos llegar a los compradores, los grandes mercaderes y los usureros de los alrededores, nos dimos cuenta de que el gobierno *ingrés* no bromeaba. Una delegación de ancianos partió a toda prisa hacia la capital para suplicar por la causa del pueblo. En el camino se encontraron con otras delegaciones de aldeas vecinas que se enfrentaban al mismo problema. Una vez en Lucknow, por mucho que suplicaron, explicando que condenaban a decenas de miles de familias a morir de hambre, las autoridades no quisieron saber nada. Por lo visto, en su país sucede lo mismo: al que tiene deudas, se le confiscan sus bienes y se le lleva a prisión.

—Eso no tiene sentido —comenta Imaman—. ¿Cómo va a pagar sus deudas un hombre encarcelado? Estos *ingreses* tienen verdaderamente unas costumbres muy extrañas.

—¿Extrañas? ¡Más bien criminales! —replica Nouran roja de indignación—. Si no llegáis a estar aquí, mis benefactoras, mis hijos y yo habríamos muerto de hambre, como mueren actualmente decenas de miles de campesinos expulsados de sus tierras. —Y volviéndose hacia Hazrat Mahal, continúa—: Houzour, ¿va a regresar nuestro rey? Os lo suplico, decidle que su pueblo le espera, que le necesita.

Conmovida, Hazrat Mahal estrecha a la mujer en sus brazos.

—Así lo haré, te lo prometo, pero, como bien sabes, los ingleses le retienen en Calcuta...

—¡No por mucho tiempo! —interviene Amman—. La gente está harta, no se habla de otra cosa más que de expulsarlos. Deben abandonar la India este año, tal y como dice la profecía.

—¿Qué profecía?

—¡La profecía de Plassey! ¿Cuál va a ser si no? La que dice que los *ingreses* se verán forzados a abandonar la India cien años después de la victoria, en Plassey, de las tropas de la Compañía sobre las del soberano de Bengala. Esa victoria, punto de partida de su dominación, tuvo lugar el 23 de junio de 1757. Y ahora estamos en enero de 1857...

Hazrat Mahal sacude la cabeza. Como buena musulmana, no cree ni en profecías ni en milagros, que tanto entusiasman al pueblo. Pero se cuida mucho de comentar sus dudas a Nouran, que sólo tiene esa esperanza a la que aferrarse.

—Todo el mundo aquí tiene problemas. —Imaman lanza un gran suspiro—. Los campesinos y los grandes terratenientes, pero también los comerciantes y los artesanos. Ahora que ya no quedan clientes, los centenares de comercios de lujo y los talleres que fabricaban todas esas maravillas han tenido que cerrar. El otro día, en la calle, reconocí a unos artesanos que a veces me surtían y que estaban mendigando. Simulé no verles para no humillarles y envíe a mi sirvienta para que les diera una limosna de algunas rupias. Pero aquello me partió el corazón. ¿A dónde vamos a parar si incluso el pueblo llano que creaba la riqueza de nuestra ciudad ya no tiene trabajo y muere de hambre?

—¿Es que no hay distribución de trigo o «sopas de pobres» como se hacía en otros tiempos en época de hambre? —se asombra Hazrat Mahal.

—Todo estaba financiado por el rey o por los *taluqdars.* Hoy en día, los ricos son esos mercaderes usureros que han hecho su fortuna sobre la ruina de los demás. No tienen compasión por nadie.

Todas guardan silencio, hundidas en sombríos pensamientos. De pronto, Hazrat Mahal se acuerda del motivo inicial de su visita.

—¿Y Mumtaz? ¿Qué ha sido de ella?

—¿Mumtaz? Apenas permaneció aquí unos meses después de tu marcha —cuenta Amman—. Era amable, pero no poseía las cualidades necesarias para convertirse en una gran cortesana. Sin embargo, siempre hemos cuidado de que nuestras pupilas, aunque no lleguen a alcanzar posiciones altas, queden bien situadas. Nunca las abandonamos, nunca las dejamos caer en la prostitución. Eso, a menudo, nos ha causado problemas, pero es nuestro orgullo.

—Entonces, ¿dónde está?

—La casamos con un modesto *taluqdar* de los alrededores. Como era una joven del campo, pensamos que se encontraría a gusto. Pero, por las últimas noticias, de eso hace ya tres años, supimos que se había marchado.

—¿Marchado? ¿Y a dónde ha ido? —se alarma Hazrat Mahal.

—Como no tenía hijos, se convirtió en el chivo expiatorio de su suegra, que la rebajaba al nivel de una criada. Acabó huyendo y consiguió, al parecer, regresar a Lucknow. Creí que habría acudido a solicitar tu ayuda.

«Mi ayuda... Pobre Mumtaz, era demasiado tímida y orgullosa para venir a mendigarle a aquella que después de tantos años la había olvidado...».

—¿Cómo puedo encontrarla?

—La he hecho buscar por todo el Chowq, en las casas de segunda categoría. Nadie la ha visto, o eso es lo que me han dicho.

Hazrat Mahal se estremece.

«Tal vez esté muerta y la culpa es mía... Prometí que la ayudaría, y la he olvidado...».

En el camino de vuelta, la joven, sumida en sus pensamientos, no le presta la menor atención a Mammoo, que hace todo lo posible para distraerla. Se acuerda de las largas veladas pasadas con Mumtaz intercambiando confidencias e imaginando el porvenir, cree escuchar de nuevo la risa cristalina de su amiga y rememora sus ojos color miel y, con todas sus fuerzas, suplica a Alá que la ayude a encontrarla.

Un redoble de tambor la saca de sus reflexiones. A través de la cortinilla, vislumbra una larga procesión precedida de músicos con turbante rojo. En el centro, montado en un elefante, un hombre delgado de largos cabellos y barba negra va sentado muy erguido en su *howdah.* Apenas le da tiempo a advertir su nariz aquilina y los penetrantes ojos bajo unas pobladas cejas antes de echarse instintivamente hacia atrás, sin aliento: a pesar de que está oculta por las cortinillas, ha tenido la clara impresión de que el hombre la ha mirado.

—Mammoo, ¿sabes quién es ese hombre?

—Desde luego, todo el mundo le conoce. Es Ahmadullah Shah, el *maulvi* de Fayzabad. Nadie sabe de dónde viene. Circulan toda suerte de historias sobre él: según algunos, es de Madrás y está emparentado con el ex soberano Tipu Sultán; según otros, ha nacido en una buena familia originaria de la otra orilla del Indo y ha visitado Inglaterra. En todo caso, los rumores le atribuyen poderes sobrenaturales y sus discípulos se cuentan por millares. Es un tenaz enemigo de los ingleses y exhorta a los hindúes y a los musulmanes a la yihad para echarlos del país.

—¿Y se lo permiten?

—Oh, prácticamente cada día aparece un nuevo «profeta» que exhorta al pueblo a rebelarse... a la mayoría se les arresta y se les ejecuta. La semana pasada también llegó un faquir hindú, se quedó por aquí algunos días y se reunió con los cipayos, pero cuando la policía se interesó por él ya se había marchado hacia el norte. Con Ahmadullah Shah el gobierno titubea: la muchedumbre lo reverencia como un santo y teme que su arresto sólo suscite problemas. Pero ¿durante cuánto tiempo podrán tolerar sus inflamados discursos?

«Qué fuerza hay en su mirada...».

Hazrat Mahal se siente completamente trastornada, tiene la intuición de que algún día volverá a ver a ese hombre y que sus destinos se unirán...

10

Esa mañana, Mammoo llega a casa de su ama muy excitado: en toda la ciudad no se habla de otra cosa que del rumor de Dum Dum.

Se dice que en el depósito de municiones de esa guarnición, cercana a Calcuta, se han almacenado nuevos cartuchos sellados con grasa de cerdo, prohibida para los musulmanes, y grasa de vaca, animal sagrado para los hindúes. Como los cartuchos tienen que abrirse con los dientes, su utilización sacrílega relegaría a los hindúes al estatus de intocables y mancillaría para siempre a los musulmanes.

—Es un obrero de la fábrica de cartuchos quien ha descubierto el pastel —relata Mammoo—, al increpar a un cipayo de la casta de los brahmanes que se negaba a dejarle beber de su cántaro de agua: «No seas tan orgulloso, dentro de poco habréis perdido todos vuestra casta, porque los ingleses han puesto grasa impura en los nuevos cartuchos».

—¿Qué nuevos cartuchos? —se interesa Hazrat Mahal, que apenas sabe distinguir un fusil de un revólver.

—Los de los fusiles Lee Enfield con los que muy pronto el ejército se va a equipar. Son más precisos que los viejos Brown Bess y, sobre todo, su alcance es de ochocientos metros en vez de doscientos. Pero, con esos cartuchos, los cipayos jamás los aceptarán. La noticia ha recorrido las guarniciones y todos están inquietos, especialmente los hindúes de las castas más altas, los brahmanes y los rajput, que forman la aplastante mayoría del ejército de Bengala. De hecho, llevan tiempo sospechando que los ingleses quieren convertirlos.

—¡Es ridículo! No son más que algunos misioneros...

—Desengañaos, Houzour, los misioneros llegan cada vez en mayor número y, por otra parte, algunos oficiales se dedican a hacer proselitismo.

Hazrat Mahal sacude la cabeza, escéptica.

—Esa historia de los cartuchos es muy extraña. Los ingleses son, por lo general, demasiado hábiles como para herir los sentimientos religiosos de sus tropas.

Sin embargo, la población desconfía. Todavía está conmocionada por la circular de un tal M. Edmond, dirigida hace poco tiempo a los responsables de la Compañía, en la que se recomendaba, dado que la India está bajo dominación cristiana, convertir a todos los indios a la «verdadera fe». Como la carta llevaba el matasellos de Calcuta, se murmuraba que procedía del despacho del gobernador, cosa que éste negó categóricamente, sin conseguir convencer a nadie.

Unos días más tarde, un nuevo rumor vino a confirmar los «proyectos diabólicos de los extranjeros»: a la harina repartida a los soldados se le habría añadido polvo de huesos de cerdo y de vaca. Fuera de sí, los cipayos arrojaron al río cargamentos enteros de harina.

—A pesar de las protestas de los oficiales, que juran que no son más que calumnias, los hombres están muy nerviosos —informa Mammoo—. Parece incluso que han llegado a Lucknow unos misteriosos emisarios que, cada noche, organizan reuniones secretas en los cuarteles.

«¿Reuniones secretas? ¿Por fin una conspiración contra los ocupantes?».

—Esta misma noche asistirás a una de esas reuniones —ordena la joven al eunuco—. Y me informarás palabra por palabra de todo lo que se diga. Pero, sobre todo, no te des a conocer.

~

Ha caído la noche. Una luna en cuarto creciente ilumina débilmente el campamento mientras, a lo largo de los muros del cuartel, se deslizan sombras silenciosas. Una a una se incorporan al grupo de soldados sentados alrededor del fuego que dan pequeños sorbos de su vaso de té y fuman del *chillum*[43]. Al contrario que otros días, en los que las reuniones son habitualmente ruidosas y alegres, esta noche todos guardan silencio, sumidos en sus pensamientos.

De repente se oye el crujido de una rama y un hombre levanta la cabeza: «¡Mirad, ahí está!», susurra.

Se aproxima una silueta alta vestida con el uniforme de los cipayos, identificado por la insignia del 19º regimiento de infantería, que está en Berhampur, a unas quinientas millas al este de Lucknow. Los hombres se saludan con la mano sobre el corazón. Rodean al viajero y le colman de atenciones: una manta para que tome asiento, un brebaje bien caliente y algunos *chapatis* a los que hace honor, ya que, según revela, no ha comido nada desde el día anterior.

—Me fui de Berhampur hace dos semanas y ya he visitado una media docena de bases militares, pero solamente me desplazo de noche, pues aunque los ingleses no tienen dudas sobre mi misión, si me atrapan, me ejecutarán por desertor. —Y, escrutando a sus interlocutores, prosigue—: Antes de contaros el motivo de mi visita, os voy a pedir que me deis vuestra palabra de que cuanto se diga aquí permanecerá en secreto.

Durante más de dos horas el hombre evoca el descontento de los soldados y de las poblaciones del norte del país ante la conducta de los extranjeros, que se comportan como si fueran los dueños, destronando a los soberanos y maltratando a una población que desprecian.

—Incluso a nosotros, los cipayos, punta de lanza de su ejército, que hemos conquistado para ellos inmensos territorios sin los cuales no serían más que una pequeña compañía de mercaderes, nos tratan como a esclavos. Cualesquiera que sean nuestros actos heroicos, nuestras victorias, jamás

---

[43] Pequeña pipa de barro.

podremos acceder al estatus de oficial, mientras que jovenzuelos recién llegados de Inglaterra son inmediatamente promovidos a puestos de mando sólo porque son blancos, y nosotros no somos para ellos más que indígenas, negros. Es la primera vez en nuestra historia que nos tratan como inferiores en nuestro propio país.

Los hombres, alrededor del mensajero, asienten. Notan un peso en el corazón: todos son de casta alta o de familias honorables, están acostumbrados a ser respetados y cada vez soportan peor la grosería y la arrogancia de los nuevos oficiales.

—Y ahora, para poder controlarnos mejor, intentan convertirnos —añade el mensajero.

Efectivamente, desde hace una veintena de años, los responsables políticos y militares tratan de llevar a la población a la fe protestante y denigran abiertamente sus prácticas religiosas. Bajo distintos pretextos, centenares de templos, mezquitas, madrazas[44] y santuarios sufíes se han clausurado, e incluso destruido.

—Cerca de mi pueblo han confiscado incluso las tierras que pertenecían a la mezquita para edificar una iglesia —rezonga un cipayo.

—Lo más grave es que están tratando de envenenar el espíritu de nuestros hijos —continúa el mensajero—. Imaginaos, incluso han comenzado a enseñar secretamente la Biblia a los alumnos del gran colegio laico de Delhi, hasta que, con ocasión de la clamorosa conversión de un profesor, las familias se dieron cuenta y retiraron a toda prisa a sus hijos. Pero en otros colegios gubernamentales continúan.

Los hombres aprietan los puños. Esos atentados contra su religión son atentados contra su honor y no los pueden tolerar.

—Cuando luchábamos con los estados vecinos, no teníamos problemas —señala un viejo cipayo—, pues los

---

[44] Escuelas coránicas.

principados han hecho la guerra desde siempre. Pero hoy es nuestro propio estado el que está anexionado y nos encontramos al servicio de los ocupantes. Es como si hubiéramos traicionado a los nuestros, como si nos hubiéramos traicionado a nosotros mismos. Cada vez que regresamos a nuestros pueblos percibimos una muda reprobación, sobre todo ahora que las nuevas reformas han hecho que la situación haya empeorado. El precio del trigo y del maíz casi se ha duplicado y el hambre acecha.

—Tenemos que reaccionar, pero ¿cómo?

El mensajero impone silencio con un gesto.

—Lo sabréis muy pronto. Nuestro Comité de Defensa de la religión hindú y de la religión musulmana ha establecido escuchas en la mitad norte del país. Los infieles quieren dirigir nuestras conciencias para dominar nuestra conducta. No se lo permitiremos. Vosotros sois la vanguardia, tenéis que hablar con vuestros camaradas. Muy pronto, todos los cipayos se sublevarán para expulsar a los extranjeros. ¡Pero cuidado! No os descubráis antes de que se envíe la señal de la rebelión general: nuestro éxito depende del efecto sorpresa. Dentro de poco recibiréis una señal para que estéis preparados y...

Un estornudo interrumpe la frase. Rápidamente, los cipayos se precipitan y, de detrás de la cortina de árboles, sacan a un hombre pequeño que se resiste como un diablo.

—¡Un espía! ¡Lo ha oído todo! ¡Hay que matarle! —gritan los soldados empujándole hacia el mensajero mientras el hombre, aterrorizado, trata de protestar.

—No estaba espiando, soy el sirviente de una persona importante.

—¡Que no estabas espiando! Entonces, ¿qué hacías ahí escuchándonos?

—Estaba paseando, oí discutir y...

Unas sonoras bofetadas le interrumpen.

—¡Si valoras tu vida, responde inmediatamente! ¿Quién es tu amo?

—¿Mi... ama...? Una de las esposas de nuestro rey —balbucea Mammoo.

—¿Su nombre?

El eunuco titubea, pero su vida está en juego, ¡al demonio su promesa!

—La begum Hazrat Mahal, la cuarta esposa.

Los hombres refunfuñan alrededor del eunuco.

—¡Está mintiendo! ¡Son los ingleses quienes lo envían!

Mammoo está lívido. ¿Cómo puede demostrar su buena fe? No se le ocurre más que una solución:

—Enviad a un hombre a palacio para verificar mis palabras.

No se atreve a imaginar la furia de su ama, que le ha ordenado mantener el secreto, pero no tiene elección: esos hombres no vacilarán en torturarle hasta morir.

El mensajero está perplejo.

—¿Por qué se iba a interesar por nuestras reuniones una esposa del soberano?

—Mi ama se interesa por todo aquello que pueda perjudicar a los usurpadores y devolvernos a nuestro bienamado rey —declara Mammoo recuperando un poco de su soberbia—. Cada semana escribe a Su Majestad para darle cuenta de lo que sucede aquí.

Ha omitido precisar que las cartas no reciben respuesta y que, sin lugar a dudas, no llegan a destino. Es necesario que los conspiradores crean que la begum es la informadora del rey, que puede ser una importante aliada y él, en consecuencia, una carta que jugar.

—Esa begum... Hazrat Mahal, ¿tiene un hijo? —pregunta el mensajero, pensativo.

—Sí, el príncipe Birjis Qadar. Sólo tiene once años, pero es sorprendentemente maduro para su edad.

—Está bien, vamos a enviarte a palacio con dos soldados para comprobar todo esto. Si tratas de huir, te matarán inmediatamente. En cambio, si has dicho la verdad, te confiaré este documento para que se lo entregues a tu ama.

~

Para gran sorpresa de Mammoo, Hazrat Mahal no se enfada. Tendida sobre el diván, repasa una y otra vez la carta que le ha dirigido el mensajero de Berhampur con una sonrisa de triunfo en los labios. Lo que esperaba desde hace un año está comenzando a tomar forma y no puede contener su nerviosismo:

—Léela, Mammoo. Dime, ¿qué opinas? —le pide al eunuco tendiéndole la carta.

Houzour:
Se están preparando grandes acontecimientos. Estad dispuesta.
Contamos con las personas cercanas a Su Majestad.
Los cipayos fieles a su rey.

—¿Qué me dices? ¿Qué debo hacer?

—Nada, tan sólo esperar.

—¡Esperar, siempre esperar!

Hazrat Mahal alza los ojos al cielo, exasperada.

—Nosotras, las mujeres, nos pasamos la vida esperando, hasta que... ya no tenemos nada que esperar. Pero esta vez es diferente, ¿no lo ves? El pueblo está dispuesto a batirse contra los *ingreses*. Es verdad que su armamento es superior al nuestro, pero les expulsaremos. No existe ningún caso en el mundo en el que un ocupante haya permanecido en un país que no lo quiere. ¡Por grande que sea su poder!

La joven se ha puesto en pie y recorre nerviosamente la habitación.

—Según el mensajero, excepto los sijs [45], todo el ejército, desde Calcuta a Delhi estaría dispuesto a rebelarse, alrede-

[45] El Punyab, patria de los sijs, fue anexionado por los ingleses después de las guerras de 1846 y 1849. Derrotados, los sijs, por otra parte enemigos jurados de los mogoles, se posicionaron bajo el estandarte británico durante la revuelta de los cipayos.

dor de ciento veinte mil cipayos. ¿Crees que el rey puede estar detrás del complot?

—Le habrán informado, pero mientras no haya recibido respuesta de la reina Victoria, creo que no se moverá. Si tiene la posibilidad de lograr sus objetivos mediante la negociación, ¿por qué habría de batirse? Al menos, eso fue lo que le explicó, meses atrás, al rajá Jai Lal cuando éste le ofreció el apoyo de los *taluqdars* para resistir a la anexión.

—Me pregunto si el rajá estará al corriente —murmura Hazrat Mahal, pensativa.

—Sin duda. Es militar de carrera y siempre ha tenido contacto con los cipayos. No me extrañaría nada que él mismo estuviera directamente implicado.

—Trata de averiguarlo. Y de Londres, ¿qué noticias hay?

—La opinión pública está con nosotros porque la prensa, informada por el mayor Bird, ha publicado las mentiras y traiciones de la Compañía. Las discusiones en la Cámara de los Lores han sido muy acaloradas. Lord Hastings ha exigido incluso el cese del Residente. Ha declarado que «nuestras dificultades derivan enteramente de nuestra actitud. Si la anexión de Awadh se confirma, los soberanos indios, al constatar que no pueden confiar en nuestra palabra, pasarán de ser amigos a enemigos*». Sintiendo que el viento va a cambiar, la dirección de la Compañía de las Indias ha recibido finalmente, con todos los honores, al príncipe heredero y al hermano del rey. Les ha propuesto enormes compensaciones, pero se ha negado a discutir la anexión de Awadh, pretendiendo haber actuado bajo las órdenes del gobierno.

—¡Sin duda una mentira más! La única que puede resolver el problema es la reina Victoria. Ya hace seis meses que la Rajmata está en Londres, ¿por qué no ha obtenido todavía audiencia?

—Le han hecho promesas, pero una semana tras otra la audiencia se retrasa con distintas excusas: la reina no está en Londres, o bien está cansada, o está desbordada de trabajo. De hecho, este asunto tiene que avergonzarla: le debe de resultar difícil desautorizar a la Compañía de las Indias, que tantas riquezas ha aportado a la corona, pero tampoco puede avalar una injusticia. Creo que todavía no ha decidido qué conducta seguir y le está dando largas.

~

Algunas semanas más tarde unos misteriosos *chapatis* hacen su aparición en el norte y en el centro de la India. Estas pequeñas tortas planas —el pan tradicional— llegan de seis en seis y se depositan por la noche en la casa del vigilante del pueblo, que tiene el cometido de distribuirlas entre los seis poblados vecinos que, a su vez, deben cocinar otras seis tortas y repartirlas a los seis pueblos más cercanos, y así sucesivamente. De esta forma, en menos de tres semanas, hasta la más pequeña aldea ha recibido sus *chapatis* y, aunque todo el mundo se pregunta lo que significan exactamente, nadie duda de que son la señal de grandes acontecimientos.

Prevenida, la administración británica ha tratado de descubrir el origen y el sentido de ese fenómeno, pero ha sido en vano. Hay especulaciones para todos los gustos: desde que es una simple broma hasta un complot, sin olvidar la posibilidad de que los *chapatis* sean un talismán popular contra la epidemia de cólera que se está viviendo.

Obedeciendo a su ama, Mammoo recorre la ciudad en busca de explicaciones, sin resultado. Como último recurso, se aventura hasta el Chowq, a la casa de Amman e Imaman, que en su día era el lugar mejor informado de Lucknow. Tal vez hoy pueda obtener alguna información...

Las dos matronas se hallan ausentes y Mammoo se dispone a marchar cuando se topa con Nouran, la joven que las mujeres han recogido.

—Sé algo sobre esos *chapatis,* pero sólo se lo diré a tu ama.

—¿Cómo una campesina como tú puede saber lo que todo el mundo en la ciudad ignora? Lo único que buscas es introducirte en palacio —replica Mammoo, exasperado.

—Como quieras, pero la begum no va a ponerse muy contenta —contesta con sorna la mujer.

—¿De dónde has sacado esta supuesta información?

—Te repito que sólo se lo diré a la begum.

—De acuerdo, te llevaré conmigo. Pero si me has engañado, ten por seguro que serás azotada. ¿Estás decidida?

Nouran se encoge de hombros por toda respuesta y, levantándose, se apresura a enfundarse el burka.

La tarde está muy avanzada, y el salón se halla sumido en penumbras. Hazrat Mahal ha despedido a todos sus sirvientes, incluso a Mammoo, que ha salido refunfuñando sobre el error de confiar en una campesina.

La mujer mira hacia atrás como si tuviera miedo de ser sorprendida y murmura con un hilo de voz:

—Houzour, debéis prepararos, la distribución de los *chapatis* anuncia la gran rebelión.

—¿Qué rebelión? ¿Y cómo lo sabes?

Instintivamente, también Hazrat Mahal ha bajado la voz.

—Mi abuela es originaria de Madrás y me contaba a menudo la historia del motín de Vellore, que tuvo lugar cuando ella era pequeña. Me decía que todo había comenzado por una misteriosa distribución de *chapatis* y, como ahora, nadie sabía lo que aquello significaba, sólo que iban a suceder cosas importantes.

—¿Y qué ocurrió?

—Los oficiales ingleses querían obligar a los cipayos a abandonar sus símbolos religiosos, tal vez por aquel entonces ya quisieran convertirlos... Como no podían rebelarse abiertamente, los hombres se organizaron en secreto y una noche masacraron a todos los oficiales y a una parte de los soldados mientras dormían.

Hazrat Mahal reprime un escalofrío.

«*Actualmente, la distribución de* chapatis *cubre un tercio de la India. ¿Significará eso que la rebelión se prepara no solamente en el estado de Awadh, sino también en Bengala, Bihar, en la región de Delhi y en todo el norte del país?»*.

Este pensamiento la llena de pavor. Desde hace años sólo tiene un deseo: librarse de los ocupantes. Ante la inminencia de una insurrección generalizada, siente perder su preciada seguridad.

«Contra el ejército británico, el más poderoso de Asia, ¿estarán nuestros compatriotas a la altura?».

El sentido común de la campesina la hace volver a la tierra.

—De todas formas, es un asunto de hombres. Si ellos deciden luchar, nosotras no podemos hacer nada. Pero quería preveniros, pues el otro día me tratasteis con bondad y he creído que tal vez querríais proteger a vuestro hijo y abandonar Lucknow por un lugar más tranquilo.

Hazrat Mahal se pone rígida. ¿Desertar? La sugerencia la hiere en lo más hondo.

—No olvides que mi hijo es príncipe y que yo soy la esposa del soberano exiliado. Es impensable que abandonemos a nuestro pueblo. Nuestro lugar está aquí.

11

Las semanas siguientes traen multitud de inquietantes y apasionantes noticias. El 17 de febrero, el *maulvi* Ahmadullah Shah es detenido en la vecina ciudad de Fayzabad cuando exhortaba a la muchedumbre a rebelarse contra los extranjeros.

—Vuestro *maulvi* no se ha dejado arrestar. La gente no hace más que hablar de su coraje —informa Mammoo a su ama.

—*¿Mi maulvi?*

—Sí, aquel con el que nos cruzamos a la vuelta de nuestra visita al Chowq, de quien comentasteis que os había traspasado con la mirada a través de las tupidas cortinillas del palanquín.

Hazrat Mahal, efectivamente, no ha podido olvidar esa mirada.

—¿Qué ha sucedido?

—Los ingleses dudaban si arrestarle dada su popularidad. El oficial le pidió en primer lugar que entregara sus armas, así como las de sus discípulos, y dijo que se las devolverían cuando abandonaran la ciudad. Él respondió con altanería que dejaría la ciudad cuando le apeteciera y le dio la espalda al oficial. Cuando los ingleses vieron que sus hombres adoptaban una actitud amenazante, prefirieron abandonar el terreno, pero regresaron a la siguiente noche más preparados. El *maulvi* y sus discípulos combatieron valerosamente, pero lo hirieron y lo han hecho prisionero.

—¡Qué necedad! Así sólo conseguirán erigir un mártir, un símbolo de adhesión aún más importante que si le hubieran dejado libre. Los blancos creen que pueden solucionarlo todo por la fuerza, no se molestan en entender el punto de vista del otro, y todavía menos en discutirlo. Consiguen que se les deteste. Acabarán pagándolo un día: los pueblos oprimidos no les harán ningún regalo.

Unos días más tarde llega la noticia de que en Berhampur, al norte de Calcuta, el 19º regimiento de infantería se ha rebelado y se ha negado a utilizar los nuevos cartuchos. A mediados de marzo, el movimiento ha tomado el depósito de armas de Ambala en el que los destacamentos de cuarenta y un regimientos se hallaban congregados para aprender el manejo del nuevo fusil. Finalmente, el 29 de marzo, en Barrackpore, un cipayo de casta brahmán, Mangal Pande, dispara a un oficial británico y hiere a otro con su sable, al tiempo que exhorta a sus compañeros a rebelarse para defender su religión. Tras ser reducido, acaba ahorcado unos días más tarde, igual que el sargento indio que se negó a arrestarle.

Entre la sociedad británica la estupefacción es enorme: desde hace casi un siglo, es la primera vez que uno de los «leales cipayos» se atreve a atacar a sus superiores. Para justificar este «acto inaudito», se hace divulgar que Mangal Pande estaba bajo los efectos de las drogas, pero lo que no queda claro es por qué ninguno de los otros veinte cipayos presentes intervino para defender a sus oficiales.

En éstas, el gobernador general, lord Canning, decide que el asunto de los cartuchos ya ha durado demasiado —se han dado todas las explicaciones necesarias y transigir durante más tiempo sería una prueba de debilidad—. En cuanto se difunde la orden definitiva, unos misteriosos incendios estallan en la mayoría de edificios gubernamentales y en las casas de los oficiales de la guarnición de Ambala, pero todos los esfuerzos que se hacen para descubrir a los culpables se topan con el mutismo de los soldados.

Las noticias del levantamiento se propagan rápidamente y, en Lucknow, los cipayos empiezan a agitarse. El gesto desconsiderado del doctor Wells, médico del 48º regimiento, de hacerles beber un medicamento de la enfermería de la misma botella se toma como una provocación: los hombres se niegan unánimemente a dejarse curar por miedo a ser mancillados y caer en una casta más baja. Unos días más tarde, las dependencias del doctor Wells se incendian. Todos saben que los responsables son los soldados del 48°, pero nadie podrá jamás demostrarlo.

Es en ese ambiente revuelto cuando, a finales del mes de marzo, el nuevo alto comisario llega a Lucknow. Sir Henry Lawrence viene del Punyab, donde, con gran diplomacia y gracias a una política de inspiradas reformas, ha restablecido la paz y se ha ganado la confianza de la población hasta el punto de granjearse el apodo de «rey del Punyab».

Alto y delgado, de rostro alargado encuadrado por una barba gris, este hombre cumplidor, que desprecia todo compromiso, parece un profeta del Antiguo Testamento. Nacido en Ceilán y cuarto hijo de un oficial británico, conoce bien la India y aprecia el país. Por eso, lord Canning ha considerado que es la persona más capacitada para enderezar una situación gravemente comprometida por la brutalidad y las torpezas de Coverley Jackson.

Lawrence, apenas recién llegado, escribe al gobernador general:

> *Siento las miradas de odio mientras me paseo, el descontento de la población es profundo. He hecho saber sin más dilación que mi misión es enderezar las torpezas cometidas desde hace un año. Para tratar de calmar los ánimos, he prohibido que se destruya cualquier cosa sin notificármelo previamente, especialmente los edificios religiosos. Mañana doy una* durbar[46] *en honor de los* taluqdars, *que tan duramente han sido tratados: muchos han perdido la mitad de sus aldeas y otros lo han perdido todo*.*

Sir Henry consigue, multiplicando recepciones y entrevistas privadas reconciliarse en parte con la nobleza. Se di-

[46] Recepción oficial.

rige a ella en indostánico[47] y le demuestra unas atenciones a las que, tras la anexión, ya no está acostumbrada. Promete reivindicar la restitución de sus tierras. Asimismo, recibe a los representantes de los comerciantes y artesanos, advertidos ya éstos de que el nuevo alto comisario es un hombre abierto, con el cual se puede dialogar. Pero no tiene ni tiempo ni medios para analizar el nuevo sistema de impuestos que, supuestamente favorable a los campesinos, en realidad les ahoga. Tiene que concentrarse en un problema más urgente: el descontento que, día tras día, aumenta entre los cipayos.

Esa tarde, por primera vez, una delegación ha solicitado verle y ha invitado a algunos oficiales a seguir la conversación desde el salón vecino.

Son una media docena de viejos cipayos, impecablemente ataviados con su casaca roja. Devotos soldados que, después de treinta años de servicio en la India, Lawrence conoce bien y ha tenido ocasión muchas veces de apreciar su coraje y fidelidad.

—Vamos, amigos, entrad.

Con un gesto, anima al pequeño e intimidado grupo, que se apiña ante la puerta.

—¡Entrad!

Uno por uno, los soldados entran en el salón de fumar. Chocando sus talones, saludan al Residente y, paralizados, se mantienen firmes. Sir Henry, hundido en su sillón de cuero, les hace una indicación para que tomen asiento. Es algo contrario a las costumbres, pero a estos veteranos que, seguramente en contra de la opinión de los más jóvenes, han tomado la difícil decisión de ir a verle quiere rodearles de atenciones.

Tal y como esperaba, se han negado —jamás en la historia un cipayo se ha atrevido a saltarse el orden jerárquico—, pero el gesto les ha conmovido.

---

[47] Lengua hablada en el norte de la India, mezcla de hindú (contiene más vocabulario sánscrito) y del urdu (con más parte de persa, árabe y turco).

—Gracias por su bondad, sahib —declara el que parece ser el jefe, un hombre de más de sesenta años, con el rostro cosido de cicatrices, pero erguido como una vara—. Es usted como nuestro padre, le debemos respeto, y jamás nos atreveríamos a sentarnos en su presencia.

—Muy bien, mis valientes. Veamos, ¿qué es lo que os trae?

—Asuntos graves, excelencia. Desde principios de año, sobre todo después de los motines de Berhampur y de Barrackpore, nuestros regimientos están exaltados y, a pesar de todos los esfuerzos que hacemos los más ancianos, es imposible calmarlos. Hemos tratado de hablar con nuestros oficiales, pero alegan que no tienen tiempo de escuchar nuestras recriminaciones. Por eso hemos creído que tal vez usted, que tiene reputación de hombre sabio y comprensivo...

—¿Se trata de una cuestión de dinero? Reconozco que siete rupias por mes, la misma paga después de cincuenta años mientras que el precio de los cereales se ha duplicado, es poco. De hecho, ya he hablado con el gobernador general, que me ha prometido reconsiderar la cuestión.

—Le estamos muy reconocidos, sahib, pero no se trata de eso, ni tampoco de falta de promoción, por más que sea lamentable para un viejo soldado ser insultado por un joven oficial recién llegado de Inglaterra y que... —El cipayo titubea—. Bueno, que no conoce bien las costumbres del país.

Sir Henry sacude la cabeza: «Esos mocosos que no saben nada y dan órdenes a tontas y a locas. Es una vergüenza y ya he advertido al alto mando que si no tenemos cuidado, vamos derechos al desastre...».

Se abstiene de hacer ningún comentario, pero su silencio envalentona a otro viejo cipayo:

—¡Antes era tan diferente! Los sahibs estaban cerca de los soldados, nos llevaban a cazar con ellos y cuando hacían venir a las bailarinas para ofrecer un espectáculo al regimiento, también nosotros estábamos invitados. Incluso había un oficial al que llamábamos «el luchador», pues tenía la costumbre de unirse a sus hombres en la arena. Estimábamos a los sahibs porque nos trataban como si fuéramos sus hijos. Ahora nos desprecian, jamás se mezclan con nosotros y, cuando están descontentos, nos cubren de insultos... A menudo, como no comprenden lo que tratamos de decirles, incluso nos llevan ante un tribunal militar por insolencia, cuando sólo hemos tratado de explicarnos.

A su alrededor, los otros cipayos asienten, pero su portavoz les interrumpe con impaciencia:

—No es para quejarnos para lo que hemos venido a verle, sahib. Por usted podríamos sacrificarlo todo, excepto...

Su voz se estrangula, las lágrimas asoman a sus ojos.

Conmovido, sir Henry se levanta y le rodea los hombros.

—Vamos, hable, amigo mío.

Entre hipidos, el viejo cipayo murmura:

—Podemos aceptarlo todo, pero... no podemos renunciar a nuestra religión.

—¿Y quién os ha pedido que renunciéis a vuestra religión?

En ese momento todos se ponen a hablar a la vez: que si los nuevos cartuchos precintados con grasa de cerdo y de vaca, que si la harina mezclada con el polvo de huesos de animales prohibidos. Sir Henry no se cansa de repetir que ésas son calumnias lanzadas para suscitar problemas, pero no consigue convencerlos. Los cipayos terminan por conceder que, aunque los cartuchos no estén sellados con grasas impuras, lamentablemente todo el mundo cree que sí lo están:

—Y si los utilizamos, nuestras familias y pueblos nos rechazarán por temor a que les toquemos y se conviertan ellos también en intocables. Ante la duda, seremos considerados siempre como apestados y estaremos condenados a vivir en soledad.

—O a convertirnos en cristianos —sugiere uno de ellos.

Para sir Henry esto es demasiado.

—¿Es que convertirse en cristiano es tan malo? —exclama, ultrajado. Pero dándose cuenta de que con sus palabras sólo confirma sus temores, se apresura a añadir—: Nunca convertiríamos a nadie a la fuerza o con ardides, cada cual debe elegir con total libertad.

Apenas ha pronunciado estas palabras cuando le viene a la memoria la Inquisición, las persecuciones de indios en América o las guerras de religión en Europa... Afortunadamente, no hay ninguna posibilidad de que estos sencillos cipayos hayan oído hablar jamás de ellas.

—Pero entonces —objeta un hombre—, ¿por qué enseñan el cristianismo en las escuelas del estado? ¿Y por qué transforman el santuario de Qadam Rasoul, donde se encuentra la huella del pie del Profeta, en depósito de armas?

—Se han cometido errores —admite sir Henry—, y estoy aquí para remediarlos. Os doy mi palabra de que a partir de ahora ningún edificio, especialmente los religiosos, será demolido sin mi autorización. En cuanto a los nuevos cartuchos, tengo una buena noticia que daros. Teniendo en cuenta el temor de los cipayos y de sus familias, el gobernador general ha ordenado que los cartuchos no se abran con los dientes, sino con la mano. Así ya no habrá más problemas. ¡Ya veis, mis valientes! —concluye poniéndose en pie—. Espero que ahora os quedéis más tranquilos. Y no dudéis en venir a verme si lo necesitáis, siempre estaré disponible para vosotros.

Deshaciéndose en agradecimientos y saludos, los cipayos se despiden. La amabilidad de sir Henry les ha llegado al corazón. Por jefes como él están dispuestos a dar la vida. Pero en ese momento no se sienten mucho más reconfortados que cuando llegaron.

—Si han cambiado las normas para los cartuchos, es porque contienen grasa impura —observa uno de ellos—. Si no, ¿por qué iban a hacerlo?

—¡Es verdad! De todas formas, tocar la grasa prohibida con la mano nos mancilla y nos hace igualmente perder nuestra casta.

¿Qué pueden hacer? ¿Se verán, a su pesar, abocados a la rebelión?

—¡Qué insolencia! ¿Cómo se atreven a criticar a sus superiores?

—Admiro vuestra paciencia, sir Henry. ¡Yo en vuestro lugar les habría hecho azotar!

Los oficiales que, instalados en el salón vecino, han escuchado la conversación, apenas logran disimular su irritación contra el Residente, que, de cara a sus subalternos, hubiera debido estar de su lado.

Lentamente, sir Henry se relaja, enciende un cigarro y, arrellanándose cómodamente, les clava una gélida mirada.

—Les he dejado hablar, señores, porque no dicen más que la verdad. Después de veinte años, he tenido ocasión de constatar cómo las relaciones se han ido degradando entre oficiales y soldados, y, en general, entre nosotros, los británicos, y la población. Si quieren que la gente les respete, compórtense de forma respetable en lugar de enfurecerse e insultarles. ¿Acaso creen que tras nuestra victoria militar en Punyab me conseguí ganar la fidelidad del pueblo con el látigo y los insultos? Fue escuchándoles, tratando de comprender sus problemas y aportando una respuesta eficaz y justa. —Se vuelve para coger un documento—. Me gustaría leerles lo que escribí ayer al gobernador general, lord Canning, que me preguntaba cómo aplacar el descontento que se extiende por las guarniciones:

> *Más allá del problema de los cartuchos, mientras nos neguemos a admitir que los indígenas, y en particular los soldados indígenas, tienen los mismos sentimientos, las mismas ambiciones y la misma percepción de sus capacidades que nosotros, jamás estaremos seguros.*

—¿Acaso es mucho pedir, señores, que se pongan un instante en el lugar de los indios? Son personas con sentimientos de las que podemos obtenerlo todo si somos corteses y les tratamos como a seres humanos en vez de apabullarles con nuestra superioridad de occidentales.

—Vamos, sir Henry, ¿cómo se puede discutir con individuos tan obstinados? ¡Esa historia de los cartuchos no es más que pura propaganda!

—¡No esté tan seguro! Según mis informaciones, los fabricantes locales, efectivamente, reemplazaron la grasa de cordero por grasa de cerdo y de buey, mucho menos costosas. No con intención de crear un conflicto religioso, sino simplemente por una cuestión de dinero. Sin embargo, los cipayos aún siguen desconfiando, porque muchos oficiales se dejan llevar por su celo y tratan de convertir a sus hombres.

—¿Y por qué no? La conversión de los indios a la verdad no solamente les sacaría de la miseria y del vicio, sino que les enseñaría los beneficios de una sociedad bien organizada.

—Digamos más bien, como Charles Grant, un antiguo director de la Compañía de las Indias, que «convertir a los indios elevará el nivel de su moralidad, pero también servirá a la causa inicial de nuestra llegada a la India: la expansión de nuestro comercio*». ¡Al menos él tenía el mérito de su franqueza! En cuanto a la moralidad, mucho me temo que a los pobres indios no les sirvamos de modelo con nuestras costumbres de maldecir y beber, de pedir prestado dinero que no devolvemos y, sobre todo, de no respetar nuestros tratados, como ha sucedido aquí mismo cuando anexionamos Awadh. Me temo, señores, que de continuar así, nos arriesgamos a perder la India.

12

Hoy la zenana bulle de agitación. Acaban de recibir, con gran pompa, la noticia de la llegada de Nana Sahib, hijo adoptivo y heredero del Peishwa, el antiguo soberano de la confederación de estados maratíes, el señor de las Indias Occidentales. El viejo soberano, vencido por los ingleses en 1818, se había exiliado en Bithur, a algunas millas de Kanpur [48], donde había fallecido unos años atrás.

¿A qué viene su hijo aquí? Salvo circunstancias excepcionales —ceremonias religiosas importantes o grandes *durbars*—, no es frecuente que los príncipes se desplacen.

Enviado a por noticias, un eunuco regresa con las últimas informaciones:

—Nana Sahib ha hecho saber a la administración británica que viene a hacer turismo.

La noticia es acogida con hilaridad: ¡turismo! ¡Ésa sí que es buena! Sólo los *ingreses* hacen turismo. ¿Se habrán dado cuenta de que Nana Sahib se está burlando de ellos?

—Hasta el momento ha visitado diversos estados del norte del país, especialmente Jhansi, donde se ha encontrado con una amiga de la infancia, la rani Lakshmi Bai[49] —precisa el eunuco.

—¡Serán visitas de cortesía, sin duda! —ironiza Hazrat Mahal alzando sarcástica una ceja.

---

[48] Kanpur está situado a cincuenta millas de Lucknow.

[49] Término maratí para «dama».

Recuerda al imponente personaje, al que apenas vislumbró en una *mushaïra*[50] dada por el rey, su esposo. Grande y vigoroso, de rostro redondo y tez clara, Nana Sahib había aparecido con su turbante plano, envuelto a la manera maratí, adornado con perlas y diamantes y luciendo unos pesados pendientes de esmeraldas en las orejas. Paseaba su mirada de suficiencia sobre los asistentes y tras ella intuyó un ser vanidoso y carente de seguridad. Lo que había ido sabiendo de él posteriormente no hizo sino confirmar su primera impresión.

A la muerte del Peishwa, la Compañía de las Indias se había negado a reconocer tanto al hijo adoptivo, al que cuestionaban, como su título y la enorme pensión sufragada al padre. Desde hacía años, Nana Sahib intentaba reconducir esa posición a base de mimos y regalos —presumía de ser el mejor amigo de los ingleses—, aunque sin resultado. Finalmente, acabó enviando a Londres a Azimullah Khan, su hombre de confianza, para rogar por su causa ante la reina Victoria. Pero fue en vano. Ni siquiera le habían recibido...

—Lo cierto es que la rani de Jhansi tiene los mismos motivos que Nana para detestar a los ingleses —comenta una begum—. Se han negado a reconocer a su hijo adoptivo, pese a haber sido designado por el rajá como su sucesor y, argumentando que el estado no tenía heredero, lo han anexionado. Lakshmi Bai ha hecho como si se resignara, pero he oído decir que sólo espera la ocasión para vengarse.

—Y aquí, ¿con quién piensa verse Nana? —se pregunta una joven.

—Mañana debe visitar al Residente —puntualiza el eunuco—, pero hoy ha sido recibido por sus iguales, concretamente por el rajá Jai Lal y sus hermanos, que se ocupan de organizar su estancia.

---

[50] Velada donde se improvisan y recitan poemas.

Ante la mención de Jai Lal, Hazrat Mahal se sobresalta. Es justamente lo que sospechaba: que esa visita turística a los estados recientemente anexionados es una toma de contacto, tal vez, incluso, el comienzo de un plan de acción.

Perezosamente, como si la conversación no le interesara más, se levanta para volver a sus habitaciones, pero a Mammoo, que la sigue, le ordena en voz baja:

—Ve enseguida a mezclarte con el séquito de Nana Sahib como si fueras un servidor del rajá Jai Lal. Abre bien los ojos y los oídos e infórmame hasta de los más mínimos detalles.

Bajo la luz dorada del ocaso de esa tarde de abril, los visitantes se apiñan en la enorme terraza del *khoti*[51] en el que Nana Sahib acaba de echarse la siesta. Los que le consideran como el legítimo sucesor de los grandes soberanos maratíes acuden a presentarle sus respetos en una atmósfera que parecería benevolente si no fuera por las decenas de centinelas que acechan detrás de las rejas del parque.

Mammoo, no sin dificultades, ha conseguido deslizarse en un grupo de pasteleros llegados para repartir *laddous, burfis, gajar halva*[52] y otros dulces que entusiasman a Nana. Una vez en su puesto, ha avistado rápidamente al rajá Jai Lal, enfrascado en una intensa conversación con un hombre delgado, de tez aceitunada, ataviado con una elegante túnica de seda blanca bordada de plata. Imperceptiblemente, se ha acercado a ellos sin que los dos hombres, absortos en su discusión, lo hayan notado.

—¿Y por qué, mi querido Azimullah, habéis ido a pasearos por las trincheras delante de Sebastopol en vez de volver directamente de Londres?

—Quería comprobar con mis propios ojos lo que se contaba de Estambul: la derrota del ejército británico a las

[51] Gran residencia.

[52] *Laddous* y *burfis:* dulces hechos de crema de leche y sirope de azúcar, aromatizados con distintas especias. *Gajar halva:* dulce de zanahoria.

puertas de la ciudad por parte de los rusos, sus ataques infructuosos, el desánimo hasta en el estado mayor, la desorganización y la indisciplina entre las filas... Para mi gran sorpresa, he constatado la debilidad de esos ingleses que aquí creemos invencibles, su incapacidad para enfrentarse a los rusos. ¡Ah, esos rusos! ¡Qué guerreros! ¡Son capaces de resistirlo todo! He dejado Sebastopol con la convicción de que nosotros también, si sabemos organizarnos...

—¡Chitón! Podrían oírnos. —Y añade bajando la voz—: ¿Es cierto que os habéis encontrado con agentes del zar?

—Uno de ellos ha contactado conmigo a mi vuelta de Estambul. Están siguiendo de cerca la situación en la India y sueñan con desalojar a los ingleses. Su mensajero me ha asegurado que si logramos auspiciar una revuelta en el país y, sobre todo, tomar Delhi, estarían dispuestos a proporcionarnos un importante apoyo material y nos ayudarían a echar a los británicos. Aún continuamos manteniendo correspondencia a través de Cachemira gracias a los pequeños comerciantes ambulantes de almendras y frutas que llevan nuestros mensajes.

—Por nuestra parte, después de la anexión de Awadh, no nos hemos quedado parados ni hemos desperdiciado ninguna ocasión para recordar la profecía de Plassey, según la cual los británicos deben abandonar la India cien años después de su victoria, es decir, en junio de este año. Ya sabéis hasta qué punto nuestros compatriotas son supersticiosos: las profecías son señales del cielo que no pueden desatender. En cuanto al asunto de los cartuchos, sea verdadero o falso, ha sido algo inesperado que hemos explotado al máximo. El pueblo, exasperado, está dispuesto a sublevarse, pero, desgraciadamente, muchos de nuestros grandes *taluqdars* todavía creen que pueden negociar, y, sobre todo, no quieren correr riesgos.

—¡Excepto aquellos que no tienen nada que perder! En Jhansi, la rani, que fue educada en la corte del Peishwa con Nana Sahib, a quien llama «gran hermano», está dispuesta a seguirnos. Al igual que los príncipes de Nagpur, Satara,

Karnataka o Tanjore y otros estados anexionados de estos últimos años. Mi amo mantiene con ellos una fluida correspondencia. Aunque todavía algunos titubean, estoy convencido de que se unirán a nosotros cuando estalle la rebelión y constaten su alcance.

—¿Y la fecha fijada es todavía...?

Sus palabras se pierden en un susurro que, a pesar de sus esfuerzos, Mammoo no puede distinguir. Pero ya ha escuchado bastante. Tiene que informar a su ama inmediatamente.

~

Hazrat Mahal ha seguido con atención el relato del eunuco. Tal y como sospechaba, la insubordinación de los cipayos de Berhampur y Barrackpore no se debe simplemente a incidentes aislados, se prepara una revuelta general. Y, en Lucknow, el rajá Jai Lal Singh es uno de sus principales instigadores. Pero ¿y Azimullah? Es un personaje de lo más extraño. ¿Se puede confiar en él?

—¿Qué sabes de ese hombre, aparte de que es el consejero favorito de Nana?

—Se hace llamar Azimullah Khan y se enorgullece de ser pastún, la etnia guerrera de la región noroeste, Afganistán, que, a pesar de todos sus esfuerzos, los británicos no han podido conquistar jamás. En 1842, tras cuatro años de combates, tuvieron incluso que retirarse, pues su ejército había sido aplastado: de los doce mil hombres, apenas regresaron unas decenas. Los afganos son valientes y astutos, tienen una resistencia excepcional. No se han sometido a nadie jamás y no será mañana cuando alguien lo consiga.

—Pero ¿de dónde ha salido este Azimullah?

—De acuerdo con las informaciones que he podido reunir, habría llegado a Kanpur con su madre siendo aún un niño, durante la gran hambruna de 1837. El fundador de la Misión para la Propagación del Evangelio los empleó como sirvientes y, después, su sucesor envió al chico al colegio, pues posee una inteligencia excepcional. Allí aprendió inglés y francés, y allí trataron, con insistencia, de convertirle al cristianismo. Además fue objeto de repetidos acosos sexuales, así que el reconocimiento hacia sus benefactores se transformó muy pronto en odio. Como es encantador y está muy capacitado, encontró trabajo con los europeos, concretamente con el brigadier Ashburnham, hasta que en 1850 le despidieron por robar. De esta acusación se defendió en vano. Fue humillado públicamente y ha acumulado un profundo rencor contra la sociedad inglesa.

»Fue en ese momento cuando entró al servicio de Nana Sahib, al que en su día había enseñado inglés, y se convirtió en su confidente y principal consejero. Se dice que el príncipe no toma ninguna decisión sin consultar su opinión. Es, de alguna forma, su cerebro gris.

»Después del fracaso de su misión en Londres, parece estar convencido, y ha persuadido de ello a Nana Sahib también, de que no conseguirá jamás que les hagan justicia, pero que, en cambio, es posible, si los príncipes se unen, vencer a los ingleses con las armas.

—¡Que Alá le escuche! —suspira Hazrat Mahal. Y con una pequeña sonrisa, añade—: En cambio, ese Azimullah no detesta a las inglesas. He oído decir que en Londres era el preferido de las damas.

—En efecto, parece haber obtenido un gran éxito entre la alta sociedad. Se hacía pasar por príncipe, y como es muy apuesto y sus modales son perfectos, las mujeres se arrojaban literalmente en sus brazos. Ha desarrollado un auténtico desprecio por las occidentales, que, a su juicio, carecen de la discreción y la modestia de las mujeres de aquí. Bajo su apariencia mundana, Azimullah esconde una moral muy rígida y su estancia en Europa le ha convencido de la corrupción de las sociedades que se presentan como modelos de virtud y que, en lugar de deslumbrarle, refuerzan su odio.

—Me sorprende también que Nana Sahib, muy conocido por ser un vividor, un ser débil e indeciso, tenga la audacia de conspirar. Después de todo, este Azimullah me cae muy bien —concluye Hazrat Mahal despidiendo a su perplejo eunuco.

~

20 de abril de 1857

Sir Henry Lawrence
Residente, Lucknow

para sir Hugh Wheeler
Residente, Kanpur

Mi estimado Wheeler:
Ayer recibí a su amigo, el príncipe Nana Sahib, acompañado de su hermano y de su secretario, un tal Azimullah. Debo deciros que me han causado una fuerte y desagradable impresión, pues se comportaron con una altivez rayana en la insolencia. Por otra parte, aún no he conseguido entender el motivo de su viaje a Lucknow, el turismo me parece una pobre excusa. Les había invitado a cenar esta noche en mi casa, y lo han anulado en el último momento, aduciendo que un asunto urgente les reclama en Kanpur.

A la vista de los problemas actuales, le recomiendo encarecidamente que tenga cuidado y que no confíe en ese personaje.*

Esperando que su familia y usted mismo se encuentren bien, le envío un fraternal saludo.

LAWRENCE

Sir Hugh Wheeler

para sir Henry Lawrence
25 de abril de 1857

Mi estimado Lawrence:
Gracias por su interés. Ya sé que el príncipe es a veces desconcertante, pero puedo asegurarle que es el mejor amigo de los ingleses. Nos lo ha demostrado en muchas ocasiones. Recientemente me ha propuesto incluso que una parte de sus hombres se ponga a nuestra disposición, en caso de problemas, y hasta

me ofreció albergar a mi familia en una de sus residencias. De todas formas, aquí todo está en calma y tengo plena confianza en la lealtad de mis cipayos.

Reciba mis saludos más cordiales,

WHEELER

~

En la calurosa tarde del sábado 2 de mayo, un escuadrón del 7º regimiento de infantería se halla en el centro de maniobras del campamento de Muryon, sede de la guarnición de Lucknow. La atmósfera es tensa: los oficiales británicos acaban de anunciar que van a hacer prácticas con los fusiles Lee Enfield y a utilizar los nuevos cartuchos, como ha ordenado el gobernador general, lord Canning.

El mayor Carnegie, con su uniforme impecable, pasa revista a sus hombres. Advierte, un tanto molesto, que las casacas están arrugadas, en ocasiones desgarradas por la sisa, aunque hay que reconocer que son tan estrechas que si un hombre dejara caer su bayoneta le sería difícil inclinarse para recogerla. Pero ¿no es ésa precisamente la función del uniforme? ¿Ser una armadura que obliga a mantenerse recto? Los indios son de naturaleza indolente y distraída, durante decenios se han tolerado sus fantasías bajo la excusa de respetar su cultura... Afortunadamente, se ha dado un golpe de timón y ahora se les intenta inculcar los verdaderos valores.

Ante sus hombres, en posición de firmes, ordena con voz potente:

—¡A mis órdenes, carguen los fusiles!

En la tropa se produce un ligero estremecimiento, se intercambian miradas furtivas, nadie se mueve.

Desconcertado, el mayor aúlla de nuevo su orden. Los cipayos bajan la cabeza, inmóviles.

Ante esta clara insubordinación, el mayor se sofoca de indignación: ¿acaso sus soldados han perdido la cabeza? ¿Es que no saben lo que supone desobedecer a un oficial?

Pero cuanto más les amenaza, más hostil se hace el silencio.

Finalmente, un cipayo se adelanta y declara que el 7º regimiento, al igual que los regimientos de otras guarniciones, se niega a profanar su religión utilizando los cartuchos impuros.

Tragándose su cólera, el mayor Carnegie intenta, una vez más, explicar que los cartuchos son los mismos de siempre, que esa historia de la grasa impura es un falso rumor extendido por los agitadores... Esfuerzo inútil. Los hombres ya no confían en la palabra de sus oficiales. La abolición de los tratados, la destitución del rey y la anexión de su país les han convencido de que los ingleses son capaces de lo peor.

Iracundo y sin argumentos, el mayor termina enviándoles a los cuarteles, no sin antes advertir que el castigo será ejemplar.

Durante toda la noche, los cipayos, reunidos en sus tiendas, discuten. Antes que arriesgarse a que les ahorquen por negarse a obedecer, algunos exhortan a amotinarse y matar a los oficiales.

—¡Imposible! —objetan otros—. Los emisarios nos han hecho jurar que esperaríamos las órdenes. Todas las guarniciones deben sublevarse a la vez. Es el efecto sorpresa lo que nos permitirá vencer a los *ingreses*.

—¡No tenemos elección! ¿Acaso debemos esperar a que nos ejecuten?

El tono se eleva, se intercambian argumentos e insultos, se entra, se sale, se pasa de una tienda a otra para escuchar las diferentes opiniones y tratar de llegar a una posición común.

Aprovechándose de la confusión, un viejo cipayo abandona el campamento y, por atajos, se apresura en la noche. Después de más de una hora de marcha llega, por fin, sin resuello, ante las altas rejas de la Residencia.

Bajo la clara noche, el edificio se yergue imponente. Una docena de guardias armados custodia la entrada. El hombre explica en vano que trae noticias urgentes para el sahib, que debe verle inmediatamente, pues es una cuestión de vida o muerte. Los guardias no quieren saber nada: es más de medianoche, el alto comisario duerme y no se le puede despertar. Que el cipayo regrese mañana.

—¡Mañana todos los oficiales ingleses serán masacrados y será culpa vuestra! —grita el viejo, desesperado. Se da cuenta de que le están tomando por loco. Aprovecha un momento de descuido para arrebatarle el fusil a uno de los guardias y dispara al aire. Inmediatamente es reducido y derribado. En el interior de la Residencia se han encendido las luces. Alertado por el ruido, el ayudante de campo del coronel Lawrence envía a su ordenanza para averiguar lo que sucede.

Sin miramientos, el viejo cipayo es empujado al interior y mientras éste, furioso, se arregla el uniforme, un encolerizado sir Henry, despertado a causa del alboroto, aparece en bata.

—¿Qué es lo que sucede, mi soldado? —exclama, sorprendido.

—Sucede, sahib, que estos imbéciles de los centinelas tienen tanto miedo a molestarle que prefieren verle muerto —estalla el hombre. Sin recuperar el aliento, relata las vehementes discusiones de los cipayos, su determinación absoluta de no tocar los cartuchos impuros, su temor a ser ahorcados por insubordinación y su decisión de anticiparse y matar a todos los oficiales.

Apenas ha terminado su relato cuando un mensajero a caballo trae, sofocado, las últimas noticias: ¡los cipayos acaban de apropiarse del depósito de armas!

Sir Henry palidece: había contado con la lealtad de sus soldados y se ha equivocado. No hay tiempo que perder.

En menos de una hora, todas las fuerzas británicas estacionadas en Lucknow —infantería, caballería y artillería— son movilizadas. En la oscuridad, se acercan silenciosamente al campamento y rodean los cuarteles. Así, cuando los cipayos, alertados por el crujido de las ramas, salgan de sus tiendas, se encontrarán de frente con los cañones británicos.

El claro de luna baña con luz irreal a los dos grupos de soldados que se observan: ayer aliados, hoy enemigos. Permanecen inmóviles, conscientes de que el más mínimo movimiento puede desequilibrar todo.

Montado sobre su caballo alazán, sir Henry Lawrence se ha adelantado.

—¡Soldados, escuchadme! Hay gente que trata de confundiros y de arrastraros a la catástrofe. Yo, vuestro comandante, os doy mi palabra de que no se ha empleado ninguna grasa impura en la fabricación de los nuevos cartuchos. Creedme, mis valientes, tras treinta años de estancia en la India conozco vuestra civilización y vuestras creencias, y las respeto. Lo mismo que siempre he apreciado vuestro valor y vuestra dedicación. ¡Nunca os engañaría! Soldados, cuento con vuestra lealtad, pero sabed que aquellos que traicionen...

Un desafortunado disparo surgido de las líneas inglesas interrumpe su discurso. Entre los cipayos cunde el pánico. Mientras un pequeño grupo permanece en su sitio, paralizados por el estupor, la mayor parte huye y, aprovechando la oscuridad, trata de esconderse entre los matorrales de alrededor. Rápidamente son atrapados y esposados: ¿no es su fuga una prueba de su culpabilidad? Durante horas serán interrogados y azotados a fin de sonsacarles detalles del complot y los nombres de los instigadores. Ni uno solo hablará.

En su despacho, sir Henry va de un lado a otro. Tiene en la mano una carta que uno de sus espías le acaba de traer, enviada por el 7º regimiento de infantería de Awadh al 48º. Los soldados declaran estar dispuestos a dar su vida para salvaguardar su fe y esperan que el 48º regimiento se una a ellos.

¿Qué se puede hacer? La víspera, Lawrence había ordenado desarmar a todos los cipayos: algunos viejos leales lloraban, proclamando su fidelidad. Eso le partió el corazón, pero está obligado a hacer respetar la autoridad británica, aunque en este caso en concreto, comprenda a los hombres. En otros tiempos, las garantías dadas por sus oficiales habrían bastado para convencerles; hoy, una larga cadena de errores e injusticias les ha hecho perder toda su confianza.

La insubordinación se extiende. En Meerut, la guarnición más importante del norte de la India, sesenta y cinco cipayos que se han negado a utilizar los cartuchos han sido llevados ante un tribunal militar: se les ha degradado y condenado a diez años de trabajos forzosos. ¡Y si no fueran más que los soldados! Sir Henry sabe bien que el descontento ha cundido entre la población, ya sean las decenas de miles de artesanos, los antiguos empleados del rey que se encuentran sin trabajo, los campesinos sometidos a los pesados impuestos o los señores feudales a los que les han demolido sus fuertes y confiscado una gran parte de sus tierras.

Sin embargo, cualesquiera que hayan sido los errores y la política a corto plazo de sus predecesores, no puede desacreditarla, está obligado a continuar por peligrosa e injusta que sea. Su lealtad hacia Inglaterra está por encima de todo, por encima incluso de su conciencia.

Siguiendo la vieja táctica británica de «dividir para mejor reinar», sir Henry decide entonces convocar a todos los aristócratas, notables y oficiales del ejército de Awadh para una gran *durbar* en la Residencia.

El 12 de mayo, ante un grupo de rajás, *taluqdars*, oficiales británicos y suboficiales indios —éstos disfrutan por primera vez del derecho a sentarse con los ingleses—, el alto comisario pronuncia un largo discurso sobre los beneficios del poder británico y sobre su perfecta neutralidad en materia de religión.

—Estad seguros de que jamás interferiremos en vuestras costumbres y en vuestras creencias, que nosotros respetamos. Todo lo contrario que el emperador mogol Aurang

Zeb, que denigraba la religión hindú y forzaba las conversiones al islam, y todo lo contrario también que Shivaji, el gran héroe hindú que execraba el islam y pasó a millares de musulmanes por el filo de su espada.

Impasibles, sus invitados asienten educadamente con la cabeza.

Después llega el momento de distribuir las medallas a los soldados merecedores de éstas por su ayuda para sofocar la rebelión: héroes para los ingleses y traidores para sus camaradas.

Varios criados impávidos sirven refrescos y toda clase de dulces. Para gran asombro de los indios, los oficiales ingleses, olvidando su habitual arrogancia que les prohíbe mezclarse con indígenas, se unen a sus grupos para bromear y discutir cordialmente acerca de los últimos acontecimientos. Si piensan que así se ganarán la simpatía de los cipayos, se equivocan: de esa amabilidad totalmente insólita éstos sacarán la conclusión de que los ingleses tienen miedo y tratan de adularles.

Y respecto al discurso de sir Henry sobre la bondad de los cristianos hacia otras religiones, en oposición a la intolerancia de los hindúes y los musulmanes, les hace sonreír. Es, en efecto, de notoriedad pública que los emperadores mogoles, incluso el muy piadoso Aurang Zeb, tenían generales hindúes a la cabeza de sus tropas. Y por lo que se refiere a Shivaji, el ilustre héroe de los hindúes, estuvo primero al servicio de un estado musulmán y, tras su guerra contra el Imperio mogol, mantuvo a musulmanes en puestos cruciales en su ejército. Es más, en caso de derrota, la población ofrecía en todo momento asilo a los vencidos, cualesquiera que fueran sus creencias.

Incluso en el mismísimo estado de Awadh, la religión no ha supuesto jamás la más mínima discriminación. Los soberanos como Safdarjung y Asaf ud Daulah ofrecían a los sacerdotes hindúes tierras para construir sus templos y, a menudo, los financiaban. Algunos años antes de su expulsión, el propio Wajid Alí Shah había otorgado a religiosas irlandesas un extraordinario terreno en el centro de Lucknow para construir una escuela cristiana que, bajo el nombre de convento de Loreto, habría de acoger más tarde a las hijas de las mejores familias hindúes y musulmanas.

—Ha sido con la llegada de los ingleses cuando ha comenzado esa política de discriminación que atribuye únicamente a los cristianos los puestos importantes —recuerda un rajá.

Todos asienten, conscientes de que los británicos buscan que se enfrenten unos contra otros con el objetivo de debilitarles.

13

La mañana del 10 de junio Mammoo Khan llega a la zenana con una increíble noticia: la guarnición de Meerut se ha sublevado. Después de haber abatido a un coronel, los amotinados han liberado a sus camaradas, que estaban encarcelados por haberse negado a utilizar los nuevos cartuchos, han soltado al resto de cautivos y se han dispersado por las calles, incendiando las casas de los europeos y matando a todos aquellos con los que se cruzaban.

—¿Las *memsahib* y los niños también? —preguntan las mujeres, horrorizadas.

Mientras Mammoo titubea, Hazrat Mahal aventura una explicación:

—La culpa es, sin lugar a dudas, de los criminales liberados al mismo tiempo que los soldados. Nuestros cipayos nunca atacarían a mujeres y a niños indefensos. Pero, dime, ¿cuántos de los nuestros han caído?

—¡Eso es lo más asombroso! Los ingleses se han quedado tan sorprendidos que no han reaccionado, y los insurrectos han aprovechado para huir. Se han dirigido a todo galope hacia Delhi, a más de cuarenta millas, hasta llegar al palacio de Su Majestad el emperador Bahadur Shah Zafar. Allí, han masacrado a los guardias ingleses que intentaban interponerse, exigiendo que despertaran al soberano. Cuando éste ha aparecido, preguntando qué significaba ese tumulto, lo han ovacionado, proclamándolo emperador de la India y jefe de la rebelión, y ensalzado triunfalmente.

—¿Sin preguntarle su opinión?

Las exclamaciones suenan incrédulas. El anciano de ochenta y dos años que ostenta el honorífico título de «rey de Delhi» es nieto del último emperador mogol y vigésimo descendiente del gran Akbar[53]. Pero no tiene más reino que su palacio, el espléndido Fuerte Rojo, y sus dependencias, unos treinta kilómetros cuadrados bordeando el río Jumna, en el centro de la ciudad antigua.

Ya antes de la llegada de los ingleses, los emperadores mogoles, que durante dos siglos y medio habían dominado la India, no ostentaban más que un poder nominal. En 1739, Delhi y el palacio habían sido saqueados por el soberano persa Nader Shah, que se había apoderado del Trono del Pavo Real, una maravilla incrustada de zafiros, rubíes, esmeraldas y perlas[54], así como del famoso diamante Koh-i-Noor. Diez años más tarde, el invasor afgano, Ahmad Shah Durani, consiguió saquear la capital y dejó el imperio muy debilitado. A partir de entonces, los nobles musulmanes e hindúes disfrutaron de una independencia de facto. En 1788, un nuevo invasor afgano, Ghulam Kadir, hizo sacar los ojos al emperador reinante, Shah Alam, que se negó a revelarle el escondite del tesoro. Aprovechando la ausencia de poder, los maratíes ocuparon Delhi. Durante quince años reinó la anarquía, hasta que, en 1803, los ingleses entraron en escena y restablecieron el orden —para su beneficio—. Desde entonces mantuvieron al representante de los mogoles en todo su esplendor, pero restringieron su poder, que, en adelante, no llegaría más allá de los muros de la ciudadela.

Desde hacía algún tiempo, sin embargo, la familia imperial albergaba un gran resentimiento contra los británicos. Se habían enterado, en efecto, de que lord Dalhousie,

---

[53] Nieto de Baber, el primer gran mogol, el emperador Akbar, guerrero y filósofo, reina de 1542 a 1605, y unifica la India bajo su autoridad.

[54] El Trono del Pavo Real puede admirarse hoy en día en el palacio de Gulistán, en Teherán.

juzgando que el gran mogol ya no representaba a nadie, había decidido por razones económicas interrumpir esa «comedia». A su muerte, su heredero no sería reconocido como emperador y los privilegios de la familia imperial serían abolidos. En el palacio, la inquietud se mezclaba con la ira y algunos príncipes incluso habían establecido contacto con los rajás y los nababs desposeídos. De tal manera que, cuando el 11 de mayo los cipayos aparecen, no solamente son acogidos con los brazos abiertos, sino que, obviamente, su llegada ha sido preparada. De hecho, todos saben, tanto el hijo del emperador como los cortesanos, que la muerte de Bahadur Shah Zafar supondrá el fin de la dinastía Timur[55].

La zenana acoge con estupefacción el anuncio de Mammoo Khan.

—Se dice que el emperador no se ocupa más que de la poesía y de sus miles de palomas, que, cada vez que sale, vuelan en hileras sobre su cabeza para protegerle de los rayos del sol. Cuentan que es un sabio que se mantiene apartado de toda política. ¿Es posible que esté detrás de esta conspiración?

—En absoluto, pero no le han dejado otra elección: para legitimar su movimiento y poder extenderlo a todo el país, los cipayos tienen necesidad de dotarlo de un fundamento histórico. Así, alzando al poder a Bahadur Shah Zafar, restauran simbólicamente el prestigioso Imperio mogol, considerado por los hindúes y los musulmanes como el periodo más brillante de su historia, y borran dos siglos de colonización británica. El pueblo no se ha equivocado cuando en Delhi han ovacionado al emperador, que se presentó sobre su elefante proclamando la *swaraj*, la independencia[56].

---

[55] Los grandes mogoles se enorgullecían de ser descendientes de Timur Lang, Tamerlán.

[56] Es la primera vez que esta palabra se utiliza en la India. El término será retomado sesenta años más tarde por Gandhi.

«Oh, vosotros, hijos del Indostán, si así lo deseáis, podemos destruir a nuestro enemigo —había declarado—. Liberaremos nuestra religión y nuestro país, tan caros a nuestros corazones como la vida misma. ¡Hindúes y musulmanes, sublevaos! De todos los dones de Dios el más precioso es la *swaraj*. El demonio opresor os la ha robado con mentiras y ardides, ¿acaso va a conservarla para siempre?*».

—Su discurso ha sido acogido por una multitud delirante. Era como si la humillante ocupación extranjera no hubiera existido jamás, como si, de un solo golpe, la India recuperara su alma y los indios su identidad y su orgullo.

Las mujeres se quedan inmóviles, no se atreven a creerlo. ¿Será posible que los ingleses, amos todopoderosos e inamovibles...?

Hazrat Mahal tiembla de excitación.

—¿Quieres decir que los *ingreses* han sido derrotados por nuestras tropas? —inquiere con voz estrangulada—. ¿Que no se trata de un simple motín que, como en otras ocasiones, será aplastado mañana?

—No lo creo, Houzour, he oído decir al rajá Jai Lal... —Mammoo titubea, lo que va a contar le parece trascendental—. Ha dicho... ¡que éste es el principio de la guerra de liberación!

—¡Alabado sea Alá! Después de todas sus desgracias, nuestro país por fin va a desembarazarse de esos canallas —grita una vieja begum.

Poco a poco comienza a valorarse la importancia de la noticia. Con una mezcla de nerviosismo y miedo, las mujeres se abrazan, se felicitan, algunas ríen, otras lloran, las exclamaciones se suceden y también miles de preguntas a las cuales el eunuco, ofuscado, no consigue responder.

Hazrat Mahal logra finalmente imponer un poco de silencio.

—Y en Delhi, dime, ¿cómo han reaccionado los ingleses?

—Extrañamente, las tropas británicas son muy reducidas, y los cipayos, advertidos con antelación, se han puesto rápidamente en contacto con los de Meerut. Durante veinticuatro horas se ha desarrollado una verdadera caza de europeos. Algunos han sido asesinados, pero la mayoría, entre ellos las mujeres y los niños, ha sido encarcelada. Hasta que... los oficiales británicos hicieron explotar el depósito de municiones, causando la muerte de decenas de cipayos. Como represalia, los rebeldes han ejecutado a todos los prisioneros.

Murmullos consternados acogen sus palabras.

—Matar a sus mujeres e hijos... ¡Los *ingreses* nunca nos lo perdonarán!

—Eso es precisamente lo que pretenden los jefes de la rebelión —replica el eunuco—. Esta mañana he sorprendido al rajá Jai Lal y al rajá de Mahmudabad discutiendo. Sospechan que se ha perpetrado esa masacre con el propósito de impedir cualquier marcha atrás. A los cipayos de Delhi no les queda otro camino, tienen que luchar; si se rinden, saben que les ahorcarán.

—Y en Lucknow, ¿qué hacen los nuestros? —se impacienta Hazrat Mahal—. ¿Están por fin dispuestos a tomar las armas, restablecer el poder legítimo y devolvernos a nuestro rey? ¿O bien nuestros grandes charlatanes, los rajás y nababs, continúan aplazándolo? Tenía sin embargo la impresión de que ese rajá Jai Lal era un hombre de acción...

—Exacto. Es diferente a los otros *taluqdars* y los soldados le adoran, pero es preciso que espere hasta la fecha señalada. —Ante la expresión atónita de su ama, Mammoo se explica—: Se ha fijado una fecha para el levantamiento general, que cogerá a los ingleses por sorpresa, pero, mientras tanto, todo se está replanteando. Al atravesar la ciudad he visto a las gentes completamente exaltadas, los últimos acontecimientos han hecho que desaparezcan sus temores, están dispuestos a todo.

En la zenana el entusiasmo deja progresivamente paso a la ansiedad.

—Pero entonces... ¿puede ocurrir cualquier cosa?

—Nuestra situación ya es bastante difícil. Si se producen motines en la ciudad, es posible que los ingleses arremetan contra nosotros...

—¡Recordad cómo pusieron patas arriba el palacio de Moti Mahal buscando las pruebas de una supuesta conspiración!

Exasperada por la pusilanimidad de sus compañeras, Hazrat Mahal se levanta y hace un gesto al eunuco para que la siga.

—Corre a buscarme un burka —le susurra—. Y esta vez no quiero ningún faetón, iremos andando.

Es una sombra silenciosa la que sigue a Mammoo por las estrechas callejuelas del viejo bazar. Hace mucho tiempo que la multitud no era tan densa, parece como si todo Lucknow se hubiera congregado en ese centro en el que se cuecen los últimos rumores. En una esquina, un faquir medio desnudo, con el tridente de Shiva —dios de la destrucción— pintado en su frente, arenga a los curiosos:

—¡La profecía, recordad la profecía! ¡Este año los *ingreses*, que nos han oprimido durante cien años, serán aniquilados! ¡Todos unidos los aplastaremos como a parásitos!

Un poco más lejos, un *maulvi* de larga barba negra lanza imprecaciones contra esos monstruos cristianos que en sus ceremonias macabras «¡beben la sangre de su Dios, y quieren obligarnos a hacer lo mismo!».

La asistencia se estremece de horror:

—*¡Ingreses mardabad*[57]*!* —claman a voz en grito mientras los policías indios, sentados a algunos metros, miran hacia otro lado.

Delante de los tenderetes llenos de vituallas que nadie ese día piensa en comprar, varios grupos discuten apasionadamente:

---

[57] ¡Muerte a los ingleses!

—Parece que en Persia la población se ha sublevado y que las tropas inglesas han sufrido enormes pérdidas. En China también ha habido manifestaciones y los británicos, temiendo una revuelta general, han solicitado refuerzos a la guarnición de Singapur, que se ha negado a mandarlos ya que ellos también esperan tener problemas.

—Son los rusos quienes los financian secretamente. Han advertido la fragilidad del ejército británico en la guerra de Crimea, y han jurado expulsarles de la región.

—En Londres la reina ya no sabe qué hacer. Parece que los acontecimientos le han causado tal conmoción que se ha encerrado en palacio y se niega a recibir a sus ministros.

«¡Qué estupidez! —piensa Hazrat Mahal—. ¡La reina Victoria es una roca!». Pero no se atreve a intervenir, pues sabe que su vocabulario y su entonación —el hermoso lenguaje de la corte— la traicionarían.

Es Mammoo quien lo hace:

—¿Y de dónde habéis sacado esa extraordinaria información?

Su tono desagrada. ¿De dónde ha salido éste? ¿Es que tal vez estas noticias le molestan? La animosidad es palpable. Para la muchedumbre, que está especialmente nerviosa, la más mínima duda, la más ligera contradicción se considera una traición. Afortunadamente, la atención se vuelve hacia un grupo de jóvenes que recorren la calle agitando banderas negras. Hazrat Mahal tira a Mammoo de la manga y aprovechan para esfumarse.

De vuelta, advierten que algunos comercios que están cerrados lucen sobre su puerta la palabra «traidor» escrita en letras rojas. Ante las preguntas de Mammoo, le informan de que son tiendas de comerciantes que, a pesar de las consignas, continúan dando crédito a los europeos. Aquí y allá abundan sobre los muros inscripciones vengativas y las calles bullen con una febril animación, pero no hay ni un solo uniforme británico en el horizonte, como si en lugar de arrestar a los instigadores de los disturbios las autoridades hubieran decidido ignorarlos para no avivar la tensión.

—¡Jamás habría imaginado que el pueblo estuviera enfurecido hasta este punto!

Apenas de vuelta en palacio, Hazrat Mahal, con un suspiro de alivio, se desprende de su burka.

—Mammoo, tráeme la escribanía. Voy a escribir una carta al rajá Jai Lal y se la llevarás inmediatamente.

La indignación la ahoga. ¿Qué están haciendo esos cobardes de los *taluqdars*? Siente el imperioso deseo de hacerle saber lo que piensa de su pasividad... pero eso no servirá de nada. Como dice el proverbio, es necesario elegir entre recoger las manzanas o pegar al jardinero.

Coge su más bello cálamo y comienza:

Al muy honorable rajá Jai Lal Singh
de parte de la begum Hazrat Mahal,
esposa de Su Majestad el rey Wajid Alí Shah

Houzour:
Esta tarde he tenido la ocasión de constatar la fiebre que se ha desatado entre el pueblo de Lucknow ante el anuncio de los últimos acontecimientos. No sueñan más que con luchar para expulsar a los ingleses y hacer regresar a su rey. Están dispuestos a dar su vida, pero esperan instrucciones y un jefe, y no comprenden el silencio de los rajás.

Debo añadir que, hallándome en comunicación regular con Su Majestad, he percibido ciertas inquietudes respecto a la fidelidad de sus amigos, con los cuales siempre ha contado.

Sé que, desde lo más hondo de vuestro corazón, no querréis decepcionarlo.

Ciertamente, lo ha adornado un poco, pero con la última frase espera haber picado al rajá. Es un hombre de honor, no podrá soportar que su amigo dude de él.

Dobla el pliego y se lo tiende a Mammoo.

—Ve rápidamente y tráeme la respuesta.

La residencia del rajá Jai Lal, al contrario que los palacios de la mayoría de *taluqdars*, vigilados por decenas de hombres armados, no está controlada más que por dos centinelas. El primero escribe el nombre y el rango del visitante y el segundo transmite estos datos al secretario del rajá. A los que le reprochan su falta de prudencia, el rajá les responde que sus escasos enemigos no son ya de este mundo, y si le hacen ver que el reducido personal no conviene a su rango, replica que, por encima de todo, él es un soldado que ama la vida sencilla. Su actitud es insólita entre la alta sociedad de Lucknow, donde la sofisticación extrema es la regla y el refinamiento más decadente se tiene como virtud.

Si se aceptan los caprichos de este singular hombre es porque ha sido amigo y confidente del rey, y todavía sigue siéndolo. Él ha dado a entender, efectivamente, que, ante las mismas narices de los ingleses, continúan comunicándose.

Mammoo Khan no tiene que esperar mucho tiempo. El secretario lo considera el eunuco más astuto de palacio, ha tratado asuntos con él en muchas ocasiones y sólo puede felicitarlo por la exactitud de sus informaciones. Está dispuesto a ayudarle. Su señoría ha pedido que no se le moleste, pero si el asunto es urgente, tratará de ver qué se puede hacer.

Unos minutos más tarde, Mammoo es recibido en una espaciosa habitación que da, a través de dos grandes arcadas, a una terraza desierta. El rajá está inclinado sobre unos mapas del estado mayor extendidos sobre una mesa.

—¿Qué sucede en palacio que no puede esperar? —lanza con tono encolerizado, sin dejar de observar y anotar en sus mapas.

—No se trata de nada de palacio, vuestra excelencia, sino de la begum más importante de éste, la única en la que el rey confía —responde Mammoo sin amilanarse—. Os traigo una carta de su parte.

El rajá levanta la cabeza, recorriendo con la mirada al eunuco, que le tiende la misiva. De un solo vistazo lee la carta y se echa a reír.

—A tu ama no le falta audacia. Me está desafiando. Además, ya había oído hablar de ella. Me han dicho que tiene una mente política. Es bastante raro que se diga eso de una mujer. Creo que también me dijeron que tenía un hijo.

—Oh, sí —se apresura a responder Mammoo—. Un chico brillante, con madera de rey.

—¿Qué edad tiene?

—Once años.

—¿Once años? —El rajá deja escapar una maldición—. ¿Qué podemos hacer con un chiquillo de once años?

Pero Mammoo no está dispuesto a dejar pasar lo que acaba de escuchar.

—La madre es al menos tan inteligente como el hijo y está dispuesta a todo por liberar a su país —añade, sosegadamente.

El rajá se muerde los labios: ese demonio de eunuco parece leer sus pensamientos, nunca se habría imaginado que fuera tan transparente. Siente la necesidad de zanjar rápidamente la conversación.

—Entiendo. En todo caso, dile a tu ama que le agradezco su carta. —Y, advirtiendo que el eunuco espera, inmóvil, añade, a su pesar—: Dile también que a su debido tiempo me acordaré de ella.

14

Tras las jornadas de tensión que han seguido a la toma de Delhi y a la entronización de Bahadur Shah Zafar, Lucknow parece haber recobrado la calma. En apariencia, la vida continúa, inalterada. Los ingleses hacen gala de no modificar sus hábitos y continúan paseando a caballo o en calesa, pero ahora armados con revólveres cargados. No es que la población manifieste una hostilidad abierta, pero bajo la docilidad habitual aflora a menudo un murmullo insolente, una mirada de odio.

En este mes de mayo en el que la temperatura sube día tras día, los nervios están a flor de piel.

En la Residencia, sir Henry Lawrence ha reunido a los principales responsables civiles y militares. Acaba de obtener plenos poderes del gobernador general y quiere discutir las medidas que se han de adoptar para reforzar la seguridad del enorme edificio del Residente y de la veintena de construcciones adyacentes diseminadas en un terreno de una treintena de acres. En caso de peligro, sería necesario acoger a la comunidad inglesa, alrededor de mil quinientas personas, la mitad de ellas mujeres y niños, y sus aproximadamente setecientos sirvientes indígenas. Pretende igualmente hacer cavar un foso y levantar un muro alrededor, en un perímetro de una milla y media.

—¿Y las casas vecinas? —objeta un mayor—. Estamos en el centro de un barrio muy populoso, sería fácil subir a las terrazas y dispararnos desde allí.

—Haga evacuar las casas, pero no las destruyan más que en caso de absoluta necesidad. Y, sobre todo, que no se toque ningún edificio religioso.

—¿Incluso si dan directamente al recinto de la Residencia? Pero, entonces, ¿de qué sirve el muro?

Sir Henry encoge su delgada espalda.

—¿Acaso quieren que nos echemos encima a toda la población? ¿No les parece que ya hemos sido bastante torpes para que ahora lo empeoremos? Tratemos de no añadir más odio del que ya existe. Un grupo de cipayos vino a verme ayer para asegurarme su fidelidad y no quiero hacer nada que les altere. Podríamos necesitarles.

—¿Es que tiene la intención de acoger a los indígenas en el recinto de la Residencia?

—¿Para que dispongan de todo el tiempo del mundo para degollarnos?

Los dos capitanes observan a sir Henry como si hubiera perdido la razón.

—¡No entienden en absoluto a esos hombres! —se interpone el viejo coronel Simpson—. Yo, que llevo viviendo a su lado desde hace mucho tiempo, puedo asegurarles que los veteranos no nos traicionarán jamás.

Sosegadamente, sir Henry da una honda calada a su cigarro y clava la vista en sus oficiales.

—Como seguramente saben, señores, no disponemos aquí más que de un batallón de infantería europeo, seiscientos soldados, mientras que los cipayos son más de veinte mil sólo en la región de Awadh. Si la situación empeora, ¿creen que podremos salir de ella nosotros solos?

—Calcuta enviará refuerzos.

—Con la dificultad que conlleva trasladar todo el material, les costará más de un mes llegar aquí. Para entonces...

—Bueno, admitamos que un puñado de viejos cipayos continúa siendo leal —concede un oficial—, pero al resto, que se reúne cada noche para conspirar y que no espera más que la ocasión de sublevarse, ¿vamos por fin a desarmarlos?

—¿Acaso he dado la orden?

—No, pero imagino que ésta no se hará esperar.

—Pues bien, una vez más, se equivoca.

El tono de sir Henry es glacial. Estos jóvenes gallitos, ignorantes y vanidosos, que llevan enviando aquí desde hace una quincena de años, están a punto de arruinar el trabajo de generaciones de militares que se habían hecho respetar por los indios y, a menudo, querer.

—Si desarmamos a los cipayos de Lucknow, demostraremos que tenemos miedo, lo que puede provocar un levantamiento general de las guarniciones de los alrededores. Creo que, por el contrario, es necesario mostrarles que confiamos en su lealtad. Por esa razón he decidido que, a partir de ahora, dormiré con ellos en mis dependencias del campamento de Muryon. —Y con una sonrisa burlona, añade—: Pueden unirse a mí si les apetece.

La semana siguiente es testigo de cómo el centro de Lucknow se transforma en una inmensa obra. Cientos de obreros se afanan en fortificar los edificios de la Residencia, cavar fosos y construir un muro alrededor del recinto perforado con troneras, para colocar detrás los cañones. Durante días, carretas conducidas por bueyes van y vienen transportando armas y municiones, así como toda clase de provisiones: harina, azúcar, té, carbón y forraje para los animales; todo lo necesario para soportar un largo asedio. No se puede ignorar la gravedad de la situación: después de la caída de Delhi, otras guarniciones se han sublevado a lo largo del Ganges y la rebelión se acerca peligrosamente a Lucknow.

Infatigable, sir Henry supervisa los más mínimos detalles, no permitiéndose más que dos o tres horas de sueño cada noche. Está en todas partes a la vez y tiene siempre una palabra amable y una sonrisa de aliento para los simples soldados, que le veneran.

Por su parte, el mayor Carnegie ha formado varios equipos para hacer evacuar las casas cercanas a la Residencia. Familias enteras se encuentran en la calle, sin saber a dónde ir y sin tener tiempo siquiera de trasladar sus enseres más preciados —que en cualquier caso no se perderán del todo, ya que los soldados se apropiarán de una buena parte—. A pesar de las instrucciones del alto comisario, muchas de las casas son dinamitadas, debido al temor del mayor Carnegie a que sean ocupadas por los «terroristas», esos indios que tienen la absurda pretensión, por no decir ingratitud, de querer desembarazarse de la benévola tutela británica.

Entre los inmuebles arrasados se encuentra el palacio del hermano de Wajid Alí Shah, que ha viajado a Londres con la Rajmata para rogar por la causa del rey destronado. Las princesas y sus damas de compañía son brutalmente expulsadas —una de ellas incluso se rompe un brazo— y se ven en la calle sin haber podido coger nada. Para burlarse de ellas, los soldados les lanzan por las ventanas ollas y diversos utensilios de cocina mientras se apoderan de sus joyas y objetos preciosos antes de hacer estallar todo.

Las mujeres hallan cobijo en el palacio de Kaisarbagh; por el momento, el último refugio de las damas de la familia real. «¿Hasta cuándo?», se pregunta ansiosa Hazrat Mahal, que, junto a las otras esposas, recibe a las desafortunadas y las ayuda a instalarse.

«Nos empujan de residencia en residencia, los ingleses confiscan y destruyen todo a su antojo. Si no reaccionamos rápido, si los taluqdars *siguen dando largas, pronto no habrá nada que salvar...».*

El domingo 24 de mayo es el día del Eid el Fitr, la fiesta que marca el final del ramadán. Sir Henry Lawrence, temiendo incidentes violentos, ha ordenado a los soldados y a la policía británica no dejarse ver.

A la salida de las mezquitas, los fieles se dispersan en silenciosas manifestaciones por la ciudad. Durante horas, los hombres marchan con rostro huraño: es el momento de hacerse notar, de demostrar su determinación y su fuerza.

Por la noche no se celebran ninguno de los festejos habituales, no hay luces espectaculares ni orquestas ensordecedoras, ni reparto de golosinas de todos los colores, ni espectáculos de monos adiestrados ni de encantadores de serpientes. Esa noche nadie tiene ánimo para divertirse. Bajo la tensa calma, se presiente que los enfrentamientos se preparan. Únicamente se espera la señal.

El 25 de mayo, todas las mujeres británicas y sus hijos deben haber dejado sus viviendas y haberse instalado en el recinto de la Residencia. Así lo ha decidido sir Henry, que, a pesar de las protestas y la resistencia de algunos incrédulos, escandalizados por tener que abandonar sus cómodas viviendas a causa de un hipotético peligro, se mantendrá firme y enviará incluso a sus oficiales para comprobar que las casas están deshabitadas.

El traslado se hace escalonadamente durante una semana. Una tras otra, las familias llegan y, mal que bien, se instalan como pueden, a menudo siete u ocho personas por habitación, pues, pese a los arreglos efectuados, falta espacio. Ante la carencia de camas suficientes se colocan en el suelo colchones y, a veces, en medio de la habitación una mesa para comer. Las familias se agrupan por afinidades y, por supuesto, por clases sociales, disponiendo para las esposas de los oficiales los alojamientos más cómodos. Suceda lo que suceda, hay que respetar la jerarquía, es la única manera de mantener el orden. En cuanto a los criados, se les instala en el exterior, en las terrazas.

En la ciudad, la población se enfurece: ¡se ha permitido que los *ingreses* refuercen sus defensas, haciendo de la Residencia una plaza fuerte inexpugnable, mientras se quedan de brazos cruzados! ¿Qué hacen los jefes? ¿Cuándo pensarán dar la señal de ataque?

El sábado 30 de mayo por la tarde, un cipayo del 13° regimiento de infantería, condecorado poco antes por haber propiciado el arresto de un espía, se desliza hasta la residencia del capitán Wilson y llama suavemente a la puerta.

—Va a ser esta noche, sahab. El 71° de infantería ha dado la orden de levantamiento para las nueve.

Pese a ser advertido, Lawrence se niega a actuar. Desde hace algunas noches duerme en la guarnición entre miles de cipayos para demostrarles su confianza. No va a estropear todo por un rumor. Mientras cena con su estado mayor, se oyen nueve salvas de cañón. No se oye ningún ruido del lado de los barracones.

—¡Sus amigos se retrasan! —señala, irónico, volviéndose hacia Wilson.

Apenas ha pronunciado estas palabras cuando un tiroteo desgarra el silencio, seguido de más disparos, al tiempo que un fulgor rojo asciende hacia el cielo. Los invitados se levantan precipitadamente. Sir Henry ordena que preparen los caballos. Mientras los ensillan a toda prisa, aparece un mensajero sin resuello.

—¡Los regimientos de infantería se han sublevado! Han prendido fuego a las casas, destruyendo y saqueando todo lo que encuentran a su paso. Los oficiales que intentaban hacerles entrar en razón han sido asesinados, los otros han huido. El 7° regimiento de caballería ha tratado de interponerse, pero, cuando un rebelde ha galopado hacia ellos exigiendo su solidaridad y la defensa de su fe, la mayoría ha cambiado de bando y se ha unido al motín.

Sir Henry frunce el ceño.

—En cuanto hayan acabado con la guarnición, querrán entrar en la ciudad. Debemos impedírselo a toda costa. —Y, volviéndose hacia sus oficiales, añade—: Bloquead la carretera con el 32° regimiento de Su Majestad, cuatro cañones y la compañía de artillería europea. Yo me uniré enseguida. —Luego, hace un gesto al mayor Carnegie—: Mayor, corremos el riesgo de sufrir un levantamiento en la ciudad. Van a tratar de unirse con los amotinados. Usted, que lleva aquí más de diez años, ¿cree que podemos confiar en la policía?

—Opino, señor, que no podemos confiar plenamente en ninguno de esos malditos negros. Pero la policía es todavía relativamente segura. De cualquier forma, ¿tenemos otra elección?

—En ese caso, elegiremos a algunos británicos para que acompañen a los oficiales indígenas. Una docena, no podemos disponer de más. El puesto es peligroso, deben saberlo. Le aconsejo que pida voluntarios.

—¡A sus órdenes, señor!

El mayor Carnegie se aleja sacudiendo la cabeza. ¡Dejarles elegir a los soldados! ¿Se ha visto jamás algo parecido? ¡Qué oficial tan extraño es este Lawrence! Sin embargo, se dice que en el Punyab consiguió enderezar una situación catastrófica simplemente dando muestras de consideración y respeto hacia los indígenas. El mayor Carnegie no se lo cree: ¡como si bastara con mostrar consideración al enemigo para evitar la guerra y llegar a un acuerdo! Se ríe para sus adentros... Además, si no hubiera guerras, ¿qué harían los hombres? Se morirían de aburrimiento y terminarían por matarse entre sí. «Dios mío —farfulla bajo su bigote—, presérvanos de estos peligrosos pacifistas».

Durante toda la noche los cipayos se dedican a quemar y a saquear todo lo que pueden, vengándose con delectación de los extranjeros que han destruido sus casas y sus palacios. Y cuando el comandante inglés ordena que se dirijan los cañones contra los sublevados, los artilleros indios, en un gesto de solidaridad, cambian de bando y se unen a la rebelión. Llamados al rescate, los artilleros británicos les bombardean toda la noche sin descanso. Cuando, a primera hora de la mañana, sir Lawrence y sus tropas vuelven a tomar el campamento de Muryon, ya no quedan más que ruinas calcinadas cubiertas de cadáveres. La mayoría de los rebeldes ha huido en dirección a Delhi, tras haber intentado, en vano, unirse a los habitantes de Lucknow.

En la ciudad, la policía, ayudada por algunos cipayos que se han mantenido fieles a los británicos, ha conseguido dominar el levantamiento popular. Además de los numerosos muertos, han arrestado a unos cuarenta prisioneros que, condenados por un tribunal militar, serán ahorcados en la plaza pública ante una muchedumbre hostil mantenida bajo control por los cañones.

En los días siguientes muchos altos cargos, sospechosos de haber incitado a la población a la revuelta, son arrestados. Entre ellos, el hermano mayor del rey Wajid Alí Shah, así como Shuruf ud Daulah, su anciano gran visir, y dos príncipes de la familia real de Delhi que habían llegado a Lucknow algunas semanas antes para participar en la organización de la rebelión.

La atmósfera está crispada y sir Henry Lawrence decide que ha llegado el momento de instalar su cuartel general en la Residencia, donde ya están congregados los civiles. No tiene la menor duda de que se prepara una verdadera contienda. Pero antes de retirarse, envía al capitán Birch y a una división de sijs a apoderarse del tesoro real custodiado en Kaisarbagh: es necesario privar a los indios de sus medios de financiación para luchar.

A pesar de la oposición de los guardias y de los gritos de las mujeres, el 17 de junio el tesoro es confiscado. Durante horas, carretas hundidas por el peso de los cofres atestados de oro y piedras preciosas recorren la milla que separa Kaisarbagh de la Residencia.

El capitán Birch escribe:

> *Las joyas eran impresionantes. Había magníficas perlas y esmeraldas del tamaño de un huevo, suntuosas alhajas y toneladas de oro. Hemos enterrado todo en el edificio principal de la Residencia**.

En la zenana, el robo del tesoro ha provocado una verdadera conmoción. Sabían que el comandante inglés era capaz de todo tipo de crueldades y traiciones, pero no de actos de vandalismo. «Se ha llevado todas las joyas de las ceremonias —se lamentan las mujeres—. Incluso la corona real sagrada, transmitida de padre a hijo el día de la entronización. Y ahora encarcelan a nuestros príncipes, ¿se atreverán a matarles?».

Los gritos de una sirvienta que irrumpe en la estancia con las mejillas sonrojadas de emoción interrumpen a las damas.

—¡Houzour! ¡Houzour! ¡Venid a ver esto, rápido! ¡Están sucediendo cosas fuera…!

Recogiéndose las colas de sus vestidos, las begums se precipitan hacia las enrejadas *jalis* de madera que les permiten ver sin ser vistas.

El espectáculo que descubren las deja paralizadas. En la calle, los hombres vociferan agitando grandes muñecos ataviados con el uniforme rojo de los británicos. Blandiendo unos palos, los sacuden para gran diversión de los curiosos. Luego, entre aplausos, les cortan la cabeza con un golpe de sable y la enarbolan como un trofeo, saludados por el clamor triunfal de la muchedumbre.

Los días siguientes las procesiones se suceden, cada vez más vengativas. Ya no son solamente soldados, sino que ahora los muñecos representan a mujeres y niños que son apaleados y decapitados al grito de: «*¡Ingreses mardabad!*». En los muros, grandes pintadas en letras rojas despliegan proclamaciones en urdu, hindi y persa, ordenando «muerte a los extranjeros que desprecian a los dioses y odian a los verdaderos hijos de la tierra». «¡Aquellos que permanezcan pasivos han nacido de los cerdos europeos y de los cuervos carroñeros!», se puede leer igualmente.

«¿Por qué harán todo esto bajo nuestras ventanas? —se pregunta pensativa Hazrat Mahal—. ¿Querrán implicar al palacio, mostrándole la resolución del pueblo, para que nosotros se lo contemos al rey? Es evidente que aguardan una señal, y como no la reciben de los *taluqdars,* la esperan de su soberano, pero... éste está muy ocupado en sus placeres... No, una vez más soy injusta con él. El desgraciado rey está cautivo, su correo vigilado, no tiene forma alguna de actuar. Antes de seguir amargándose, sin duda hace bien en aprovecharse de aquello que la vida tiene a bien ofrecerle...».

Pero, por más que reflexiona, no consigue entender la actitud del soberano al que tanto ha admirado, del esposo al que ha amado, y al que ahora detesta como si la hubiera engañado, pese a que, en el fondo, sabe bien que es ella quien eligió cegarse para poder continuar soñando.

15

Como si el motín de Lucknow hubiera lanzado una señal, la rebelión se extiende cual reguero de pólvora no sólo por el estado de Awadh, sino también por todo el norte de la India. Día tras día, las guarniciones se sublevan, los bienes de los británicos y de aquellos que les representan se queman y destruyen por doquier, se abren las cárceles y se saquean los tesoros, pues los cipayos consideran que todo eso no es más que la justa compensación a muchos años de sueldos miserables.

Los europeos que no han podido huir son asesinados durante los enfrentamientos o ejecutados. Asesinatos a sangre fría aprobados por las asambleas de cipayos. La crueldad que ellos han sufrido durante decenios por parte de sus amos revierte hoy contra ellos. Han soportado toda su vida injurias, golpes y latigazos, han visto a sus camaradas atados a las bocas de los cañones estallar en mil pedazos de carne y ahora responden con la misma violencia despiadada.

Sin embargo, a menudo prevalece la humanidad. Unos cuantos cipayos protegen a las familias e incluso a algunos de sus oficiales. Pero no hay vuelta atrás, de ahora en adelante estarán en bandos diferentes.

El 12 de junio, la policía de Awadh, en un primer momento de vacilación, se une a la rebelión. Los enfrentamientos, apoyados cada vez más por la población, superan el simple amotinamiento. Los rebeldes se declaran abiertamente en guerra contra los «colonizadores que han robado nuestro país y nos han humillado» y, a veces, incluso reivindican su lucha como «el combate de los negros contra el hombre blanco».

En la zenana, el anuncio del motín de Kanpur, el 4 de junio, se acoge con entusiasmo. Se sabía que Nana Sahib no había venido para hacer turismo, sino para dar los últimos toques, junto a los otros rajás, a un plan de batalla. Muy pronto será el turno de Lucknow de sublevarse. El pueblo está listo. No esperan más que la señal de los jefes, cuyos nombres corren de boca en boca: el rajá Jai Lal Singh y su amigo, el rajá de Mahmudabad. Se menciona igualmente al *maulvi* Ahmadullah Shah, recién liberado de la cárcel, cuyos discípulos, hindúes y musulmanes, sienten un odio indefectible hacia el ocupante que ha osado atacar su religión.

La exaltación alcanza su cenit con el anuncio de los eunucos de la rebelión del estado de Jhansi, dirigida por la rani. Todas las mujeres han oído hablar de Lakshmi Bai —cuyo padre, un excéntrico, había hecho de ella una amazona fuera de serie, experta en el manejo de las armas— y la admiran. Hazrat Mahal, en particular, siente por la joven soberana una instintiva simpatía. Tiene más o menos su misma edad y, si bien sus orígenes son muy diferentes —la una es hija de un ministro, la otra de un pequeño artesano—, ambas son bellas, inteligentes, valientes y, sobre todo, ambiciosas. Ya sea por sus propios intereses o por los de sus hijos, están totalmente decididas a forzar el destino.

Las insurrecciones se suceden. Benarés, Jaunpur, Allahabad, Sultanpur, Gonda, todo el norte de la India se une en el regocijo. Pero la alegría dura poco, pues muy pronto una noticia va a afligir al palacio: el rey Wajid Alí Shah, sospechoso de hallarse tras la rebelión, ha sido encarcelado en el Fuerte William, cerca de Calcuta.

«¡Cómo si el pueblo tuviera necesidad de que le empujaran a sublevarse! —se indigna Hazrat Mahal, mientras sus compañeras se lamentan—. Los extranjeros se apoderan de nuestro país y de nuestros tesoros, se hacen con el poder exiliando a un soberano amado por todos, abruman a la gente con impuestos, arruinan a los artesanos, confiscan las tierras, atacan incluso a nuestra religión, ¡y se asombran de que el pueblo se rebele! Buscan un culpable sin querer admitir que son los únicos responsables de esta situación. Pero eso los blancos no pueden entenderlo, pues están empachados de superioridad. ¿Se les ha ocurrido alguna vez ponerse en el lugar del otro para imaginarse sus sufrimientos y sus posibles reacciones? ¡Jamás! Puesto que son los más fuertes, continúan aplastando y matando mientras invocan la necesidad de preservar el orden y los valores de la civilización... ¿Qué civilización? Una civilización de comerciantes en la que el valor supremo es el oro, disimulado bajo los velos de la moral...».

Las imprecaciones de las mujeres, que ahora maldicen esa insurrección que hasta hace un momento celebraban, la sacan de sus reflexiones.

—¿Qué podemos hacer para ayudar a nuestro Djan-e-Alam? —se preguntan entre gemidos.

—Podemos iniciar una huelga de hambre para obligar a los *ingreses* a liberarle —sugiere una oronda begum.

—Vos, en todo caso, podríais —se burla una pequeña flacucha, bajo la mirada encolerizada de las mayores.

—Eso no serviría de nada. Los británicos estarían encantados de dejarnos morir. Significaría menos gastos para ellos —zanja Hazrat Mahal, irónica.

Durante toda la tarde, las mujeres discuten acaloradamente los planes más estrafalarios. Hazrat Mahal, preocupada, ha acabado por retirarse a sus aposentos. Por el momento, sus dudas y sus quejas hacia su esposo están olvidadas, ya sólo se acuerda de su encanto y de su bondad. Ahora que él está sufriendo, hará cualquier cosa para ayudarle. Tiene que haber algún medio: encontrar un espía que le transmita un mensaje, comprar a los guardias, desviar la atención con una maniobra de distracción...

—Mammoo Khan —llama a su hombre de confianza, que permanece inmóvil en el umbral de la puerta—. Quiero ver al rajá Jai Lal.

—¿Ver al rajá?

El eunuco no puede reprimir un respingo. Está acostumbrado a las fantasías de su ama, pero jamás la ha oído expresar un deseo tan poco razonable.

—¿Verle dónde? ¿Cómo?

—Tú encontrarás el modo, eres muy hábil —susurra con su voz más aduladora—. Por supuesto, nadie debe saberlo. Es imposible que pueda entrar en mis aposentos, ¿pero quizá en el jardín...?

—Houzour, sabéis muy bien que ningún hombre tiene derecho a entrar en los jardines de la zenana.

—¿Pero una mujer... con burka?

—Houzour, el rajá jamás lo aceptará —objeta Mammoo, estremeciéndose ante la sola idea de tener que transmitir semejante proposición al imponente militar.

—Para salvar a su amo encarcelado, quizá torturado, ¿no será capaz de aceptar ese leve inconveniente? Cuento contigo para persuadirle. Podríamos encontrarnos en un rincón tranquilo, durante la siesta. Con este calor, a nadie se le ocurrirá salir. Ve, Mammoo, estás sirviendo a tu ama y a tu rey, nosotros no lo olvidaremos.

Y con ese «nosotros» mayestático, con el que se incluye por primera vez en la esfera de la soberanía, la joven despide al eunuco, atónito.

Por una puerta oculta tras una tupida cortina de jazmines, dos sombras se deslizan. Siguiendo a un eunuco del palacio, reconocible por su kurta color ciruela, una mujer grande y fornida, enfundada en un burka negro, tropieza y deja escapar sonoras maldiciones interrumpidas por los «chist» asustados del eunuco. Apenas alcanzan un rincón sombrío en el que hay dispuesto un pequeño banco de mármol, el burka desaparece mostrando al rajá sudoroso e indignado.

—¡Qué imbécil soy prestándome a esta farsa! Te advierto que si el asunto no es importante, te arderán las orejas.

Una risa cristalina le responde.

—El asunto es importante, rajá sahab, no temáis.

Desconcertado, el rajá trata, en vano, de traspasar los arbustos con la vista... Sin embargo, percibe un ligero temblor detrás de los altos macizos de rosas y jacarandas...

Una esbelta mujer hace acto de presencia. Vestida con una larga *garara* de brocado sujeta por un cinturón de topacios y perlas, ha enroscado sobre su kurta con velo un *dupatta* bordado de oro que disimula su pecho, su cabello y la parte baja de su rostro. A medida que se acerca, el rajá advierte que le ha parecido mucho más grande de lo que en realidad es, dada la delicadeza de su silueta y su porte altivo.

Sin timidez ni remilgos, tan propios de las mujeres de palacio, toma asiento en el banco de mármol y, con un gesto, indica al rajá que la acompañe. Un rápido vistazo le confirma que es el único banco, pero la regla prohíbe... Una sonrisa burlona le devuelve a la realidad. ¿Qué regla? ¿Acaso no están quebrantando ya la regla más sagrada, la ley del *purdah?*

Un tanto apurado, toma asiento en el otro extremo del banco, maldiciendo su torpeza frente a unos grandes ojos verdes cada vez más burlones. ¿Por qué habrá aceptado esta absurda entrevista? Le aterran las tonterías propias de la corte. Si no fuera amigo del rey, jamás habría puesto los pies allí. Prefiere de lejos a los soldados antes que a todos los aristócratas degenerados y a las espirituales cortesanas del Chowq frente a las bellezas evanescentes de palacio. Y no es que nunca se haya acercado a éstas —las ha entrevisto alguna vez durante los espectáculos ofrecidos por el soberano—, pero esas lánguidas criaturas confinadas en un mundo de artificio le parecen más muñecas que mujeres.

—Si he querido veros personalmente, rajá sahab, es porque se trata de una urgencia. El rey está en peligro de muerte. Vos y yo lo conocemos lo suficiente como para saber que no soportará la cautividad en ese horrible Fuerte William. Es necesario liberarle. Vos sois hombre de acción, pero, sobre todo, su más fiel amigo. ¿Tenéis ya un plan?

La voz es grave, un poco velada, cautivadora, se sorprende pensando el rajá mientras trata de adivinar, a través de la fina gasa, los rasgos de su interlocutora.

—¿Y bien, rajá sahab?

La voz ha pasado de encantadora a impaciente.

—Realmente, no he tenido tiempo de pensarlo —articula el rajá recobrándose—. Ahora mismo estamos ocupados coordinando nuestra acción...

Se detiene bruscamente, mordiéndose los labios. ¿Qué ha estado a punto de revelar a esta mujer que no conoce? ¿Acaso ha perdido la cabeza?

Los ojos verdes brillan de nerviosismo.

—¡Alabado sea Alá! ¿Los rajás se han decidido por fin a actuar?

En su entusiasmo, la joven ha dejado deslizar su velo, descubriendo una nariz aguileña y un voluntarioso mentón que contrasta con sus voluptuosos labios.

Qué temperamento, piensa Jai Lal, notando, divertido, que la begum no se molesta en recolocarse su tocado.

—¿Y cuándo esperáis lanzar la operación? ¿Puede ayudaros en algo el palacio? —inquiere, animosa.

—¿Ayudar? ¿En qué podría ayudar la zenana? —increpa fulminante el rajá, humillado por haber sido descubierto tan fácilmente—. Os lo ruego, olvidad lo que acabo de decir. El mejor servicio que podéis prestar a nuestro país y a nuestro rey es guardar silencio.

¡Qué personaje tan grosero! Molesta, Hazrat Mahal se pone tensa y se ciñe su *dupatta*.

—No tengo por qué recibir ninguna lección de vos, señor, que parecéis conocer tan mal a las mujeres de este país. ¿Acaso ignoráis que a lo largo de los siglos hemos combatido infinidad de veces? Algunas incluso han reinado y conducido ejércitos, en lugar de un padre o un esposo cautivo o muerto. Razia, sultana que...

—¡Chitón! ¡Houzour!

Los grandes aspavientos de Mammoo la obligan a bajar la voz. La indignación le ha hecho olvidar la peligrosa situación: si les sorprenden, el castigo sería, sin duda, la muerte para ambos.

Mientras el eunuco se marcha a inspeccionar los senderos adyacentes, el rajá trata de reparar su torpeza. No desea enfadar a la joven: parece inteligente, apasionada, podría serle útil algún día y, además —¿por qué negarlo?—, le intriga.

—Me he expresado mal, Houzour, os pido que disculpéis a este militar poco acostumbrado a las sutilezas de la corte. Os lo ruego, volvamos al tema de nuestra entrevista: la liberación del rey. ¿Vos misma tenéis un plan?

Hazrat Mahal titubea. Siente ganas de plantar a ese grosero, pero se contiene. De todos los allegados de Wajid Alí Shah, el rajá es, ciertamente, el más capacitado, y ella le necesita. Pero antes debe entender que él también la necesita a ella.

—Hasta su encarcelamiento, he establecido una correspondencia regular con Su Majestad —declara—. Lo mantengo al corriente de lo que sucede aquí, del descontento creciente de la población y de la espera de su regreso. Ahora que está cautivo, será más difícil, pero estoy segura de que algunas monedas de oro servirán para ablandar a los guardias.

Es una mentira por una buena causa, si bien no engaña al rajá —él mismo ha dejado correr el rumor de que está en contacto con Wajid Alí Shah—. Conoce de sobra a su amigo para saber que olvida rápidamente a aquellos de los que se ha separado. ¿Por qué va a escribir a una begum a la que obviamente no ama lo suficiente como para que le acompañe en su exilio?

Hazrat Mahal adivina sus dudas, que son también las de su entorno, pero desde hace tiempo ha encontrado la réplica perfecta.

—El día de su marcha el rey me preguntó si quería quedarme aquí para ser sus ojos y sus oídos. Me explicó que no confiaba en ninguna de las otras mujeres, que yo era —insistió— la única capaz de cumplir esa misión. ¿Cómo podría negarme? Nos separamos entre lágrimas. Siento cruelmente su ausencia, pero me consuelo sabiendo que le soy útil.

—Vuestra devoción os honra —comenta el rajá con una convicción en la que Hazrat Mahal cree percibir un punto de ironía.

Imperturbable, ella continúa:

—Éste es mi plan: en el interior del Fuerte William debe de haber, como en todos los fuertes, un arsenal de municiones. Hay que conseguir hacerlo estallar y, aprovechando el alboroto y con la ayuda de nuestros hombres en el lugar, liberar al rey.

—¡Pero es imposible entrar en el Fuerte William! Es la cárcel mejor custodiada de toda la India.

—Mi eunuco, Mammoo, conoce a un cipayo veterano del ejército bengalí que ha servido durante años al gobernador general de Calcuta. Éste afirma que existe un pasadizo secreto entre la Residencia del gobernador y el fuerte. Bastaría con hacer entrar en la Residencia a uno de nuestros hombres, bajo cualquier disfraz. Una vez allí, los guardias, a los que habremos sobornado, le indicarán el pasaje subterráneo hacia el fuerte y el arsenal de municiones. En la confusión creada por la explosión del arsenal, podríamos hacer escapar al rey, que, por supuesto, habría sido advertido previamente. Necesitaremos una media docena de cómplices en el lugar, algo que no debería ser difícil de conseguir, en vista del resentimiento que existe hacia los ingleses... y la abundante recompensa en mano.

—¿Por qué tan pocos hombres? Para proteger la huida del rey harían falta muchos más.

—No se trata de combatir, sino de que el rey pueda escapar en los minutos que seguirán a la explosión, cuando todo el mundo esté ocupado conteniendo el fuego. Cuantos menos hombres estén al corriente, menos riesgos de indiscreción se correrán.

—Reconozco que está bien pensado. ¿Es en la zenana donde se aprenden estas cosas? —El tono es ligero, pero la mirada admirativa—. Subsiste, sin embargo, un problema importante: una vez liberado el rey, ¿a dónde irá? Evidentemente, no a su palacio de Calcuta, ni a su palacio de Lucknow. Los ingleses le volverían a encarcelar inmediatamente.

Es una cuestión que, demasiado ocupada con su plan, Hazrat Mahal no ha previsto.

Sin ningún convencimiento, aventura:

—Podría unirse a los cipayos y ponerse al frente de la revuelta. —Ante el silencio del rajá, añade—: Hace mucho tiempo que no se ocupa de cuestiones militares, pero si vos pudierais ser su consejero...

—Nada me complacería más... si él lo deseara.

Ambos se contemplan. No hay necesidad de añadir nada más. Los dos conocen lo suficiente al rey para saber que jamás aceptará una empresa tan peligrosa. Wajid Alí Shah es un poeta, un amigo fiel, un marido afectuoso y, en tiempos de paz, un soberano benevolente y generoso. Pero no es posible exigirle que sea un guerrero.

Viendo el desasosiego de la joven, Jai Lal se compadece: «Tal vez le ama todavía, a él, que la ha abandonado...».

Y, de pronto, siente ganas de reconfortarla:

—Tened confianza, Houzour. Liberaremos el país y repondremos al rey con plenos poderes. —Y, como ella se calla, concluye con una sonrisa—: Quizá incluso necesitemos la ayuda de algunas personas de la zenana, cuyas habilidades, lo reconozco, he subestimado hasta ahora.

16

17 de junio: telegrama de sir Henry Lawrence
al gobernador general lord Canning, en Calcuta

Las noticias de Awadh son aterradoras. En menos de quince días las fuerzas británicas han sido barridas y nuestra administración se ha colapsado totalmente, excepto en Lucknow, donde estamos a la espera. Nuestros espías nos informan de importantes concentraciones de rebeldes a veinte millas al norte de la ciudad.

He enviado tropas para apoyar Kanpur, donde el general Wheeler está sitiado, pero por el camino los soldados se han rebelado, han matado a sus oficiales y se han unido a los amotinados. Wheeler me suplica que le envíe nuevos refuerzos. Con todo el dolor de mi corazón he tenido que negarme porque aquí el ataque es inminente y no somos más que unos cuantos centenares de combatientes.

Se lo suplico, envíe lo antes posible refuerzos para asegurar Kanpur, no podrán aguantar durante mucho tiempo.*

En efecto, la situación en Kanpur es alarmante.

Desde el comienzo de los acontecimientos, en mayo, sir Hugh Wheeler se dio cuenta de que no se trataba de un motín, sino de un complot deliberado para derribar el poder británico. En previsión de un ataque, hizo fortificar dos edificios de ladrillo en el centro de la guarnición, cavar alrededor una trinchera y levantar un muro de tierra de tres metros, todo ello defendido por diez cañones. Una defensa cuasi simbólica que Azimullah, el hombre de confianza de Nana, había apodado irónicamente «el fuerte de la desolación*». Curiosamente, Kanpur, pese a ser una de las guarniciones más importantes de la India, no contaba más que con trescientos soldados europeos frente a los tres mil cipayos. Pero sir Hugh no estaba especialmente preocupado, convencido de que, como había sucedido en el caso de Meerut y Sitapur, los sublevados, después de haber incendiado y saqueado las casas, se dirigirían hacia Delhi.

Sir Hugh, destinado a los dieciséis años en un regimiento de cipayos, sirve desde hace cincuenta y dos en la India. Pequeño, de mirada viva, es uno de esos oficiales veteranos que habla indostánico y admira la cultura del país. Incluso está casado con una mestiza indoirlandesa con la que ha tenido seis hijos. Estima a sus hombres y éstos, recíprocamente, le profesan un afecto sin límites. Comprende perfectamente el profundo descontento que ha suscitado la política inglesa de los últimos años y, en múltiples ocasiones, ha alertado, sin resultado, a las autoridades. Ahora, sabe que ha llegado el momento de pagar, sin embargo, aún mantiene la confianza: sus cipayos jamás arremeterán contra él o su entorno.

El 21 de mayo, informado de que el 2º regimiento de caballería va a sublevarse por la noche, el general Wheeler acoge a las mujeres y a los niños en el campamento y ordena traer el tesoro bajo escolta. Pero los cipayos encargados de custodiarlo manifiestan una lealtad a toda prueba y se niegan a desprenderse de él. La situación es de una tensión extrema: si insiste, Wheeler puede provocar un enfrentamiento, pero ¿es posible dejar ochocientas mil rupias de oro al alcance de los amotinados? El fiel Nana Sahib le ofrece una solución al proponer enviar dos cañones y trescientos de sus guerreros maratíes como refuerzo para vigilar el tesoro. Sir Hugh vacila, pero, recordando las numerosas ocasiones en las que Nana le ha prestado servicio y cómo, incluso recientemente, le ha ofrecido poner a su disposición mil quinientos hombres para ayudarle a reconquistar Delhi, se deja convencer.

Es Azimullah quien hace de intermediario.

—¡No vais a creerlo, han aceptado!

De vuelta a la casa de Nana Sahib, Azimullah no puede contener la risa:

—¡Nunca entenderé a estos ingleses! ¡Os despojan de vuestros títulos y de vuestra herencia y se tragan todas vuestras muestras de amistad, considerando natural que no penséis más que en prestarles servicio! ¿No se dan cuenta de que después de lo que os han hecho vos los detestáis?

—¡Pero... yo no los detesto!

—Porque sois demasiado bondadoso y noble, alteza. Pero no es solamente a vos al que han despojado, es también a los *taluqdars* y al país entero al que han arruinado proscribiendo por la fuerza nuestra artesanía para obligarnos a comprar, a precios muy elevados, los productos de su industria. ¡Y encima nos humillan con su desprecio!

—Personalmente, siempre he mantenido unas agradables relaciones con ellos.

—A condición de que fueran respetadas las distancias entre nosotros, los negros, y ellos, los blancos. ¿Acaso habéis olvidado la reacción ultrajada del antiguo Residente que presumía de ser vuestro mejor amigo cuando os atrevisteis a pedirle la mano de su hija? Os dio la espalda y no volvió a dirigiros la palabra.

Nana Sahib se sonroja y clava en Azimullah una mirada envenenada: ¿cómo se atreve a recordarle semejante humillación? Parece que se regodea en reavivar la herida y azuzar el odio.

El anuncio del motín de la caballería ha sido una falsa alarma y la mayoría de los oficiales regresan a dormir con sus hombres para demostrarles su confianza.

Por su parte, Nana Sahib, como un verdadero maratí, juega a dos bandas. El primer día de junio, acompañado de su hermano, Bala Rao, un tipo enorme y largo como una espingarda, que sufre ataques de rabia incontrolados y odia al mundo entero, se reúne secretamente en un barco con los jefes de la caballería cipaya y les da a entender su apoyo a la rebelión. Y, cuando sir Hugh, informado del encuentro, le hace partícipe de su asombro, le explica que ha tratado de calmar a los cipayos y devolverles al buen camino.

No obstante, las noticias de la sublevación de la guarnición de Lucknow y del avance de las tropas inglesas hacia Delhi han disipado la ilusión de que el conflicto podía evitarse. La caballería se agita cada vez más; el valor y la diplomacia de los oficiales hacia sus hombres no es suficiente para alejar indefinidamente el peligro.

En la noche del 4 de junio suenan unos disparos. Unos minutos más tarde, un mensajero anuncia que las tropas de Nana, unidas a la caballería, se han apoderado del tesoro.

Para Wheeler es la primera señal de la traición de su amigo.

A la caballería se suma rápidamente el primer regimiento de infantería, a pesar de las imprecaciones de sus oficiales, de las que los cipayos se burlan, aunque sin más consecuencias. Como en Meerut y en Delhi, la primera iniciativa de los rebeldes es abrir las puertas de las cárceles. Así comienza una noche de pillajes e incendios, jalonada por gritos de victoria que los europeos refugiados en el fuerte escuchan asustados.

Al despuntar el alba, los oficiales indios del 53º y del 56º anuncian a Wheeler que ya no están seguros de la lealtad de sus hombres. El general pide a los ancianos que conoce desde hace mucho tiempo que permanezcan a su lado.

—Imposible, sahab —responde tristemente un viejo cipayo—. Los europeos y los indígenas ya no pueden permanecer juntos. Hemos combatido por vos, hemos derramado nuestra sangre por vos y, en respuesta, vuestros cañones han despedazado a nuestros hermanos. Deberíais marcharos inmediatamente, sahab, con todos los vuestros. Habéis sido nuestro padre y nuestra madre, nosotros protegeremos vuestra huida, pero no podemos seguiros.

Mientras tanto, los cipayos han llegado al palacio de Bithur, a diez millas de Kanpur, y reclaman a grandes voces ver a Nana Sahib.

Despertado por Azimullah, Nana Sahib no es capaz de decidirse. Las cosas no se desarrollan como había previsto: se había planificado una revuelta general que debía pillar a los ingleses por sorpresa y forzarles a retirarse. Pero la impaciencia de los soldados ha hecho fracasar el plan y el alto mando inglés en Calcuta ya ha comenzado a enviar refuerzos. Si se une a esta rebelión, que tiene grandes posibilidades de ser aplastada, lo perderá todo, tal vez incluso la vida. Por el contrario, si aparenta apoyar a los ingleses...

Pero los cipayos no le dejan elección: necesitan un jefe legítimo. O Nana Sahib se pone al frente del movimiento y le reconocen como soberano o le matan.

—¿Cómo podéis creer que apoyo a los ingleses? —protesta, con la mano en el corazón, bajo la mirada irónica de Azimullah—. ¡Enterremos el tesoro en un lugar seguro y unámonos a Delhi y a Bahadur Shah Zafar, nuestro emperador!

Ovacionado por las tropas, Nana se retira a sus aposentos. Pero Azimullah no las tiene todas consigo. ¿Cómo expulsar a los ocupantes si, en lugar de aplastarles cuando están debilitados, les dejamos campo libre y la posibilidad de reforzarse? Durante horas intenta persuadir a su amo para que libre batalla en Kanpur con el fin de establecer su autoridad.

—En Delhi seréis uno más entre decenas de príncipes. No ostentaréis ningún poder. Aquí sois el soberano absoluto, los hombres os idolatran.

La vanidad desbanca al miedo y Nana acaba por dejarse convencer.

Hará falta algo más de tiempo para persuadir a los cipayos que no tienen ganas de luchar contra sus oficiales. Pero el temor a una terrible venganza de los blancos y el aliciente de un reparto de monedas de oro terminan de borrar sus dudas. Así como la promesa de que, una vez liberado Kanpur, se dirigirán a Delhi, la gloriosa capital de los grandes mogoles, de donde ha de partir la lucha para reconquistar toda la India.

El 6 de junio, de madrugada, el general Wheeler, persuadido de que los cipayos están de camino a Delhi, recibe un mensaje inesperado: es una carta, muy cortés, de Nana Sahib informándole de que hacia las diez de la mañana sus tropas iniciarán el asalto. Un último escrúpulo hacia su amigo, además de una moral caballeresca que le impide atacar por sorpresa parecen haber dictado ese gesto que el príncipe se ha cuidado bien de ocultar a sus colegas. Eso permitirá a Wheeler reunir a todos sus oficiales dentro del recinto fortificado, así como a toda la población angloíndia. En total, un millar de personas, de los que la mitad son mujeres y niños.

El asedio durará tres semanas y el recinto será intensamente bombardeado. Los ingleses responden como pueden, pero deben economizar las municiones. Cada día trae nuevas víctimas. El calor es insoportable y empieza a escasear el agua. Se juegan la vida para llegar hasta el único pozo y el campamento está tan mal protegido por el muro de adobe que algunos sitiados son alcanzados, incluso dentro de sus habitaciones. Por todas partes los heridos gimen agonizantes, atormentados por cientos de moscas. El olor de los cadáveres es insoportable.

Al cabo de una semana, Wheeler, consciente de que no podrán resistir mucho más, envía un mensaje a Nana, solicitándole que les deje marchar a Calcuta. A pesar de su traición, todavía conserva una cierta confianza en aquel que fue su amigo.

A juicio de Nana, ésa sería la mejor solución, pero él no es el único que decide, debe consultar con los oficiales rebeldes, con su hermano Bala Rao, apodado «el cruel», y con su secretario, Azimullah. Por una vez, éste pierde su legendaria sangre fría:

—Perdonar a los ingleses mientras por doquier masacran a nuestras mujeres y a nuestros hijos... ¡ni se os ocurra! ¿Acaso la sangre de los blancos vale más que la nuestra? ¿Es que un niño rubio vale más que diez o cien de los nuestros? —replica con voz sofocada por la rabia.

Varios gruñidos de aprobación acogen su propuesta. En efecto, desde hace algún tiempo, son testigos de la llegada de numerosos refugiados procedentes de ciudades de alrededor de Benarés y Allahabad, donde la revuelta ha sido aplastada en un baño de sangre. Aterrorizados, los supervivientes hablan de sus casas y sus campos incendiados, de violaciones y mutilaciones y de millares de campesinos —desde adolescentes hasta ancianos— colgados de los árboles a lo largo de la carretera por las tropas del mayor Renaud y del coronel Neill, que avanzan sobre Kanpur destruyendo todo a su paso.

Una ferocidad justificada a los ojos de los ingleses por las muertes de civiles en Delhi y en Meerut: ¡hombres y mujeres blancos asesinados por indígenas! De modo que ése es el motivo del escándalo: esclavos que osan levantar la mano contra sus amos. Ése es el crimen supremo: la abolición de una jerarquía natural en la que todo está situado en el lugar que le corresponde. Un sacrilegio inaceptable, pues pone en duda el orden de un mundo donde el hombre blanco es, evidentemente y desde siempre, superior a los pueblos negros o de piel oscura, sobre todo si no son cristianos.

Durante muchos días los combates continúan. Contra los asaltos de los cipayos, la pequeña guarnición opone una resistencia desesperada. El 23 de junio, día del aniversario de la batalla de Plassey, se consigue rechazar un ataque especialmente virulento, pero cuando un obús destruye el edificio en el que se guardan los medicamentos y los víveres, sir Hugh Wheeler se resigna a enviar un nuevo mensaje a Nana.

Nana Sahib se encerrará con su hermano, su consejero Azimullah y su general en jefe, Tantia Tope, para discutir lo que se debe hacer. Después de un largo conciliábulo, deciden enviar a una rehén angloíndia, la señora Jacobi, portando una carta firmada por Nana Sahib y dirigida ceremoniosamente a:

A los súbditos de Su Muy Graciosa Majestad, la reina Victoria:

Todos aquellos que no hayan estado implicados en los crímenes contra los indios y que estén dispuestos a rendir las armas, tendrán un salvoconducto hasta la ciudad de Allahabad.

Sir Wheeler vacila: ¿puede confiar en aquel que tan hábilmente les ha engañado? Pero, a instancias de sus oficiales, que le recuerdan que sólo quedan víveres para tres días y que morirán las mujeres y los niños, cede.

Los detalles prácticos se discuten en terreno neutral entre dos oficiales ingleses, pálidos y demacrados, y los representantes de Nana, el general maratí Tantia Tope, un hombre enorme de tez oscura, perennemente ataviado con un turbante blanco y con reputación de ser un brillante estratega, y el elegante Azimullah Khan. Nana Sahib se compromete a poner a disposición de los ingleses una flotilla de barcos y de remeros que les transporten con total seguridad hasta Allahabad, ciudad estratégica en la confluencia del Ganges y el Jumna. A cambio, ellos deben abandonar los cañones, los fusiles y la munición. Tras largas negociaciones, se les permite conservar los revólveres.

El 26 de junio se declara el armisticio. Presa de una tardía compasión, Nana Sahib ha hecho enviar dieciséis elefantes, ochenta palanquines y carretas tiradas por bueyes para transportar a las mujeres, los niños y los heridos hasta la orilla, donde unas enormes barcazas les aguardan.

El 27 por la mañana, todo el mundo se acomoda como puede en las embarcaciones sobrecargadas, bajo la mirada irónica de los soldados que les han escoltado. Pese al calor reinante, los notables, sentados a la sombra de un pequeño templo hindú desde el que se domina el embarcadero de Satichaura Ghat, vigilan las operaciones. Puede reconocerse a Azimullah Khan, a Tantia Tope y al hermano de Nana, pero el príncipe está ausente.

A las nueve, sir Hugh Wheeler, a la cabeza de una barca, hace la señal de partida. Pero apenas comienza a avanzar la embarcación cuando, a un gesto de Tantia Tope, todos los remeros saltan al agua tras haber arrojado brasas sobre la techumbre de paja de las barcas, que rápidamente prenden. En ese mismo momento, en la orilla, cientos de cipayos surgidos de la maleza comienzan a disparar mientras en la margen opuesta dos cañones bombardean a la frágil flotilla. Cunde el pánico. Algunos responden a tiros para tratar de ganar unos minutos, pero la mayor parte de los refugiados, aterrorizados, se lanzan al agua con las mujeres, los niños y los heridos, tratando desesperadamente de huir, para ser rápidamente alcanzados por la caballería maratí, que remata a golpe de sable a todos aquellos que han escapado de las balas.

Centenares de cadáveres flotan en las aguas enrojecidas del Ganges. Han muerto todos los hombres excepto cuatro que consiguen escapar y que más tarde relatarán ese horror.

Las mujeres, estrechando a los niños contra sus cuerpos, chillan aterrorizadas. Están implorando piedad a los vacilantes soldados cuando finalmente llega de palacio la orden de detener la masacre.

Los supervivientes, alrededor de doscientas mujeres y niños, son encerrados en una pequeña casa llamada Bibighar, porque fue construida para la *bibi,* la amante de un oficial inglés. El edificio, deshabitado desde hace mucho tiempo, está cochambroso y las prisioneras tienen que dormir sobre el suelo de tierra apisonada. Por toda comida reciben dos veces al día un poco de harina y *dhal,* las lentejas que conforman el alimento habitual de los indios pobres.

¿Por qué les ha perdonado Nana? ¿Por piedad hacia las mujeres y niños de aquellos que, en otra vida, fueron sus amigos o por simple cálculo? En este último caso, los rehenes pueden sin duda servirle de preciosa moneda de cambio.

Pero, a los ojos de los que se apiñan alrededor del edificio convertido en cárcel y se mofan de ellas, las mujeres vencidas son, sobre todo, un objeto de revancha. Para esos indios que, durante toda su vida, han trabajado para las *memsahib,* que ni siquiera los miraban, el espectáculo de su humillación es una satisfacción. Lo insoportable con los *ingreses* no es el trabajo en sí, igual de duro que con las begums, sino que en sus casas es como si no existieran. En lugar de ser parte de la familia, de ser reprendidos pero también protegidos como niños, no han sido más que una sombra, un instrumento del cual servirse, nunca seres humanos a los que se les dedica una mirada.

Esas relaciones que día tras día deshumanizan son las que alimentan el rencor. Y ése es el motivo por el que hoy las mujeres se mofan alto y fuerte y se deleitan en contemplar a las *memsahib,* de rodillas, intentando torpemente moler el trigo, desollándose las manos con la piedra para obtener un poco de harina y lavando sus ropas desgarradas, únicas prendas que les quedan, a esas *ladies* otrora revestidas de seda y lentejuelas, harapos que ni los sirvientes querrían. La guardiana en jefe del Bibighar no les perdona absolutamente nada.

Está, a la que han apodado «la begum» a causa de su tez clara y de sus maneras autoritarias, es una anciana prostituta, totalmente devota del secretario de Nana. Igual que él, detesta a las mujeres *ingresas,* sobre todo a las indulgentes, esas que bajo la afectación de su sencillez mantienen siempre la altanería, esas cuya caridad es una forma tan patente de marcar las distancias que resulta insultante. Por eso trata a toda costa de humillarlas. Cuando Nana Sahib, advertido de que el estado de salud de sus prisioneras se está degradando peligrosamente, les envía un médico y les concede una hora de paseo cotidiano, ella decide hacerlas caminar por las calles más pobladas, donde son pasto de las burlas. O bien las hace pasear atravesando el gran bazar entre los puestos llenos de vituallas y si, llevado por la compasión ante la mirada hambrienta de un niño, un comerciante se arriesga a tenderle una fruta, rápidamente ella le reprende: «¿No tienes vergüenza? ¡Dáselo mejor a nuestros hijos, que se mueren de hambre!».

En la cárcel de Bibighar la debilidad y la disentería causan estragos, pero las mujeres conservan la esperanza contra viento y marea. Por las indiscreciones de una sirvienta han sabido que el regimiento del mayor Renaud ha abandonado Allahabad y se dirige hacia Kanpur para liberarlas.

Por su parte, Nana Sahib ha reunido a su consejo.

—¡El pueblo de rostro amarillo y estrecho de miras ha sido vencido, pero intenta resucitar! ¡Vamos a aniquilarlo!*.

Según sus espías, las tropas británicas no cuentan más que con algunos centenares de hombres, pues, si bien han dejado por el camino las ciudades y los pueblos exangües, también han sufrido fuertes pérdidas, ya sea en combate o a consecuencia de insolaciones y fiebres.

El 9 de julio, el ejército rebelde dirigido por Tantia Tope y el hermano de Nana es enviado a detener al ejército británico. Dado que es mucho más numeroso, deberían aplastarlo fácilmente. Pero la llegada inesperada de refuerzos del general Havelock, que sorprende a los indios por la espalda, hace fracasar todas sus previsiones. Después de dos días de combates encarnizados, las tropas de Nana Sahib huyen en desbandada.

Cuando, el 13 de julio, la noticia de la derrota llega a Kanpur, el consejo de guerra decide por unanimidad defender la ciudad.

Pero ¿qué hacer con los prisioneros?

La mayoría de los consejeros del príncipe, especialmente su hermano, Tantia Tope y Azimullah, opinan que hay que eliminarlos: «Han visto todo lo que sucedía aquí, pueden testificar contra nosotros». Pero Nana Sahib se opone firmemente y, para convencer a sus compañeros, hace valer que los ingleses darían lo que fuera para recuperar a sus mujeres e hijos, y que si las cosas se ponen feas, los rehenes constituyen la única oportunidad de salvar sus cabezas.

El consejo de guerra se separa sin haber tomado una decisión.

17

Los grupos de rebeldes, llegados de todos los distritos de Awadh, se reúnen en la ciudad de Nawabganj, a veinte millas de Lucknow. La mayoría son cipayos procedentes de guarniciones sublevadas, pero también algunos *taluqdars*, a la cabeza de sus tropas, han decidido combatir al ocupante. ¿Qué tienen que perder? Las nuevas leyes inglesas les han desposeído de sus tierras y, sobre todo, de su estatus, destruyendo el complejo sistema de lealtad que durante siglos les unía a sus campesinos. No tienen más que un objetivo: expulsar a los bandidos que, con la excusa de grandes principios morales, les han robado el país y los han deshonrado.

Hay más de siete mil hombres congregados en Nawabganj a finales del mes de junio, entre ellos, un regimiento de caballería y dos regimientos de policía militar. A la cabeza, el rajá de Mahmudabad y el rajá Jai Lal Singh. Los dos hombres se aprecian y son amigos desde hace mucho tiempo. Sin embargo, han visto llegar con cierta inquietud a un extraño personaje, al *maulvi* Ahmadullah Shah, que acaba de salir de la cárcel, donde ha estado encerrado por los ingleses a causa de sus incendiarios discursos. Le siguen, como hipnotizados, más de un millar de discípulos. No es el momento, habida cuenta de las circunstancias, de privarse de semejante contribución de fuerzas, pero hay que vigilarle de cerca.

El 28 de junio, un mensajero enviado desde Kanpur anuncia que la ciudad ha caído finalmente en manos de

Nana Sahib. De ahora en adelante, no hay que temer ser sorprendidos por la espalda por los ingleses y se puede lanzar el ataque sobre Lucknow.

El día 29, ochocientos hombres bajo el mando del *maulvi* son enviados como avanzadilla hacia el pueblo de Chinhut, a siete millas de la capital, mientras Jai Lal y Mahmudabad perfilan la estrategia final.

En Lucknow, sir Henry Lawrence, advertido por sus espías, titubea. ¿Debe enviar a sus tropas a aniquilar a ese primer grupo de rebeldes para así disuadir a un enemigo todavía desorganizado? Eso le permitiría probar, por un lado, la lealtad de los cipayos que continúan a su lado, pero, por otro, se arriesga a perder una parte de las escasas fuerzas destinadas a proteger la Residencia y a los civiles refugiados allí. Finalmente, y ante la insistencia de sus oficiales, que se niegan a pasar a la historia como unos cobardes, el día 30, de madrugada, al frente de setecientos hombres, se pone en camino a Chinhut.

Sin embargo, esas veinticuatro horas de retraso resultarán fatales, pues han proporcionado a los indios tiempo para reagruparse.

En las primeras horas de la mañana del 30 de junio, el calor es sofocante. Las tropas de Lawrence avanzan lentamente por un terreno arenoso, retardadas por el pesado cañón Howitzer arrastrado por un elefante. Con el fin de ganar tiempo, ni siquiera han parado para comer y, dado que los porteadores indígenas de agua han desaparecido misteriosamente, se encuentran sin nada que beber. Sin embargo, sir Henry no se altera, conoce la resistencia y el coraje de sus hombres, que, apretando los dientes, continúan avanzando bajo un sol implacable.

Apenas tienen a la vista Chinhut, la avanzadilla de la caballería es recibida con un intenso tiroteo y, sin darles tiempo a colocar el Howitzer en posición, los cañones indios disimulados tras una espesa cortina de mangles reconocen a a las tropas inglesas. El duelo de artillería dura muchas horas, hasta que, finalmente, del lado indio, los cañones terminan por callar. En las líneas británicas se clama victoria: ¡el enemigo se bate en retirada! Hasta que advierten que, descendiendo por los flancos de la colina, varios regimientos avanzan en una maniobra para rodearles. Se aproximan en perfecto orden y son millares. Es el momento elegido por los artilleros indios y la mayoría de los cipayos para abandonar su puesto, empujar los cañones a los fosos y reunirse con sus compatriotas, dejando a los artilleros ingleses aislados y escasos de munición —sus reservas se han volatilizado como por ensalmo—. Cercados por todas partes, los británicos luchan con furia, pero caen por decenas bajo las balas. La situación es totalmente desesperada cuando, finalmente, sir Henry decide ordenar el toque de retreta.

La retirada, a la vista del estado de agotamiento de los soldados, habría acabado transformándose en una aplastante derrota si Lawrence no hubiera tenido una idea genial: sobre un estrecho puente aposta a varios hombres armados con lanzallamas que mantienen a distancia a los indios, permitiendo que el resto de las tropas regresen a la Residencia, donde los combatientes, ensangrentados, son acogidos con pánico. Las pérdidas han sido severas: trescientos muertos y decenas de heridos. Pero, sobre todo, el impacto psicológico es inmenso: es la primera vez que un ejército inglés es derrotado por indígenas.

Mientras el campamento cura sus heridas y sir Henry Lawrence ordena taponar a toda prisa las últimas brechas tratando de tranquilizar a las mujeres y los niños aterrorizados, los cipayos victoriosos son recibidos como héroes. Relatan sus hazañas y la huida de los *ingreses*, que hasta ahora creían invencibles, con todo lujo de detalles.

Para rematar su victoria, cientos de entusiastas se han precipitado sobre la Residencia, armados únicamente con sus fusiles. Recibidos por una nutrida andanada, se ven obligados a replegarse, dejando sobre el terreno numerosos muertos. Su cólera se vuelve entonces hacia los «colaboradores», los policías que se han mantenido leales al ocupante, pero, sobre todo, contra los *banyas* y los *mahajans*, los comerciantes y los usureros, beneficiarios del nuevo régimen. Se abre la veda de los traidores. Apoyados por una encolerizada población, los soldados saquean y queman todo aquello que pertenece a los ingleses o a sus aliados y persiguen por las calles a los supuestos culpables, que decididamente hacen oídos sordos a las amonestaciones de sus oficiales, quienes a su vez tratan de mantener el control. Con vengativa violencia, incendian las tiendas inglesas, pero también la cárcel, el tribunal de justicia, la oficina de impuestos, la de telégrafos y la estación. Destruyen todo aquello que les recuerda a sus ocupantes. La situación empeora a cada momento, pues de las aldeas de los alrededores llegan campesinos ávidos de participar en la fiesta de la victoria, pero también de vengarse. El caos es total.

~

—Debemos tomar medidas lo más rápidamente posible o la ciudad caerá en la anarquía y no podremos controlarla.

El rajá Jai Lal ha reunido a los jefes militares y a los *taluqdars* que han participado en la batalla de Chinhut. Son conscientes del peligro, pero tras horas de discusión no han conseguido tomar ninguna decisión.

—¡No vamos a disparar a los soldados para obligarles a obedecer! Eso derivaría en una guerra civil —protesta uno de los rajás.

—A mi juicio, es mejor dejarles hacer, en dos o tres días estarán agotados y la calma volverá por sí sola —añade sabiamente su vecino.

Para el rajá Jai Lal esto es demasiado.

—¿Permitir que saqueen la ciudad? No os equivoquéis, ya no son nuestros cipayos los que dirigen el baile, son los criminales liberados de las cárceles quienes despojan y matan a mujeres y niños. Si fueran vuestras casas y vuestras familias los atacados, ¿continuaríais discutiendo tan tranquilamente en vuestros sillones? No, desde luego que no.

Encontraríais inmediatamente una forma de detener la carnicería. Pero como son «los otros», un pueblo con el que no tenéis nada en común, unos pobres que están acostumbrados a las desgracias, os tomáis todo el tiempo del mundo para charlar, discutir los principios que hay que respetar, la objetividad necesaria y las consecuencias indeseables que una decisión demasiado precipitada podría provocar. —Y, señalando con el dedo a la estupefacta asamblea, añade—: ¡Si los asesinos cegados por la cólera y el odio son culpables, vosotros, señores, en vuestras lujosas torres de marfil, lo sois todavía más! ¿Cómo sois capaces de dormir cuando, por vuestra indiferencia y cobardía, permitís que se masacre a todos esos inocentes?

—Vos que tan bien habláis, ¿qué solución proponéis?

El joven rajá de Salimpur no ha sentido nunca gran simpatía por Jai Lal, un aristócrata advenedizo cuyo lenguaje directo es un insulto para los modales delicados de los que se enorgullece la sociedad de Lucknow.

—Debemos restablecer con urgencia una autoridad incontestable que se imponga a todos.

—¿Y cómo? Nuestro soberano está prisionero a cientos de millas de aquí y hemos abolido el poder británico que lo había reemplazado. Entonces, ¿qué proponéis? ¿Una asamblea de *taluqdars?*

Jai Lal se encoge de hombros.

—¡Sabéis muy bien que los *taluqdars* nunca llegarían a entenderse! La única autoridad incontestable sería la de un miembro de la familia real, como me lo han confirmado mis discusiones de estos últimos días con los representantes de los cipayos. La caballería está a favor del hermano del rey, el príncipe Suleyman Qadr, pero la infantería, que es diez veces más numerosa y mayoritariamente hindú, insiste en que el trono recaiga en un hijo de Wajid Alí Shah. Los hijos mayores están en Calcuta con su padre, pero dos permanecen aquí.

—¿Qué edades tienen?

—El primero tiene dieciséis años, y el segundo, once.

—¡Unos críos!

—Eso no tiene importancia, no serán más que un símbolo. Las decisiones serán tomadas por los delegados de los *taluqdars* y del ejército.

—¡Habéis olvidado a las begums! —interviene perversamente el viejo rajá de Tilpur—. Algunas son mujeres de carácter y puesto que, oficialmente, la madre de un rey infante es regente hasta su mayoría de edad, si ésta se entromete a la hora de gobernar, corremos el riesgo de tener problemas.

—Nosotros sabremos hacerles entrar en razón —corta Jai Lal—. Lo que urge es encontrar a la mejor candidata. Como jefe del ejército, propongo que vayamos mañana mismo a reunirnos con las begums con un delegado de los *taluqdars*.

~

Mammoo Khan se encarga de anunciar la visita a la zenana. Contactado por el rajá Jai Lal, ha tratado de insinuar que era inútil consultar a las otras esposas, que el hijo de Hazrat Mahal, el príncipe Birjis Qadar, era de lejos la mejor elección, pero ha sido severamente reprendido.

—¿Quién eres tú para entrometerte en asuntos de estado? Son el ejército y los *taluqdars* quienes deben decidirlo, no los eunucos.

Ante la mirada de odio que le lanza Mammoo, el rajá Jai Lal se da cuenta de que ha ido demasiado lejos, pero al menos ha sido claro: este Mammoo y sus semejantes deben entender que los tiempos han cambiado y que el reinado de las intrigas palaciegas que a menudo sustituía a la política ha terminado.

En el gran salón azul del palacio de Chattar Manzil, donde, en tiempos más felices, al rey le gustaba entretenerse con sus esposas, las esclavas han colgado una pesada cortina. Detrás de ella, una asamblea de nobles begums aguarda impaciente a los visitantes. Las pocas informaciones transmitidas por Mammoo han azuzado vivamente su curiosidad: los rajás Jai Lal Singh y Mahmudabad han solicitado verlas para hablar del porvenir de la rebelión. ¿El porvenir de la rebelión? No entienden nada. La guerra es un asunto de hombres. Ellas, que son mujeres, ¿qué tienen que ver con todo eso? Sólo Hazrat Mahal duda sobre el verdadero propósito, pero se guarda mucho de hablar. Además, Mammoo, de ordinario tan prolijo, afirma no saber nada. Sospecha que miente, pero como le ha notado desde la víspera de un humor terrible, prefiere no insistir.

Se escucha ruido de pasos en el vestíbulo. Acompañados por la guardia turca, los dos rajás hacen acto de presencia. El contraste entre el rudo militar de marcados rasgos y su compañero de tez clara, todo delicadeza, es sorprendente. Pero puesto que se trata de asuntos importantes, no podrían complementarse mejor.

Tras los numerosos saludos y cumplidos al uso, el rajá de Mahmudabad, escogiendo cuidadosamente las palabras, expone el objeto de su visita. Pero, apenas comienza, se oyen exclamaciones escandalizadas:

—Nuestro bienamado soberano está todavía vivo, ¿cómo os atrevéis a soñar con reemplazarlo?

—¡Eso sería una traición inexcusable!

—¡Jamás aceptaríamos semejante villanía!

Tras la cortina, las mujeres se rebelan, asombradas. A pesar de las vicisitudes, han mantenido viva la imagen gloriosa de Wajid Alí Shah y su lealtad inquebrantable fomenta la convicción de que éste volverá. La fidelidad al rey es para ellas una causa sagrada... ¿acaso su estatus no está implícitamente ligado al de él? Si se le depone, ¿qué será de ellas? Como esposas de un monarca exiliado por sus enemigos, pero, sobre todo, rechazado por sus allegados, no serían más que las sombras de una sombra y pronto se olvidarían de ellas.

El rajá de Mahmudabad, con calma, deja estallar la ola de indignación hasta que las begums se hallan de nuevo en disposición de escuchar.

Les habla de la indisciplina que reina entre las filas de los cipayos y la dificultad de controlarlos. Cuenta que la victoria se les ha subido a la cabeza y que la única autoridad que están dispuestos a reconocer ahora es la del gran mogol de Delhi, o bien la de su representante en Lucknow. Al estar éste actualmente prisionero, quieren que uno de sus hijos le reemplace hasta su vuelta.

—Por tanto, si Djan-e-Alam regresa, ¿recuperará su trono? —preguntan las mujeres, suspicaces.

—Lo juro por mi honor —replica el rajá Jai Lal, impaciente ante esas protestas de lealtad—. En cambio, puedo asegurar que, si el trono permanece vacío, si los soldados no tienen un soberano que les hable y les aliente a combatir, un árbitro indiscutible que sepa castigarles pero también recompensarles, en definitiva, un recurso supremo en el que tengan plena confianza, la mayoría abandonará la causa y regresará a sus casas. Eso dejará la puerta abierta a la Compañía para volver a instalarse y vengarse. Y, en ese caso, yo no daría nada por nuestras vidas.

Ante esas palabras, las mujeres se estremecen. Saben que no se trata de una vana amenaza.

Sin embargo, la begum Shahnaz, la mayor, no está totalmente convencida.

—No lo entiendo, rajá sahab, ¿es que los mismos soldados que os han elegido como jefe ya no os obedecen?

—Vos conocéis mejor que yo la mentalidad de nuestro pueblo, Houzour. Es indisciplinado por naturaleza; en cambio, se sacrificaría sin la más mínima vacilación por su Dios o por su rey, al que reverencian como a la encarnación de Dios en la tierra.

»Considerad, además, honorables begums, que con el restablecimiento de un rey la corte recuperará su lugar y vos mismas vuestro rango. Ahora, este palacio no es más que desolación.

Este último argumento, hábilmente lanzado por el rajá de Mahmudabad, hace inclinar la balanza. Recuperar algo de la vida de antaño… Ninguna de ellas albergaba ya esa esperanza. Pero el entusiasmo decae considerablemente cuando el rajá Jai Lal les recuerda que los tiempos que les esperan no serán de fiesta, sino de guerra, una guerra sin piedad contra el ocupante.

—Ésa es la razón por la que os ruego que meditéis muy seriamente el asunto antes de designar al rey. Teniendo en cuenta que ambos príncipes son todavía muy jóvenes, será su madre la que ejercerá la regencia. Un honor, ciertamente, pero, sobre todo, una tarea ardua y, en las circunstancias actuales, especialmente peligrosa: el mínimo error puede ser fatal. Nosotros estaremos para aconsejar a la regente y orientar sus decisiones, pero la responsabilidad final recaerá sobre sus espaldas y las de su hijo. Y ahora, honorables begums, permitid que nos retiremos para que podáis deliberar. Pero no lo olvidéis, el tiempo apremia. Volveremos esta noche.

~

«¿Mi hijo, rey?».

¿Podrá hacer realidad la ambición acariciada en secreto durante once años? Hazrat Mahal se estremece sin saber bien si es por nerviosismo o por temor. Todo es muy diferente a lo que había imaginado. En lugar de la gloria y los honores, lo que le ofrecen es un enfrentamiento sin piedad, tal vez fatal. El sueño podría transformarse en pesadilla...

Acuden a su mente las imágenes de una niña pobre, pero despreocupada, para la que el horizonte de felicidad era la *garara* roja de la joven esposa y los numerosos hijos que siempre tendrían que comer. De pronto, siente nostalgia de esas alegrías sencillas, del cordero con el que se regalaban en la fiesta de Eid el Kebir y que les sabía tan suculento porque no podían permitirse carne más que una vez al año, y de los vestidos nuevos que le ofrecían el día de Eid el Fitr, con los que presumía y que no quería quitarse ni para dormir. Ante esos recuerdos, siente que la emoción la embarga al mismo tiempo que el asombro: ella, tan orgullosa del camino recorrido, ¿cómo puede sentir tal añoranza por ese pasado tan banal?

A su alrededor las mujeres discuten. Los argumentos de los rajás han acabado con sus recelos y se afanan en convencer a la bonita Khas Mahal de la oportunidad y el honor que le han sido otorgados. Para ellas, no existe duda alguna: si es necesario designar un sucesor del infeliz Wajid Alí Shah, ése no puede ser otro que su hijo mayor, incluso si... Incluso si Nausherwan Qadar es un adolescente inestable al que su propio padre ha juzgado como inepto para reinar. En las circunstancias actuales no será más que un símbolo; las decisiones las tomará la regente, aconsejada por una asamblea de *taluqdars*. Sin embargo, para su asombro, la madre del príncipe se resiste. Ella, dulce hasta el punto de parecer pasiva y maleable, rechaza obstinadamente una responsabilidad que se siente incapaz de asumir. No es una mujer ambiciosa y nunca ha vivido más que para el amor de su marido y de su hijo, y mientras llora todos los días a su esposo cautivo, ¿cómo se atreven a exigirle que ponga en peligro a lo que considera más preciado, a su adorado hijo Nausherwan? Cuanto más insisten sus compañeras, más se opone ella con un terco silencio.

Vivamente ofendidas, las begums cambian de táctica. Deciden que se sienta avergonzada: ¿es tan egoísta como para negarle a ese hijo que dice amar esa inesperada oportunidad de acceder al trono? El riesgo es ínfimo. Los tiempos son convulsos, pero todo el país, una ciudad tras otra, se está sublevando contra el ocupante. Los británicos no son muy numerosos, sin los cipayos no podrán aguantar mucho tiempo y, cuando por fin se retiren de Awadh, toda la gloria de la victoria recaerá en el joven rey. Aturdida por esos razonamientos, a los que no tiene nada que oponer, la pobre Khas Mahal termina por ceder.

18

El sol poniente baña con sus reflejos púrpura el gran salón de la zenana al que los dos rajás han regresado para conocer el veredicto. Para amenizar la espera, unas sirvientas les ofrecen sorbetes de mango y cidra elaborados según una receta exclusiva de palacio, mientras otras les abanican con amplios pankas[58].

Por fin, tras la cortina, una voz autoritaria se hace oír. Es la begum Shahnaz, que, al ser la mayor, tiene el privilegio de anunciar la decisión.

—Éste es, rajás saheban[59], el resultado de nuestra deliberación: por unanimidad hemos elegido como futuro rey al príncipe Nausherwan Qadar, hijo de la begum Khas Mahal.

Jai Lal, completamente decepcionado, se da cuenta de que ha estado esperando en todo momento que la elegida fuera la begum Hazrat Mahal, la mujer que tanto le ha impresionado por su energía e inteligencia. Pero la suerte está echada, no puede intervenir. En compensación, quiere tener ciertas garantías:

—Os damos las gracias, altezas. Ahora, si nos lo permitís, nos gustaría entrevistarnos directamente con la futura regente —declara.

—Está muy emocionada, dadle un poco de tiempo —interviene la begum Nashid, que trata de tranquilizar a una llorosa Khas Mahal.

---

[58] Abanico de mango largo hecho de plumas de pavo real.

[59] Saheban: señores, plural de sahab.

—Disculpadnos, honorables begums, pero no tenemos tiempo para delicadezas. La guerra está ante nuestras puertas y para combatir debemos restablecer cuanto antes el orden entre las filas de los cipayos.

Sorprendido, el rajá de Mahmudabad lanza una mirada a Jai Lal: ¿por qué tanta rudeza? Tampoco es cuestión de horas. ¿Las estará poniendo a prueba?

La respuesta llega rápidamente. Desde detrás de la cortina se alza una tenue voz temblorosa:

—Estoy preparada. Lo haré lo mejor que pueda y seguiré todos vuestros consejos, rajás saheban. Pero me tenéis que asegurar, por vuestro honor, que la vida de mi hijo no corre peligro.

Adelantándose a la reacción exasperada de su amigo, Mahmudabad explica pacientemente:

—Debéis entender, Houzour, que en tiempos de guerra todas las vidas están en peligro, tanto la de vuestro hijo como la vuestra o las nuestras. Contamos con poder expulsar a los británicos, pero, si la suerte nos es contraria, sólo os podemos prometer que haremos lo imposible para protegeros.

Se hace un largo silencio antes de que la suave voz continúe, esta vez más firme:

—En ese caso, debo renunciar. Mi vida no tiene importancia, pero no tengo derecho a que el príncipe corra semejante riesgo.

—¡Yo, en cambio, estoy dispuesta a aceptar! —La frase suena claramente en medio de un silencio estupefacto—. Y mi hijo, el príncipe Birjis Qadar, está dispuesto también a servir a su país.

Alrededor de Hazrat Mahal se eleva un murmullo de desaprobación: ¿qué está diciendo? ¿Cómo va a entender un niño semejante situación?

—Mi hijo es joven, pero yo me he encargado de que sea educado en la conciencia de sus deberes hacia su pueblo, no como otros príncipes, que sólo saben de los derechos y privilegios inherentes a su nacimiento. —Ignorando las protestas indignadas de sus compañeras, continúa con voz vibrante—: Tal y como habéis declarado, rajás saheban, coincido en que nuestra única solución es combatir. Hemos mantenido demasiado tiempo la cabeza gacha esperando que nuestra buena conducta convenciera a nuestros amos. Pero la experiencia nos ha demostrado que es inútil rogar y razonar: los que ostentan el poder no oyen más que lo que les interesa oír. Ninguna concesión, ninguna negociación nos devolverá nuestro país. Los británicos invocan la moral y juran que no ambicionan más que restablecer la justicia mal impartida por un incapaz, pero sabemos bien que se burlan de esa justicia y que no quieren más que apropiarse de nuestras riquezas. Seguirán aquí hasta que la lucha de todo el pueblo les obligue a partir. Con vuestros consejos, rajás saheban, tanto mi hijo como yo estamos dispuestos a mantener esa lucha.

~

Bajo una torrencial lluvia monzónica, dos regimientos de cipayos con uniforme de gala se mantienen firmes ante el elegante Baraderi[60] de mármol blanco, en el centro del parque de Kaisarbagh. Dentro, los *taluqdars* y los oficiales se han congregado para esperar la llegada del príncipe heredero. Aunque la tradición dicta que el rey ha de ser coronado en el Lal Baraderi, de granito rojo, que se halla en el centro de la ciudad, se ha considerado más prudente no alejarse de palacio.

Al rajá Jai Lal le ha resultado muy complicado persuadir a los militares de que, en esas difíciles circunstancias, la elección de un muchacho tan joven es apropiada. Han sido necesarias dos largas jornadas de negociaciones para llegar a un acuerdo: Birjis Qadar seguirá las directrices del

[60] Monumento utilizado para las ceremonias, caracterizado por doce arcos abiertos al exterior.

gran mogol de Delhi, la autoridad suprema del norte de la India; el primer ministro se elegirá con el consentimiento del ejército; los soldados, que, por su parte, recibirán doble paga, aprobarán a los oficiales. Finalmente, los cipayos podrán castigar como crean oportuno a los colaboradores de los británicos.

De este modo, los militares rebeldes, tanto en Lucknow como en Delhi y el resto de las ciudades sublevadas, exigen, además de ventajas económicas, poder controlar las decisiones políticas.

Entre los notables que esperan al príncipe y a su madre destaca la ausencia de uno de los principales vencedores de Chinhut, el *maulvi* Ahmadullah Shah. Oficialmente, no ha podido desplazarse —está inmovilizado por una herida recibida durante la batalla—, pero todo el mundo sabe que no tiene intención de prestar juramento de fidelidad al joven rey y, mucho menos, a su madre. ¿Qué puede entender una mujer de política y, sobre todo, de la guerra? Ha tenido que recordarles a sus partidarios —que están ansiosos por transmitir sus ideas— la dolorosa derrota de Aisha, la joven esposa del profeta Mahoma, que dirigió al ejército en la batalla de los camellos, citándoles las palabras de un célebre ulema: «Un país dirigido por una mujer va de cabeza a su perdición».

Aprovechando una tregua de la lluvia, el cortejo real ha conseguido dejar el palacio de Kaisarbagh y ha llegado al Baraderi. En contraste con el esplendor de antaño, el cortejo sólo está compuesto por un centenar de guardias y algunos faetones que transportan al príncipe y a su madre, además de las damas y eunucos de su séquito. Lejos quedan las orquestas de recargados uniformes, los malabaristas y las bailarinas, lejos quedan, sobre todo, los elefantes cubiertos de brocados y los extraordinarios purasangres con las sillas adornadas de piedras preciosas, principales atracciones de las ceremonias en tiempos de Wajid Alí Shah, que fueron confiscados tras su exilio —robados, según los indios— por el alto comisario a beneficio de la Corona británica.

Sin embargo, la muchedumbre, que se apiña a ambos lados para ver pasar el cortejo, no se muestra menos entusiasta y, cuando el joven príncipe posa un pie en el suelo seguido de su madre, la begum, envuelta en velos, estallan ensordecedores aplausos y aclamaciones de un extremo a otro de la inmensa explanada.

En el interior del Baraderi, completamente iluminado, la noble asistencia aguarda en silencio, curiosa y, sobre todo, escéptica ante la visión de ese niño de once años que se les propone como rey. Pero el porte majestuoso de Birjis Qadar y la seguridad con la que toma asiento en el masnad [61], en sustitución del trono igualmente *confiscado,* les impresiona favorablemente.

«¡Oh tú, padre de la victoria, sostén de la religión, grandeza de Alejandro, rey justo, césar de nuestra época, sultán del universo!». Con énfasis, el gran ulema enumera todos los títulos de los que se enorgullecen desde hace generaciones los soberanos de Awadh, y luego, habiendo desaparecido también la corona real, coge un turbante trenzado de oro adornado en el centro con una perla negra coronada por un copete y, solemnemente, lo posa sobre los cabellos ondulados del niño.

Cuando la pequeña y frágil silueta de Birjis Qadar se alza y, con voz clara, pronuncia el juramento ante Dios de proteger y servir a su pueblo y a su país con todas sus fuerzas, hasta los más renuentes sienten un escalofrío de emoción.

Apenas ha terminado de hablar cuando retumban los tradicionales veintiún cañonazos anunciando al pueblo que tienen un nuevo rey. Entonces comienza el lento desfile de los grandes *taluqdars* y oficiales llegados para prestar juramento a su soberano. Uno tras otro, se inclinan hasta el suelo mientras él recibe a cada uno con una palabra o una ligera inclinación de cabeza. De su persona emanan una nobleza y una calma impresionantes en alguien tan joven.

---

[61] Gran asiento elevado, cubierto de cojines de brocado, en el que hay que acomodarse con las piernas cruzadas.

De pie, a su lado, ligeramente apartada, está su madre, con la cabeza alta y la mirada incisiva. Sabe que la mayor parte de los *taluqdars* que hoy se postran ante su hijo cambiaría de chaqueta a la primera ocasión. La lealtad y la fidelidad no son las mejores cualidades de esas familias principescas en las que el intercambio de alianzas, siguiendo el interés del momento, es una práctica antigua y aceptada. Para mantenerlos a raya ha ideado un plan.

El desfile ha llegado a su fin. El rajá de Mahmudabad, imponiendo silencio con un gesto, toma la palabra:

—Habida cuenta de la extrema juventud de nuestro rey, su madre, la muy noble begum Hazrat Mahal, es, según la costumbre, nombrada regente hasta la mayoría de edad de su hijo. Será aconsejada por mi persona, como portavoz de los *taluqdars*, por el rajá Jai Lal Singh, representante del ejército, y, desde luego, por sus ministros. Os solicito que le prestéis vuestra lealtad.

—¡Permitidme, rajá sahab!

La begum se adelanta y el rajá, sorprendido por esa intervención poco protocolaria, se aparta.

Majestuosa en su *garara* de brocado, Hazrat Mahal, ahora reina madre, recorre la asistencia con una mirada imperiosa, tomándose su tiempo. Lo que les va a decir requiere toda su atención.

—Altezas, saheban, la situación dramática de nuestro país nos ha persuadido, a mi hijo y a mí, a aceptar la pesada responsabilidad del poder. En estos tiempos convulsos supone poner nuestra vida en juego. Hemos decidido correr ese riesgo porque somos conscientes de que la lucha por la independencia necesita un símbolo incontestable alrededor del cual unirse y que no puede ser otro que el hijo de nuestro bienamado soberano Wajid Alí Shah.

»Pero, al igual que nosotros nos comprometemos, os pedimos que os comprometáis también. Si no tengo esa garantía, si temiera que cualquier revés os hiciese abandonar la lucha, no arriesgaría la vida de mi único hijo. Además, os pido a cada uno de vosotros que vengáis a prestar juramento, ya sea sobre el santo Corán o sobre esta jarra que contiene agua sagrada del Ganges, de combatir fielmente y sin descanso hasta que hayamos expulsado a los británicos.

«¡Qué mujer!». Estupefacto, el rajá Jai Lal la contempla. Nunca se hubiera esperado semejante discurso, él que creía conocerla. «Cualquier otra hubiera sido feliz al convertirse en regente como para encima pensar en imponer sus condiciones. Pero tiene razón, conoce la versatilidad de los *taluqdars*».

Sin embargo, los murmullos aumentan a su alrededor: «¿Cómo se atreve a hablarnos así? ¿Quién se cree que es? ¡Después de todo no es más que una antigua bailarina, no puede exigirnos nada! ¡Si no está contenta, nos las arreglaremos sin ella!».

Jai Lal presiente el peligro. Si no intervienen inmediatamente, la situación corre el riesgo de degenerar. Pero sin la autoridad de un rey, no será posible contener al ejército y unir a los *taluqdars,* los ingleses recuperarán rápidamente el poder y su venganza será terrible.

Tras intercambiar una mirada con el rajá de Mahmudabad, éste trata de calmar los ánimos:

—Deberíamos sentirnos ofendidos por vuestras palabras, Houzour —declara con un tono severo—, pero comprendemos que han sido dictadas por el amor maternal y el temor al peligro al cual exponéis a vuestro hijo. Nuestras madres, sin duda, habrían reaccionado igual. Además, creo expresar el sentimiento general al no guardaros rencor. La generosidad de los *taluqdars* está fuera de toda duda: si la única manera de tranquilizar vuestros temores es accediendo a vuestra sorprendente solicitud, creo que podemos concederos ese favor.

Y sin permitir que la begum tenga tiempo de reaccionar, se acerca al Corán y levanta la mano para prestar juramento. Inmediatamente, es seguido por Jai Lal, que se dirige hacia la jarra que contiene agua del Ganges y después, tras algunas vacilaciones, por todos los rajás y nababs que, uno tras otro, prestan juramento ante su símbolo sagrado.

Ignorantes de la tragedia que se acaba de evitar, los cientos de soldados congregados en la explanada gritan con entusiasmo y reclaman impacientes ver a su rey. Y cuando éste, seguido por su madre, sale por fin del pabellón de ceremonias, un inmenso clamor que retumba como una onda de un extremo a otro del parque lo acoge.

—¡Krishna! ¡Eres nuestro Krishna!

Los hombres ríen y lloran y se empujan para ver, acercarse o tocar al joven soberano, en quien depositan toda su esperanza, confundiéndole en una misma adoración con Krishna, el dios niño que para el hinduismo personifica el amor infinito. Llevados por la exaltación, algunos se atreven incluso a abrazarlo y, si el rajá Jai Lal no hubiera puesto rápidamente orden propinando aquí y allá golpes de bastón, Birjis Qadar habría corrido peligro de morir asfixiado. A duras penas, los oficiales le abren un pasillo hasta el faetón, donde le espera su madre, y, con las bendiciones de la muchedumbre alborozada, el cortejo, acompañado de una multitud de admiradores, consigue llegar por fin al palacio de Kaisarbagh.

Durante toda la noche, bajo el resplandor de farolillos multicolores, el pueblo va a dar rienda suelta a su alegría. Al son de tablas y *lagaras*[62], los hombres bailan y cantan para celebrar la llegada de su nuevo rey, mientras que, semiocultas tras las *jalis,* las mujeres enumeran las cualidades del joven soberano y se maravillan de que, por primera vez en Lucknow, el poder dependa de una mujer.

No muy lejos de allí, en la Residencia, sumida en la penumbra, la atmósfera es bien distinta. No se oyen más que gemidos y sollozos en todas las estancias, y en el exterior los soldados van de un lado a otro, con la cabeza gacha.

---

[62] Instrumentos de percusión.

En el edificio principal, iluminado por algunas velas, se ha preparado un lecho en torno al cual los oficiales y sus esposas leen la Biblia y recitan las oraciones de los difuntos. Sobre la sábana inmaculada, yace el largo y delgado cuerpo del que tanto han amado y respetado, aquel que en las peores circunstancias les devolvía el valor con su inalterable sonrisa, aquel en el que habían confiado como en un padre.

Una bala de cañón ha penetrado en la habitación de sir Henry Lawrence mientras dormía y lo ha matado. A pesar de los dolores, ha tenido tiempo, antes de morir, de nombrar al mayor Banks alto comisario y, a la cabeza de los combatientes, al coronel Inglis, al que ha dejado instrucciones para resistir el asedio. También ha querido dictar su epitafio, sencillo como él:

Aquí yace Henry Lawrence, que trató de cumplir con su deber.
Que Dios le acoja en su misericordia.

19

La bandera británica ondea como un desafío sobre el edificio principal de la Residencia. Frustrados, los cipayos la toman regularmente como blanco, pues desde la coronación del rey Birjis Qadar han recibido órdenes de cesar sus ataques desordenados y esperar instrucciones. Una decisión tomada por el rajá Jai Lal de acuerdo con la regente, cuando, tras su primera entrevista, le habló de las inútiles muertes de los soldados que, llevados por su coraje, se lanzaban al asalto de los cañones armados únicamente con su fusil. Con el propósito de definir una estrategia, se ha convocado una reunión.

La tarde del 7 de julio se reúnen en el palacio de Chaulakhi, cerca de los palacios de Kaisarbagh, donde la Rajmata ha decidido instalarse con su hijo, los representantes de los *taluqdars* y los rajás, el alto mando militar y el gobierno al completo.

Se espera a la nueva regente con escepticismo y una cierta incomodidad, al haber hecho saber el rajá Jai Lal el deseo de aquélla de participar en cada una de las decisiones concernientes a la lucha contra el ocupante y la administración del país, aunque ha creído conveniente no transmitir sus palabras exactas: «Si esos honorables saheban se imaginan que voy a ser una mera marioneta que se contenta con escuchar sus decisiones, están muy equivocados —había declarado—. Llevo muchos años observando la gestión del reino y he constatado numerosos errores, y no sólo del lado británico. Nuestros propios consejeros hacen prevalecer a menudo sus intereses por encima de los del país. Ahora, eso se ha terminado. La situación es grave, no voy a tener ninguna indulgencia».

A las cuatro de la tarde exactamente, la Rajmata hace acto de presencia, precedida de su guardia turca, con uniforme verde oscuro. Suntuosamente vestida con una *garara* tejida en oro y recamada de perlas, avanza lentamente, despojada de los velos que la cubrían el día de la coronación cuando se mostró al pueblo, con el rostro descubierto y una leve gasa disimulando sus cabellos trenzados. Con ello pretende demostrar que no es la mujer la que preside esas sesiones de trabajo, sino la regente, cabeza del gobierno, y que el *purdah,* por tanto, no tiene razón de ser.

Los hombres congregados no dejan de advertirlo de tal modo; aunque al principio se han sentido sorprendidos, pero, sobre todo, incómodos ante su belleza, ahora no se atreven a levantar los ojos hacia ella. Sin embargo, deben responder a sus preguntas concretas sobre tal o cual punto del orden del día, y poco a poco se centran.

Hazrat Mahal sonríe satisfecha para sus adentros. Le encanta repetir las palabras de Zeinab, la nieta del Profeta, que se negaba a cubrirse el rostro: «Si Dios me ha dado belleza —argumentaba—, no es para que la esconda». Y, maliciosamente, ella se permite añadir que si la belleza de las mujeres perturba tanto a los hombres, lo único que tienen que hacer es no mirarlas.

El rajá Jai Lal es el primero en emitir su informe:

—Como la mayoría de los cipayos se ha ido a Delhi, tenemos bajo nuestras órdenes a veinte regimientos, alrededor de quince mil hombres —anuncia—. Una cifra insuficiente si Calcuta envía refuerzos, lo que no debería tardar. Por otro lado, nuestro armamento es muy inferior al de los británicos: nuestros soldados están equipados con fusiles Brown Bess menos precisos y con un alcance de doscientos metros frente a los Lee Enfield, que llegan hasta los ochocientos. Además, nosotros no tenemos más que viejos cañones bastante menos potentes que sus Howitzer. Y, por último, corremos el riesgo de quedarnos rápidamente sin municiones, dado que los ingleses se encargaron de hacer explotar el arsenal antes de atrincherarse en la Residencia.

Varios comentarios de inquietud acogen sus palabras. La victoria de Chinhut ha provocado tal sentimiento de invencibilidad que se ha olvidado la situación real.

Por encima del alboroto, la voz grave de la regente se impone:

—¿Por qué no reintegrar a los millares de soldados y oficiales de la antigua armada real que, expulsados por los ingleses, se encuentran sin empleo? Eso nos proporcionaría una treintena de regimientos más. Respecto a las municiones, ¿no podemos montar rápidamente una fábrica y reunir hombres suficientes para producir las cantidades necesarias?

—El problema, Houzour, es que no tenemos dinero —objeta el rajá Bal Kishan, ministro de Finanzas—. Como Vuestra Majestad ha podido presenciar, el capitán Birch ha transportado a la fuerza el tesoro del Estado desde Kaisarbagh a la Residencia, privándonos así de los medios para financiar nuestras acciones.

—Pero, que yo sepa, aún queda el tesoro privado de Su Majestad.

—Ignoro dónde se encuentra. Su Majestad misma lo ha sellado, encomendando su custodia a dos de sus hombres de confianza. Dudo mucho que acepten...

—¡Que les hagan venir inmediatamente!

—Vamos a intentar encontrarlos, Houzour.

—Estoy convencida, rajá sahab, de que, si lo intentáis, lo conseguiréis —corta Hazrat Mahal con un tono glacial.

Y haciendo caso omiso a los murmullos de los dignatarios, asombrados al ser tratados con tan pocos miramientos, se da la vuelta hacia el gobernador de Lucknow, que ha llegado para exponer la situación de la ciudad.

—¡Es una catástrofe, Houzour! Los bazares están desiertos porque, por culpa del saqueo de los soldados, los comerciantes han cerrado sus negocios estos últimos días. Ya no hay cereales, excepto en el mercado negro y a precios inaccesibles. Aunque una parte de la población, hambrienta, está dispuesta a rebelarse.

Hazrat Mahal no puede reprimir un gesto de furia.

—Convocad a los responsables de los comerciantes, gobernador sahib, y que les compren sus cereales, al precio habitual, claro está. Luego vais a organizar, en nombre del rey, mi hijo, una distribución de trigo y lentejas para los necesitados. Pero, sobre todo, haced proclamar por doquier, tanto en Lucknow como en las aldeas de alrededor, que no tendremos ninguna compasión: ¡aquellos que dejen morir de hambre al pueblo serán ahorcados! —Y fustigando con la mirada las reticencias de la asamblea ante medidas tan extremas, continúa—: ¡Recuerden que estamos en guerra, señores! Si no imponemos una estricta disciplina, nuestros enemigos tendrán ventaja fácilmente. Y entonces no serán algunos comerciantes deshonestos los que serán colgados, sino todos nosotros, aquí presentes.

Ante el silencio y las miradas alarmadas que acogen su última frase, se da cuenta de que, esta vez, se ha apuntado un tanto.

Mientras, Hisam ud Daulah y Miftah ud Daulah, los dos guardias del tesoro, han hecho su entrada. Informados de lo que se espera de ellos, titubean: sin una orden de Su Majestad, ¿cómo podrían traicionar su confianza? Por más que el primer ministro trata de explicarles que ese oro es indispensable para financiar la guerra contra el ocupante y que entregar el tesoro es su deber de patriotas, siguen obcecados: han jurado fidelidad a Wajid Alí Shah, no al gobierno de Awadh.

—Pero ¿cómo queréis que Su Majestad, prisionero en el Fuerte William, pueda daros esa orden? —se enerva Jai Lal, que con gusto estrangularía a esos dos servidores demasiado leales.

Discretamente, Hazrat Mahal ha deslizado una nota a una de sus guardias turcas, que rápidamente desaparece.

La discusión dura ya media hora, todos tratan en vano de influir en los dos hombres, cuando aparece el jefe de protocolo y, con voz estentórea, anuncia:

—¡El rey!

Muy erguido, Birjis Qadar avanza entre los cortesanos, que respetuosamente se inclinan. Ocupa un sitio al lado de su madre y se dirige con voz firme a los dos guardianes:

—Me han informado de vuestra lealtad hacia mi venerado padre y os estoy muy agradecido. Pero ¿acaso no me habéis jurado fidelidad hace tan sólo unos días? En tanto que Su Majestad no pueda ocupar de nuevo el trono de Awadh, yo soy el rey y me debéis obediencia. Sé que mi padre habría puesto sin vacilar el tesoro al servicio de la lucha por la independencia, él ha sufrido la tiranía británica toda su vida. Os exijo, pues, en su nombre, que me entreguéis el tesoro para el servicio de esta noble causa.

Impresionados por su mirada clara y sus palabras, que de pronto parecen haberles revelado una verdad, los dos hombres se deshacen en muestras de devoción: que Su Majestad les perdone, ellos no son más que unos pobres servidores ignorantes, el tesoro será entregado esa misma tarde en palacio. Y se retiran reculando y multiplicando los saludos hasta el suelo.

Ahora que la financiación está momentáneamente asegurada, es necesario definir una estrategia. De nuevo es el turno del rajá Jai Lal:

—He estudiado minuciosamente todo el lugar —declara volviéndose hacia sus colegas—. Tenemos que emplazar los cañones lo más cerca posible del recinto de la Residencia, debido a su corto alcance. El inconveniente es que eso los hará más vulnerables y, como tenemos tan pocos, debemos protegerlos a toda costa. Propongo, por tanto, una táctica de cañones móviles: los disimularemos detrás de las esquinas de cualquier muro o en la parte baja de la pendiente y, gracias a un sistema de plataformas y de poleas manejadas por nuestros hombres, los sacaremos justo para disparar y luego los volveremos a situar rápidamente en su escondite antes de que el enemigo haya tenido tiempo de reaccionar.

Todo el mundo aprueba el ingenioso plan que protege los cañones aunque no a los hombres que los transportan.

—¿No tenemos nosotros también un Howitzer que los ingleses abandonaron durante su derrota en Chinhut? —pregunta un oficial.

—Efectivamente, tenemos uno. Hay también cuatro grandes piezas de artillería capturadas el mismo día por los nobles de Ilaqua y Purwa. He intentado convencerles para que los pongan a nuestra disposición, incluso les he ofrecido dinero, pero esos cañones arrebatados a los ingleses son para ellos un signo de prestigio. No los utilizan, pero se niegan a desprenderse de ellos.

—¿No se han unido entonces a nuestra lucha? —inquiere Hazrat Mahal.

—No, Houzour.

—Están en un error. Les enviaremos un decreto, firmado por el rey, ordenándoles que tomen parte en el combate contra el ocupante con sus hombres y sus cañones. Si se niegan, les declararemos aliados de los británicos, con todas las consecuencias que el pueblo sabrá inferir.

La asistencia está paralizada, estupefacta. Incluso Jai Lal, a pesar de conocer el espíritu de decisión de la nueva regente, permanece mudo.

En menos de una semana se toman las principales decisiones políticas y militares. Para asombro general, Hazrat Mahal se revela como una notable organizadora. Preside un consejo todas las mañanas en el que reúne al nuevo gran visir, Sharuf ud Daulah, y a todos los ministros, que la informan de los asuntos civiles; por las tardes, el rajá Jai Lal le da el parte de lo que concierne a los asuntos militares. Portavoz de los cipayos, hace de nexo entre el cuartel general y el palacio de Chaulakhi. En realidad, aunque el primer ministro es formalmente su superior jerárquico, es sobre Jai Lal en quien recaen las principales responsabilidades, pues además de su función como jefe del ejército, ha sido nombrado presidente del Consejo del Estado. Este consejo, establecido por los rebeldes y compuesto por seis militares y cuatro civiles, hindúes y musulmanes a partes iguales, debe dar su conformidad en cada decisión, un reparto de poder que irrita hasta lo indecible a la regente.

Pero, por el momento, todos coinciden en que la urgencia es restablecer el orden y garantizar al pueblo la seguridad y los mínimos necesarios para su subsistencia. Bajo la firma de Birjis Qadar, diferentes edictos redactados simultáneamente en hindi y urdu anuncian la abolición de los impuestos sobre los productos de consumo ordinario y reafirman que los saqueadores y traficantes serán castigados con la muerte.

Contrariamente a lo que quieren creer los británicos, que, incapaces de darse cuenta de la importancia de la revuelta, califican la sublevación de «motín» y a los insurgentes de «salteadores», se instaura un auténtico poder que impone sus leyes y sus acciones, restablece sus antiguas estructuras y abole todo aquello que representa el odiado régimen colonial.

Una de las primeras medidas tomadas por el gobierno es el restablecimiento de los derechos de los *taluqdars*, a la vez amos y protectores: sus aldeas les son restituidas y los campesinos recuperan las tierras confiscadas por el administrador inglés bajo la excusa de no ser capaces de hacer frente a sus impuestos. En el campo reina de nuevo el orden ancestral y una justicia reconocida por todos.

El año de la rebelión es también testigo del retorno de las ciencias tradicionales, la medicina indígena y la astrología, que los ingleses habían apartado para impartir la ciencia y las técnicas occidentales. Los *hakims* atienden de nuevo a heridos y enfermos con pociones elaboradas según conocimientos ancestrales y los *pandits*[63], con sus previsiones fundadas en la interpretación de los astros, alientan a los rebeldes. Se asiste a una verdadera insurrección de las culturas sometidas, los antiguos conocimientos, que habían sido descalificados, recuperan su derecho de ciu-

[63] Eruditos para los hindúes.

dadanía y reviven, como reacción a la violencia británica que, mofándose de los hábitos y creencias de los indios, había impuesto su aparato intelectual y cultural para justificar la superioridad de Occidente y, en consecuencia, su dominio.

En los palacios de Kaisarbagh la atmósfera también ha cambiado. Ahora sólo residen allí las esposas de Wajid Alí Shah y sus familiares, que, tranquilizados por el ambiente optimista, han vuelto a sus interminables partidas de dados y de ajedrez, a sus múltiples cuidados de belleza y, sobre todo, a su ocupación favorita: los cotilleos. Hazrat Mahal ha abandonado la zenana, sus intrigas y sus celos, y se ha instalado en el palacio de Chaulakhi, residencia tradicional de la reina madre. El suntuoso palacio es conocido sobre todo por la deliciosa fragancia que desprenden sus muros. Se cuenta que el rajá que lo construyó, habiéndose apiadado de un comerciante de perfumes con dificultades, le compró todas sus existencias y ordenó que fueran mezcladas con el mortero utilizado para la construcción.

Es en el famoso salón de los Espejos donde, cada tarde, Hazrat Mahal recibe al rajá Jai Lal, llegado para dar cuenta de la situación militar; el salón donde, hace menos de un año, tuvo lugar la dramática entrevista entre la Rajmata, Malika Kishwar, y sir James Outram, el Residente...

«Todo ha cambiado tan deprisa... ¿Habré cambiado yo tanto también? Ahora me miran de forma distinta, con más respeto, desde luego, pero también con más temor... Incluso Mammoo ya no se expresa tan abiertamente como antes... Sólo Jai Lal ha mantenido su franqueza y no se priva de criticarme. Eso me contraría, pero, al mismo tiempo, le estoy agradecida. El poder aísla tanto... Él, al menos, no me oculta la difícil realidad...».

Pero, más que por informarle de los verdaderos problemas, lo que la joven aprecia del rajá es que la trate como a un ser humano y no como a una soberana todopoderosa. Durante el curso de sus reuniones cotidianas se ha establecido una confianza mutua. Con él se siente libre de expresar sus dudas, sus inquietudes; se atreve a preguntarle sobre lo que ignora o no entiende, pues sabe que jamás intentará utilizarlo contra ella. Contrariamente a la mayor parte de los cortesanos, que han aceptado de mala gana a esa mujer «venida de la nada» y que, pérfidamente, aguardan sus torpezas y errores, Jai Lal se ha dado cuenta de que, igual que él, la Rajmata está decidida a combatir por la independencia y que no la detendrán ni las promesas ni las amenazas. Su rechazo del ocupante no responde a un ansia de reemplazarlo con el fin de aprovecharse de las ventajas que conlleva el poder, sino que procede de su rabia contra la injusticia que atropella y humilla. ¿De dónde ha sacado ella esa convicción y ese coraje, cualidades insólitas en la alta sociedad de Lucknow, que posee, más bien, la tendencia a convertirlas en burla? ¿Será precisamente porque ha «venido de la nada» y, al contrario que muchos advenedizos, no ha olvidado el sufrimiento de los que se sienten despreciados? Venida de la nada, como él, cuyo padre, un pequeño terrateniente, fue ennoblecido por haber salvado durante una cacería la vida del rey.

Juntos hablan de todo. Sólo hay un tema tabú: Mammoo Khan.

Para sorpresa general, Hazrat Mahal ha nombrado al eunuco jefe del *diwan khana*, la casa real, con rango de ministro de la corte. Formalmente, eso no le otorga autoridad sobre otros ministros, pero, por el hecho de su constante cercanía a la regente, le permite controlar todo y a todos, lo que excede con mucho su título y sus capacidades. Y él no se priva de aprovecharse, disfrutando insolentemente de su nuevo estatus. Después de haber sido despreciado durante mucho tiempo, se ha tomado la revancha. Nunca se siente mejor como cuando humilla y las raras veces en que hace un favor lo hace pagar muy caro. Su sed de riquezas y de poder es inagotable y persigue en pos de su venganza a todos aquellos de los que sospecha que se burlan de su condición de eunuco o de su baja estatura. El escándalo de ese viejo servidor que se permite pasar por delante de los orgullosos *taluqdars* es tal que los enemigos de la regente no se privan de insinuar que si ella le favorece, será porque ese supuesto eunuco es, en realidad, su amante, y tal vez incluso el padre de Birjis Qadar.

Cuando Jai Lal ha querido advertir a la Rajmata contra el hecho de ascender a Mammoo a tan altas funciones y le ha recordado el enfado de los grandes señores feudales al verse rebajados e insultados por un viejo esclavo, ella, secamente, le ha puesto en su sitio.

—Dejad de criticarle. Me sirve fielmente desde hace diez años, nadie ha sido nunca tan devoto.

—No os hagáis ilusiones, Houzour, ese tipo de hombre sólo es devoto de sí mismo. Cuando sus intereses difieran de los vuestros, no vacilará en traicionaros.

Hazrat Mahal ha palidecido.

—Si queréis que continuemos en buenos términos, os suplico que no volváis a mencionar ese tema.

Furioso, Jai Lal se siente tentado a abrirle los ojos informándole de lo que se cuenta sobre ambos, pero le es imposible, nunca se permitiría ofenderla de esa manera. Aprieta los puños y replica:

—Pensaba que me apreciabais por mi franqueza. Si tenéis necesidad de un cortesano que se haga eco de cada una de vuestras palabras y apruebe vuestras fantasías, debéis buscar en otra parte.

Y saludando con una profunda inclinación, se retira.

Durante varios días el rajá no ha aparecido, se limita a enviar a su edecán para informar a la regente de los asuntos ordinarios. Pero, casi enseguida, Hazrat Mahal ha tenido que reconocer que echa de menos sus conversaciones y, sobre todo, que necesita sus consejos: debe tomar decisiones importantes y duda de la clarividencia de sus ministros. Tragándose su orgullo, decide suplicar al rajá que vuelva a su lado.

En efecto, es preciso preparar el asalto contra la Residencia.

Hasta el momento, los cipayos y las tropas de los *taluqdars* se han limitado a un constante hostigamiento. Día y noche disparan con mosquete o cañón desde las terrazas de las casas vecinas. Una guerra de nervios que no da un instante de respiro a los sitiados y a la larga les agota moral y físicamente. Pero los rebeldes comienzan a cansarse de esas escaramuzas que no conducen a nada, quieren terminar con esos *ingreses* que les provocan e insisten en que, de una vez por todas, se lance la gran ofensiva.

~

En el despacho del alto comisario, la única habitación que no ha sido aún invadida por colchones y baúles de refugiados, cinco hombres están sentados alrededor del coronel Inglis, el sucesor de Lawrence para los asuntos militares.

—Hay que reconocer que esos indios son buenos estrategas —comenta un oficial—. Han situado sus pequeños cañones alrededor de nuestra posición, pero a una distancia tan corta que nuestros obuses pasan por encima sin poderles alcanzar. Y respecto a disparar con fusil a sus artilleros, es prácticamente imposible: se parapetan detrás de empalizadas que desplazan con una rapidez diabólica o se esconden en profundas trincheras excavadas justo debajo de los cañones.

—¡Claro que son buenos estrategas! ¡Les hemos formado nosotros!

—¡Tiene que reconocer, querido amigo, que esas tácticas y esos ardides no se enseñan en nuestras escuelas militares!

—Veamos, señores: no les he reunido aquí para que discutan los méritos o deméritos de nuestros adversarios —interviene el coronel, un hombre pequeño, corpulento, de cabellos grises. Y aspirando nerviosamente de su pipa, continúa—: He sabido por nuestros espías que se está preparando un ataque masivo para los próximos días. ¿Cuántos hombres tenemos disponibles?

—Alrededor de mil doscientos, señor, de los cuales quinientos son indígenas.

—¿Y cuántos heridos hay en el hospital?

—Unos sesenta, aunque allí no están seguros. Ayer cayó un obús, aunque por suerte nadie resultó herido.

El coronel frunce el ceño.

—Llevad a nuestros rehenes, los tres príncipes y el joven rajá de Tulsipur, al hospital y vigiladlos. Y haced correr la voz. Los amotinados tienen espías entre nosotros, ya verán cómo desde mañana dejan de bombardear en esa dirección.

—¿Tenemos alguna noticia de los refuerzos enviados por Calcuta? —se inquieta un oficial.

—Los esperamos uno de estos días —asegura el coronel.

Le parece inútil desmoralizar a sus hombres revelándoles que los refuerzos están muy lejos de unirse a ellos. Un mensajero llegado la víspera le ha informado de que el general Havelock, después de haber reducido Allahabad el 14 de julio y haberse puesto en marcha hacia Lucknow, ha tenido que desviarse hasta Kanpur para echarle una mano al mayor Renaud, atacado por los hombres de Tantia Tope. Asimismo, es inútil precisar que el avance a través del campo se está llevando a cabo muy lentamente, porque la mayoría de los campesinos se han unido a la rebelión, han transformado sus aldeas en plazas fuertes y las carreteras están llenas de trampas. ¿Cuánto tiempo podrán resistir? Desde el comienzo del asedio han perdido a decenas de hombres. En cuanto a los heridos, a pesar de la habilidad del cirujano y la devoción de las enfermeras voluntarias, la mayor parte termina falleciendo de septicemia o de gangrena. Pero es sobre todo la inquietud lo que mina la moral. Las provisiones no les permitirán sobrevivir indefinidamente, ya han tenido que reducir las raciones a una sopa de lentejas y tres *chapatis* al día, y los niños no paran de protestar. Sin embargo, la rendición está fuera de lugar. La trágica suerte de la guarnición de Kanpur confirma que el enemigo no tendrá piedad.

Gracias al cielo, disponen de suficientes municiones, en cualquier caso más que las que tienen los indios que les avasallan con proyectiles, mientras los británicos tienen orden de no disparar más que cuando sea necesario. Pero ¿tendrán fuerza para resistir el asalto que se prepara? Aunque tengan la ventaja de su posición en alto, ¿conseguirán rechazar el ataque de sus enemigos, diez, veinte veces más numerosos?

El coronel Inglis no ha podido dormir en toda la noche. Ha repasado todas las posibilidades. Sabe que si los refuerzos no acuden pronto en su ayuda, estarán perdidos... A menos que del otro bando la admirable unión de los *taluqdars*, los cipayos y el pueblo se fisure. Desgraciadamente, todos sus esfuerzos para avivar las divisiones han sido por el momento en vano. El comisario de la ciudad de Bareilly acaba de devolverle las cincuenta mil rupias enviadas para pagar a agitadores capaces de suscitar disensiones entre los hindúes y los musulmanes. Pese a las fuertes sumas ofrecidas, no ha podido comprar la más mínima complicidad.

La broma de uno de sus compañeros saca al coronel de sus taciturnas reflexiones:

—¿Habéis oído el rumor de que el superintendente de la corte, el eunuco Mammoo, es el amante de la regente y, sin duda alguna, el padre del pequeño rey?

—Un eunuco… ¿Cómo puede ser eso?

—Por lo visto, se dice que la castración no fue completa, o que el verdugo se apiadó de él. Se han dado casos de supuestos eunucos que han procreado. En todo caso, eso explicaría la singular relación entre la begum y su servidor, además de su increíble ascenso al puesto de jefe de la casa real.

—Pero, entonces, ¿Birjis Qadar no sería más que un bastardo, sin ningún derecho al trono? —exclama el coronel—. ¿Se dan cuenta, señores, de lo que eso significa? —Y, ante el gesto perplejo de sus oficiales, añade—: Es una ocasión inesperada para sembrar la división en las líneas enemigas. La caballería ya tuvo dificultades para aceptar la entronización de un niño tan pequeño. Si damos pábulo al rumor de que no es el hijo de Wajid Alí Shah, él y su madre perderán toda legitimidad. Los *taluqdars,* los rajás y los cipayos se despellejarán entre sí buscando un nuevo candidato y, mientras eso suceda, no pensarán en montar más operaciones contra nosotros.

—Pero ¿y si es una calumnia?

—¡Eso no importa! Lo que necesitamos es hacer correr el bulo, desacreditar a la regente, que se dude de ese Birjis, ya sea hijo del rey o hijo del esclavo. Los falsos rumores han sido siempre una de las armas de guerra más importantes, a menudo más eficaces que los cañones. ¡Enviad inmediatamente a nuestros espías a la ciudad y que se ocupen de sembrar la duda en los espíritus!

20

El 20 de julio, a las nueve de la mañana, una enorme explosión sobresalta al mayor Banks cuando se dispone a tomar el té. Del lado de la batería oeste, una nube de polvo se eleva: una mina acaba de explotar.

Rápidamente, las cornetas dan la alarma. Dirigidos por sus oficiales, los artilleros se precipitan a sus puestos y la infantería se coloca en posición detrás de las trincheras. Desde la ciudad avanza hacia ellos una marea humana en medio de la cual destacan las banderas de Awadh y los estandartes de los rajás. Al grito de «*¡Har har Mahadev!*», aclamando a Shiva, el dios hindú de la destrucción, y al de «*Allah wa Akbar*», miles de cipayos se lanzan al asalto.

La mina, colocada aprovechando la noche cerca de la batería del baluarte —la batería de cañones inglesa más importante—, acaba de explotar y ha abierto en la muralla una brecha lo suficientemente grande como para penetrar por ella y acceder a la explanada de la Residencia. Apenas ha estallado cuando, a través del espeso humo, la infantería india avanza, mientras la artillería dispara obuses incendiarios para prender fuego a los edificios de la Residencia. Pero, al aproximarse, un intenso cañoneo combinado con disparos de fusil recibe a los soldados. El emplazamiento de la mina se ha calculado mal y las baterías inglesas, intactas, escupen su fuego mortal.

Enardecidos por sus jefes, que claman a voz en grito «*¡Djaloh bahadur!*»[64], las oleadas de insurgentes conti-

---

[64] ¡Adelante, mis valientes!

núan avanzando bajo las ráfagas. Caen por centenares, pero una parte consigue llegar a las empalizadas y, arrimándose a ellas, donde ni las balas de cañón ni los disparos les pueden alcanzar, recuperan el aliento y a continuación se lanzan de nuevo al ataque. Surgen de todas partes e intentan franquear las murallas, se combate con el sable y la bayoneta en un cuerpo a cuerpo sin piedad, la sangre les hace resbalar, el suelo está cubierto de cadáveres.

Del lado de la puerta Bailey[65], es el *maulvi* Ahmadullah Shah quien dirige el asalto. Ha encontrado un ingenioso medio de protegerse de los disparos enemigos: sus soldados avanzan disimulados tras balas de algodón, alcanzando el pie de las murallas antes de que los ingleses se hayan percatado de su subterfugio. Allí, alentados por el *maulvi,* que blande la bandera verde del islam, sus tropas se separan en dos grupos que, a pesar de la metralla, continúan avanzando hasta apoderarse de una batería enemiga. Aterrorizados, los artilleros británicos piden refuerzos. Se desata una batalla campal. Los indios parecen llevar ventaja cuando, de pronto, en lugar de aprovecharla, comienzan a retroceder bajo la mirada atónita de los británicos.

Más tarde se sabrá que en ese momento crucial se encontraron faltos de munición. El *maulvi* no perdonará jamás al estado mayor esta negligencia, que sospecha deliberada. A partir de entonces, actuará por su cuenta en su lucha contra el ocupante.

La batalla durará siete horas. Desde ambos bandos se combate con el mismo encarnizamiento. Finalmente, hacia las cuatro de la tarde, los cipayos reciben orden de retirarse. Dejan en el terreno centenares de muertos y heridos que volverán a recuperar durante la noche, con el consenti-

---

[65] La puerta se llama así en honor a un antiguo Residente de Lucknow.

miento tácito de los ingleses, que temen el contagio de los cuerpos pudriéndose en el gran horno estival.

Los británicos, por su parte, han perdido a una veintena de hombres —descontando a los soldados indígenas, cuyas pérdidas no se contabilizan—. Pero, sobre todo, han perdido a su alto comisario, el mayor Banks, alcanzado por una bala de cañón. Todo el mando recae ahora en manos del coronel Inglis.

Bien entrada la tarde, y todavía con la ropa cubierta de polvo, el rajá Jai Lal ha llegado al palacio de Chaulakhi. La regente le ha hecho llamar. La encuentra sumida en un estado de gran agitación. Apenas la ha saludado cuando ella le interpela:

—¿Qué ha sucedido, rajá sahab? ¿Cómo un ejército de ocho mil indios ha podido ser rechazado por unos cuantos centenares de británicos? ¡Ese asalto se había preparado durante semanas y habíamos enviado a nuestras mejores tropas! ¿Por qué esta vergonzosa derrota?

—No ha sido por falta de coraje, Houzour, nuestros hombres se han batido como leones. Han hecho frente durante horas a una potencia de fuego muy superior a la nuestra. Ni uno solo ha tratado de huir. El número de muertos y heridos atestigua su valor y devoción. En vez de críticas, merecen ser felicitados.

—Entonces, ¿por qué hemos perdido? —insiste Hazrat Mahal, sorprendida y un tanto confusa.

—A causa de la inferioridad de nuestro armamento. Nuestros fusiles, al igual que nuestros cañones, tienen un alcance muy corto. También hemos tenido un problema con el mando: los oficiales no respetan la disciplina. A pesar de nuestras instrucciones, se empeñan en lanzar ataques frontales creyendo que lo único que importa es el coraje y que sólo los cobardes necesitan una táctica. En resumen, no tenemos buenos estrategas. La Compañía nunca ha dejado que un indio superara el grado de suboficial ni que estuviera al mando de una unidad más importante que una compañía. Ningún *subedar*[66] ha sido formado en la práctica de operaciones militares ni, mucho menos, ha aprendido a ocuparse de la logística. Yo, todo lo que sé, lo he aprendido de libros que describían el desarrollo de las grandes batallas de este siglo.

—Sin embargo, para este ataque, ¿habíais acordado una estrategia? —insiste la joven.

—Sí, y creí haber convencido a los oficiales. Tan pronto explotara la mina, una avanzadilla debía acudir para verificar que la brecha fuera lo suficientemente grande para penetrar por ella; seguidamente, el fuego de cobertura de la artillería trataría de distraerles y la infantería aprovecharía para avanzar por los flancos. En lugar de eso, en cuanto la mina estalló, los soldados, conducidos por sus oficiales, se precipitaron y en cuanto la cortina de humo se disipó, se encontraron frente a un enemigo bien protegido detrás de las fortificaciones intactas que les disparaba. Aquello se convirtió en una masacre. Una masacre inútil, por culpa de la indisciplina y del entusiasmo. En realidad, nuestros cipayos son muy valientes, para ellos la vida apenas tiene valor.

—Contrariamente a los europeos, para quienes vale tanto que hacen de la muerte, algo en todo caso ineludible, una verdadera tragedia —deja caer Hazrat Mahal, desdeñosa—. Me refiero, evidentemente, a los muertos británicos, pues a sus muertos indios ni siquiera los ven.

El rajá ha solicitado permiso para retirarse, la jornada ha sido dura y quiere hacer una ronda por los cuarteles para tranquilizar a sus soldados.

Una vez sola, Hazrat Mahal recorre de un lado a otro sus aposentos. A pesar de la hora tardía, siente que no conseguirá conciliar el sueño, piensa en todos esos jóvenes soldados que han partido esa mañana llenos de ardor... y que han muerto esa tarde... ¿para nada?

---

[66] Suboficial indio.

«No, Jai Lal se equivoca. Esos hombres no han muerto por nada, han muerto para ganar su libertad, su dignidad. Al participar en el combate, ya no son pobres diablos machacados por la rutina. Por primera vez han encontrado un sentido a su miserable existencia. Poco les importa perder la vida, para la eternidad serán héroes. Esa indiferencia ante la muerte es la fuerza, pero también la debilidad de nuestro ejército, ya que los soldados desprecian toda prudencia. Contrariamente a los ingleses, luchan no tanto para ganar como para enaltecerse y acceder a la gloria».

A la mañana siguiente, Hazrat Mahal hace llamar al rajá. Ha pasado la noche reflexionando sobre las causas de la derrota y preguntándose cómo remediarlas. Quiere discutirlo con él.

El mensajero ha regresado con las manos vacías: el rajá no está en su casa.

Ante el asombro de su ama, Mammoo, que, como cada mañana, acude a llevarle las últimas noticias, se complace en precisar:

—Ha pasado la noche en el Chowq, con las cortesanas. —Y, al ver la expresión estupefacta de Hazrat Mahal, añade pérfidamente—: Pese a la gravedad de la situación, parece que no puede pasarse sin ellas.

Es la ocasión soñada para vengarse. El eunuco lleva muy mal el lugar que ocupa el rajá al lado de su ama. Él ha sido durante diez años su único confidente, la ha sostenido y animado en los peores momentos. Con el corazón lleno de ira, ha visto cómo ese recién llegado se ganaba poco a poco la confianza de la regente y ahora ésta le consulta todo. Igual que solía consultarle a él, Mammoo, en los buenos tiempos, cuando, encerrada en la zenana, era su único enlace con el mundo exterior.

Pero lo que le hace sentir unos celos que le retuercen las entrañas es sobre todo cómo recibe al rajá, con una feliz sonrisa que jamás le ha dedicado a él. Sin embargo, Mammoo la había creído diferente a esas atolondradas que juzgan a un hombre sólo por su prestancia. ¿Será cierto que muestra cierta inclinación por ese zafio sólo porque es alto y tiene buena constitución? ¿Que le encuentra inteligente cuando no es más que un charlatán?

«No lo consentiré, no dejaré que olvide que es la esposa y la madre del rey, la poderosa regente a la que todos deben respetar», se dice.

Conoce mejor que nadie a la joven, puede aconsejarla mejor que nadie y protegerla. Se jura a sí mismo que hará cuanto pueda por lograrlo, es su deber. Se encoge de hombros y aparta la vocecilla que le dice que es, sobre todo, su propio interés lo que defiende.

«*¿Cómo ha podido? Yo que creía...*».

Hazrat Mahal se ha quedado sola. Se muerde los labios de rabia y lágrimas de despecho asoman a sus ojos. ¿Cómo ha podido ser tan estúpida? ¡Ese hombre que admiraba hasta el punto de solicitar su consejo acerca de todas las cuestiones del reino, ese hombre cuya integridad respetaba no es más que un vulgar juerguista que, en cuanto sale de su casa, se revuelca con las cortesanas! ¡Cómo se ha burlado de ella! ¡Cómo ha debido de reírse de su inocencia!

Le dirá...

Se detiene en seco.

¿Qué puede decirle? No tiene ningún derecho sobre él, ningún derecho de comentar su vida privada, entre ellos sólo existe una relación de trabajo...

«*Y sin embargo... ¿Habré imaginado el brillo de sus ojos cuando me ve? ¿Habré soñado la ternura de su voz cuando me nota inquieta? ¿O acaso todo eso no es más que la farsa de un seductor, o peor, de un arribista?*».

A las cinco de la tarde, siempre puntual, el rajá se presenta en la residencia de la regente para su reunión cotidiana. Hazrat Mahal ha dudado mucho en recibirle. Si por ella fuera, habría roto en el acto sus relaciones. Pero todo el mundo se preguntaría el motivo, él el primero. Y en cuanto a la verdadera razón, sólo puede guardar silencio. Por otro lado, necesita más que nunca su consejo: es preciso encontrar dinero para ayudar a las familias de los soldados caídos en el campo de batalla. Sin la seguridad de que no dejarán morir de hambre a sus hijos, muchos cipayos querrán regresar a sus aldeas. Y justo es el momento en el que más se les necesita. Le acaban de confirmar que varios regimientos británicos han abandonado Allahabad y marchan sobre Lucknow.

La entrevista será breve. Con una rigidez desacostumbrada, Hazrat Mahal le interroga sobre posibles fuentes de financiación, y el rajá sugiere volver a la recaudación de impuestos, interrumpida por la guerra, sobre los dominios de los *taluqdars*. Asimismo, ha decidido publicar un edicto que permita a los cipayos saquear a los traidores, pero que les prohíba, bajo pena de los más severos castigos, que se apropien de los bienes de una población que están obligados a proteger.

Hazrat Mahal nunca se ha mostrado tan distante, nunca ha dejado tan a las claras al rajá que ella es la soberana. Herido por esa actitud, que achaca a la derrota de la víspera y que juzga injusta, Jai Lal se parapeta tras un discurso puramente profesional y se despiden con frialdad, descontentos el uno con el otro.

No tendrán tiempo para lamentarlo: asuntos urgentes reclaman su atención.

Tras un duro combate, el general Havelock ha puesto en fuga al ejército de Nana Sahib. Precedidas por la vanguardia del mayor Renaud, que ha jurado «exterminar a todos esos negros», sus tropas han llegado a continuación a Kanpur, incendiando a su paso aldeas y campos. En la ciudad abandonada por el ejército de Nana, han pasado por las armas a una parte de la población, pero no se han detenido. Dejando allí al temible coronel Neill, un religioso fanático que se cree destinado al más glorioso porvenir, han reanudado rápidamente el camino hacia Lucknow, apremiados por la urgencia de socorrer a sus compatriotas sitiados en la Residencia.

Cada día llegan a Lucknow mensajeros portadores de las últimas noticias. Muy pronto son centenares de fugitivos los que, más muertos que vivos, afluyen hacia la capital. Sus relatos son aterradores: el coronel Neill y sus hombres no se conforman solamente con masacrar a la población de Kanpur y las aldeas de alrededor, sin respetar a mujeres y niños, sino que, después de haberlos torturado, les mancilla con el propósito de impedirles todo reposo después de la muerte.

—Yo les he visto coser a los musulmanes dentro de pieles de cerdo y, pese a sus aullidos y súplicas, obligarles a tragarse la grasa —cuenta un viejo campesino—. En cuanto a los hindúes, les cosen igualmente, pero dentro de una piel de vaca y les introducen por la fuerza en la garganta trozos del animal sagrado. No olvidaré nunca los gritos desgarradores de esos hombres habitualmente tan estoicos ante los sufrimientos y la muerte. Mancillados, se sabían condenados eternamente. Los ingleses reían y les insultaban y luego, cuando se cansaban de sus gritos, cerraban los sacos y les dejaban morir asfixiados. Por último, los hacían inhumar contrariamente a los principios de su religión, incinerando a los musulmanes y enterrando a los hindúes.

—¡Esos monstruos! —Hazrat Mahal se estremece de horror—. ¿Cómo pueden ser tan crueles? ¿No les basta con matar al enemigo? ¿Es necesario castigarle más allá de la muerte prohibiéndole la vida eterna, la única que les importa?

—Tal vez sea por culpa de las mujeres y los niños apresados en Bibighar —aventura un cipayo recién llegado de Kanpur. Con los ojos clavados en el suelo, prosigue con una voz apenas audible—: Yo tuve la suerte de poder esconderme, pero mis camaradas fueron obligados a cumplir las órdenes. El general Tantia Tope amenazaba con colgarles alto y corto si se negaban.

—¿Si se negaban a qué? —se inquieta Hazrat Mahal.

—Si se negaban a matar a los prisioneros...

—¡Matar a mujeres y niños indefensos!

—Desgraciadamente... Fueron obligados a disparar por las puertas y ventanas, ellos temblaban y lloraban y, queriendo salvarlos, terminaron apuntando al techo. Dentro, los prisioneros gemían. Tras la primera descarga, los cipayos declararon que preferían morir a continuar. El general Tantia Tope hizo que los encadenaran y no sé lo que habrá sido de ellos. Entonces, la marimacho que apodan «la begum», enloquecida de rabia, envió a buscar a su amante, un guardia de corps de Nana, que apareció con cuatro compañeros, unos carniceros armados con sables. Entraron en la casa y de inmediato se escucharon gritos y súplicas que partían el corazón. Yo me escapé, no pude soportarlo más. Parece que durante media hora, metódicamente, esos hombres llevaron a cabo su horrible cometido. Más tarde, uno de ellos se jactaba de que las mujeres se arrastraban a sus pies y le suplicaban que salvara a sus hijos, pero él no mostró ninguna piedad. Se registraron cerca de doscientas víctimas. A algunas, todavía agonizantes, se las oyó gemir durante toda la noche.

»A la mañana siguiente, Tantia Tope ordenó a los cipayos que se deshicieran de los cuerpos y rellenaron con ellos el pozo desecado del patio.

»Dos días más tarde, cuando el general Havelock y sus tropas descubrieron la carnicería a su llegada, se pusieron como locos y empezaron a vengarse en la población. Pero los responsables ya estaban lejos, son los inocentes los que, como siempre, han pagado. Sobre todo cuando, tras marcharse Havelock, el capitán Neill asumió el mando. Todos los hombres fueron arrestados, interrogados y la mayor parte condenados a la horca. Pero previamente, bajo la amenaza del látigo, debían lamer la sangre derramada por el suelo del Bibighar, lo que les condenaría eternamente, igual que a aquéllos cosidos en las pieles de cerdos y vacas.

Un silencio sepulcral acoge el relato. Todos están estupefactos, nadie tiene ánimo para hacer el más mínimo comentario. Los minutos se alargan antes de que Hazrat Mahal declare con voz débil:

—Los ingleses jamás nos perdonarán ese crimen. Recemos porque la sangre vertida por Nana Sahib no recaiga sobre nosotros y nuestros hijos.

21

—¡Adelante, mis valientes! ¡Hay que salvar a los nuestros!

El general Havelock y su pequeña tropa avanzan a marchas forzadas a través de la llanura, concentrados en un solo objetivo: socorrer a la Residencia de Lucknow antes de que caiga en manos rebeldes y los sitiados sean masacrados como en Kanpur. Havelock se siente confiado, está convencido de que Dios está con él.

De baja estatura y cabellos blancos, este hijo de un empresario arruinado se alistó muy joven en la India y su bravura le ha valido decenas de medallas de las que no se separa nunca y que forman una coraza sobre su pecho. Baptista convencido, lucha con el nombre de Cristo en los labios y, durante los descansos, enseña la Biblia y cánticos religiosos a sus hombres, lamentando que el gobierno no haya enviado suficientes misioneros para convertir a los cipayos a la «verdadera religión».

Ahora que el general y su pequeño ejército han conseguido atravesar el Ganges y se encuentran a cincuenta millas de la capital de Awadh, se enfrentan a la resistencia tenaz, no solamente de los cipayos sino también de los campesinos, que han transformado cada aldea en una fortaleza. Al abrigo de los muros de adobe o detrás de las tupidas cortinas de árboles, mantienen a distancia a los soldados británicos mientras las mujeres y los niños se encargan de la provisión de municiones. Son miles los que están dispuestos a batirse y su coraje y tenacidad, incluso cuando la situación es desesperada, demuestran una inquebrantable determinación: «¡Expulsemos a los *ingreses!*» se ha convertido en el grito de unión de todo el pueblo.

Pero Havelock continúa avanzando, «con la ayuda de Dios que sostiene la causa de la justicia y de la humanidad», al tiempo que incendia aldeas y extermina a sus habitantes —sin ver en ello la más mínima contradicción—. Si el nombre de Neill se ha convertido en sinónimo de terror, el piadoso Havelock no le va a la zaga. A uno de sus oficiales, que le había solicitado instrucciones, le respondió: «Amigo mío, puede colgar a tantos hombres como quiera*», y recomienda la ejecución de los prisioneros atándolos a la boca de los cañones.

Cuando describe a dos jóvenes cipayos muertos de esa forma, uno de sus oficiales, el mayor North, lamenta:

—Eran dos jóvenes en la flor de la vida, grandes, musculosos, todo delicadeza, parecían antiguas estatuas de bronce. En un segundo no quedó de ellos más que jirones de carne dispersos por el aire*.

Sin embargo, con el paso de los días, sir Henry Havelock constata que no tiene que enfrentarse a un simple «motín», como le habían asegurado desdeñosamente sus colegas, sino a la sublevación de toda la población. Los ingleses poseen un armamento superior, pero los indios tienen a su favor el número. En los dos bandos los muertos se acumulan.

El 5 de agosto, las fuerzas británicas están ya a unas veinte millas de Lucknow. En su ruta, el pueblo de Bashiratganj aún opone resistencia. Ante la potencia de fuego de los Howitzer y de la artillería pesada, la infantería india, en el centro, comienza a retroceder mientras por los flancos los artilleros defienden su posición. Pero mediante una rápida maniobra, las tropas indias sorprenden por la espalda a los británicos, que, antes de advertir lo que sucede, se encuentran cercados. Consiguen liberarse a duras penas, dejando en el camino un centenar de muertos.

Havelock se da cuenta de que, de continuar así, él y su millar de soldados morirán del primero al último antes de haber alcanzado la capital. Ha telegrafiado a Calcuta solicitando refuerzos con urgencia, pero el gobernador general, lord Canning, preocupado por no debilitar sus propias defensas, envía la ayuda con cuentagotas. Y el convoy militar progresa muy lentamente. Havelock sabe que todos sus telegramas no podrán cambiar nada: entre los peligros y el insoportable calor, los refuerzos necesitarán cuatro o cinco semanas para llegar.

En un mensaje al comandante en jefe, escribe:

> *Mis oficiales, en los que tengo total confianza, coinciden al asegurar que el avance sobre Lucknow, con las fuerzas de las que disponemos, está condenado al fracaso. Enfrentarse al enemigo en este estado sería anticipar una total aniquilación de los nuestros*.*

Con todo el dolor de su corazón, decide retrasar el salvamento de sus compatriotas y volver a atravesar el Ganges para regresar a Kanpur y esperar el convoy.

Cuando la noticia de la retirada británica llega a Lucknow, hay un estallido de alegría: en las calles engalanadas los hombres bailan al son de las tablas para celebrar lo que consideran una victoria. Excepto por los sitiados dentro de la Residencia, ya no hay un solo inglés en todo el estado de Awadh, y cuentan con que muy pronto tampoco lo haya en toda la India.

Ningún británico en la India, ¿puede ser?

Inclinada sobre los mapas del estado mayor, Hazrat Mahal escucha atentamente las explicaciones del rajá Jai Lal. En ese mes de agosto de 1857 se han sumado a la rebelión dos tercios del ejército de Bengala, es decir, ochenta mil cipayos y decenas de miles de voluntarios, entre ellos las tropas de numerosos *taluqdars*. Los regimientos británicos están sitiados en Lucknow y Agra tras la humillante derrota de Chinhut y se encuentran bloqueados frente a Delhi.

—La insurrección se ha extendido por muchos estados del centro —cuenta Jai Lal—. No es que los príncipes, siempre prudentes, hayan tomado una posición, sino que numerosos regimientos de cipayos, apoyados por la población, se han sublevado. Gwalior, Indore, Banda, Nowgong, Mhow, Sagar, Sehore y, por supuesto, Jhansi. En el estado de Bhopal, la begum tiene que plantar cara a los nacionalistas que se oponen a su política de alianzas con los británicos y se han apropiado de enormes territorios. Lo mismo que en Bundelkhand y en Rajputana. En el Maharashtra, la ciudad de Poona, al sur de Bombay, se ha sublevado y se espera una revuelta general de los principados maratíes en nombre de Nana Sahib, el heredero del Peishwa.

—¿Y qué hacen los ingleses?

—Por fin se han repuesto de la sorpresa. Londres desvía hacia la India las tropas que iban de camino a China y, con los ejércitos de Madrás y Bombay, así como con los sijs que se han mantenido leales a la Compañía, avanzan hacia el centro. Nuestras fuerzas deben actuar rápidamente: si la revuelta popular se extiende hacia el oeste y el sur, los grandes soberanos como el nizam[67] de Hyderabad y los maharajás de Gwalior y de Indore se darán cuenta de que les interesa unirse a ella. Entonces los otros príncipes les seguirán y ése será el fin de la dominación británica.

Hazrat Mahal no se atreve a creerlo... ¿Pueden realmente el coraje y la determinación popular hacer que todo cambie? ¿Los grandes príncipes correrán el riesgo de enfrentarse a los ingleses? Se acuerda de que ella misma, durante mucho tiempo, únicamente luchó para persuadir al poder británico a que se retractara de su decisión y reinstaurara a su esposo en el trono de Awadh. Su horizonte y el de su entorno se limitaban a exigir justicia a un amo inconmovible. Pero día tras día, masacre tras masacre, se ha dado cuenta de que no se trataba ni de exigir ni de conce-

[67] Título principesco.

der. El conflicto se ha radicalizado al máximo y ha alcanzado un punto de no retorno.

Sin embargo, muchos de los soberanos todavía titubean, divididos entre su desconfianza hacia los británicos, capaces de violar sus propios tratados, y el miedo a los excesos de una población que cuando se sacude su secular letargo, puede volverse incontrolable.

—Voy a escribir a la begum de Bhopal —declara Hazrat Mahal—. Trataré de convencerla de que le conviene unirse al movimiento de liberación.

—El rey tendría también que enviar una carta al nizam de Hyderabad. El descontento ha cundido en una parte de sus tropas, que se niegan a ayudar a los enemigos del gran mogol. Si, además de los maratíes, los estados de Bhopal y de Hyderabad se unen a nuestra lucha, la victoria estará garantizada.

Como jefe del ejército que debe rendir cuentas a la regente, el rajá le informa y analiza la situación militar, pero ahora se queda a la espera, absteniéndose de mostrar o solicitar una reacción personal, evitando incluso encontrarse con la mirada de la joven. ¡Lo que daría ella por recuperar su anterior relación, las discusiones apasionadas sobre el desarrollo de las operaciones, sobre la administración del estado y los valiosos consejos que le prodigaba! Pero lo que más echa de menos, debe admitirlo, es la calidez de su voz, la admiración y la solicitud con que la envolvía, como un terciopelo protector contra los celos y las maledicencias...

«¿Qué es lo que me estoy imaginando? ¿Qué admiración? ¿Qué solicitud? Las mismas que tiene con las cortesanas del Chowq, a las que continúa, al parecer, viendo regularmente... No pienso lamentarme por el afecto de un hombre que se ha burlado de mí haciéndome creer...».

Se había dejado engañar porque se sentía sola, desamparada en medio de una corte hostil. No ignora, sin embargo, que el poder es siempre solitario y que lo importante es ser respetada.

Hazrat Mahal se yergue y despide al rajá con un majestuoso gesto de cabeza.

~

—¡Larga vida a Nana Sahib! ¡Gloria al Peishwa!

En los primeros días de agosto la población de Lucknow acoge con entusiasmo al anciano exiliado de Bithur, el nuevo jefe de los maratíes. Después de un desafortunado combate, Nana Sahib ha tenido que dejar Kanpur a los británicos y, seguido de unos dos mil soldados, acaba de unirse a la lucha al lado de la begum.

Hazrat Mahal ha enviado al rajá Jai Lal para que lo reciba con elefantes, caballería y lanceros, todos los honores debidos a su rango, pero, a pesar de la insistencia de su consejero, se niega obstinadamente a recibirle. Será necesario todo el poder de persuasión del rajá de Mahmudabad para convencerla de que, al margen de lo que tenga que reprochar a Nana, la unión de los jefes de la insurrección está por encima de cualquier otra consideración.

Esa tarde, la sala del trono del palacio de Chaulakhi bulle de cortesanos que han acudido para ver a Nana, pero, sobre todo, de curiosos, ante un previsible enfrentamiento.

La regente, sentada al lado de su hijo, mira a lo lejos, ignorando ostensiblemente al ilustre visitante cubierto de perlas y diamantes que saluda al joven rey y hace desplegar ante él las lujosas sedas de Benarés. Ha aceptado recibirle, no hablarle. Ese personaje insignificante y vanidoso que siempre ha despreciado ahora le produce repugnancia. Con el rabillo del ojo observa la silueta corpulenta que se contonea y perora en la que, de repente, se superponen imágenes de rostros gritando de terror, miembros amputados, ríos de sangre... No puede soportarlo más e interrumpe bruscamente al príncipe:

—¡Explicadnos mejor, rajá sahab, lo sucedido en Bibighar!

La frase ha retumbado como un latigazo y las conversaciones han cesado de repente. Los asistentes a la reunión, estupefactos por la violencia del tono, esperan.

—Pero, Houzour, no os comprendo... —balbucea Nana, palideciendo ante el insulto.

—¡Tampoco yo comprendo cómo habéis podido permitir esa masacre de mujeres y niños inocentes, un crimen que deshonra nuestra causa!

Nana Sahib titubea... ¿Se atreverá a confesar, aun a riesgo de parecer un títere, que se extralimitaron sus órdenes? ¿A quién endosar la responsabilidad de un acto que, en el fondo de su ser, también reprueba? Se acuerda del violento altercado que le enfrentó a su consejero, que pretendía que la decisión había sido tomada por la guardiana de Bibighar. No se había creído nada, convencido de que Azimullah le había comprometido a propósito, para que le resultara imposible, si la suerte les daba la espalda, abandonar la lucha y reconciliarse con los ingleses.

Azimullah, que en ese mismo momento se adelanta, con el rostro contraído y olvidando su acostumbrada cortesía, increpa a la begum:

—¡No hicimos más que responder a las atrocidades de los británicos! ¿Nuestros miles de mujeres y niños violados y torturados no cuentan? ¿Y los cientos de aldeas incendiadas, las carreteras jalonadas de cadáveres y los hombres mancillados con el perverso propósito de impedirles cualquier descanso después de la muerte? ¿Es que hay dos raseros, dos medidas, y algunos merecen compasión y otros no? ¿Hemos asumido el desprecio de los blancos hasta el punto de creer que nuestros muertos valen menos que los suyos?

Atónita, la gente contiene la respiración.

—Cuando se atreven a insinuar que una madre india sufre menos la pérdida de su hijo que una madre europea —prosigue con voz vibrante— ¿son ciegos al sacrificio de nuestras mujeres, que se privan de todo para alimentar a sus hijos, a veces incluso hasta dejarse morir de hambre?

¡Pero la realidad sólo les interesa si sirve para vencer sus prejuicios!

—La doble vara de medir de los británicos me repugna igual que a vos, khan sahab, pero no porque nuestros enemigos se comporten como bárbaros debemos imitarlos —responde la Rajmata, esforzándose por mantener la calma—. Los combatimos por su hipocresía y su crueldad. ¿Acaso vamos a rebajarnos a emplear sus mismos medios?

—Estamos en guerra, Houzour. Si queremos ganar, no creo que podamos permitirnos el lujo de consideraciones morales. El pueblo, que es el primero en sufrir, no lo comprendería.

—¡Tengo un concepto más elevado de nuestro pueblo, khan sahab! Creo, por el contrario, que le repugna la barbarie. La prueba está en que, a pesar de vuestras amenazas, no pudisteis encontrar un solo cipayo que disparara a los prisioneros indefensos de Bibighar. ¡Para mí, la fuerza de una nación depende ante todo de su fuerza moral! —Y clavando en los cortesanos reunidos la magnética mirada de sus ojos verdes, prosigue—: Si nosotros, sus amos, demostramos no tener escrúpulos, que somos capaces de todo para satisfacer nuestros intereses, ¿por qué iba a aceptar el pueblo los sacrificios que le exigimos con vistas al bien común? El pueblo, apartado de las intrigas y de los juegos del poder y al que creemos, por eso mismo, fácil de manipular, tiene un juicio más perspicaz que muchos de nuestros supuestos sabios. Sólo respeta a sus dirigentes si éstos se conducen de forma respetable. Si ignoramos las leyes que hemos dictado, ¿cómo pretendéis que confíen en nosotros? Un día el pueblo se revolverá y entonces ningún discurso, ninguna promesa podrá aplacar su cólera.

Los aristócratas presentes escuchan, desconcertados, estas insólitas palabras: ellos siempre han pensado que el escepticismo es el distintivo de los espíritus superiores y que la moral sólo vale para los necios.

La Rajmata, reprimiendo apenas su desprecio, se vuelve hacia Nana Sahib:

—Ese crimen, rajá sahab, nos hace correr un riesgo suplementario. Especialmente por parte de los ingleses, que lo utilizarán como excusa para justificar todos sus excesos. Pero son también nuestros combatientes los que me preocupan: ¿cómo exigirles que se comporten como soldados y no como bestias salvajes si el ejemplo de la crueldad les viene de arriba? Cuando se rompen los tabúes, nunca puede saberse dónde va a acabar la violencia. Nosotros mismos podríamos ser las siguientes víctimas.

22

—Os he convocado hoy aquí, señores, para concretar el asalto contra la Residencia. Pero, ante todo, para extraer las lecciones de nuestro fracaso y decidir una nueva táctica.

Los principales ministros y los jefes del ejército se hallan reunidos en la sala del Consejo. Están el gran visir Sharuf ud Daulah, responsable del tesoro, el ministro de la corte Mammoo Khan, el rajá de Mahmudabad, representante de los *taluqdars,* y el rajá Jai Lal Singh, portavoz de los cipayos. Solamente el *maulvi* Ahmadullah Shah continúa ignorando ese gobierno dirigido por una mujer.

—La Residencia está rodeada de profundas trincheras, con un ancho de dieciocho pies[68] y defendidas por cañones Howitzer —explica Jai Lal—, y el edificio principal, de donde sale una buena parte de los disparos, está elevado aproximadamente una decena de metros respecto a la entrada del campamento. Nuestros soldados son masacrados por una lluvia de obuses incluso antes de poder alcanzar las murallas. El único Howitzer del que disponemos, capturado en Chinhut, está inutilizable por falta de munición adecuada. Es necesario que nos acerquemos sin que el enemigo se dé cuenta.

—Imposible, hay una treintena que vigila día y noche y se releva cada cuatro horas. No dejarían pasar ni a un ratón.

---

[68] Cinco a seis metros.

—¿Y a un topo?

Ante los murmullos de desaprobación de la asamblea, poco inclinada a bromear, el rajá se explica:

—Creo que nuestra única posibilidad es cavar unos túneles hasta llegar por debajo de la Residencia, colocar minas bajo las baterías, que haremos estallar, y penetrar por las brechas. Es difícil, pues el trabajo es arduo —debe hacerse sigilosamente para no ser descubiertos—, y peligroso a causa de los desprendimientos, sin contar el riesgo, pues si calculamos mal y nuestras minas no destruyen su artillería, pueden atraparnos uno a uno a la salida de la brecha. Por el contrario, si explotan, podremos conseguir ocupar el campamento aprovechando el efecto sorpresa.

—Teóricamente es posible, pero poco realista. Hay demasiados riesgos, no funcionaría jamás —declara Mammoo Khan, encogiéndose de hombros.

—¡Entonces proponed otra cosa!

Los dos hombres se enfrentan con la mirada. Al rajá le cuesta disimular su desprecio por el cortesano, que, a su vez, le detesta, y no desaprovecha ocasión para perjudicarlo ante su ama.

—A mí me parece una idea interesante —interviene el rajá de Mahmudabad—. En todo caso, ¿qué otra opción tenemos? Nuestros hombres están dispuestos a morir, pero ¿de qué sirve continuar enviándoles armados con viejos mosquetes contra los cañones? La alternativa es seguir con nuestra guerra de desgaste, disparando sobre las posiciones enemigas más cercanas y provocando el máximo número de víctimas posible. Eso desmoraliza a los sitiados y les agota, ya que se ven obligados a estar constantemente alerta, pero mientras tengan municiones y un mínimo de alimentos no cederán.

—Sabemos por nuestros espías que cuentan con lo suficiente para resistir todavía algunas semanas —precisa el gran visir.

—¡No es cuestión de esperar varias semanas! —interrumpe Hazrat Mahal—. Calcuta no tardará en enviar refuerzos, sobre todo después de lo sucedido en Kanpur. ¡Es ahora cuando debemos vencer! Dado que un ataque frontal parece condenado al fracaso, soy de la opinión de intentar la guerra de túneles que recomienda el rajá. ¿Cuál es la decisión de la honorable asamblea?

Después de una corta discusión, la sugerencia es finalmente aceptada, al no proponer nadie una mejor, y se decide confiar el trabajo a voluntarios parsis, una tribu muy antigua cuyos miembros son a la vez notables tiradores de arco y expertos en fabricación y colocación de minas.

Los días siguientes, decenas de hombres medio desnudos se afanan en cavar galerías a veinte pies bajo tierra. Una labor agotadora por el polvo que quema los ojos y el asfixiante calor, acentuado, además, por la llama de las antorchas que alumbran las tinieblas. El rajá Jai Lal ha hecho llamar a los arquitectos de palacio para que calculen el emplazamiento de las minas y que éstas se coloquen justo debajo de los cañones ingleses. Las minas se almacenarán en cámaras subterráneas, en el lateral de las galerías. En el momento del ataque bastará con encender las mechas: las habitaciones y las baterías que están por encima saltarán por los aires.

~

Esa mañana, la señora Jackson y la señora Ward han ido a ver al coronel Inglis presas de tal nerviosismo que ni siquiera les ha dado tiempo a peinarse. Jadeantes, le cuentan que han estado despiertas toda la noche a causa de unos golpes sordos y unas vibraciones tan fuertes que sus camas temblaban. Ya hace varios días que otros habitantes de la Residencia han alertado al responsable de la guarnición. Tras reunirse con sus oficiales, ha tenido que rendirse a la evidencia: ante el fracaso de sus ataques, los indios han cambiado de táctica, ahora van a tratar de introducirse en el campamento haciendo explotar minas.

Para estar prevenidos ante este nuevo peligro se ha dado orden a los residentes de indicar cualquier ruido subterráneo sospechoso y reagruparse en los lugares que les parezcan más seguros. Pero, sobre todo —siendo la mejor defensa un buen ataque—, se les va a reservar a esos bribones una sorpresa. Por una extraordinaria casualidad, o más bien, tal y como están convencidos los sitiados, por voluntad de Dios, apoyo a los creyentes, el 32º regimiento del ejército real que defiende la Residencia recluta a sus soldados entre los mineros de Cornualles, para quienes los trabajos subterráneos no tienen secretos. A las órdenes del coronel Inglis, éstos tienen que localizar la progresión de galerías enemigas y cavar por encima aberturas y túneles para, llegado el momento, sorprender a los asaltantes por la espalda.

Mientras los militares, ayudados por todos los hombres capaces, se preparan para afrontar el nuevo peligro, entre las mujeres y los niños la ansiedad ha alcanzado su punto álgido: los «diablos negros» pueden surgir en cualquier momento. Debajo de un sofá, de una mesa, de una cama...

Gracias a un mensajero angloíndio que consigue deslizarse entre las líneas sin llamar la atención, el coronel Inglis hace llegar una carta desesperada al general Havelock, en Kanpur:

> *Dese prisa, se lo ruego, no podremos resistir mucho tiempo. Hay quinientas mujeres y niños, así como ciento veinte heridos y enfermos, y solamente trescientos cincuenta soldados europeos y trescientos cipayos útiles. Estamos todos exhaustos por la fatiga ya que el enemigo nos cañonea sin permitirnos un instante de descanso. Además, nuestras provisiones disminuyen y no tenemos reservas más que para dos o tres semanas*.*

Militar íntegro, el coronel es consciente de que la situación de los sitiados está llena de contrastes y que, si muchos sobreviven a duras penas, otros no se privan de nada. Al haber en la Residencia casas individuales en las que las familias se han reagrupado por afinidad, cada una vive como le parece, o como puede. Algunas de las más notables disponen de su propio almacén personal de víveres y comen lo que les viene en gana. Con dinero se pueden conseguir muchas cosas, especialmente adquirir en subasta pertenencias de los difuntos: las provisiones, el tabaco y la ropa pueden alcanzar precios astronómicos, pero los que poseen medios para pagar consiguen organizarse razonablemente la vida. En casa del comisario de finanzas, Martin Gubbins, por ejemplo, se sirve un vaso de jerez y dos vasos de champán en la cena y hace gala de tomar cada día el té con pastelillos a las cinco de la tarde, incluso cuando atronan los cañones. Sin embargo, el rancho de la guarnición se reduce a algunos *chupatis* y un puré de lentejas y los niños mueren de desnutrición.

En pleno drama, cuando en cualquier momento la muerte puede golpear, en ese microcosmos de la sociedad victoriana, las desigualdades y las barreras sociales persisten. Las damas guardan las distancias frente a las mujeres del pueblo y, tan pronto como sea posible desplazarse dentro del campamento, a pesar del calor, los parásitos, los malos olores y las nubes de moscas, se visitarán respetando la etiqueta que prevalecía en la guarnición en tiempos de paz.

El coronel Inglis, aunque personalmente desaprueba que persistan en pleno drama esas ilegalidades y prejuicios, sabe que las jerarquías están demasiado arraigadas para permitirse intervenir. ¡No está dispuesto a sumar una guerra civil a la guerra!

~

La operación Sawan o «Estación de las lluvias», bautizada así por la begum Hazrat Mahal, ha sido fijada para el 18 de agosto. Es la segunda acción de envergadura después del inicio del asedio, y esta vez, gracias a la explosión de las minas, los indios cuentan con ganar. Los trabajadores parsis han excavado durante toda la noche para terminar el trabajo. Para desviar la atención han perforado ruidosamente por la cara norte del recinto mientras colocan las minas en otra galería del lado sur.

El 18 de agosto al alba, el capitán Orr, su segundo, el teniente Macham, y dos centinelas se hallan apostados en el tejado de la casa Johanna, desde donde vigilan el campamento enemigo, cuando una explosión pulveriza el edificio. No se encontrará de ellos más que algunos miembros diseminados. Unos minutos más tarde, explota otra mina haciendo un enorme boquete en la muralla sur, después otra aún más cerca de las viviendas. Apenas se han posado los restos cuando los cipayos se apresuran por los túneles para llegar hasta las brechas que permiten el acceso al campamento. Pero no han alcanzado las baterías que, intactas, escupen certeros disparos sobre los hombres que emergen en el recinto de la Residencia. Les sigue un auténtico tropel. Desde ambos lados se dispara a ciegas, mientras en el interior de los túneles los cipayos se reagrupan para hacer frente a los ingleses que surgen por las brechas.

Durante horas, se lucha con armas blancas en las oscuras galerías. El calor es insoportable, el polvo asfixiante, se tropieza con heridos y muertos, pero los hombres continúan luchando con furia.

Mientras tanto, Jai Lal y Mahmudabad, cada uno a la cabeza de sus numerosos regimientos, se lanzan al asalto contra las fortificaciones de la Residencia. Cuentan con aprovechar la confusión para penetrar en el campamento. Avanzan a pesar de los disparos de la artillería enemiga, los soldados caen por decenas, pero, tras ellos, sus camaradas continúan adelante, con los dientes apretados, resueltos a morir antes que a retroceder.

Los combates se recrudecen cuando, repentinamente, el cielo se oscurece y el resplandeciente sol de ese mediodía de verano desaparece. En pocos minutos la tierra se sume en las tinieblas. Ante esta manifestación de la cólera de los dioses, los cipayos, mudos de estupor, se quedan inmóviles. Y, de pronto, cunde el pánico: los hombres retroceden en un terrible desorden; pese a las exhortaciones de sus oficiales, corren, no cesan de correr hasta que llegan a la ciudad, al abrigo de la guarnición. Allí se ponen a rezar, suplicando a Vishnú que les proteja y a Shiva el destructor que les ahorre su ira.

En el palacio de Chaulakhi, Hazrat Mahal espera el resultado del asalto, que esta vez confía en que será decisivo. Regularmente, llegan mensajeros para traerle las últimas noticias: las minas han explotado correctamente, los cipayos han logrado invadir el campamento, los regimientos conducidos por los rajás Jai Lal y Mahmudabad luchan como leones, están a punto de derruir las defensas enemigas...

«Jai Lal... siempre el primero frente a sus tropas... Sus hombres lo adoran, no les pide nada que no haga él mismo, contrariamente a tantos oficiales que se quedan rezagados con la excusa de controlarlo todo. Ojalá que no le hieran, ojalá que no...».

No se atreve a imaginar que él pueda desaparecer. Su muerte sería una pérdida inconmensurable... para la causa. Mientras la oscuridad envuelve de repente la habitación, ella se vuelve y revuelve, agobiada, en su asiento: ¿es sólo el temor a perder a su mejor teniente? En ese instante en que él se juega la vida, no le queda más remedio que admitir que se siente atraída por ese demonio de hombre, por ese patán que, después de despachar con ella, se reúne con las cortesanas.

«¿Por qué las mujeres prefieren, en lugar de hombres dulces y atentos, a aventureros que les hacen sufrir? ¿Es el hombre quien las seduce o los amplios horizontes que les hace entrever? ¿Es el hombre al que aman o el sueño que representa?».

La llegada de un mensajero interrumpe sus reflexiones.

—¡Houzour, los combates han cesado! Estábamos a punto de ganar cuando de repente el sol ha desaparecido y los soldados, asustados, se han dado a la fuga.

—¿A la fuga? —Hazrat Mahal no cree lo que oye—. ¿Y el rajá Jai Lal no se lo ha impedido?

—Lo ha intentado, pero no ha podido frenar el pánico. Las tres cuartas partes de los soldados son hindúes, ¿qué puede hacerse contra la superstición de la gente?

—¡Cállate! ¡La próxima vez que escuche ese tipo de maledicencias haré que te corten la lengua! ¡Sal ahora mismo y envíame a Mammoo Khan!

No es Mammoo Khan quien se presenta unos minutos más tarde, sino el rajá Jai Lal. Hazrat Mahal apenas si consigue reconocer al fiero militar en ese hombre extenuado, con el uniforme desgarrado y manchado de sangre.

—¡Estáis herido!

No ha podido contener el grito, pero rápidamente él la tranquiliza:

—No es nada, es la sangre de nuestros heridos, los tenemos a centenares...

Humillada por haber mostrado su inquietud, Hazrat Mahal se rehace y, recuperando el tono de la regente, le pregunta qué ha sucedido.

A medida que el rajá relata los acontecimientos, siente crecer su cólera. Le interrumpe bruscamente:

—Ayer las minas estaban mal colocadas, hoy es la falta de sol, que se ha eclipsado. ¿Qué sucederá mañana?

—No habrá ningún mañana si no nos aprovisionamos de municiones decentes —replica secamente el rajá—. ¡Hasta yo mismo estoy cansado de ver cómo matan a mis hombres sin poder defenderse!

—¿Cómo?

—Hay un problema con las municiones que fabricamos. Nuestros soldados disparaban, pero sus balas se estrellaban contra el enemigo sin causarle más que algunos rasguños. Desde mañana iré a controlar el arsenal.

—¿El arsenal organizado por Mir Wajid Alí, el amigo de Mammoo Khan?

—¡Exactamente! Y también voy a poner en marcha a mis espías, pues parece que alguien nos traiciona. Los ingleses sabían por anticipado dónde y cuándo íbamos a atacar y, en consecuencia, habían desplazado sus baterías de tal modo que nuestras minas explotaron a un lado. Por último, me han contado que algunos comerciantes surten de víveres a los sitiados.

Hazrat Mahal da un respingo, pero declara con voz segura:

—Os lo suplico, encontrad a esos traidores, rajá sahab. Os doy mi palabra de que su castigo quitará a cualquiera las ganas de seguir su ejemplo.

El rajá se retira y, sin decir palabra, se inclina.

La joven le observa alejarse con tristeza. Hubiera deseado prolongar la conversación, evocar el futuro como lo hacían antes. Él no le ha dado esa satisfacción, sin duda molesto por los reproches que, sin embargo, no estaban destinados a él.

¿Por qué será tan torpe con él?

23

En la plaza de Kaisarbagh, entre los palacios reales y el mercado de especias, se han montado doce horcas. A unos pocos metros, sobre una tribuna coronada por un dosel carmesí, unos cómodos asientos esperan a los dignatarios y a la Rajmata, sobre la que se murmura que, desafiando la tradición, ha decidido asistir personalmente a la ejecución de los traidores. A cada lado de la tribuna un regimiento de cipayos presenta armas.

De pronto resuenan las largas trompetas de cobre y la corte hace su aparición. Están presentes todos los ministros, ataviados con *chogas*[69] de seda y cubiertos con *topis* bordados, los jefes del ejército, que lucen orgullosos las medallas ganadas en los campos de batalla británicos, y, por último, la regente, envuelta en sedas oscuras con el rostro medio descubierto, impasible.

Apenas se han sentado cuando retumban los lúgubres redobles de tambor que anuncian la llegada de los condenados: doce hombres en *dhotis*[70], tropezando bajo los golpes de *lathis*[71] de los guardias, que les obligan a avanzar.

Arrestados la víspera y juzgados en el acto, han sido condenados por alta traición. Unos, los comerciantes, su-

---

[69] Túnica no muy larga para los hombres por debajo del *chowridar.*

[70] Prenda de algodón que llevan los campesinos, atada alrededor del talle, con un faldón colocado entre las piernas y fijado a la cintura. Gandhi la popularizó más adelante como vestimenta del pueblo.

[71] Vara larga y rígida, utilizada para mantener el orden.

ministraban víveres a los sitiados; los otros, que trabajaban en la nueva fábrica de municiones, rellenaban las balas de paja, serrín y tierra en lugar de con pólvora y plomo. Interrogados, confesaron rápidamente: su intención no era ayudar a los *ingreses,* sino sólo ganar un poco de dinero.

Ahora, temblando de la cabeza a los pies, imploran de rodillas a la soberana, esa joven de mirada profunda que tiene su suerte entre las manos.

—¡Piedad, Houzour! —gimotean—. No somos traidores, sólo hombres corrientes que se han dejado tentar. No era por nosotros, era por nuestros hijos. Vos sois madre, ¿no podéis comprendernos? ¡Os lo suplicamos, dejadnos vivir! ¡Seremos vuestros servidores más devotos, podréis solicitarnos lo que queráis, pero concedednos vuestra gracia! ¡No hundáis a nuestras familias en la miseria y la desesperación, perdonad a los padres de esos inocentes!

El espectáculo de los hombres deshechos en lágrimas es difícilmente soportable, incluso para un militar endurecido. Inquieto, Jai Lal mira de reojo a la regente, su rostro está lívido. Ésta levanta la mano —los condenados se han callado, todos contienen la respiración—, luego, lentamente, la deja caer.

Las aclamaciones de la multitud ahogan los gritos de los suplicantes: ¡se ha hecho justicia! Si algunos todavía lo dudaban, ahora el pueblo entero sabe que está gobernado por una verdadera soberana.

En el camino de regreso, Hazrat Mahal, recostada en su lujoso palanquín, se estremece. ¿Qué ha hecho? ¿Es cierto que, a sangre fría, ha enviado a esos hombres a la muerte? ¡Pero era necesario que se hiciera justicia! ¿Justicia? Es demasiado perspicaz para dejarse engañar por esas hipocresías, ¿qué justicia?

«Después de todo, esos pobres diablos no han hecho más daño que otros, hoy en día poderosos y respetados. A instancias de Mammoo, he indultado a Mir Wajid Alí, que, aunque no estaba

implicado en el sabotaje, tampoco ha sabido detectarlo... También podía haber perdonado a los demás...».

¡No! Está obligada a dar ejemplo para no correr el riesgo de que la desobedezcan en el futuro. En realidad, no se trata tanto de una cuestión de justicia como de un asunto de política.

«Es absolutamente necesario defender al pueblo del que soy responsable y al que semejantes actos ponen en peligro», se dice para reconfortarse, pero el malestar persiste. En el fondo, le susurra una vocecilla insistente, lloras menos por esos muertos que por la hermosa imagen que te habías hecho de ti misma: una soberana poderosa y generosa, amada por todos.

¡Qué engañosa ilusión! Sabe bien que el poder obliga a decidir, que no admite el lujo de la duda, de ceder a las emociones o a los escrúpulos, y que la regente de Awadh no puede permitirse los bonitos sentimientos que tendría la pequeña Muhammadi.

A fuerza de razonar, Hazrat Mahal ha terminado por tranquilizarse y llega a palacio habiendo recobrado la confianza. Allí, para su gran sorpresa, una docena de esposas y familiares de Wajid Alí Shah la aguardan. Sus rostros desencajados la desconciertan, no creía que fueran tan sensibles a la suerte de la gente del pueblo.

Pero no se trata de eso... Mientras presidía la ejecución, ha llegado un mensajero con noticias de Calcuta: Su Majestad, prisionero en el Fuerte William desde hace diez meses, está muy enfermo. Ha caído en la depresión y se niega a comer.

—¡Todo es culpa tuya! —la acusa la begum Shahnaz lanzando a la nueva Rajmata una mirada de odio.

—¡Culpa mía! ¿Y por qué?

Todas se ponen a hablar a la vez:

—¡Desde luego que es por tu culpa! ¡Has empujado a tu hijo al lugar de nuestro bienamado por vanidad y te has puesto a la cabeza de este gobierno de amotinados! Por eso los *ingreses* han encarcelado al rey, porque están convencidos de que él está detrás de la rebelión. ¿Cómo iban a imaginar que una simple esposa tomaría semejante decisión sin consultarle? ¡No solamente has traicionado su confianza, sino que serás responsable de su muerte!

—Y además, ¿de qué ha servido todo esto? —interviene la princesa Sanjeeda, una de las hermanas del rey—. ¡Tus grandes palabras sobre la liberación del país nos dan risa! ¡Tus legiones de hombres son incapaces de desalojar a unos centenares de ingleses! ¡Te has valido de una sarta de pamplinas para hacernos ceder! En el fondo, te estás burlando del país igual que te burlas de tu desdichado esposo. La única cosa que te alienta es la ambición. ¡Pero esto no te traerá suerte, Alá te castigará!

Hazrat Mahal intenta replicar y hacer entrar en razón, sin éxito, a esas mujeres encolerizadas. Cansada de peleas, termina retirándose a sus aposentos, perseguida por un diluvio de imprecaciones.

«Nunca habría sospechado que me odian hasta ese punto...».

Las rencorosas críticas de sus antiguas compañeras le han dejado un sabor aún más amargo por no haber podido defenderse. Aunque, de todas formas, era inútil intentarlo; por mucho que dijera, estaba condenada de antemano.

Sentada ante la ventana, mira sin ver los espléndidos macizos de flores del parque de Chaulakhi, que se prolonga hasta el parque de Kaisarbagh. Nunca ha padecido tan duramente la soledad. Sin nadie en quien confiar, con quien compartir sus dudas, a quien pedir consejo. Durante un tiempo había creído poder apoyarse en Jai Lal, pero éste le ha demostrado que no es digno de su confianza... En cuanto a Mammoo, no puede dejar que sospeche en ella la más mínima debilidad, porque trataría de aprovecharse. Sin duda la ama tanto como es capaz de amar... pero sus frustraciones le impiden ser generoso, y su insaciable deseo de poder le hacen clasificar a la humanidad en dos categorías: los débiles a los que aplastar y los fuertes a los que acercarse para tratar de manipular.

Pero después de todo, ¿de qué se queja? Ha elegido abandonar la cómoda vida de mujer de harén por la peligrosa aventura del poder. ¿Con el propósito de que su hijo sea rey? No sólo por eso... Debe reconocer que a ella también le gusta el poder, no por sus irrisorias ventajas materiales, sino porque le permite mejorar la vida de los demás y recibir a cambio... su amor.

Ese amor que tanto le faltó siendo huérfana y por el que siente una sed inagotable: ésa es la razón por la que todos los rechazos la hacen daño. Siempre que sucede, trata de racionalizarlo: mucha gente confía en ella y espera de la nueva regente ayuda y directrices, no debe dejarse desalentar por las maledicencias.

Sacudiendo la cabeza para alejar unas dudas que no se puede permitir, Hazrat Mahal ordena que le lleven su correo cotidiano y su acopio de peticiones. A pesar de sus numerosas ocupaciones, trata de leerlas personalmente, pues cree que es la mejor manera de saber lo que piensa el pueblo, mucho más que por los informes de los ministros.

~

—Houzour, una dama solicita veros. No ha querido dar su nombre, pero dice ser una antigua amiga. Le he dicho que estabais ocupada y me ha respondido que esperará todo el día si es preciso.

Sentada en su escritorio, Hazrat Mahal suspira, exasperada. Un aspecto de su nueva situación que le resulta especialmente molesto es el interminable desfile de pedigüeños y aduladores que creen tener derecho a su ayuda. ¿Acaso no es ella todopoderosa? ¿Y no son ellos sus devotos súbditos? Un chantaje afectivo del que es consciente, pero que no sabe cómo rechazar. Ella, que en su infancia ha conocido la infelicidad y ha soñado tanto con un hombro en el que apoyarse.

El rajá Jai Lal, en la época en la que todavía eran amigos, se lo había reprochado:

—Recordad que ya no sois Muhammadi, ni siquiera Hazrat Mahal, sois la regente y debéis guardar las distancias. Vuestro papel es cuidar de la buena marcha del reino y del bienestar de todos, no preocuparos de los problemas de unos y otros. Es un pozo sin fondo que se tragará vuestra energía y, como no podréis contentar a todo el mundo, no obtendréis más que calumnias.

—¿Qué debo responder, Houzour? —insiste el eunuco.

—Si es una loca capaz de esperar todo el día, más vale librarse de ella ahora mismo. Dile que entre, pero regresad a buscarla en diez minutos.

Contrariamente a los hábitos de la corte y de la alta sociedad, que juzga natural hacer esperar a sus inferiores, Hazrat Mahal no ha querido nunca aceptar ese desprecio hacia el otro, esa forma de acaparar su tiempo, sus horas, sus días, para nada, esa forma de hacerle malgastar su vida simplemente por indiferencia.

Sabe bien que, para aquellos que no tienen nada, ofrecerles su tiempo es la única manera de demostrarles su fidelidad. Son por tanto miles los indios que rodean a los poderosos con su insistente y silenciosa presencia, con su grave humildad. No acaba de acostumbrarse, pero es consciente de su impotencia para modificar una situación arraigada en las milenarias estructuras de la sociedad.

Sin embargo, ningún trazo de humildad es visible en la joven que espera de pie en el umbral. Con una gran sonrisa en los labios mira a la regente, como esperando una muestra de reconocimiento. De hecho, Hazrat Mahal está convencida de que la conoce, esos ojos castaños moteados de oro, esa frente abombada... Y de repente:

—¿Mumtaz?

Se precipitan la una en los brazos de la otra, besándose, exclamando de alegría. Apenas si logran creerlo, ¡hace tanto tiempo! Se estrechan con ternura, se alejan un poco, se contemplan.

—¡Sigues igual de bella!

—¡Y tú estás aún más hermosa!

Cogiéndose por la cintura, ríen de alegría, y de nuevo se abrazan, felices, ¡muy felices de reencontrarse! ¿Cómo han podido vivir la una sin la otra durante todos esos años?

Examinando más atentamente a su amiga, Hazrat Mahal advierte las leves arrugas en la comisura de los labios y alrededor de los ojos, las pequeñas marcas de infelicidad. Se acuerda de lo que le dijeron las matronas, su casamiento, la esterilidad, el repudio...

Sin embargo, aunque Mumtaz ya no refleja el optimismo inconsciente de su adolescencia, está lejos de ser una mujer derrotada por la vida, en su mirada chisporrotea una llama.

—¿Por qué no has venido nunca a verme? —le pregunta.

—Ya sabes, Muhammadi. —Se muerde el labio—. Perdóname, pero para mí tú siempre serás Muhammadi, la amiga valiente que se interponía cuando las otras se burlaban de mi ingenuidad. Si no he venido antes es porque temía ser una carga... Y luego me decía que si hubieras querido verme, te habría sido fácil enviar a buscarme.

Hazrat Mahal siente que las lágrimas afloran a sus ojos.

—¿Podrás perdonarme? He sido muy egoísta, arrastrada por el torbellino de mi amor por el rey, por el orgullo de darle un hijo y, luego, sumida en los conflictos e intrigas de la zenana, donde hay que estar constantemente alerta si no quieres que te aplasten. Cuando por fin traté de encontrarte, hace un año, nadie sabía dónde estabas. Me sentí terriblemente inquieta, pensé lo peor... Dime, ¿qué ha sido de tu vida? Después del repudio, ¿quién se ha ocupado de ti? ¿Por qué no me has mandado ninguna señal?

—No he contactado con ninguno de mis antiguos conocidos, me daba demasiada vergüenza. Y tú, con tanta gente acaparando tu tiempo...

—¡Mumtaz! ¡Tú y la gente no sois lo mismo! ¡Eras mi mejor amiga!

—Tenía miedo de que hubieras cambiado, miedo de ser rechazada. Eso habría sido para mí el tiro de gracia. He preferido no intentarlo y conservar intactos los maravillosos recuerdos de nuestra adolescencia.

—Pero, entonces, ¿por qué has decidido venir a verme hoy?

Mumtaz se yergue con un brillo malicioso en su mirada:

—Hoy no tengo nada que pedirte, sino, por el contrario, algo que ofrecerte. —Y, ante el aire sorprendido de su amiga, prosigue—: Déjame que te cuente. Mi matrimonio se convirtió muy pronto en una pesadilla. Mi suegra no cesaba de humillarme, sobre todo cuando se dio cuenta de que no podía concebir. Entonces empezó a pegarme y pasé cuatro años de insultos y malos tratos. Mi marido no se atrevía a decir nada, me tenía afecto, pero era débil y, ante la insistencia de su madre, terminó por repudiarme.

»El repudio, tan temido por las mujeres, que aceptan cualquier cosa con tal de evitarlo, supuso para mí un alivio extraordinario. ¡Por fin era libre! Aunque sin recursos.

»Encontré unos protectores que me han tratado bien. Me tenían en consideración, mucho más de lo que habían hecho jamás mi marido y su familia. Así, experimenté cómo el «respetable» estatus de mujer casada es menos envidiable que el de cortesana. Porque, a fin de cuentas, ¿de qué respeto hablamos? El hombre casado no tiene miramientos hacia aquello que estima de su propiedad, ya no tiene nada que conquistar, y usa a la mujer como le parece. Somos mucho menos que las prostitutas, al menos éstas tienen la libertad de elegir con quién se acuestan. Una mujer casada, si no tiene fortuna personal, depende totalmente de la buena voluntad y del humor de su esposo. Sobre todo, si tiene hijos.

»Como cortesana, he vuelto a vivir. Mi primer protector fue un hombre mayor que me trataba casi como a una hija. Murió al cabo de dos años y le lloré. El segundo sufrió un ataque cardiaco cuando, tras la destitución del rey, tu esposo, los *ingreses* confiscaron las tierras de los *taluqdars*. Quedó paralítico. Quise ir a verle para llevarle un poco de consuelo, pero su familia, creyendo que codiciaba su dinero, se negó a recibirme.

»Después de la anexión del reino, todo cambió. Como habrás podido constatar, la mitad del Chowq ha cerrado. Los tiempos de espléndidas veladas en las que éramos admiradas y festejadas han desaparecido. Los aristócratas arruinados han sido reemplazados por nuevos ricos que, como pagan, creen que tienen derecho a todo. Los pocos *ingreses* que nos envían a buscar desde la guarnición de Kanpur no valen la pena. Su religión les llena de culpabilidad. Como niños ante el fruto prohibido, apenas contienen su deseo, pero tan pronto lo han satisfecho se van, sin una palabra, sin una mirada, como si quisieran olvidar lo más rápido posible aquello que consideran, no una fiesta del cuerpo, sino una vergonzosa obscenidad. Todas las cortesanas los detestan, de hecho, la mayoría rechazábamos estas relaciones tan degradantes hasta que nos hemos dado cuenta de su utilidad.

—¿Su utilidad?

—Somos las únicas que podemos viajar con total libertad, incluso ahora. Nos piden que vayamos a cantar, a bailar, con ocasión de casamientos, circuncisiones; nadie se atreve a cuestionar nuestras idas y venidas. Así es como hemos accedido a las casas de los *ingreses*. Adormecemos su desconfianza adulándoles y abrumándoles con nuestra insignificante cháchara, después tratamos de hacerles hablar, de sonsacarles información, detalles que a menudo nos parecen poco importantes pero que, vistos en conjunto, pueden proporcionar valiosas indicaciones al mando militar. Yo misma frecuento actualmente a un oficial en desacuerdo con su comandante y que, cuando está harto, se explaya conmigo sin sospechar por un instante que esa amable cortesana con cerebro de pajarito puede ser una espía. Debo admitir que le he tomado el gusto a este doble juego y que consigo hacerlo bastante bien. De hecho, el jefe me ha felicitado en muchas ocasiones.

—¿Y quién es ese jefe? —pregunta Hazrat Mahal, intrigada.

—¡Vamos, adivínalo! Lo conoces muy bien, es uno de tus consejeros. Alguien que no despierta sospechas ya que siempre ha frecuentado a las cortesanas, aunque actualmente sus antiguas amantes están desesperadas porque no les hace caso. Parece ser que ha sido seducido por una hermosa mujer que le mantiene a distancia y por su culpa ya no mira a otras mujeres.

Hazrat Mahal siente que su corazón va a estallar, ¿será posible que...?

—¿No será... el rajá Jai Lal? —aventura con voz ahogada.

—¡Exactamente! Es él quien nos ha persuadido para frecuentar de nuevo a los *ingreses,* y al que cada semana le pasamos nuestra información. Creo que, como regente, deberías estar también al corriente para tomar tus decisiones con conocimiento de causa.

Cuando, bien avanzada la noche, las dos jóvenes se separan prometiendo verse muy pronto, Hazrat Mahal abraza estrechamente a su amiga y Mumtaz, asombrada, se pregunta por qué le da las gracias con tanta efusión.

24

—¡Bienvenido, rajá sahab! Venid a sentaros y charlemos un poco.

Hazrat Mahal saluda con su sonrisa más deslumbrante al rajá Jai Lal, recién llegado como cada tarde para rendirle cuentas de las últimas operaciones militares y del estado del ejército.

Asombrado por la acogida, a la que ya no está acostumbrado, el rajá se queda parado en el umbral y frunce el ceño. Hace semanas que la regente no le dirige la palabra más que con un estricto tono profesional, cuando otrora alentaba unas relaciones distendidas, casi amistosas. No ha entendido ese brusco cambio que tanto le ha dolido, pero ha terminado por hacer lo mismo, diciéndose que la había sobrestimado, que hubiera debido saber ya que todas las mujeres son tornadizas, y más aún las reinas.

«¿Qué mosca le habrá picado hoy? De repente, parece darse cuenta de que existo. ¿Esperará que me postre a sus pies deshecho en agradecimientos? ¿Por quién me toma?», se dice el rajá.

Le responde con tono frío:

—Disculpadme, Houzour, no me puedo quedar, tengo trabajo. Encontraréis descritas en estas páginas las operaciones de los últimos días y las necesidades del ejército para la semana que viene. Si queréis estudiarlas, podremos discutirlo más tarde.

Y, sin darle tiempo a reaccionar, la saluda y se retira.

Una vez sola, Hazrat Mahal, tras un instante de estupor, se echa a reír.

«¡Buena respuesta! ¿Acaso esperaba que reaccionara de otra forma? Es esa libertad la que aprecio en él... Sea lo que fuere lo que está en juego, es incapaz de mostrarse dócil y adulador. Le he hecho daño. Reconquistar su confianza no será fácil, pero lo conseguiré, su amistad me es muy querida. ¿Su amistad...?».

Con gesto impaciente, la Rajmata rechaza la palabra que se impone ante ella... ¿Acaso no está casada con Wajid Alí Shah? Un hombre bueno al que respeta y que merece más que nunca su lealtad ahora que está cautivo y separado de sus allegados.

«Jai Lal también está casado y tiene hijos de los que está orgulloso. Su esposa es, según dicen, sobre todo, la madre de sus hijos. No hay nada de romántico en esos matrimonios concertados —normalmente entre primos, para que la tierra permanezca en la familia—. Pero precisamente por esa falta de romanticismo, son sólidos: la mujer se consagra a los hijos y el hombre dispone de todo su ocio para ir a soñar fuera de casa...».

Hazrat Mahal ha estado debatiendo consigo misma toda la noche para llegar a la conclusión de que a lo más que puede aspirar es a recuperar una relación de confianza con el rajá, pero que sería nefasto y peligroso aventurarse más allá.

Así, al día siguiente, le recibe en palacio con una serena amabilidad. Desea ultimar los detalles del plan de evasión del rey.

—Como ya sabéis, Djan-e-Alam está más débil cada día que pasa. No podemos esperar más. Si llegara a ocurrirle algo, no me lo perdonaría.

El rajá no puede evitar sentir un pequeño pinchazo en el corazón: «¿Le sigue amando todavía o se siente culpable? El hecho de que ella participe o no en la rebelión no significa que los británicos no hubieran encarcelado al rey de todas formas, según el principio de poder, en virtud del cual es mejor ser injusto que imprudente. Pero ¿por qué me preocupo por ella? Lo que hace y lo que piensa, siempre y cuando no intervenga en nuestra lucha, no me incumbe...».

—La dificultad —prosigue Hazrat Mahal— era encontrar un hombre lo suficientemente hábil para introducirse en la fortaleza sin despertar sospechas, pero que, a la vez, fuera alguien totalmente incorruptible, ya que los ingleses están dispuestos a cubrir de oro a aquel que les descubra nuestros planes. He buscado durante mucho tiempo a esa extraña perla y, por fin, la he encontrado en Londres, en el entorno de la madre del rey, Su Majestad Malika Kishwar.

—¿Por qué en Londres? —se asombra el rajá—. ¿No hubiera sido más sencillo encontrar a alguien aquí?

—Es necesario que sea un hombre totalmente devoto de la causa. ¿Dónde podría estar más segura de encontrarlo que entre aquellos que, sin vacilar, abandonaron su familia y bienes para rogar por el rey en la gélida y hostil Inglaterra? El contacto se ha llevado a cabo a través de la Rajmata. El hombre dejará Londres dentro de una semana, desembarcará en Bombay y, desde allí, se pondrá de camino a Benarés. No pasará por Lucknow, así nadie podrá relacionarnos con él. En Benarés, el indio anglicanizado desaparecerá... y resurgirá con el aspecto de uno de los numerosos *sadous* de la ciudad, esos santos que vagan por las carreteras, de un *ashram* a otro, y a los que el pueblo respeta por sus poderes. Nadie se atreverá a tratarle con rudeza: los hindúes imploran su bendición, el resto teme sus maldiciones. Nuestro *sadou* tomará el camino de Calcuta, donde se hará notar por su piedad y por algunos «milagros» que logrará con la ayuda de varios comparsas.

—Y precedido por su reputación, será bien acogido entre los cipayos del Fuerte William, la mayoría hindúes...

—Y al mismo tiempo habrá allí una media docena de cómplices.

—¡Es ingenioso! Sin embargo, sigue existiendo el problema del que ya hemos hablado: ¿que hará el rey cuando esté libre? ¿Se pondrá a la cabeza de los combates?

—Tal vez trate de encontrar un compromiso, pero ése no es asunto nuestro, ¡será él quien lo decida!

El rajá se ha puesto rígido y contesta con voz gélida:

—Temo, Houzour, que no hayáis comprendido el alcance del cambio. Estos últimos meses, decenas de miles de hombres han dado su vida para liberar al país, para recobrar su libertad de creencias y costumbres, para recuperar su dignidad. El ejército británico ha arrasado la región a sangre y fuego, las aldeas y los campos han sido saqueados, las mujeres violadas, los niños descuartizados. ¿Creéis que eso puede olvidarse? Yo mismo me niego a pedir a mis soldados que sacrifiquen su vida si es para volver a la situación anterior. Además, no os hagáis ninguna ilusión, los ingleses rechazarán cualquier compromiso con nosotros, los indígenas. No solamente hemos osado rebelarnos, sino que hemos cometido también el sacrilegio de ponerles la mano encima a mujeres y niños blancos. ¡Han jurado que su venganza será terrible!

—Si os he entendido bien, rajá sahab, ¿os negaríais a obedecer al rey si os ordenara detener la lucha?

—En primer lugar, serían mis soldados, Houzour, los que se negarían si yo se lo ordenara. Lo mismo que se negarían los miles de campesinos que han empujado a sus *taluqdars* a unirse a la rebelión. Nuestro pueblo es paciente, en ocasiones se dice que es pasivo, pero, una vez que se ha rebelado, llega hasta el final, ya que, al contrario que las élites, no tiene nada que perder.

~

—¿Cómo se atreve a hablaros así?

Una vez que el rajá se ha marchado, Mammoo se ha reunido con su ama y no puede ocultar la indignación ante ese hombre al que califica de tener «dos caras». Encantado por la oportunidad de rebajar al que considera su rival, insiste:

—¡Os ha jurado fidelidad y tiene la audacia de oponerse poniendo como excusa que sus soldados no le seguirán!

En realidad, lleva un doble juego para satisfacer sus ambiciones personales. ¡Esos hindúes son unos hipócritas!

¡Otra vez las maledicencias! Hazrat Mahal enrojece de ira:

—¡Te lo prohíbo! ¡Si me entero de que vas propagando semejantes necedades, te echaré sin vacilar! ¿Acaso no ves que nuestros cipayos hindúes confunden en una misma adoración a mi hijo Birjis Qadar con su dios Krishna? No toleraré que la cultura indomusulmana de Awadh, nuestra «cultura de oro y plata», esa extraordinaria construcción de humanismo y de tolerancia, se vea amenazada por unos estúpidos prejuicios religiosos.

Ante la violencia de su reacción, el eunuco baja la cabeza. Su ama nunca le ha tratado así. En contra de la opinión general, le ha nombrado ministro de la corte y ¿ahora amenaza con echarle? ¿Acaso se cree tan fuerte como para arreglárselas sin él?

—No pienso más que en protegeros, Houzour, como he hecho siempre —balbucea—. Vuestra posición concita muchas envidias, me han comentado de vos que...

—¡Muy bien, pues que comenten! Mis años transcurridos en la zenana me han enseñado a no prestar ninguna atención a lo que dicen de mí. ¡Si uno deseara ser apreciado por todo el mundo, jamás haría nada!

—Tened cuidado, Houzour, tenéis un enemigo poderoso que cuenta con el favor del pueblo y trata de socavar vuestra autoridad. Le he escuchado muchas veces criticar vuestras decisiones y decir que llevaréis el país a la derrota.

—¿Te refieres a ese loco del *maulvi?*

—Ahmadullah Shah no es un loco, sino una persona extremadamente inteligente y astuta. Se proclama profeta inspirado por Dios y ha jurado aniquilar a todos los británicos. Sus discípulos proceden de las clases pobres, él sabe cómo dirigirse a ellos y utilizar su desconfianza hacia los poderosos. Critica la blandura de los hombres de la corte y la cobardía de ciertos generales. Él mismo lucha siempre al frente de sus tropas, corriendo riesgos inauditos. Ha escapado tantas veces de la muerte que nuestros compatriotas, religiosos por naturaleza, le consideran un ser sobrenatural que les conducirá a la victoria.

—¿Y qué me reprocha exactamente?

—¡No respetar el *purdah,* no llevar más que un ligero velo sobre vuestros cabellos cuando estáis con hombres y proteger a los ingleses!

—¿Proteger a los ingleses?

—Ha sabido que habéis perdonado la vida a las mujeres y niños refugiados y los habéis custodiado bajo vuestra protección en palacio antes de enviarles con escolta a Allahabad.

—¡Y me enorgullezco de ello! ¿Acaso ese monstruo querría que dejara matar a esos inocentes? ¿Es que no sabe que el islam prohíbe atacar a los no combatientes? Todos esos religiosos que interpretan el santo Corán a su manera para que diga lo que les interesa son nuestros peores enemigos. Más peligrosos que los extranjeros contra los que combatimos porque caricaturizan hasta tal punto nuestra religión que un día terminarán por considerar a los musulmanes como a unos fanáticos a los que hay que aplastar. —Hazrat Mahal no puede contener su indignación—: ¡*Maulvis,* mulás, imames, esas gentes no tienen ningún derecho a dictar la conducta de los demás! El profeta Mahoma no quiso que hubiera clero cuando vio todos los desastres que ocasionaban los sacerdotes. Él quería que el creyente estuviera a solas ante el Libro sagrado, la palabra de Dios, y que la interpretara según su conciencia. Si insistió tanto en que los musulmanes, hombres y mujeres, se instruyeran, diciendo que, si fuera necesario había que acudir a buscar el saber incluso a China, fue precisamente para que los creyentes fueran capaces, con la sola ayuda del Corán, de dirigir su vida.

~

El 22 de agosto comienza el Muharram, el periodo de duelo de los musulmanes chiitas en recuerdo de Hussein, el nieto del profeta, asesinado con toda su familia por el califa omeya Yazid, cuya autoridad se negaban a reconocer. Desde la masacre, cometida en el año 680 en Kerbala, Irak, los chiitas de todo el mundo conmemoran la tragedia durante varias semanas.

Este Muharram es el primero que acaece después de la coronación de Birjis Qadar y, a pesar de los combates, la regente entiende que se debe celebrar con la misma pompa que en tiempos de Wajid Alí Shah. Será la ocasión de mostrar al joven rey a la multitud y de fortalecer la moral y la determinación de los soldados. Aunque la ceremonia es específicamente chiita, los hindúes tienen la costumbre de unirse a ella.

Con la aparición de la primera luna creciente, una larga procesión sale del Bara Imambara, el santuario más suntuoso de Lucknow, edificado en el siglo XVIII y cuya bóveda, de cincuenta metros de largo por dieciséis de ancho, de una sola pieza, suscita la admiración de los arquitectos del mundo entero.

A la cabeza de la procesión avanzan majestuosamente varios elefantes cubiertos de negro: sobre sus lomos, los portaestandartes sostienen en alto las enseñas concedidas por los emperadores mogoles, unas astas de oro y plata coronadas por un sol, una luna o un pez, símbolos de auspicios favorables. Detrás de ellos va la caballería, blandiendo los *alams,* estandartes sagrados bordados con versos del Corán y coronados por una mano de bronce que simboliza la pentarquía chiita: el profeta Mahoma, su hija Fátima, su yerno Alí y sus hijos Hassan y Hussein. Luego, con la cabeza gacha, le sigue Zulzinah, el caballo blanco del mártir.

A continuación, con paso lento y golpeándose el pecho, avanzan unos hombres ataviados con oscuras vestimentas que llevan sobre sus espaldas la réplica del ataúd del imam Hussein, recubierto por una bandera negra bordada con lágrimas de plata. A la cola del cortejo serpentea la larga fila de *tazzias* en cera teñida, adornadas con metales preciosos, frágiles maquetas del mausoleo del imam Hussein en Kerbala. Cada barrio, cada corporación ofrece su *tazzia,* cuya riqueza muestra la importancia y la generosidad de sus donantes.

Por último, al son lúgubre de los tambores, aparecen los penitentes. Vestidos de negro, avanzan golpeándose el pecho y gimiendo ruidosamente: «¡Imam Hussein! ¡Imam Hussein!», mientras la multitud contesta con fervor: «¡Ya Hussein!». Durante toda la noche se fustigan, los cuerpos jadeantes, los rostros extáticos, para rememorar la tragedia de su imam, que, a costa de su vida, se levantó contra el usurpador.

Por su parte, en todos los imambaras de la ciudad, las mujeres, completamente vestidas de negro, sin joyas ni maquillaje, salmodian mientras lloran. En palacio, la regente ha enviado a buscar a la mejor recitadora de *marsias*[72] de Lucknow, una mujer con voz ronca que, con todo lujo de detalles, relata el martirio del imam Hussein y de los suyos, setenta y dos personas incluidos ancianos y niños. La larga marcha por el desierto, el cerco, los tres días sin nada que comer ni beber, después el ataque del ejército enemigo, las muertes que se suceden, la del bebé de pocos meses, la del niño de diez años, la de un anciano. Actriz trágica consumada, la mujer hace aumentar la tensión: pendientes de sus labios, las mujeres suspiran, gimen, la emoción les embarga, no pueden soportarlo más y estallan en sollozos y se lamentan, confundiendo en una misma pena la tragedia del imam y sus dramas personales. Se golpean el pecho cada vez más fuerte, para humillarse y acercarse a los mártires, tratando de sentir en su carne un poco de sus sufrimientos.

Pero es el décimo día de Muharram, el día del Achura, cuando las ceremonias de duelo alcanzan su paroxismo. Ese día, el imam Hussein, después de haber visto a su familia y a sus fieles masacrados uno tras otro, se encuentra solo con

---

[72] Poemas elegíacos que conmemoran el martirio de Hussein y los suyos.

su caballo blanco, Zulzinah, frente a los soldados de Yazid. Una vez traspasado este último compañero por las flechas, se precipitan sobre el imam herido y le cortan la cabeza; después, como último sacrilegio, se ponen a jugar con ella como con una pelota.

Alrededor de la Residencia los cañones han callado: por respeto al imam, en ese día del Achura está prohibido combatir desde hace mil doscientos años. Hay que recordar, llorar y rezar.

Precedidos por camellos enjaezados de negro —los camellos de la caravana del mártir— y de Zulzinah, con su gualdrapa blanca manchada de sangre, la procesión de penitentes avanza al son de los tambores mortuorios. Hay hombres maduros, pero también adolescentes. Con el torso desnudo, llevan en la mano látigos formados con cadenas terminadas en hojas de acero recién afiladas. «¡Imam Hussein!», gritan. «¡Ya Hussein!», responde la multitud. En un mismo impulso las cadenas se abaten sobre las espaldas desnudas, los cuchillos laceran la carne, la sangre brota.

«¡Imam Hussein!». Se flagelan al ritmo del conjuro, la sangre chorrea formando charcos negros en la tierra. «¡Ya Hussein!». Un hombre se desploma, luego otro. Rápidamente, les recogen en camillas improvisadas. Los golpes se multiplican, los penitentes se flagelan ahora con frenesí, caen en una especie de locura, desesperados por anular el cuerpo, intentando alcanzar ese estado último en el que, reuniéndose con su imam mártir, formarán un solo ser con Él.

El centro de la ciudad está bloqueado por la muchedumbre congregada, que sigue la ceremonia con fervor. De repente, a la vuelta de una esquina, surge un pequeño grupo de cipayos abriéndose paso a codazos: «¡Apártense, dejen pasar a la guardia de su excelencia Mammoo Khan!». Mal que bien, le abren un pasillo entre la gente, que protesta, hasta que un barbudo de gran altura se planta ante ellos, con las piernas separadas y les replica:

—¿De qué Mammoo habláis? ¿Del eunuco de la bailarina?

Atónitos, los cipayos se quedan paralizados. Necesitan varios segundos para reaccionar hasta que uno de ellos, desenvainando su sable, se adelanta amenazante:

—¿Te estás refiriendo al ministro de la corte y a la Rajmata?

—La Rajmata está, que yo sepa, en Londres, para rogar por la causa del rey, que está en el Fuerte William, prisionero de los *ingreses.* No existe ningún otro rey ni ninguna otra Rajmata. A menos que te refieras a una de las concubinas que Su Majestad ha dejado en Lucknow. En cuanto a tu ministro de la corte, un viejo esclavo que se da grandes aires, permíteme que me ría.

Es demasiado. Sable en mano, los cipayos se precipitan mientras una decena de hombres surge al lado del provocador. Vestidos con simples *longuis*[73], van armados con *gourdins* y *lathis.* Se entabla una batalla. Contra los sables, los largos bastones hacen maravillas, rompiendo aquí un puño, allá una espalda, antes incluso de que los cipayos hayan podido llegar hasta sus asaltantes. Rápidamente se ven acorralados y, al darse cuenta, el barbudo hace un signo a sus hombres para que se detengan.

—¡Regresad a vuestra casa y decid a Mammoo que los soldados del enviado de Alá, el *maulvi* Ahmadullah Shah, le saludan!

Y desaparece entre la multitud.

La pelea se ha desarrollado ante centenares de testigos y el eco del escándalo llega hasta palacio. Inmediatamente, la regente convoca una reunión con los jefes de las diferentes fuerzas armadas para discutir las medidas que se deben adoptar.

Nadie se arriesga a decirlo abiertamente, pero no ocultan su satisfacción por la humillación infligida a Mammoo Khan, al que su arrogancia le hace ser unánimemente de-

---

[73] Paño enrollado alrededor del talle a modo de falda y que llevan los hombres.

testado. No obstante, no se puede tolerar la división en el seno de los efectivos militares.

Con pocas palabras, el rajá Jai Lal expone el problema:

—El *maulvi* se ha vuelto incontrolable. Reverenciado como un dios por sus soldados y por buena parte de la población, cree que no tiene que recibir órdenes de nadie y en el curso de las batallas actúa por su cuenta. Dicho esto, es un buen estratega y un notable líder. En las circunstancias actuales, sería una gran pérdida privarnos de su colaboración.

—De todas formas no se dejaría apartar, ha jurado liberar a la India de los ingleses. Les llama *kafirs,* infieles.

—Lo sorprendente es que lo sigan también los hindúes, dado que predica un islamismo riguroso en contra del islam degenerado de la corte.

—¡Oh, es muy hábil! Se guarda sus convicciones y no habla más que de la lucha común contra los opresores extranjeros que quieren imponer sus costumbres y su religión a los creyentes.

—Y está bien considerado por la clase media, ya que mantiene entre sus soldados una disciplina de hierro: tienen derecho a saquear a los colaboradores, pero les está rigurosamente prohibido tocar los bienes de la población.

La regente ha escuchado con atención.

—Entonces, ¿opináis que el *maulvi* no es solamente enemigo de los británicos, sino también nuestro? ¿Creéis que cuando el ocupante haya abandonado el país, podría volverse contra nosotros?

—Aprovechándose de su renombre como jefe militar y religioso, es perfectamente capaz de fomentar una revolución —opina el rajá de Mahmudabad.

—¿Quién dijo «si no puedes vencer a tu enemigo, cúbrelo de honores para hacerte su amigo»? —murmura Hazrat Mahal—. Creo que voy a invitar a Ahmadullah Shah y le propondré algo que no podrá rechazar.

Veinte pares de ojos inquisitivos convergen en ella.

—Ya que, según todos, es un excelente jefe militar, he pensado ablandarlo confiándole el mando del próximo asalto contra la Residencia, que denominaremos operación Muharram. Así volveríamos a formar la alianza indispensable para el éxito de nuestra causa.

—¿Eso significará que estaremos bajo sus órdenes? —se indigna Mammoo Khan.

—Que yo sepa, tú no participas en los combates, por tanto, no debes preocuparte —replica secamente la regente—. Son los oficiales los que deben darme su opinión.

—¡Si gana será una catástrofe! —aventura el rajá de Mahmudabad—. Se volverá ingobernable.

—No nos asustemos —interviene el rajá Jai Lal—. Para ganar, Ahmadullah necesita la ayuda de nuestros regimientos. Puesto que ya hemos tenido demasiados muertos, creo que de ahora en adelante deberíamos cuidar más de nuestros soldados.

—¿De ahora en adelante? ¿Eso cuánto tiempo significa? —pregunta Hazrat Mahal, suspicaz.

—El tiempo de la operación Muharram.

Todo el mundo lo aprueba entre grandes risas.

—¿Y no teméis que se vengue? —se inquieta la regente.

—¿Qué más puede hacer? Ya intenta socavar la autoridad del rey y la vuestra. Pero si pretende hacerse con el poder, los cipayos no le seguirán. Puede que lo aprecien como jefe militar, pero en el terreno de la política no se fían de él. No porque sean en su mayoría hindúes y él musulmán, aquí eso no cuenta, nuestros soldados combaten codo con codo, sino porque se dan cuenta de que el *maulvi* es un extremista.

25

Poco a poco la revuelta se extiende por el noreste de la India y una gran parte del centro, corazón de la región maratí, amenaza con sublevarse.

En Calcuta, en ese mes de agosto de 1857, el gobernador general no consigue comunicarse con sus oficiales. Las líneas telegráficas han sido saboteadas y la rebelión en la provincia de Bihar hace casi imposible la circulación de los correos. A causa de ello, se ve obligado a tomar decisiones valiéndose sólo de un conocimiento fragmentario de la situación.

Por todas partes el viento sopla a favor de los indios. Pero los refuerzos británicos y las unidades leales de los ejércitos de Bombay y Madrás avanzan hacia el centro del país. Los insurrectos deben actuar rápido: la única forma de terminar con los *ingreses* es extendiendo la rebelión hacia el oeste y el sur. Sin embargo, numerosos príncipes vacilan y otros, entre los más importantes, se han situado decididamente del lado inglés.

La soberana de Bhopal, concretamente, a la que Hazrat Mahal ha tratado de convencer, se niega a unirse a la insurrección a pesar de las manifestaciones de sus súbditos. Dotada como su madre de un sentido político que no se deja lastrar por los ideales, la begum Sikander apuesta por la victoria de los británicos.

En cuanto al estado más grande del Decán, Hyderabad, agitado por los *maulvis,* que predican la revuelta en las mezquitas, hubiera debido inclinarse por la rebelión. Sin embargo, para fortuna del ocupante, el viejo nizam acaba de morir. Sin duda éste no habría vacilado en vengarse de aquellos que, algunos años atrás, habían confiscado una parte de su territorio para pagar al ejército que le imponían. Pero su hijo, que le ha sucedido unos meses antes del comienzo de la insurrección, está bajo la influencia del primer ministro, sir Salar Jung, un anglófilo convencido. Éste ha hecho arrestar a los cabecillas de los insurrectos y los ha entregado a las autoridades británicas.

El 14 de agosto, un ejército de tres mil hombres, conducido por el general Nicholson, ha llegado frente a Delhi, donde ha reforzado el asedio a la espera de tropas suplementarias. El gobernador de la India ha ordenado concentrar el máximo de fuerzas para recuperar la antigua capital. De Delhi depende, en efecto, la suerte de la rebelión en las provincias del noreste, sublevadas desde que el gran mogol reina de nuevo en la ciudad imperial. Y la suerte depende igualmente del Punyab y del centro. Incluso en las provincias que han continuado manteniéndose fieles, los británicos tienen cada vez más dificultades. Si el trono del antiguo poder, símbolo de dos siglos de gloria, es restablecido de forma duradera, el país combatirá como un solo hombre para expulsar a los extranjeros.

En pocas semanas, John Nicholson, un gigante con expresión a la vez taciturna e inspirada, se ha convertido en una leyenda. Desde de que abandonó Peshawar en mayo, el rumor de su coraje y de su brutalidad se ha extendido por todo el país, y permite que sus tropas cometan los peores abusos.

Los soldados sijs son conocidos por su crueldad: se cuenta que empalan a los prisioneros y espetan a la brasa a los niños delante de sus padres. Fábula o realidad, el hecho es que su jerarquía no reprime ningún exceso. Tras las masacres de mujeres y niños europeos, los británicos se han convencido de que los indios son bestias dañinas que es necesario exterminar.

Para un buen número de soldados, la venganza es un derecho inscrito en la Biblia, su combate una batalla entre el bien y el mal, y la supresión del amotinamiento una cruzada. Les apoya la prensa inglesa de Calcuta y de Londres, que, tras las masacres de Kanpur, está crispada.

«Por cada iglesia destruida deberíamos demoler cincuenta mezquitas. Por cada cristiano asesinado deberíamos masacrar mil rebeldes», declara *The Times*.

El mismo Charles Dickens escribe lo siguiente:

> *Desearía ser comandante en jefe en la India. Haría temblar de terror a esa raza oriental y proclamaría que, por mandato de Dios, haría todo lo posible para borrar de la superficie terrestre a esa ralea culpable de tantas crueldades.*

El gobernador general, lord Canning, ha acabado dándose cuenta, por su parte, del peligro que implica una represión ciega que no deja a la población, a menudo vacilante, más opción que la de unirse a los rebeldes. Intenta restablecer las reglas del derecho, lo que le granjea los insultos de la comunidad británica, que le apodan para burlarse de él «Canning el clemente», pero no conseguirá detener las atrocidades de un ejército sediento de venganza.

En Lucknow se ha acogido la noticia del asedio de Delhi sin demasiada inquietud. La ciudad es inexpugnable: rodeada de fosos de seis metros de profundidad y cuatro metros de anchura, está defendida por decenas de miles de cipayos. Lo que ignoran es que sufre una grave penuria de víveres y municiones y los soldados, hambrientos, están desertando cada día en mayor número.

En cambio, la próxima llegada del general James Outram, que ha abandonado Calcuta el 25 de agosto y se dirige hacia Awadh, preocupa al mando militar. Advertido por sus espías, el rajá Jai Lal ha informado a la regente de que, a la cabeza de sus numerosas y bien equipadas tropas, Outram proyecta unirse al general Havelock en Kanpur con el fin de lanzar un ataque conjunto sobre Lucknow.

Sir James Outram... Hazrat Mahal recuerda al último Residente del reino de Awadh, su altivez y su dureza hacia el desdichado soberano, las mentiras, las vejaciones constantes... Se acuerda en particular de la entrevista con la Rajmata, que le suplicó el perdón para su hijo, y la brutalidad irónica con la cual Outram le respondió...

Ella, la cuarta esposa, en aquel momento sólo podía callar.

«*¡Ah, cómo han cambiado las cosas, voy a demostrarle a ese maldito* ingrés *de lo que yo y los míos somos capaces!*».

En el campamento atrincherado de la Residencia los sitiados han recuperado los ánimos y están convencidos de que, esta vez, será la buena. En efecto, después de haber esperado más de un mes a que el ejército de Havelock franqueara las cincuenta millas que separan Kanpur de Lucknow, habían tenido que superar una enorme desilusión: a causa de los ataques indios, el general se había visto obligado a batirse en retirada. Desde entonces, a pesar de todos sus esfuerzos, el coronel Inglis no conseguía mantener la moral de la guarnición.

> *Los combatientes están exhaustos* —escribe, suplicando que acudan en su ayuda—. *Los disparos enemigos, el hambre y las enfermedades causan casi veinte víctimas al día. No creo que podamos resistir mucho más**.

Desde ese momento se sigue con ansioso fervor el avance de las tropas de Outram. Progresando a marchas forzadas, el ejército ha llegado a Kanpur.

El 19 de septiembre se pone en camino hacia Lucknow. Franqueando el Ganges sobre un puente flotante construido con barcazas planas, avanzan bajo una lluvia torrencial. El primer encuentro con los indios tiene lugar a veinticinco millas de la capital, en el mismo sitio en el que un mes antes las tropas de Havelock fueron derrotadas. Los ingleses cargan al grito de: «¡En recuerdo de Kanpur!» y, a golpe de sable, dispersan a las fuerzas enemigas. Continúan avanzando en su persecución, asombrados de no encontrar resistencia. Cuando llegan al palacio de Alambagh, en medio de un parque rodeado de altos muros, a cinco millas de Lucknow, se dan cuenta de la táctica del adversario: protegidos a la izquierda por los muros de Alambagh, en el centro y la derecha por una cadena de pequeñas colinas, los indios acogen a los asaltantes con fuego graneado.

Los combates durarán tres días.

En el momento más crucial de la contienda, una mujer aparece en el campo de batalla. Montada sobre un elefante, desde lo alto de su *howdah* alienta a los combatientes, que la aclaman: es la regente. Para estimular a sus soldados en ese enfrentamiento en el que, por primera vez, Lucknow se ve amenazada, ha decidido tomar parte directamente en el combate. Pero también la anima una necesidad de revancha contra ese Outram que tanto ha humillado a la familia real.

Sorprendido por los clamores, el rajá Jai Lal se ha acercado: al reconocer a la joven, se queda durante un instante inmóvil, dividido entre la admiración y la ira. Dejándose llevar por esta última, espolea a su caballo y, cuando llega a su altura, la reprende rudamente:

—¿Qué hacéis aquí? ¿Habéis perdido la cabeza? ¡Esta guerra no es un juego, vos os debéis al estado y al rey, vuestro hijo, y no tenéis derecho a dejaros matar!

El furor vuelve casi negros los ojos verdes de la joven.

—¿Cómo os atrevéis a darme órdenes? Hago lo que creo necesario: los soldados tienen necesidad del aliento de su reina.

Y le da la espalda.

Durante muchas horas se queda junto a ellos, exhortando a los cipayos, que, subyugados por la intrepidez de esa frágil joven, van a batirse con multiplicada valentía.

Cuando por fin regresa a palacio, todavía exaltada por el fuego de la batalla, un mensajero, con las ropas cubiertas de polvo y aire exhausto, la aguarda. Ha llegado de Delhi: tras una semana de feroces combates la ciudad imperial ha caído.

Hazrat Mahal se queda atónita. Será necesario que el hombre le revele la triste condición de una población hambrienta, de un ejército carente de todo, especialmente de municiones, y dividido por las disputas de sus jefes, para que se rinda a la evidencia.

—¿Y qué ha sucedido con Su Majestad Bahadur Shah Zafar?

—Ha sido hecho prisionero, y sus hijos, por lo que dicen, han sido asesinados. En cuanto a la ciudad, me temo que...

Con un gesto, la regente le ordena que se calle.

—Todo esto debe quedar entre nosotros, al menos durante algunos días. La noticia de la derrota del gran mogol sería desastrosa para la moral de nuestras tropas, te suplico que no se lo cuentes a nadie. El rumor se extenderá rápidamente, pero es importante ganar tiempo. ¿Puedo contar con tu palabra?

—Soy vuestro devoto servidor, majestad.

E inclinándose hasta el suelo con una respetuosa reverencia, se retira.

En cuanto se queda sola, la regente ordena que le traigan su *hookah.* Lo aspira profundamente, el sonido del agua en el frasco de cristal y las volutas de humo perfumado la calman poco a poco. Con el ceño fruncido, reflexiona: tras la caída de Kanpur y ahora de Delhi, los británicos concentrarán todas sus fuerzas sobre Lucknow. Hace falta poner en práctica un nuevo plan de acción. Debe hablar con Jai Lal.

Jai Lal... Estará furioso, pues le ha ofendido en público. Pero ¿qué necesidad tiene él de querer controlar sus actos y sus gestos? ¡Ella es la regente, es ella quien decide! Sin embargo... parecía trastornado.

«¿Habrá sentido miedo por mí? ¿Por mí o por la reina, que, como él ha subrayado, se debe al estado y a su hijo? ¿Acaso no soy nada más que eso para él... la reina?».

Se acuerda de su emoción cuando Mumtaz le contó que el rajá estaba enamorado de una hermosa dama inaccesible.

«Entonces creí... sin duda, me he hecho ilusiones».

A pesar de su amabilidad, Jai Lal guarda ahora las distancias. Pero no le importa, ella también las guardará. No está dispuesta a mendigar su amistad.

Alambagh es tomada el 23 de septiembre a pesar del coraje de las tropas indias.

Para los británicos, es una conquista estratégica: cuentan con utilizarla como base avanzada cuando emprendan las operaciones posteriores contra la ciudad rebelde.

El 25 de septiembre, al alba, Outram y Havelock lanzan el asalto contra el puente de Charbagh, al sureste de la ciudad. En un acto de inusitada audacia, la caballería inglesa va a cargar sable en mano y la infantería la sigue en oleadas sucesivas. Tras un primer encontronazo, terrible, los ingleses cobran ventaja, pero las pérdidas por ambas partes son enormes: para franquear el puente los soldados deben marchar sobre centenares de muertos y heridos.

La Residencia está a sólo dos millas, el camino más directo pasa a través del populoso barrio de Aminabad, atravesado por trincheras, erizado de empalizadas, y en el que la mayoría de las casas se han equipado con troneras. Avisado por sus espías, el comandante británico decide rodear Aminabad y llegar por el este, a través de la antigua guarnición europea y el barrio de los palacios. Pero cuando alcanzan los alrededores de Kaisarbagh, les recibe un intenso cañoneo. Bien atrincherados tras los templetes y las fuentes de mármol, centenares de cipayos, dirigidos por el rajá Jai Lal, les aguardan. Con fusil, con sable, con bayoneta, los hombres combaten salvajemente. Los civiles prestan ayuda a los cipayos y defienden cada pulgada de tierra mientras, desde las terrazas, las mujeres lanzan descargas de ladrillos y piedras.

Pero los cañones ingleses protegen el avance de sus tropas, que no están más que a media milla de la Residencia. El día comienza a declinar, los soldados están exhaustos después de tres días sin dormir y apenas comer. Outram, herido en un brazo, propone que descansen un poco antes de acometer la última marcha a través de las calles abarrotadas. Para Havelock es inadmisible: se ha jurado alcanzar la Residencia ese mismo día.

Bajo sus órdenes, el 78º regimiento de Highlanders, soldados de las tierras altas de Escocia, y los sijs continúan avanzando por las estrechas callejuelas bordeadas de casas con terrazas. Apenas se han adentrado los hombres cuando estalla por todas partes un fuego continuo y empiezan a caer como moscas. El coronel Neill, que les dirige, es alcanzado en la cabeza por una bala. Indiferente a las pérdidas, Havelock exhorta a sus soldados a continuar avanzando. A través de las calles estrechas, bajo las balas y los proyectiles, progresan heroicamente. Por fin, a la caída de la noche, alcanzan la Residencia.

Al son de las cornamusas, los Highlanders penetran en el campamento atrincherado. La alegría y la confusión están en su máximo apogeo. Los sitiados se precipitan para acoger a sus libertadores. Enfervorecidos, les estrechan las manos, llorando y cubriéndolos de bendiciones, mientras los rudos militares, temblando de emoción, toman en sus brazos a los niños que han salvado de una muerte certera. Los cipayos de la Residencia se unen a la fiesta. En mala hora: ante la visión de los indígenas, los soldados británicos, habituados a disparar sobre los negros, abren fuego y matan a aquellos que les habían rodeado para darles las gracias, hasta que los gritos de los sitiados les hacen comprender su equivocación.

Pero el incidente se olvidará pronto; los festejos durarán toda la noche.

Al día siguiente, sin embargo, la alegría decae cuando se dan cuenta de que es imposible evacuar el campamento. La pequeña tropa de Outram y de Havelock ha sufrido graves pérdidas —quinientos treinta y cinco muertos y heridos— y no tiene ni la fuerza ni los medios necesarios para transportar hasta Kanpur a los heridos, los enfermos, las mujeres y los niños, en total mil quinientos no combatientes.

La vergonzosa realidad es que, después de haber desplegado tantos esfuerzos para entrar en la Residencia, los soldados no pueden salir de ella y los libertadores, que se suponía que iban a auxiliar a los sitiados, han acabado, de hecho, engrosando el número de cautivos.

«Estamos todos deprimidos —escribe la viuda del coronel Case—. Nuestros salvadores son muy pocos para liberarnos y demasiado numerosos para las provisiones que nos quedan*».

En la ciudad, en cambio, la población no cesa de bromear sobre «esos *ingreses* que se encarcelan a sí mismos». Burlarse de los que tienen la costumbre de admirar, de temer o de odiar les supone un placer. Tal vez aún mayor que matarlos. Uno mata a individuos, a menudo unos pobres diablos, mientras que con las burlas rebaja al enemigo, mancilla su imagen, destruye la autoridad de esa raza que se dice superior.

Se regocijan también por la muerte del coronel Neill, cuya crueldad le había valido el apodo de «el carnicero de Benarés, de Allahabad y de Kanpur», y se convencen de que la odiada ocupación muy pronto llegará a su fin.

Mientras una parte de Lucknow lo festeja, la otra entierra a sus muertos. Se han contado más de mil, pero, tanto a los ojos de los hindúes como de los musulmanes, no se trata de víctimas, sino de mártires. Los primeros se reencarnarán en una forma superior, los segundos ganarán directamente el paraíso de Alá.

En el palacio de Chaulakhi, la regente ha reunido a los jefes militares para felicitarles por su coraje. Y para consultarles.

—Debéis saber que he recibido una carta del general Outram. Solicita que les dejemos abandonar la Residencia y regresar a Kanpur. En compensación, promete que los británicos no tomarán ninguna represalia contra aquellos que no tengan las manos manchadas de sangre. ¿Qué les parece? —pregunta con una sonrisa irónica.

Las risas de la asamblea son suficiente respuesta:

—¡Esos malditos británicos no titubean ante nada! Son prisioneros y prometen que si les liberamos, no nos ejecutarán. ¿Se ha escuchado alguna vez semejante disparate?

—¿Y qué pensáis responder, Houzour? —pregunta el rajá Jai Lal.

—Creo voy a hacerle esperar un poco, y después… —declara en un tono de estudiada indolencia, pero con un brillo de avidez en la mirada—, y después le haré saber que su proposición es interesante y que la consideraré, y a continuación le pediré que concrete ciertos detalles. En resumen, le haré esperar mi asentimiento, pero... me olvidaré de responderle. Él continuará escribiendo hasta que... —Hazrat Mahal hace un alto, su mirada se ha vuelto gélida y, con voz afilada, concluye—: ¡Hasta que finalmente se dé cuenta de que me estoy burlando de él como él se burló del rey!

26

Desde su terraza, que domina el parque de Kaisarbagh, Hazrat Mahal contempla el sol poniente que se refleja en el agua de las fuentes y en los templetes de mármol blanco. Deleitándose, respira los primeros momentos de frescor y piensa en el día transcurrido. Por primera vez después de varias semanas, ha decidido dejar la responsabilidad de los asuntos de estado a sus ministros para poder pasar la tarde con su hijo.

Birjis Qadar ha crecido mucho durante el pasado año y en su rostro de ojos verdes, tan parecidos a los de su madre, centellea la inteligencia.

Juntos han paseado por las avenidas del parque, ella en un faetón descubierto, él a caballo, orgulloso de hacerle admirar su progreso.

—Cuentan que la rani de Jhansi es una excelente amazona. ¿Por qué no aprendéis a montar, Amma Houzour? Podríamos dar largos paseos juntos.

Hazrat Mahal ha contestado que se lo pensará y ha recordado con nostalgia la época en la que Jai Lal le propuso darle clases, sugiriendo que algún día podría serle útil. ¡Tendría que aprender!

Pero rápidamente aparta al rajá de su cabeza, su hijo reclama toda su atención. Éste le cuenta cómo cada mañana dirige los ejercicios de su compañía de cipayos. En efecto, después de su coronación, los oficiales juzgaron que tenía que iniciarse en la instrucción militar —como otrora hizo su padre, disciplina en la que destacaba, demasiado para el gusto de los ingleses, que terminaron por prohibírselo—.

Hazrat Mahal advierte que la narración entusiasta del joven esconde cierta tristeza.

«Dios, cómo ha cambiado... Era un niño despreocupado... Ahora es el rey, y ya no tiene amigos, solamente cortesanos...».

Como si adivinara los pensamientos de su madre, Birjis Qadar le coge una mano y se la besa.

—Hago todo lo posible para prepararme para mi cargo, Amma Houzour, pero no sé qué es lo que se espera de mí, excepto presidir algunas ceremonias y hacerme aclamar por los soldados. Tengo la sensación de ser un títere. A mi alrededor el país se agita y yo me quedo en palacio. Ya no aguanto más, yo también quiero luchar.

—¿Luchar vos? ¡Pero si no tenéis más que once años! Además, no podemos arriesgarnos a que os maten, el país necesita a su rey.

—¡Pero vos misma habéis participado en la batalla de Alambagh! ¿Acaso el país no necesita a su regente?

Hazrat Mahal se ha quedado sin habla: su hijo se dirige a ella igual que lo hace Jai Lal.

—Os prometo que cuando cumpláis catorce años y seáis casi un hombre, participaréis en los combates. Pero, para entonces, espero que hayamos logrado la independencia y que reine la paz.

Le estrecha en sus brazos para consolarle. Después de todo, no es más que un niño pequeño... su niño pequeño.

La llegada de un eunuco interrumpe sus pensamientos.

—Houzour, el rajá Jai Lal solicita veros. Viene acompañado de un *ingrés*.

«¡El rajá a estas horas! ¡Y con un inglés! Sin duda, un enviado del general Outram, que se está impacientando...».

El acompañante del rajá, un joven tocado con un turbante y de tez ennegrecida, resulta ser, en realidad, un aliado. Empleado de correos en la Residencia, William Reid era anteriormente horticultor de Su Majestad y sigue venerando a ese rey que hizo de Lucknow la «ciudad de los jardines» y le trató como a un artista.

Con la anexión del reino, perdió su trabajo —que más que un medio de vida, era una vocación— y se encontró confinado en una oficina polvorienta, él, que había vivido entre flores... La injusticia cometida con el soberano y, por añadidura, con él mismo, le ha amargado. Ya no estima a sus compatriotas, a quienes tacha de individuos mezquinos que se aprovechan de la India para vivir por encima de su condición. En cambio, siente una gran consideración por los aristócratas indios, con los que llegó a tratar en los parques reales.

Así, en lo más profundo de su ser, se ha mantenido fiel a su país de adopción, y cuando el telégrafo ha comunicado la increíble noticia, ha decidido, aun a riesgo de su vida, correr a advertir a la regente.

Una noticia tan importante como desastrosa: el complot para la liberación de Wajid Alí Shah ha sido descubierto. El gobernador general de Calcuta ha sido informado por Londres.

—¡Es imposible!

Hazrat Mahal se niega a creerlo. Será necesario que el mensajero le proporcione todos los detalles de la operación para que, consternada, termine por admitir que, una vez más, han sido traicionados.

—Pero ¿cómo lo ha podido saber Londres?

—Parece, señora, que ha sido por... alguien de vuestro entorno.

—¿Qué le hace decir eso? —pregunta la regente, incrédula.

—El telegrama precisa que Londres ha recibido información de Lucknow.

Alarmada, Hazrat Mahal se vuelve hacia Jai Lal.

—¿Quién, aparte de mi entorno más próximo, estaba al corriente?

—Nadie, Houzour —responde el rajá con aire sombrío—. Sabía que estábamos rodeados de espías, pero no me imaginaba que hubiesen llegado a penetrar en la zenana... —Y dirigiéndose al joven, añade—: Admiro su coraje, señor, y su fidelidad a nuestro desdichado rey. ¿Qué podemos hacer para agradecérselo?

—Nada. He hecho lo que me dictaba mi conciencia y mi corazón. No porque sea inglés tengo que apoyar a mi país cuando se comporta tan mal. Ahora, si me lo permitís, debo marcharme, pues pueden advertir mi ausencia.

—Pero ¿cómo va a entrar en la Residencia?

William deja escapar una pequeña sonrisa.

—¡Igual que he salido! ¡Con vuestros incesantes bombardeos hay siempre alguna brecha que pasa inadvertida en un primer momento!

Cuando se inclina ante la begum, ésta le retiene:

—Espere, señor. —Se quita de su dedo un anillo de oro incrustado de rubíes—: Tome esto, no es nada, sólo una muestra de mi reconocimiento.

¿Cómo podría imaginar ella en ese instante que el anillo, encontrado entre las pertenencias del joven, confirmaría las sospechas del coronel Inglis, que desde hace algún tiempo desconfía del antiguo horticultor del rey?

Una semana después de su visita a Kaisarbagh, William es condenado por traición y fusilado en el acto.

Una vez sola con el rajá, Hazrat Mahal se echa las manos a la cabeza.

—¿Quién ha podido traicionarnos? ¿Cómo puedo seguir viviendo si me sé rodeada de espías hasta entre mis más allegados?

—Tendréis que estar aún más atenta, Houzour. En vuestra posición, no podéis confiar en nadie.

Con ojos brillantes de lágrimas, ella balbucea:

—¿Ni siquiera en vos?

Parece tan perdida que Jai Lal se emociona y, por primera vez después de su desavenencia, se ablanda y trata de consolarla.

—Sí, desde luego, de mí podéis fiaros, pues nada me es más sagrado que la liberación de nuestro país. Estaré siempre aquí para ayudaros.

La joven se ha girado hacia él. La invade el impulso de cogerle las manos, de tranquilizarse con su calor, de pronto se siente terriblemente vulnerable...

Con un esfuerzo de voluntad se rehace y declara con voz ahogada:

—Os lo agradezco, rajá sahab. Vuestra presencia a mi lado me es infinitamente... valiosa.

Tiene que contenerse para no decir «esencial», «indispensable»... No tiene derecho a decirle nada similar. En un momento en el que la esperanza de liberar al rey se ha desvanecido, ¿cómo podría traicionarle?

El rajá parece leer sus pensamientos. Sacude dulcemente la cabeza, entiende sus escrúpulos —los comparte— y la estima todavía más.

Pero sabe que no puede continuar engañándose. Experimenta un sentimiento que no ha conocido nunca hacia esa mujer cuya inteligencia y voluntad admira, esa soberana a veces irascible y altanera, a veces desconcertante en su sencillez y gentileza, que en ese instante descubre tan frágil. Y no se trata solamente de deseo, como el que ha podido sentir por las bellas cortesanas del Chowq —aunque hace un instante ha tenido que contenerse para no estrecharla entre sus brazos—. Y mucho menos de la cálida ternura que ha vivido junto a la madre de sus hijos. Es una intensa dulzura que le inunda y de la que no puede defenderse, una atracción que todas las fuerzas de su razón y de su cinismo no consiguen combatir y que le asusta. Por primera vez en su vida, se siente abrumado por emociones más fuertes que él. A costa de un esfuerzo inmenso para disimular sus sentimientos, el rajá se inclina ante la regente y, asegurándole su devoción, se despide.

~

Después de la caída de Delhi, Lucknow se ha convertido en el centro de reunión de los insurgentes. De la capital imperial llegan miles de cipayos y de todas las aldeas de Awadh grupos de campesinos armados con mazas, horcas y guadañas convergen en la ciudad, faro de la rebelión, allí donde reside todavía un mando militar y una autoridad legítima. En la mente de esos hombres, la Rajmata representa a la madre combatiente, y el pequeño rey, Birjis Qadar, la unidad entre hindúes y musulmanes.

La aristocracia de Awadh se ha unido igualmente a la revuelta con sus ejércitos privados. Entre los recién llegados se encuentra un prestigioso personaje cuya reputación de valentía ha llegado hasta Lucknow. Es el príncipe Firouz Shah, sobrino del emperador mogol, que acaba de llegar con una pequeña tropa.

Una delegación de rajás, precedida por la orquesta real, ha salido a recibirle y lo ha escoltado en majestuosa procesión hasta el palacio de Khurshid Manzil, muy cerca de Kaisarbagh. Esa tarde, al príncipe se le espera en la corte. La Rajmata está impaciente por escuchar de boca de un testigo directo la narración de la batalla de Delhi.

Cuando hace su aparición, la joven no puede reprimir un sentimiento de decepción. Pequeño y delgado, con su *choga* de brocado, Firouz Shah no se parece en nada al combatiente que tanto han elogiado. Sólo cuando el joven empieza a hablar, con ojos brillantes en un rostro sorprendentemente expresivo, comprende, embargada por el encanto de su cálida voz, la influencia que ejerce sobre todos los que le rodean.

Durante horas va a relatar cómo desde hacía varias semanas la población de Delhi sufría de hambre y de sed: los británicos habían bloqueado el canal que aprovisionaba a la ciudad de agua y devastado las cosechas; y el gobierno rebelde no tenía ya dinero en efectivo para dar de comer al ejército, de modo que cada vez eran más los soldados que regresaban a sus casas.

Describe la autoridad pendenciera y desordenada de los cipayos y la impotencia del viejo emperador para controlarlos. Se le faltaba al respeto incluso en el propio palacio, invadido por la soldadesca. Uno de sus hijos, Mirza Moghul, había asumido el mando del ejército, pero se veía rechazado por otros generales, de modo que no existía ninguna unidad de acción entre los regimientos. Finalmente, tenían una lamentable falta de pólvora, ya que los ingleses habían prendido fuego a su principal arsenal.

A principios de septiembre, los británicos, reforzados por un tren de asalto[74] de seis millas de largo, habían atacado.

—Durante tres días el cañoneo fue ininterrumpido. Teníamos la sensación de estar bajo un diluvio de fuego. Finalmente, el 14 de septiembre, los británicos lanzaron el asalto. Habiéndonos unido por fin ante la inminencia del peligro, defendimos encarnizadamente cada pulgada de terreno. En el laberinto de calles los ingleses avanzaban con dificultad y sus pérdidas eran muy importantes. Allí cayó herido mortalmente el general Nicholson. ¡Que el diablo acoja su alma! Durante dos días la batalla continuó indecisa. Pero una brigada entera se dio a la fuga y ya no éramos muy numerosos. Era necesario animar a la población a resistir, aunque estaba aterrorizada.

»Ante nuestra insistencia, el emperador aceptó ponerse a la cabeza del ejército. Deberíais haber visto la multitud de voluntarios entusiastas que le aguardaban. Además, aún podíamos ganar, pues los soldados británicos, desmoralizados, se negaban a meterse de nuevo en la trampa de las calles tortuosas. Un tercio, al parecer, ya había perecido.

»Desgraciadamente, aconsejado por su *hakim,* un traidor anglófilo, Bahadur Shah Zafar acabó renunciando y la multitud, desorientada, se dispersó.

---

[74] Tren de asalto: transporte encargado de conducir las provisiones y las municiones.

»¿Podemos realmente reprochárselo? Es un viejo... pero con su gesto firmó la sentencia de muerte de la capital imperial. Delhi fue poco a poco abandonada por sus últimos defensores. Yo mismo decidí partir entonces, juzgando inútil dejar que masacraran a mis hombres para nada.

»El 20 de septiembre, la ciudad cayó. Sabemos lo terrible que ha sido la venganza de los británicos. Durante días, los soldados exterminaron tanto a combatientes como a civiles, no perdonaron ni a los heridos ni a los enfermos, miles de prisioneros fueron fusilados y los palacios robados y saqueados.

—¿Y el emperador?

—Bahadur Shah Zafar se había refugiado con su familia a algunas millas de la ciudad, en el mausoleo de su antepasado, el emperador Humayun. Informado por un espía, el capitán William Hodson, un aventurero condenado antaño por malversación, fue a buscarle y obtuvo su rendición asegurándole que sería tratado con los honores debidos a su rango. He sabido después que el emperador está encerrado en una pequeña celda de barrotes, expuesto a las burlas de los visitantes...

»En cuanto a sus tres hijos, que le acompañaban, Hodson les había prometido salvarles si se rendían. Pero en el camino se las arregló para separarlos de su séquito, les obligó a desnudarse y les disparó a bocajarro.

—¡Qué horror! —se estremece Hazrat Mahal—. ¿Es que esa gente no tiene ningún respeto por la palabra dada? ¡Espero al menos que sus superiores le hayan castigado!

—¡En absoluto! Aunque su jerarquía desapruebe su conducta, no puede decir nada. Se le considera un héroe, tanto aquí como en Inglaterra.

Gestos de desaprobación acogen sus palabras, todos guardan silencio, perdidos en sus pensamientos.

Para aligerar la atmósfera, Hazrat Mahal ha hecho una seña a los jóvenes sirvientes para que distribuyan las *hookahs* y sirvan sorbetes de mango y rosa.

La joven se dirige de nuevo al príncipe:

—¿Vais a quedaros con nosotros, Shahzadeh[75]?

—Ése sería mi más preciado deseo, Houzour —responde éste fijando en Hazrat Mahal una mirada de admiración.

Hazrat Mahal nota que se ruboriza. El conflicto y sus dramas la han endurecido, pero no la han vuelto insensible a los cumplidos.

—Sois aún más bella de lo que se dice —murmura él.

Sabe que debería adoptar un gesto ofendido y mirar hacia otro lado, pero hace tanto tiempo que no alaban más que su coraje y su inteligencia que se siente como una mariposa ávida de néctar.

La sensación de una mirada fija en su nuca la hace volverse: el rajá Jai Lal la observa fríamente.

Tan molesta como irritada, le reta con la mirada: ¿por qué debería sentirse culpable de encontrar placer en los cumplidos del encantador príncipe Turquesa[76], cuyas palabras no pretenden nada y son gratas al oído?

—Desafortunadamente, tengo que marcharme —continúa el príncipe—. Regreso a las provincias centrales para prestar mi ayuda al movimiento de liberación. Debemos alentar las sublevaciones en todos los frentes a la vez, es nuestra única oportunidad de acabar con los británicos. El pueblo está preparado, pero no puede organizarse solo y, por desgracia, la mayoría de los cipayos se ha unido a las grandes ciudades. Pero, si lo deseáis, puedo dejaros a uno de mis mejores tenientes. Ha oído hablar mucho de vos y sueña con poder serviros. He pensado que podría resultaros útil tener a vuestro lado a alguien que conoce a la perfección el modo de pensar y las reacciones del enemigo. ¿Puedo hacerle entrar?

Con el consentimiento de Hazrat Mahal, entra el teniente de Firouz Shah. Es un hombre corpulento y rubio,

---

[75] Príncipe imperial.

[76] Firouz significa «turquesa», piedra especialmente apreciada por los musulmanes chiitas, que la consideran un amuleto.

con la tez roja por el sol; se inclina respetuosamente ante la regente.

Estupefacta, ésta se vuelve hacia el príncipe.

—¡Pero es inglés!

—No, es irlandés. Se llama Brendan Murphy.

—Para mí, es lo mismo. No quiero europeos en mi entorno. Ya tenemos suficientes espías entre los nuestros.

El diálogo se ha desarrollado en urdu, para que Murphy no pudiera entenderlo. Éste, todavía de pie, sonríe: entiende el urdu a la perfección, pero también comprende la reacción de la regente.

Firouz Shah se levanta.

—No quiero influenciaros. Hablad con él y juzgad vos misma.

Las sombras han invadido el gran salón y los sirvientes han encendido las antorchas de plata. La Rajmata y el teniente continúan hablando.

Brendan Murphy relata que en 1846 se enroló en el ejército británico porque, en su casa, se morían de hambre. Era la época de la gran hambruna, cuando una plaga arrasó los cultivos de patatas, único alimento de los campesinos; los cereales y la carne, de los que el país era un gran productor, se exportaban.

—¿Quién los exportaba? —pregunta Hazrat Mahal, que no entiende nada.

—¡Los ingleses! A finales de la Edad Media, colonizaron nuestro país igual que han colonizado el vuestro. Hace cuatro siglos nuestras tierras fueron confiscadas por colonos llegados de Gran Bretaña, y los antiguos propietarios se convirtieron en granjeros sujetos a su merced.

—¿Acaso intenta decirme que los ingleses les han colonizado a ustedes, europeos cristianos, como nos han colonizado a nosotros, indígenas y por añadidura paganos? —exclama la begum, atónita.

—¡Absolutamente! Y, como vosotros, nos hemos sublevado. En el siglo XVII los campesinos irlandeses masacraron a miles de colonos, y eso provocó la terrible represión de Oliver Cromwell, el nuevo amo de Inglaterra. Desde entonces, la población se halla totalmente sometida a la autoridad de los protestantes de abolengo británico que habían confiscado todos los poderes. Primero, atacaron a la religión y al clero, que ofrecían a la gente el coraje para resistir. Los curas que se negaban a jurar fidelidad al rey protestante fueron desterrados o ahorcados. Nos impusieron las «leyes penales»: prohibido hablar nuestra lengua, el gaélico, prohibido practicar la religión, prohibida toda instrucción. La población no solamente fue reducida a la miseria, sino aplastada. Sin embargo, continúa resistiendo.

»En mayo de 1798 tuvo lugar la gran revuelta. Por ambas partes hubo incendios y matanzas. Los ingleses obtuvieron la victoria, los rebeldes eran en su mayor parte pobres campesinos sin armas ni disciplina. La represión fue terrible. Mi abuelo había tomado parte en el movimiento. Fue asesinado junto con toda su familia, excepto su hijo pequeño, un niño de cinco años que se escondió en el heno. Era mi padre. A partir de entonces, se crio con unos parientes lejanos y nunca quiso mezclarse en política. Trabajó como campesino, pero había aprendido a leer y escribir, lo que, en la aldea, le daba un estatus de erudito. Era la época en la que los curas decían misa y daban clase ocultos en túneles bajo los puentes de los caminos.

»Aprendí de mi padre todo lo que sé. En 1845, cuando la gran hambruna golpeó a mi país, yo tenía diecisiete años. Duró cuatro años. De una población de ocho millones de irlandeses, un millón murió de hambre. Y otro millón se exilió, como yo. Desde principios de siglo Gran Bretaña ha necesitado soldados para sus colonias. En 1846, al no tener otra opción, me alisté en el ejército y llegué a la India.

La begum no puede contenerse más.

—Pero ¿por qué razón les han tratado así?

—Han invocado desde siempre razones morales para invadir un país y apropiarse de sus riquezas. La riqueza de Irlanda es agrícola; aquí, en la India, poseéis oro, piedras preciosas, especias, pero también seda y algodón necesarios para las fábricas de tejidos, que no cesan de multiplicarse. La situación ha llegado hasta tal punto que actualmente los periódicos británicos dicen en grandes titulares que «la pérdida de la India supondría un golpe mortal para nuestro comercio y nuestra industria*».

Hazrat Mahal sacude la cabeza. Hay un detalle que le intriga:

—Me ha parecido que entendía el urdu. ¿Dónde lo ha aprendido?

El irlandés prorrumpe en una enorme carcajada y replica:

—Es muy sencillo, ¡con mi esposa! Estoy casado con una india y tenemos dos niños estupendos.

La begum se ha echado también a reír.

—Me gusta usted, señor Murphy, pero es preciso que se reúna con el rajá Jai Lal. En lo que concierne al ejército, es él quien decide.

Así fue como Brendan Murphy, un irlandés del condado de Cork, se alistó al servicio del reino de Awadh para combatir la ocupación británica y se convirtió en el brazo derecho del rajá Jai Lal, del que se hizo rápidamente amigo.

27

A principios del mes de noviembre de 1857, Lucknow se prepara para un nuevo asalto. Afluyen combatientes para echar una mano a la resistencia y la ciudad cuenta ahora con más de cincuenta mil soldados. Una fuerza imponente, pero también una carga, ya que es necesario alimentar y armar a todos esos hombres y, a pesar de los esfuerzos de la administración para cobrar los impuestos, las arcas están prácticamente vacías. Por ello, Jai Lal se ha visto obligado a anunciar que la paga de los recién llegados será la mitad que la de las fuerzas regulares de Awadh, lo que ha provocado un descontento que el *maulvi* Ahmadullah Shah se ha apresurado a aprovechar.

El «enviado de Dios» ha prometido a los cipayos que se unan a él la misma paga que a los de Lucknow y ha conseguido de esa forma doblar sus fuerzas a expensas de las de la regente. Su prestigio ha aumentado y no pierde ocasión de criticar a lo que denomina despreciativamente como «el bando de la corte».

—Esto no puede continuar así, debo hablar con él —decide Hazrat Mahal.

—¿Creéis que servirá de algo? —objeta Jai Lal—. Sin duda, no ha olvidado el fracaso de la operación Muharram y la mala disposición de nuestras tropas a seguirle.

—Voy a intentarlo... Después de todo, tenemos el mismo enemigo, debemos ser capaces de entendernos.

Para halagar al *maulvi,* la regente ha decidido recibirle con todos los honores reservados a los grandes dignatarios.

La entrevista tiene lugar en la sala del trono, en presencia del rey y de los ministros. La begum se deshace en sonrisas y atenciones. Pero ha juzgado mal al que se considera ahora su rival: lejos de ablandarse por el protocolo y la amabilidad de la Rajmata, Ahmadullah Shah, por el contrario, ve en todo ello la confirmación de su importancia y del temor que inspira. Se lanza a una virulenta diatriba, acusando a los generales de incompetencia y de cobardía e, incluso, se permite poner en duda la lealtad de la corte a la causa de la independencia.

—¡Ya basta! —Hazrat Mahal le interrumpe y le fulmina con la mirada—: ¿Acaso estáis dando a entender que yo también soy una traidora?

El *maulvi* vacila, y luego deja caer:

—Tal vez os estén engañando... las mujeres no están hechas para dirigir los asuntos del estado. Son demasiado débiles e influenciables.

—¿En serio? —ironiza la begum—. Entonces, ¿cómo puede ser que durante el curso de los siglos los estados indios hayan estado tan a menudo gobernados por mujeres? ¿Acaso no habéis oído hablar de Razia Sultana, cuyo padre, en 1236, la designó para sucederle en el trono de Delhi, porque la creía más capaz que a sus hermanos? Ella se reveló como una hábil guerrera y una notable administradora, restableciendo el orden en el país, alentando el comercio y sosteniendo las artes. ¿Y en el siglo XVII la gran Nur Jehan, esposa del emperador Jahangir, que dirigió el Imperio mogol mientras su marido se consagraba a la poesía y a la bebida? ¿Y las soberanas de Bhopal, uno de los más grandes principados musulmanes de la India, primero Qudsia Begum y ahora su hija, la begum Sikander? ¿Y la rani de Jhansi, que actualmente dirige a la cabeza de su ejército la revuelta contra el ocupante? Y tantas otras... ¿Son todas ellas, en vuestra opinión, mujeres débiles e influenciables?

Ante las risas de la concurrencia, Ahmadullah Shah se crispa.

—Como buen musulmán, respeto el Libro santo, que proclama: «Un estado gobernado por una mujer va de cabeza a su perdición».

—¡Eso no está en el sagrado Corán! ¡Y como «buen musulmán» lo sabéis muy bien! —grita indignada la begum—. El Profeta, por el contrario, otorgó a las mujeres derechos que ninguna cristiana, judía o hindú tenía en la época y tardarían siglos en obtener: el derecho a heredar, la libre disposición de sus bienes, el derecho a hacer negocios, algunas incluso han sido cadíes.

—Al menos, ésas tenían la decencia de llevar velo, como está prescrito —replica el *maulvi* lanzando una mirada malévola a la cabellera azabache cubierta por una sencilla gasa traslúcida.

—¡De nuevo otra invención! En ninguna parte del Corán se exige ocultar el rostro, ni siquiera el cabello. Sólo se exige a las mujeres que sean púdicas. —Y como el *maulvi* ha levantado los ojos al cielo, añade—: Mammoo Khan, trae mi Corán —ordena Hazrat Mahal. Unos segundos más tarde lo tiene entre las manos—. Escuchad los dos únicos pasajes de todo el Libro que tratan del velo:

> *Decid a las creyentes que bajen la vista, que sean púdicas, que no muestren más que el exterior de sus atavíos, que cierren el velo sobre su pecho*[77].

> *Di a tus esposas y a tus hijas, y a las mujeres de los creyentes, que se cubran con su manto*[78].

Volviéndose hacia el *maulvi*, prosigue:

—Durante siglos, los hombres han pervertido el sentido de las enseñanzas del Profeta. ¿Cómo podría éste haber aconsejado mantener a las mujeres encerradas cuando su primera esposa, Jadiya, era una sensata mujer de negocios, y su más

---

[77] Sura 24, versículo 31.
[78] Sura 33, versículo 59.

joven esposa, Aisha, se sentaba a cenar con él y sus amigos y discutía sobre cualquier cosa, especialmente de política?

—Las cosas están bien claras —confirma el rajá de Mahmudabad—, pero como el pueblo no lee el árabe e, incluso entre los mismos árabes, son pocos los que entienden el lenguaje literario empleado en el Corán, los ulemas lo interpretan como les parece.

Furioso al verse desacreditado ante toda la concurrencia, el *maulvi* se levanta.

—¡Insultáis a los ulemas, ofendéis al sagrado Corán! ¡Alá os castigará! —brama.

Y apartando violentamente a los eunucos de guardia, abandona la sala del trono como si huyera del diablo en persona.

~

El nuevo comandante en jefe del ejército de la India, sir Colin Campbell, es un escocés de sesenta y cinco años, descendiente de un ilustre clan, pero de una rama empobrecida —su padre ejercía el oficio de carpintero—. No teniendo medios para comprar su grado de oficial, como era entonces costumbre entre los hijos de familias nobles, tuvo que ganárselo en el campo de batalla. Su valor durante las guerras contra los sijs en el Punyab y más tarde en Crimea le ha valido la reputación de héroe.

Descrito en los medios ingleses de Calcuta como un «hombrecillo feo y malhablado», ha obtenido, en cambio, la confianza de la reina Victoria, que, desde que se ha instalado en Balmoral, aprecia mucho a sus súbditos escoceses. Además, es adorado por sus soldados, especialmente por los de su regimiento de Highlanders, los únicos en los que confía plenamente.

El 28 de octubre, sir Colin ha dejado Calcuta para unirse a las fuerzas establecidas en Kanpur y acudir en socorro de Lucknow. Su prioridad es liberar la Residencia. Lleva resistiendo cuatro meses y se ha convertido para todo el mundo anglosajón en el símbolo del coraje y la superioridad de la raza blanca.

El 3 de noviembre, con tres mil quinientos hombres, llega a Kanpur. Allí intenta, sin éxito, como antes lo hiciera el general Outram, establecer contactos con los nobles locales, haciéndoles miles de promesas. Nadie acepta cooperar, ni siquiera surtir de víveres a los británicos. Campbell decide entonces reunir a las tropas que se encuentran al norte de Benarés y se pone de camino hacia Lucknow acompañado de cinco mil hombres y una cincuentena de cañones y morteros.

Sin embargo, en el último momento, vacila, pues le han llegado noticias de que el general Tantia Tope se dirige hacia Kanpur con el temible contingente de Gwalior, que se ha sublevado contra su maharajá. Pero, en Inglaterra, la prensa, encolerizada, no le deja opción. El general Windham y dos mil hombres permanecerán en Kanpur.

El 9 de noviembre, Campbell atraviesa el río y se tropieza con una avanzadilla de mil quinientos cipayos. Pero la partida es demasiado desigual: tras haberles diezmado, llega a Alambagh, donde continúa estacionada una pequeña guarnición inglesa.

Desde esta base, situada a cinco millas de Lucknow, decide lanzar el asalto el 14 de noviembre.

Durante ese tiempo, en la capital, el rajá Jai Lal y Man Singh, uno de los grandes rajás de Awadh, preparan la defensa.

Los primeros enfrentamientos tienen lugar alrededor del palacio de Dilkusha, la «Delicia del corazón», construido según el modelo de una casa solariega inglesa, y alrededor del colegio La Martinière[79], donde estudiantes y profeso-

---

[79] Gran palacio que mezcla los estilos rajastaní, mogol y barroco, edificado por Claude Martin, aventurero francés al servicio del nabab Shuja ud Daulah. Tras su muerte, en 1800, se convirtió en colegio, hermanado con los colegios La Martinière de Calcuta y de Lyon, financiados por su fundación y todavía en activo.

res combaten al lado de los cipayos. Una vez más, la potencia de fuego británica supera a la artillería ligera y los mosquetes, y las tropas indias se baten en retirada. Una compañía permanecerá en el lugar, sacrificándose para cubrir a sus camaradas.

Al día siguiente, la vanguardia de Campbell llega a Sikanderbagh, un palacio edificado por el rey Wajid Alí Shah para la bella Sikander en la época en que ésta era su esposa favorita. Rodeado de altos muros de seis metros flanqueados por graciosas torretas, el palacio se alza en el camino de la Residencia.

Inmediatamente, el rajá Jai Lal despliega a sus hombres para bloquear el avance enemigo, pero éstos no tienen más que fusiles frente a la artillería pesada y la última arma inglesa, los *rocket cars,* cañones con ruedas que, gracias a una nueva técnica, escupen fuego muy rápidamente en todas direcciones, sin necesitar, como con los cañones clásicos, recargarse cada vez. Es la primera vez que se utilizan en la India y siembran el terror en las filas hindúes.

La batalla se recrudece. Los británicos consiguen penetrar en el parque, acorralando a los insurgentes, que se baten con la energía de la desesperación. Entre los combatientes indios hay incluso mujeres, que dan muestra de una extraordinaria audacia. Durante el asalto, una de ellas conseguirá ocultarse en un gran árbol frondoso bajo el cual dispone jarras de agua fresca. Terminada la batalla, algunos soldados van a descansar a la sombra y a apagar su sed. De pronto, la visión de numerosos cuerpos tendidos bajo el árbol atrae la atención de un oficial. Les examina las heridas y piensa que les han disparado desde arriba. Al vislumbrar una silueta disimulada entre el follaje, abre fuego. Un cuerpo cae rodando, vestido con una chaqueta entallada y un pantalón de seda rosa, en el que distingue estupefacto a una mujer. Armada con dos viejas pistolas, había conseguido, desde su escondite, matar a más de media docena de hombres.

De los tres mil combatientes indios de Sikanderbagh, ni uno solo escapará con vida. La aurora asoma sobre las montañas de cadáveres, muchos aún vestidos con sus viejos uniformes rojos.

Los británicos continúan avanzando. Una de las últimas posiciones en su camino a la Residencia es Shah Nadjaf, el enorme mausoleo del primer rey de Awadh y de sus esposas favoritas. Los combates duran toda la tarde, las pérdidas británicas son tan importantes que se da orden al 93º regimiento de Highlanders de retirarse cuando por azar se descubre detrás del mausoleo un estrecho pasaje. Uno por uno, los soldados se deslizan por él. Los defensores se encuentran entonces atrapados entre dos fuegos: delante, un intenso cañoneo; detrás, los «diablos con falda» que se arrojan sobre ellos.

Al caer la noche, el césped y los floridos arriates de Shah Nadjaf están cubiertos de cuerpos. Para evitar el cólera empiezan a quemarlos a todos, pero algunos tan sólo están heridos. Por la noche se escucharán los gemidos de los agonizantes, que imploran que les rematen de un tiro.

A la mañana siguiente, los últimos edificios cercanos a la Residencia son tomados a punta de bayoneta y, a primera hora de la tarde, el ejército británico alcanza la puerta Bailey, donde los sitiados los acogen exultantes de alegría.

Los generales Havelock y Outram, con el refuerzo de todas las tropas reunidas, esperan de una vez por todas ocupar Kaisarbagh, someter Lucknow y terminar con la begum y sus comparsas. Para su gran decepción, sir Colin se niega categóricamente: ha perdido seiscientos hombres y cree que las fuerzas restantes son insuficientes para asegurar la evacuación de la Residencia.

Ésta tendrá lugar el 19 de noviembre.

Esa noche, una primera columna de literas y palanquines cargados con cerca de quinientas mujeres y niños abandona la Residencia y la ciudad de Lucknow sin encontrar obstáculos. En tres días se evacuará a toda la guarnición. A los centenares de heridos, en sus camillas y protegidos por civiles armados y soldados, se les hace salir de noche, en el más absoluto silencio. Para desviar la atención de los indios, sir Colin ha montado una operación de distracción: los cañones bombardean intensamente Kaisarbagh para hacerles creer que se avecina un asalto inminente. Dentro del palacio, las mujeres gritan horrorizadas y una parte de la guarnición, presa del pánico, está a punto de huir. La regente convoca entonces a sus jefes:

—Podéis iros. Yo me quedo —declara—. Pero como no quiero caer con vida en manos del enemigo, os pido, antes de que os marchéis, que me cortéis la cabeza*.

Ante la determinación de la regente, los militares bajan la vista, avergonzados de su cobardía y, con un arranque de orgullo, se declaran dispuestos a combatir a su lado.

Entretanto, la larga caravana británica de cuatro mil hombres, con caballos y carretas, ha alcanzado el río Gomti. El único paso es un puente de piedra y, pese a los bombardeos y la oscuridad, la travesía no puede escapar a la atención de los guardias. Inmediatamente éstos dan la alerta.

Avisada en plena noche, la regente no parece sorprendida:

—Me lo esperaba —confiesa al oficial que ha acudido a prevenirla.

—Voy ahora mismo a ordenar que toquen llamada a las tropas para que les detengan.

—No, dejadlo estar.

—¿Cómo decís?

—Nuestro objetivo no es matarlos, nuestro objetivo es que se marchen. Si lo hacen por sí mismos y de esa forma nuestro país se libra del último *ingrés*, ¡mucho mejor! ¿Qué más queréis?

—¿No vamos a vengar a nuestros muertos...?

—¡Por cada inglés muerto, hemos perdido al menos diez hombres! ¿Os parece que no son suficientes? Además, me niego a atacar a una columna de refugiados y a sus centenares de heridos. No soy Nana Sahib y el jefe del ejército, el rajá Jai Lal, comparte enteramente mi punto de vista. No insistáis más, mi decisión es irrevocable: deseo que se deje a esa gente marchar en paz.

La evacuación de la Residencia es festejada por la población como una gran victoria: todos los británicos han abandonado Awadh, excepto Outram y un destacamento de dos mil soldados que se han quedado para custodiar la plaza fuerte de Alambagh, a los que están convencidos de poder reducir rápidamente.

El optimismo es aún mayor porque acaban de recibir la noticia de la victoria de Tantia Tope sobre el general Windham y la reconquista de Kanpur. Se contempla la posibilidad de liberar las ciudades de Benarés y Allahabad, que, antes del desastroso tratado de 1801, pertenecían a Awadh. La begum Hazrat Mahal ha convocado incluso a los generales para pedirles que preparen un plan. Ahora, ya nada parece imposible.

28

La toma de Kanpur dura poco. A mediados de diciembre, la ciudad está de nuevo ocupada por los ingleses.

Nana Sahib, a cuya cabeza se ha puesto precio, ha huido y se ignora dónde se esconde.

En cuanto a su consejero, Azimullah Khan, nadie lo ha visto. Como no se ha encontrado su cuerpo en el campo de batalla, se ha supuesto que había seguido a Nana en su huida. Pero Hazrat Mahal lo duda: no encaja con su forma de ser. No le ha visto más que una vez, pero está convencida de que aunque pueda mostrarse muy cruel y cínico, se trata, ante todo, de un nacionalista que haría cualquier cosa para liberar a su país. Seguramente, al no poder seguir influyendo en su aterrorizado amo, Azimullah lo habrá abandonado para continuar el combate a su manera. El terreno preferido de este personaje brillante y sin escrúpulos no es la lucha armada, aunque se le reconoce una sangre fría poco común —se dice que fuma cigarros en el campo de batalla mientras las bombas estallan a su alrededor—, su terreno es la conspiración, ahí es donde destaca.

Durante los meses siguientes corre el rumor de que Azimullah Khan ha sido visto en Hyderabad con los oficiales sublevados, en Jodhpur, en Poona y en diversas ciudades del centro de la India en las que la población se agita. Como por ensalmo, por donde quiera que pasa, los levantamientos no tardan en estallar. En Bhopal incluso habría sido arrestado, pero rápidamente puesto en libertad, pues la begum no se habría atrevido a hacer ejecutar al favorito de Nana Sahib y enemistarse con el que podría ser el próximo Peishwa.

Por su parte, el general Tantia Tope, expulsado de Kanpur y sin poder contar más que con Nana Sahib, decide regresar al centro de la India, su región de origen, acompañado de Rao Sahib, el sobrino de su amo. Allí espera promover la rebelión entre los maratíes.

Sin embargo, en Lucknow, la regente y su estado mayor se inquietan. En ese mes de enero de 1858 se espera un nuevo ataque, más severo incluso que los anteriores, pues se ha sabido que el general Campbell ha recibido poderosos refuerzos de Inglaterra y que éstos están de camino hacia Awadh.

Hazrat Mahal ha decidido fortificar Lucknow. Quince mil hombres se afanan en construir un muro alrededor de la ciudad, excepto en el norte, donde el río Gomti constituye una protección natural. Se levantan barricadas en todas las calles y avenidas, los principales edificios se refuerzan y todas las casas está provistas de troneras.

Alrededor de Kaisarbagh, las trincheras se han rellenado con agua del Gomti y se han edificado tres líneas de defensa. Transformados en auténticas ciudadelas, con bastiones en cada esquina, los palacios, el más grande de los cuales alberga ahora al mando de las fuerzas armadas, están defendidos por ciento veintisiete cañones.

Si, a pesar de todo, se tomasen las principales fortificaciones, la resistencia debería continuar en el corazón de la ciudad y se han distribuido viejos mosquetes entre sus habitantes. Pero, como siempre, falta munición. Para remediarlo, los cipayos dan muestra de un gran ingenio inventando mil formas de fabricar obuses: obuses de arcilla rellenos de fragmentos de hierro, obuses hechos con enormes cilindros de madera, obuses de piedra e incluso sacos de yute cargados de fragmentos de obuses y de pólvora, todos equipados con un detonador improvisado. Se paga además a mujeres ancianas para que se aventuren más allá de las murallas y recuperen las balas perdidas.

La Rajmata está en todos los frentes. Montada en su elefante real, visita cada obra para alentar a los hombres y asegurarse de que las raciones distribuidas son suficientes. Muchos, en efecto, ya no tienen con qué alimentarse. Desde que los ejércitos enemigos quemaron los campos, los cereales son escasos y caros. Por ello, ha decidido nombrar en cada barrio a un responsable encargado de vigilar que ninguna persona muera de hambre, quitando alimentos a los ricos para dárselos a los pobres si se cree necesario.

Asimismo, ha convocado a los banqueros para solicitarles un préstamo de dos millones de rupias, pero éstos se han negado rotundamente. Sin embargo, tras insistirles, prometiendo y amenazando al mismo tiempo, ha logrado conseguir un primer pago. No es suficiente, pues hay que remunerar a las tropas: por muy devotos que sean los soldados, no pueden combatir con el estómago vacío ni dejar que sus familias mueran de hambre. Hazrat Mahal decide hacer fundir sus joyas y todos sus aderezos de oro y plata. Y, pese a los gritos indignados de las begums, les obliga a hacer lo mismo. De las sumas obtenidas, separa secretamente un pequeño tesoro de guerra para financiar sus acciones diplomáticas.

Lo primero que hace es traer de incógnito a un oficial indio estacionado en Kanpur, donde se encuentran todavía cuatro regimientos indígenas bajo mandato británico. Avergonzado, el oficial intenta explicar las circunstancias particulares que han impedido a sus regimientos unirse a la rebelión, pero la Rajmata le interrumpe con voz suave:

—Lo comprendo, khan sahab. Pero resulta inconcebible que vuestros soldados y los míos, indios, hermanos, se maten entre sí.

—Debo confesaros, Houzour, que mis hombres y yo nos sentimos como si hubiéramos caído en una trampa. Nos repugna combatir contra los nuestros, pero el mínimo signo de indisciplina nos supondría la horca en el acto.

—¿Entonces por qué no ordenar a vuestras tropas que disparen con balas de fogueo? Nosotros haremos lo mismo.

—Sí, pero ¿y después? Seríamos ejecutados por amotinamiento.

—No habrá un después. Vuestros cipayos tirarán con balas de fogueo y rápidamente se unirán a los nuestros para disparar contra los ingleses, ¡esta vez con balas reales!

La begum ha terminado por convencer a su interlocutor. Juntos concretan los últimos detalles y una suma de mil rupias a repartir con sus hombres sella el acuerdo.

Todos los días, de la mañana a la noche, Hazrat Mahal se emplea a fondo para organizar y estimular a los suyos, pero cuando regresa a palacio, agotada, se topa con otras preocupaciones. En Kaisarbagh, las begums han formado frente contra ella. La confiscación de sus joyas ha sido la gota que ha colmado el vaso después de mucho tiempo de envidias e irritación ante el poder de la nueva Rajmata, que, después de todo, no es más que la cuarta esposa y, encima, de origen muy modesto.

Mir Wajid Alí, el antiguo responsable de la fábrica de municiones, sospechoso para algunos de ser hombre de los ingleses, ha sido quien ha atizado el fuego. Ha asustado a las mujeres describiéndoles las victorias del enemigo, la potencia de sus cañones y la debilidad de su propio bando, ha conseguido persuadirlas de la incompetencia de la nueva regente y del peligro de dejarle el poder de decisión. Bajo su influencia, se ha creado un fuerte movimiento de oposición dentro del palacio que busca incansablemente enfrentarse a la Rajmata y debilitar su autoridad.

Hazrat Mahal ha tratado de convencerse de que no son más que celos sin importancia, que ella está por encima de esas mezquinas intrigas, pero no puede evitar resentirse duramente de esos ataques. ¡Por suerte tiene a Mumtaz! Le ha hecho preparar una habitación cerca de la suya y pasan largos ratos juntas.

Pero aunque Mumtaz puede reconfortarla, no puede aconsejarla sobre asuntos políticos. Echa de menos las largas discusiones con Jai Lal, desearía tanto tenerle cerca de ella como antes. Él siempre sabe qué hacer mientras que ella, a menudo, titubea y se hace mil preguntas. Su fuerza y su capacidad de decisión la fascinan: él la tranquiliza cuando vacila, y su confianza y admiración le devuelven la energía para avanzar.

Multiplica las ocasiones de encontrarse con él: en la corte, donde no se puede confiar en nadie, la presencia de Jai Lal, su voz cálida y su sonrisa se han vuelto indispensables.

Sin embargo, el rajá se mantiene a la defensiva. Se da cuenta perfectamente de que la joven trata de reanudar los lazos de otros tiempos, pero en esos otros tiempos no existía entre ambos más que amistad y admiración recíprocas, mientras que ahora... Sabe que le profesa un apego como jamás ha sentido por ninguna otra mujer. Pero ¿y ella? ¿Qué siente por él? Es tan voluble... hace alternar sin razón aparente momentos de frialdad y de ternura... No quiere dejarse atrapar. ¿Acaso no la ha visto el otro día coqueteando con el príncipe Firouz?

¿Cómo podría él adivinar que Firouz Shah es la última preocupación de la begum?

~

Las tropas del general Frank, avanzadilla del ejército de sir Campbell, reforzadas por los gurkas de Jang Bahadur, primer ministro y hombre fuerte de Nepal, avanzan hacia Awadh. Las ciudades se conquistan tras reñidas luchas, pero apenas los nepalíes se han marchado cuando los indios contraatacan y las liberan. Se hostiga al ejército británico por donde quiera que pasa. No dándose jamás por vencidos, vuelven al asalto y de nuevo reconquistan las posiciones perdidas.

Para el general Frank, el objetivo no es pacificar Awadh —esto exigiría fuerzas mucho más importantes—, sino llegar a Lucknow. Sus tropas avanzan apoyadas por los gurkas —la crueldad de estos pequeños guerreros rechonchos es legendaria—. Es necesario detenerlos antes de que la población de Awadh, presa del pánico, se dé a la fuga ante ellos: el estado mayor de la begum decide enviar a una docena de regimientos para contener el avance.

Los cipayos apenas han recorrido unas millas cuando les alcanza un jinete, galopando a rienda suelta, portador de un mensaje del *maulvi* Ahmadullah Shah:

> *¡Regresad! ¡Habéis sido engañados! La begum y el bando de la corte quieren alejaros para poder negociar la rendición de la ciudad a los ingleses. ¡Regresad inmediatamente a frustrar esa traición! ¡Es una orden sagrada del vicerregente de Dios, al cual debéis todos obediencia!*

Los hombres vacilan, han prestado juramento al joven rey y a la Rajmata, pero el *maulvi* les impresiona: es un guerrero valeroso y un hombre santo, ¿por qué iba a engañarles? Después de una larga discusión, deciden dar media vuelta y volver a la capital[80].

Este incidente es la chispa que desencadena la crisis. Acusado, Ahmadullah Shah replica poniendo en tela de juicio públicamente la autoridad de la begum y de sus «enturbantados»[81], y amenaza con proclamarse rey.

Sus tropas y las de la begum se enfrentan en una serie de escaramuzas hasta que, el 7 de enero, tiene lugar una verdadera batalla entre ambas partes que se alargará durante unas horas, causando cerca de doscientos muertos, hasta que es interrumpida por la llegada de la propia regente. Tras haber sido advertida, ha ordenado que la lleven hasta el lugar y, desde su palanquín, con los ojos centelleantes de furor, increpa a los combatientes:

---

[80] Luego correrá el rumor de que la carta era falsa y había sido escrita por los ingleses para dividir a sus adversarios.

[81] Los aristócratas.

—¿Os habéis vuelto locos? ¡El enemigo está a las puertas y en lugar de proteger a la población os disparáis unos a otros! ¿Cómo he podido confiar en vosotros?

Los hombres se han detenido. Bajo las amonestaciones de la Rajmata, bajan la cabeza, desamparados. Advirtiéndolo, ella se ablanda:

—Volved a vuestras casas y guardad las fuerzas para defender nuestra ciudad y a vuestras familias de los *ingreses*. ¡Cuento con vuestra lealtad y vuestro coraje!

En mitad de estos conflictos internos, el comandante en jefe del ejército de la India, sir Colin Campbell, reanuda la ofensiva contra Awadh. Habría preferido esperar al otoño y reducir primero las revueltas que estallan por doquier a su alrededor pero, políticamente, Lucknow continúa siendo su prioridad.

Desde Calcuta le escribe lord Canning:

> *Todas las miradas en la India están fijas en Awadh, como lo estaban sobre Delhi. Es el último lugar de concentración de los cipayos, allí donde han puesto todas sus esperanzas, el único que representa una dinastía. Desde hace dos años, los jefes indígenas esperan a ver si somos capaces de conservar lo que hemos tomado con el fin de sacar todas las conclusiones**.

Sir Colin, por tanto, se pone en camino. Con treinta mil hombres, entre ellos dieciséis regimientos del ejército real y una poderosa artillería, tiene bajo su mando la fuerza más considerable jamás reunida por los británicos en la India.

El avance es lento, ya que la vía férrea no cubre más que ciento veinte millas, de Calcuta a Raniganj. A partir de ahí, a lo largo de las novecientas millas que les separan de Kanpur, las compañías y todo el armamento —cañones, munición, escaleras y material de asedio— son transportados a lomos de elefantes o sobre carros tirados por búfalos, constituyendo el conjunto un tren de asalto de más de una decena de millas de longitud.

El calor es tan agobiante que los hombres se ven obligados a detenerse entre las diez de la mañana y las cuatro de la tarde, y no pueden recorrer más que veinticinco o treinta millas por día. Necesitan más de tres semanas para cubrir el trayecto de Calcuta a Benarés. A partir de la ciudad santa, sólo avanzan en destacamentos de tres o cuatro compañías, pues la región está infestada de bandas de insurgentes. Después de Allahabad, incluso deben hacer a pie las últimas ciento cincuenta millas hasta Kanpur.

Finalmente, a mediados de febrero, todo el ejército está reunido en Kanpur y, tras algunos días de descanso, está preparados para lanzarse sobre Lucknow. Pero lord Canning le ordena a Campbell que espere: el primer ministro de Nepal quiere participar en el asedio. La ciudad es de una riqueza legendaria y espera poder obtener su parte en el botín. Nadie se deja engañar, pero no pueden despreciar a un aliado de tanta importancia. A regañadientes, Campbell espera algún tiempo, pero, el 28 de febrero, agotada su paciencia, ordena a su ejército atravesar el Ganges.

Apenas han franqueado el río, los británicos se topan con un enorme despliegue de fuerzas. No son solamente los regimientos de cipayos y las tropas de los *taluqdars*, sino también miles de campesinos que combaten palmo a palmo para defender su territorio. La movilización es general, para gran sorpresa de los oficiales ingleses, recién desembarcados en la India:

—Nos habían hablado de un motín —se asombra uno de ellos—, pero lo que veo a mi alrededor es una lucha de independencia nacional de todo el país contra nosotros, los extranjeros[82].

Pero la superioridad de las fuerzas británicas se vuelve evidente y las defecciones de los *taluqdars* se multiplican. El rajá Man Singh es el primero en traicionarles. Se retira a

---

[82] Extraído de los informes militares británicos.

su fuerte con sus siete mil soldados, arrastrando a su paso a muchos de sus compañeros.

El desánimo ante el poderío del adversario no es la única causa. Los señores feudales comienzan a tener miedo ante la fuerza de la revuelta popular. Comprenden que la victoria puede trastornar las tradiciones seculares de la sociedad india y poner en peligro sus privilegios... mucho más que los ingleses, que, imbuidos de jerarquía, no lo harían jamás.

Esa noche, Hazrat Mahal ha regresado a palacio agotada y preocupada. Entre las pérdidas del combate y las deserciones, las fuerzas combatientes se han reducido un tercio. Quedan sesenta mil hombres y, de ellos, solamente treinta mil cipayos.

Mientras su amiga Mumtaz se esfuerza en distraerla, un oficial solicita ser recibido. Introducido por un eunuco, permanece inmóvil en el umbral del salón. Su aire sombrío hace presentir una mala noticia.

—¡Vamos, habla! ¿Qué sucede? —pregunta la Rajmata.

—Al tratar de rechazar el asalto enemigo en Nawabjang... el rajá Jai Lal...

Hazrat Mahal se estremece, la sangre desaparece de su rostro, le falta la voz. Es Mumtaz quien presiona al hombre para que continúe:

—¿Qué le ha sucedido al rajá?

—Una bala de cañón le ha alcanzado —balbucea el hombre, bajando la cabeza.

«Bala de cañón... alcanzado...».

Hazrat Mahal no entiende...

Y, de pronto, como si asistiera a un espectáculo, oye un fuerte grito:

—¿Está muerto?

Ante los ojos asombrados que la contemplan, se percata de que ha sido ella la que acaba de gritar. El hombre la observa estupefacto.

Mumtaz tiene el tiempo justo para hacerle salir antes de que la joven se derrumbe en sus brazos. ¿Jai Lal muerto? Un dolor le encoge el corazón impidiéndole respirar. Asustada, Mumtaz la hace tenderse, le humedece la frente con agua fresca, le acaricia las manos y el rostro, todo para tratar de consolarla, pero es en vano. Los sollozos la sofocan, se resiste, trata de levantarse, después se deja caer sobre el diván, exangüe.

—¿Tanto le amabas? —murmura Mumtaz, conmovida.

¿Por qué no se lo hizo saber nunca? Siempre la maldita soberbia... y ahora es demasiado tarde.

Mumtaz se queda a su lado durante toda la velada, cantándole para calmarla antiguas canciones de los tiempos de su infancia. Hazrat Mahal ha cerrado los ojos, poco a poco su respiración se hace más regular, se ha dormido.

Por la mañana, al despertar, se da cuenta de que no ha sido una pesadilla y las lágrimas vuelven a aflorar sin tregua. A pesar de sus esfuerzos, no consigue contenerlas. Le ruega a Mumtaz que cancele todas sus audiencias y prohíba la entrada a sus dependencias.

Hacia mediodía, se escucha un fuerte alboroto en el vestíbulo. Por encima de los agudos chillidos de los eunucos y las mujeres, una voz atrona: «¡Dejadme pasar, miserables! ¡Si la Rajmata está enferma, razón de más para que la vea!».

Y la cortina de brocado se abre ante una alta silueta.

Con los ojos desmesuradamente abiertos Hazrat Mahal la contempla, como si viera a un fantasma.

—¿Vos... no estáis muerto? —consigue articular.

—¿Muerto?

El rajá se queda inmóvil, desconcertado, luego se da cuenta de la equivocación:

—Claro que no, fue el desgraciado oficial que estaba a mi lado el que resultó alcanzado. ¡Yo, como podéis comprobar, estoy bien vivo!

La emoción es demasiado intensa, los diques levantados durante meses se rompen. Sollozando, Hazrat Mahal se precipita en sus brazos balbuceando palabras incomprensibles.

Jai Lal estrecha su cuerpo tembloroso y la mece dulcemente, como si consolara a un niño. Con una mano acaricia suavemente su larga cabellera e, inclinándose, posa un beso en su ardiente frente.

Discretamente, Mumtaz desaparece.

29

En una modesta vivienda de la ciudad vieja, una mujer corpulenta, de cabellos aún negros, espera a sus invitados. Desde la víspera ha estado trabajando para dejar acogedoras dos sencillas habitaciones. Ha barrido el suelo de tierra apisonada, limpiado las paredes pintadas de azul y mantenido una encarnizada caza contra el polvo. Después, ha dispuesto en la habitación los tesoros que su sobrina le ha traído para la ocasión: una gran alfombra de flores, cojines de seda y, en lugar del *charpoy,* una de esas invenciones *ingresas* que llaman «colchón» y, por último, sábanas tan finas como jamás ha visto y un mullido edredón de satén.

Cuando Mumtaz, la hija de su hermano mayor, apareció para pedirle que recibiera en su casa, con total discreción, a una pareja de amigos suyos, Aslam Bibi protestó: ¡ella, una mujer respetable, no tenía intención de poner en peligro su reputación, lograda tras cuarenta años de vida virtuosa, para favorecer unos amores ilícitos!

Pero Mumtaz había insistido tanto que había terminado por ceder. Viuda, madre de hijas ya casadas, Aslam Bibi conserva un lado sentimental y se emociona ante la idea de esa pareja que, por amor, se arriesga a morir o, al menos, a un destierro perpetuo. En la India, ya se sea hindú, musulmán o cristiano, no se bromea con la virtud de las mujeres. ¡Por mediación de esos misteriosos amantes iba a vivir la aventura de su vida! Pero fue sobre todo la bolsa de oro, deslizada por su sobrina, la que acabó con sus últimas reticencias. Desde la muerte de su marido, Aslam Bibi sobrevive a duras penas tejiendo finas muselinas, otrora muy apreciadas, pero que, después del exilio del rey y la ruina de los rajás y *taluqdars*, apenas se venden ya.

La noche ha caído hace tiempo. Sentada en la cocina, la mujer empieza a inquietarse: ¿y si sus huéspedes no vienen? ¿Tendrá que devolver el oro…? ¡Imposible! Ya le ha entregado una parte al usurero que, tras la muerte de su marido, le presta lo suficiente para poder subsistir —a un catorce por ciento de interés al mes, eso sí, un precio de amigo según él, llevado por su consideración hacia ella; consideración que, por otra parte, nada le complacería tanto como demostrarle—. Tras su viudez, Aslam Bibi ha aprendido mucho: sabe que debe evitar disgustar a sus acreedores, pero que no hace falta responder a sus avances con la esperanza de que le perdonen la deuda, pues entonces conseguiría lo contrario: si no tienen nada que esperar, no muestran ninguna piedad.

Unos leves toques suenan en la puerta. Apartada de sus pensamientos, la mujer se precipita para abrir, poniendo cuidado en que no chirríen los goznes, y se apresura a dejar paso a la fina silueta disimulada bajo un burka negro.

—*Salam aleikum.*

—*Aleikum salam.*

Sólo intercambian el saludo tradicional.

Mumtaz le ha ordenado que guarde la más absoluta discreción, pero esas pocas palabras le han bastado a la anfitriona para reconocer en su invitada a una musulmana de la más alta sociedad. Además, la finura de su mano lo demuestra, aunque la ausencia de joyas pretende probar lo contrario.

Cuando se queda sola en la habitación, Hazrat Mahal contempla las paredes desconchadas, que contrastan con la refinada ropa de cama en la que reconoce la intervención de su amiga. Se ha desprendido del burka y repasa levemente su indumentaria: se alisa la *garara* azul oscuro bordada de plata que realza el tono satinado de su piel mate y arregla cuidadosamente las sartas de perlas que adornan su cabello. ¿La encontrará hermosa Jai Lal?

Jai Lal... Ante el recuerdo de sus besos, una ola de emoción la invade. La evocación de aquella mañana cuando, entre llantos, se precipitó en sus brazos la inunda de felicidad... y de aprensión. ¿Qué habrá pensado de ella? Ya han pasado dos días, desde entonces han evitado encontrarse, su deseo es tan intenso que temen traicionarse.

Es la primera vez que se enamora. Se da cuenta de que el sentimiento que abrigaba hacia Wajid Alí Shah era, sobre todo, admiración por un soberano aureolado de gloria, y más tarde, cuando lo fue conociendo mejor, ternura por un ser bueno y leal, teñida por un poco de compasión. Durante mucho tiempo había estado convencida de que él hacía todo lo que podía en una situación imposible... pero desde que es regente y, sobre todo, desde que trata cotidianamente con Jai Lal, ha comprendido que, por encima de la bondad y la inteligencia, la principal virtud de un jefe es el valor.

¿Pero el valor excluye la prudencia? ¿Ese encuentro con Jai Lal en esta casa desconocida no es una insensatez? Aunque ella pueda elegir arriesgar su vida para encontrarse con el hombre al que ama, ¿tiene derecho a poner en peligro su imagen de madre combatiente reverenciada por los soldados, la posición de su hijo y el porvenir del movimiento de liberación?

No debería haber aceptado el plan de Mumtaz, debería habérselo arrancado del corazón, pero su amiga la ha convencido de que no existe peligro alguno. Saldría del palacio como salían a veces las antiguas «hadas» de Wajid Alí Shah, esas bellas bailarinas abandonadas por su amo y que se morían de aburrimiento, desocupadas, en una zenana convertida en su tumba. Las más audaces lograban establecer o reanudar relaciones fuera de palacio y, a cambio de unas cuantas piezas de plata, los eunucos hacían la vista gorda: con el rey ausente, ya no había razón para guardar su tesoro.

Esta noche, Hazrat Mahal ha puesto como excusa que se encuentra muy cansada y ha solicitado que no se la moleste bajo ninguna circunstancia. Discretamente, Mumtaz le ha llevado un burka y ha mandado llamar un faetón a cuyo cochero conoce. Éste se ha quedado aguardando a la dama y la devolverá a palacio antes del amanecer. Durante ese tiempo, Mumtaz dormirá en la cama de la Rajmata para simular su presencia ante la improbable eventualidad de que, desobedeciendo sus órdenes, alguien entre en la habitación.

El susurro de una cortina... una mano se posa en su espalda. Un escalofrío la recorre, desearía darse la vuelta, pero no tiene fuerzas, se queda así, inmóvil, saboreando el contacto de esa mano que se demora y remonta hacia su nuca, acariciándola, una mano tierna y firme, que no exige, que se impone como una verdad.

Con un solo movimiento la ha tomado en sus brazos y la contempla, maravillado, sin dejar de recorrer con caricias su espalda, su talle, sus caderas. Y ella, que lleva meses imaginando ese instante, se siente como una niña que no tiene pasado y que no desea más que una cosa: que ese momento se prolongue indefinidamente. Con los ojos abiertos de par en par contempla a ese hombre, estremeciéndose, asustada ante la violencia de su deseo. Por primera vez en su vida no es dueña de sí misma.

Para regresar a terreno familiar, para tratar de domesticar lo desconocido, cierra los ojos y entreabre ligeramente los labios, esperando un beso.

—¡No!

Jai Lal se ha alejado, dejándola titubeante. Y, al ver que le mira sin entender, aclara:

—No, querida, yo no soy uno de vuestros sueños, un fantasma en el que volcar vuestros deseos y carencias. Contempladme: soy un hombre muy real, con sus cualidades y sus defectos, un hombre que os ama y al que tal vez podáis aprender a amar.

—Pero... ¡yo os amo!

—Vos no me amáis todavía, tenéis miedo. La prueba me la acabáis de dar al cerrar los ojos para quedaros en vuestro mundo imaginario. Estáis enamorada de un sueño. Y creo que tanto vos como yo merecemos algo mejor.

Ha bajado la cabeza para disimular sus lágrimas, sabe que él tiene razón. Ella, de quien todos admiran su coraje, es incapaz de desprenderse de su armadura. Ella, cuya belleza sensual parece prometer infinitos placeres, es sin duda capaz de arrastrar a su pareja hasta la cima del placer, pero se queda en la orilla, sin que el otro apenas se dé cuenta, ya sea Wajid Alí Shah, el único hombre que ha conocido, o la compañía de la zenana con la que engañaba su soledad. No es que interprete una comedia, más bien al contrario, ama el amor pero no consigue abandonarse, aterrorizada ante la idea de ser vulnerable y de arriesgarse a ser, a su vez, abandonada.

Abandonada como, cuando siendo un bebé, lo fue por el ser al cual amaba con todo su ser, su madre, fallecida pocas semanas después de su nacimiento. Le habían contado que durante días ella había rechazado la leche de su nodriza y había estado también a punto de morir.

La muerte de su padre reavivó ese sentimiento de inseguridad. En adelante no podría permitirse caer, ya no había nadie para sostenerla.

Así fue como se vio obligada a hacerse fuerte. Pero sólo ella sabe hasta qué punto su aparente seguridad oculta debilidad y angustia.

Ahora, enamorada por primera vez, se siente aterrorizada, y aunque quisiera dejarse llevar, se ve incapaz.

Los sollozos que no puede contener la ahogan.

—Vamos, mi *djani*[83], llorad todo lo que queráis, pero sabed que os amo y os amaré toda mi vida. —Él la toma en sus brazos y la estrecha tiernamente—: Aunque soy lento en

---

[83] Amada.

decidirme, tengo también reputación de cabezota e incluso si os debatís como una diablesa para escapar a mi amor, yo no os dejaré jamás.

Sus sollozos se han redoblado, le parece que todas las defensas que ha erigido para protegerse están a punto de ceder. Ya no sabe si llora de aprensión o de felicidad.

Él la atrae hacia el gran lecho y la desnuda lentamente. Y durante horas le habla y la acaricia, cubriendo todo su cuerpo de besos. La joven adora esas manos un poco rugosas de hombre más habituado a cabalgar por el campo que a frecuentar los salones, ama sobre todo la pasión que emana de cada uno de sus gestos y que reprime para no asustarla.

El tiempo ha pasado sin que ninguno se haya dado cuenta y cuando unos pequeños golpes suenan detrás del tabique, la señal de que ha llegado la hora de separarse, dan un respingo, incrédulos.

—Debe de estar equivocada —refunfuña Jai Lal.

Pero por la ventana se distinguen las primeras luces del alba.

Entonces, se vuelve hacia la joven y la estrecha como si temiera perderla:

—¿Cuándo, mi *djani?* —pregunta con voz alterada.

—Ahora, cuando tú quieras, siempre —balbucea ella, con el rostro hundido contra su pecho. Todo lo que no es ellos, en ese instante, le parece irreal, sin importancia. Irreal la guerra, irreales la corte y el gobierno. La realidad es su amor. Por primera vez se siente viva, el resto no son más que artificios y justificaciones para escapar del vacío. Querría abandonarlo todo, marcharse con él lejos, muy lejos.

Pero sabe que eso es imposible. Se debe a su hijo, que no le pedía nada; ella lo quiso rey y ahora paga su ambición con su libertad.

Como si leyera sus pensamientos, Jai Lal murmura:

—Por mucho que lo deseemos, ni tú ni yo podemos abandonar la lucha y a todos aquellos que confían en nosotros. Nos despreciaríamos por ello, nuestro amor no sobreviviría.

Como siempre, él tiene razón...

Entonces, para aligerar la atmósfera, ella declara:

—¡Esperemos que, entre combate y combate, los ingleses tengan a bien dejarnos tiempo para amarnos!

—¡Les haremos la vida tan dura que se verán obligados a descansar! —promete él riendo.

De nuevo suenan unos golpes insistentes en el tabique.

Hazrat Mahal se arroja en brazos de Jai Lal.

—Hasta muy pronto, mi amor, y acuérdate: las esmeraldas, ésa será nuestra señal. Cada vez que podamos encontrarnos, las llevaré puestas.

Y enfundándose el burka, desaparece: una pequeña forma negra en la palidez rosa del alba.

~

Desde el 2 de marzo el general Campbell acampa en Alambagh con sus soldados y se prepara para atacar Lucknow. El 4 de marzo se le une el general Frank. Sus tropas conjuntas suman treinta y un mil hombres, casi todos europeos, reforzados por los nueve mil gurkas de Jang Bahadur.

En Lucknow, transformada en un fortín, la población está en alerta. El mando militar dirige las operaciones desde el palacio de Kaisarbagh. Los aposentos privados están vacíos, las esposas y las mujeres de la familia real han abandonado el lugar, demasiado peligroso, para refugiarse en residencias más alejadas de la zona de combates. Un alivio para Hazrat Mahal, que ya no soportaba sus visitas y sus recriminaciones y, menos aún, ser constantemente espiada.

Ante la importancia de las fuerzas enemigas algunos *taluqdars* han decidido huir y desertar con sus tropas. Sólo quedan, aparte de los treinta mil cipayos, unas decenas de miles de voluntarios mal entrenados. Pese a los esfuerzos por organizarlos y tranquilizarlos, el rajá Jai Lal siente que crece la ansiedad, sobre todo cuando se confirma la noticia de la presencia de los «demonios nepalíes». Para reconfortar a sus hombres y devolverles las ganas de combatir, necesitará ayuda.

Hazrat Mahal ha aceptado de inmediato. El rey y ella irán a hablar con los soldados.

El 5 de marzo por la tarde, en el inmenso parque de Kaisarbagh, decenas de miles de soldados congregados bajo el sol esperan al joven soberano al que hace justo ocho meses, el 5 de julio de 1857, prestaron juramento de lealtad.

Cuando finalmente aparecen el rey y su madre en el balcón, una oleada de fervor recorre a la multitud y se oyen aclamaciones y bendiciones por todas partes.

Un poco apartado, Jai Lal espera a que el entusiasmo se calme, pero los hombres no se cansan de clamar su alegría, por lo que reclama con autoridad silencio para permitir hablar al rey. Birjis Qadar se adelanta, vestido muy sencillamente con un *chowridar* y un kurta de algodón blanco, los preferidos por el pueblo de Lucknow, y tocado con el mandil real.

Con voz vibrante pero comedida recuerda a su padre, Wajid Alí Shah:

—Vuestro rey, prisionero en el Fuerte William, cuenta con vosotros para vencer a los *ingreses* con el fin de poder regresar a Awadh y restablecer una era de prosperidad y dignidad.

En ningún momento el adolescente se muestra presuntuoso ni se presenta como el soberano. En una sociedad en la que el respeto a los mayores es un valor supremo, su modestia conquista los corazones. Lo aclaman. ¡Es tan joven y tan sabio! Los rudos cipayos lloran de emoción.

Con un gesto, Birjis Qadar hace cesar las ovaciones.

—Ahora, la persona que más admiro en el mundo, aquella que por su coraje y su determinación preside nuestros destinos, la Rajmata, mi madre, os va a hablar.

Rápidamente, Hazrat Mahal replica:

—No soy yo, hijo mío —y se dirige hacia los soldados—, ¡sois todos vosotros, combatientes aquí reunidos, los que, con vuestra valentía y vuestra lealtad, tenéis en vuestras manos el destino de Awadh! Es a vosotros a quienes debemos honrar y agradecer. Es en vosotros en quienes confiamos.

Con un amplio gesto, tiende sus brazos hacia la multitud, como si quisiera abrazarles a todos en su reconocimiento.

Estupefacta y fascinada, la audiencia contempla a esa mujer excepcional, esa reina tan bella como digna, que les rinde homenaje, a ellos, simples campesinos, simples soldados. En mitad del silencio, Hazrat Mahal hace un signo a Jai Lal para que se adelante.

—Quiero dar especialmente las gracias a vuestro jefe, el rajá Jai Lal, del que todos apreciamos su clarividencia y coraje. Él hace y hará todo cuanto pueda para protegeros, pues os ama como si fuerais sus hijos. Bajo su mando habéis conseguido en Chinhut una victoria memorable y, desde hace meses, mantenéis al enemigo en jaque. ¡Bajo su mando vamos a vencer!

Aclamaciones enfervorecidas acogen sus palabras. Nunca esos hombres, que desde siempre se han sacrificado por sus amos, se han sentido reconocidos y honrados hasta ese extremo. La emoción les embarga, ríen y lloran a la vez. Enardecidos, esgrimen sus fusiles, sus guadañas, sus lanzas. Ya no sienten miedo, ya no dudan, tienen prisa por ir a combatir por su rey y su Rajmata. La begum, sabiendo que el pueblo tiene necesidad de acercarse a aquellos a quienes admira, ha ordenado preparar al elefante real y, contra la costumbre que prescribe que se reserve solamente a los soberanos, invita al rajá a ocupar un sitio con ellos en el *howdah* de plata. Lentamente, da la vuelta al parque entre los vítores de los soldados, emocionados por el homenaje rendido a su jefe.

Mientras a las puertas de Lucknow el peligro es más acuciante que nunca, Hazrat Mahal resplandece. Rodeada de los dos hombres a los que ama, en medio del pueblo que les aclama, nunca en su vida ha sido tan feliz.

30

El 6 de marzo, al alba, el general sir Colin Campbell lanza sobre Lucknow un asalto que espera sea decisivo. Más que enfrentarse a un enemigo superior en número, decide, contrariamente a todas las reglas de la ortodoxia militar, dividir sus fuerzas. Mientras progresa desde el sureste, envía a Outram —con siete mil hombres y una poderosa artillería, enardecidos por la fogosidad del joven teniente Vivian Majendie— en dirección norte, a lo largo del río Gomti, que tiene reputación de infranqueable. Sin embargo, en una noche, los ingenieros consiguen erigir dos puentes improvisados y, al alba, Outram y sus tropas atraviesan el río.

Su objetivo: capturar el Chakar Khoti, el templete de música emplazado en el hipódromo, frente a los palacios de Kaisarbagh, e instalar allí la artillería pesada. Así, el mando indio se verá atrapado entre dos fuegos.

Pero tomar el templete de música resultará especialmente arduo. Un pequeño grupo de cipayos refugiados en su interior lo defienden enérgicamente. En menos de una hora, una veintena de británicos, entre ellos un oficial, son abatidos. El general Outram da entonces orden de cañonearlo hasta aniquilar toda resistencia.

En sus memorias, el teniente Majendie cuenta lo siguiente:

Rabiosos por haber perdido al teniente Anderson, un oficial muy popular, un grupo de nuestros soldados sijs se precipitó en el

> *edificio en ruinas y reapareció con el único superviviente. Agarrándole por las dos piernas, trataron en vano de descuartizarlo, y, al no conseguirlo, le arrastraron y le atravesaron a bayonetazos. Pero lo peor no había llegado aún: improvisaron una hoguera y mantuvieron encima al moribundo a pesar de sus espasmos y sus gritos. En un momento dado, éste, loco de dolor, consiguió escapar de sus verdugos y alejarse algunos metros, pero le atraparon de nuevo y lo volvieron a poner sobre el fuego hasta que, atrozmente quemado, sucumbió.*

Y concluye:

> *¡Así, en este siglo* XIX *que presume de civilización y de humanidad, se puede hacer asar hasta la muerte a un ser humano, mientras los ingleses y los sijs reunidos en pequeños grupos observaban tranquilamente el espectáculo!* [84].

Al mismo tiempo que sucede esto, sir Colin avanza metódicamente hacia el sur. Los palacios fortificados, las mezquitas y los mausoleos se toman uno tras otro. La batalla más dura tiene lugar alrededor del Begum Khoti, el último palacio antes de Kaisarbagh, donde el rajá Jai Lal, a la cabeza de miles de cipayos, está al mando de su defensa. Resisten durante horas, hasta que los obuses ingleses demuelen todos los muros y Jai Lal considera que es inútil sacrificar más hombres y ordena tocar retirada. Permanecerá en el lugar junto a unos centenares de cipayos, para cubrirles, mientras los británicos intentan rodear el *khoti.*

Los combates son feroces. Una vez que los cipayos han disparado, no pierden el tiempo en recargar, sino que lanzan sus fusiles contra los británicos, utilizando las bayonetas como jabalinas. Luego, desenvainando sus sables, se precipitan lanzando gritos de guerra para, finalmente, abalanzarse sobre las bayonetas enemigas y cortar piernas y pies antes de ser ellos mismos traspasados.

---

[84] Vivian Majendie, *A Year of Service in India,* Londres, 1859.

No quedan más que algunas decenas cuando Jai Lal da la orden de retirarse por una brecha trasera, cerca de la cual les esperan los caballos. Pero, cuando se disponen a salir, surge la alta silueta de un oficial inglés:

—¿Hay alguien aquí? —grita a los cuatro vientos.

—¡Pues sí! —replica Jai Lal, apuntando con su fusil. Apenas ha disparado cuando, estupefacto, reconoce al hombre que se derrumba: es William Hodson, el que había hecho prisionero al emperador Bahadur Shah Zafar y asesinado a traición a sus tres hijos. Su retrato había aparecido en los principales periódicos indios.

Pero los disparos han alertado al enemigo. Jai Lal y sus compañeros apenas tienen tiempo de montar en sus caballos y escapar a toda prisa.

La noticia de la muerte del inglés más odiado de la India se extiende por toda la ciudad. Hasta en las barricadas se aclama al héroe que ha vengado el honor de la familia imperial, vencida, pero siempre reverenciada.

Cuando Jai Lal llega al palacio de Kaisarbagh, cubierto de polvo y sangre, es recibido por el joven rey y la Rajmata, que, ante la corte reunida, le expresan su agradecimiento. Mientras en el exterior los cañones enemigos continúan atronando, se improvisa una ceremonia y Birjis Qadar coloca con gran pompa al rajá un espléndido *khilat* bordado de oro y perlas[85].

Más tarde, por la noche, Jai Lal y Hazrat Mahal se encuentran en la habitación de Mumtaz, comunicada por un estrecho pasillo con la de la begum.

En esos momentos les es imposible encontrarse en la pequeña casa de la ciudad vieja, asediada día tras día por las fuerzas enemigas. Saben que corren un gran riesgo, pero, en ese ambiente de desorden en el que los oficiales van y vienen de un palacio a otro, ¿quién se extrañaría al ver a un hombre enmascarado entrar en el cuarto de Mumtaz, antigua cortesana?

---

[85] Las condecoraciones no existían. El soberano regalaba vestidos de corte o estolas de una asombrosa riqueza.

El único peligro es Mammoo, al que los celos le alimentan su desconfianza. Tenía la costumbre de presentarse a cualquier hora ante su ama, pero recientemente ha provocado su cólera al aconsejarla negociar con los británicos. Desdeñosa, la begum le ha prohibido que aparezca frente a ella. Desde entonces, arrastra su rencor y no se le ha vuelto a ver.

Afortunadamente para ella, Hazrat Mahal le ha olvidado. Cada noche se encuentra con su amante y, en el gran lecho adornado de fragantes jazmines, se aman hasta el alba.

Es una lenta ceremonia en la que, temblorosos, se descubren el uno al otro. Sus reticencias y miedos se desvanecen ante ese hombre que se entrega sin reservas, ese guerrero que la contempla con la inocencia y la fascinación de un adolescente. Acaricia su cuerpo robusto, se enrosca lánguidamente en él, apretando sus senos y su vientre contra el suyo, asombrada de su audacia. Pero rápidamente deja de hacerse preguntas, arrastrada por un torbellino donde ya no controla nada, se abandona ofreciendo los labios, atrapada por un viento cálido, un profundo embriagamiento, una intensa luz que se filtra por todo su cuerpo, al que siente crecer, escapar y eclosionar en un fulgurante resplandor.

Cada noche se ofrecen apasionadamente el uno al otro; cada noche saben que puede ser la última.

31

Las tropas del general Campbell sitian metódicamente la ciudad de Lucknow. Evitando las calles erizadas de trampas y barricadas, avanzan de casa en casa, dinamitando los muros para abrirse un pasillo y masacrando a los habitantes que no han podido huir. Los indios defienden el terreno palmo a palmo y, cuando se retiran, se cuidan de dejar en las casas abandonadas botellas de alcohol, sabiendo que los soldados británicos no podrán resistirse y que su avance por tanto se demorará.

A partir del 9 de marzo, los bombardeos sobre Kaisarbagh se intensifican. A la artillería de Outram, al norte, se suman ahora los cañones de Campbell desde el sur. Pero los cipayos han jurado defender la sede del poder y dar su vida por el rey y la Rajmata.

Con la ayuda de Mumtaz y de dos *hakims* de palacio, Hazrat Mahal ha organizado una enfermería improvisada. No obstante, no han podido encontrar al cirujano de la corte, que habrá juzgado preferible darse a la fuga y, exceptuando las cataplasmas de hierbas antisépticas para las heridas o las suturas para impedir la pérdida de sangre, no pueden hacer gran cosa más allá de prodigar palabras reconfortantes y suministrar opio para calmar el dolor.

Sin embargo, muchos creen que la regente no debe permanecer en Kaisarbagh, en particular los pocos ministros que continúan todavía en palacio, y tratan de convencerla para que les acompañe a otra residencia más alejada de la zona de los combates. Pero Hazrat Mahal no quiere oír hablar de ello:

—Marchaos, saheban, el rey y yo nos quedamos. ¿Cómo podríamos abandonar a esos miles de hombres que se han jugado la vida por nosotros?

En cuanto a Jai Lal, éste guarda silencio. Ella se lo agradece, pues advierte por su mirada preocupada hasta qué punto se inquieta por ella; pero la conoce demasiado como para intervenir, se da cuenta de que necesita actuar, sentirse útil. Sobre todo desde esa misma mañana, cuando se ha recibido una triste noticia: la madre del rey Wajid Alí Shah, la Rajmata Malika Kishwar, ha fallecido en París hace dos meses. La información acaba de llegar a la India.

Para Hazrat Mahal es un duro golpe: la Rajmata era la mujer que más admiraba en el mundo. Exigente y apasionada, tenía un juicio firme y no se dejaba influenciar jamás por los aduladores. Apreciaba a la joven esposa de su hijo, en la que reconocía una personalidad tan fuerte como la suya, aunque demasiado directa, y a menudo la había prevenido contra las trampas de la corte.

Durante los meses de estancia en Londres, la Rajmata había esperado, en vano, que la reina Victoria le concediera una entrevista. Desesperada, había decidido regresar pasando por París. Tal vez podía lograr que los franceses intervinieran... Pero en París nadie sabía dónde se ubicaba Lucknow, ni el reino de Awadh, y no habían prestado atención alguna a esa extraña vieja dama. Al límite de sus fuerzas, y de sus recursos, la reina madre había caído enferma y se había ido apagando en un modesto hotel, rodeada de su hijo menor y de dos fieles servidores. La habían enterrado en un cementerio llamado «Père Lachaise».

Hazrat Mahal trata de consolarse diciéndose que, al menos, Malika Kishwar ha muerto con la conciencia tranquila. Si no hubiera intentado lo imposible para salvar el trono de su hijo, no se lo habría perdonado jamás. Era, ante todo, una mujer que siempre cumplía con su deber.

«Ella tenía confianza en mí, debo ser digna de ella. Yo también lucharé hasta el final».

Durante dos días los bombardeos no cesarán. Los obuses llueven por todas partes. Jai Lal ha escapado por poco, y sólo a duras penas ha conseguido que Hazrat Mahal y el joven rey se refugien en los sótanos.

Hoy, las fuerzas enemigas se acercan a Kaisarbagh.

—No podremos resistir mucho tiempo —le anuncia una noche el rajá con el rostro descompuesto—. Debes partir sin tardanza al palacio de Moussabagh.

—¡Quiero quedarme a tu lado!

—¿Y poner en peligro al rey?

Ella se estremece.

—Pero ¿y tú?

—Me reuniré contigo muy pronto, te lo prometo.

Durante largo rato la estrecha entre sus brazos.

—¡Hasta pronto, mi *djani!* Márchate, te lo suplico, ahora es el momento. Ha comenzado a anochecer, no deben verte abandonar el palacio. Una escolta te aguarda, no podemos perder ni un minuto.

Moussabagh es una enorme residencia principesca, situada a cuatro millas al norte de la ciudad, donde en otros tiempos la corte acudía a respirar el aire puro del campo. Para no llamar la atención, la Rajmata, su hijo y Mumtaz se han subido a un sencillo *doli*[86], precedidas y seguidas por soldados disfrazados de campesinos. En el momento de atravesar el puente sobre el Gomti, la mano de Hazrat Mahal se ha crispado sobre el revólver que Jai Lal le ha entregado y que ha disimulado bajo su chal. No necesitará usarlo y alcanzarán el palacio sin dificultad.

Al día siguiente, Jai Lal y sus tres mil soldados, atacados por todos los flancos, se verán obligados a batirse en

---

[86] Transporte popular, pequeña carreta tirada por un caballo.

retirada. Dos horas más tarde, Kaisarbagh es tomado por los británicos.

Su próximo objetivo es Moussabagh.

~

Apenas ha llegado a su nuevo refugio, Hazrat Mahal lo ha recorrido metódicamente, apreciando el grosor de sus muros y las grandes torres desde las que se puede disparar sobre los asaltantes. Pero las docenas de altas puertas y ventanas en arco hacen el palacio muy vulnerable. Durante toda la noche, la Rajmata animará a los cipayos a levantar muros de tierra y colocar sacos de arena para bloquear las aberturas. Por la mañana, cuando el rajá Jai Lal y sus soldados llegan a Moussabagh, asumirá él mismo el mando de las operaciones. A pesar del agotamiento de sus hombres, no les da ni un instante de descanso. Se completan las defensas a toda prisa y se sitúan los cañones en las torres de las esquinas y detrás de las balaustradas de las terrazas. En pocas horas, la residencia de verano se transforma en fortaleza.

Justo a tiempo. En el horizonte surgen las tropas del general Campbell.

Durante cinco días y cinco noches, el palacio resistirá las violentas acometidas de los Howitzer. No sirve de nada que los cañones indios respondan; sus balas, indefectiblemente, se estrellan antes de alcanzar las baterías enemigas. Entonces, jugándose el todo por el todo, varios voluntarios deciden deslizarse fuera de palacio para acercarse a las líneas inglesas y lanzar granadas sobre los artilleros.

Antes de correr hacia una muerte segura, los hombres solicitan una última petición: que les bendigan el rey y la Rajmata.

Son varias decenas las que saldrán para sacrificarse, y cada mañana tiene lugar la desgarradora ceremonia.

De pie en medio de esos soldados tan jóvenes, el rey Birjis Qadar y su madre rinden homenaje a su heroísmo en nombre de todo el país. Esto les sorprende enormemente, lo mismo que la emoción de la Rajmata, que apenas logra disimular. Después de todo, ¡tan sólo cumplen con su deber!

Pero cuando esa gran dama, que veneran a semejanza de Durga, la diosa luchadora, se interesa por su nombre y su aldea de origen con el fin de ayudar a sus familias tras la victoria, se deshacen a su vez en lágrimas y la cubren de bendiciones.

Jai Lal y Hazrat Mahal consiguen verse cada noche. Se niegan a dejar que el sueño les robe sus horas más preciadas. Tienen la sensación de conocerse desde hace mucho tiempo, como si esas pocas semanas hubieran sido años de amor y complicidad. Por primera vez, Jai Lal se deja llevar y le confía sus dudas, pues sabe que la joven, que silenciosamente le acaricia la frente, puede comprenderlas y aclararlas. Y además, sin decirlo expresamente, quiere prepararla para un porvenir en el que, tal vez, no estará a su lado.

Asimismo analiza sin indulgencia sus errores tácticos:

—Si la revuelta popular hubiera conquistado el oeste y el centro, habríamos podido ganar. El pueblo estaba preparado, había empezado a sublevarse. Pero necesitaba jefes. Los cipayos han preferido dirigirse a los grandes centros de la rebelión, Delhi, Lucknow, Kanpur, dejando a civiles sin experiencia para que se opusieran al regreso de los británicos.

—También hemos sido traicionados por algunos *taluqdars* que se decían aliados nuestros.

—No solamente han sido los *taluqdars*. El enemigo ha comprado muchas lealtades. ¡Los indios les han surtido de alimentos, de transportes e incluso de información! A veces creo que hay entre nosotros una falta de honestidad, de devoción a cualquier causa que supere nuestro interés personal. Contrariamente a los ingleses, que son capaces de las peores villanías, pero igualmente de los más grandes sacrificios por su país.

—¡Pero nuestro pueblo también se ha sacrificado y sin escatimar nada!

—El pueblo sí, tal vez porque su vida es tan miserable que sabe que no tiene nada que perder. Pero aquellos que poseen algo, los comerciantes, los pequeños propietarios, ¿en algún momento han estado motivados por algo que no haya sido su propio beneficio? Y nuestras élites, salvo raras excepciones, ¿se han comportado de acuerdo con sus bonitos discursos sobre el interés general?

Hazrat Mahal contempla a su amante con admiración y, una vez más, se maravilla de que sea tan diferente a los otros hombres, que se resignan y se acomodan. Jai Lal no renuncia jamás y por eso mismo le ama, le ama por su rebeldía y su indignación, que otros denominan «locura».

Apretándose contra su espalda, le coge la mano y se la besa tiernamente.

En Moussabagh hay atrincherados cerca de cuatro mil hombres, pero ante la superioridad de las fuerzas británicas, el rajá sabe que no podrán aguantar mucho tiempo. La derrota es cuestión de días, sobre todo ahora, pues casi todos los *taluqdars* han desertado de la capital seguidos por sus tropas. Ya sólo queda el *maulvi* Ahmadullah, que, después de haber resistido, parapetado en el santuario de Hazrat Abbas en el centro de la ciudad, ha llegado a Moussabagh.

El 19 de marzo tiene lugar el primer enfrentamiento.

Después de haber bombardeado el palacio, el general Outram lanza el asalto, matando en pocas horas a centenares de hombres y apoderándose de toda la artillería. Pero los indios se niegan a darse por vencidos y, en actos de loco heroísmo, se lanzan delante de los cañones, armados únicamente con sus sables, para tratar de rechazar al enemigo.

Pero ¿cómo pueden continuar luchando sin artillería? La situación es desesperada. Hace falta, antes que nada, salvar al rey y a la Rajmata, pero también preservar al ejército para los combates venideros. El rajá mantendrá la posición con un centenar de cipayos y desviará la atención el tiempo suficiente para cubrir su huida.

Hazrat Mahal y Jai Lal pasan su última noche juntos. Mientras ella solloza en sus brazos, conmocionada, él trata de reconfortarla:

—No temas nada, mi *djani,* me reuniré contigo. Mientras tanto, confío en ti, en lo sucesivo serás tú quien dirigirá la lucha. No te dejes impresionar, eres la depositaria del poder, la regente, los generales te deben obediencia. Si te replican, pon por delante a tu hijo, no podrán desobedecer al rey. Prométeme que serás fuerte y que no perderás nunca la esperanza.

Con una sonrisa triste, ella se lo promete.

La salida debe hacerse antes del amanecer. Ante los soldados reunidos, el rajá pronuncia un corto discurso, dándoles las gracias y renovando su confianza en ellos. Los hombres sienten un nudo en la garganta: ¿volverán a ver al hombre que durante meses ha sido tanto su padre como su jefe?

Entonces, Jai Lal se vuelve hacia su amigo, el rajá de Mahmudabad, que acompañará al joven rey y a la Rajmata.

—Os los confío, rajá sahab —pronuncia con voz alterada.

—Respondo de ellos con mi vida —asegura el rajá, un hombre de honor que lo ha adivinado todo.

Hazrat Mahal se baja el velo sobre el rostro para ocultar su emoción.

Jai Lal y ella se miran a la cara, no consiguen despegar sus ojos el uno del otro.

—Ten confianza, mi *djani* —murmura—. Te amo más que al mundo entero y reconquistaré Lucknow para ti.

Ha llegado el momento de partir.

Azuzando a los caballos, el pequeño ejército se lanza al galope, levantando nubes de polvo. Inmóvil, Jai Lal observa el camino hasta que han desaparecido completamente.

Una mano se posa en su espalda. Es Brendan Murphy, su compañero irlandés, que ha querido permanecer a su lado. Ambos sonríen en silencio.

La jornada será larga.

El 21 de marzo, después de una intensa batalla, cae el último bastión de la resistencia. El *maulvi* huye con sus partidarios. Perseguidos durante algunas millas por la caballería de Campbell, un gran número de sus hombres será alcanzado, pero Ahmadullah Shah logrará escapar.

En cuanto al rajá Jai Lal, alguien informará a la begum de haberle visto resistir como un león. Después no habrá más noticias. ¿Habrá sido abatido en combate? ¿Capturado? ¿Habrá conseguido huir?

~

Han sido necesarias dos semanas de intensos bombardeos para reducir Lucknow.

Los cipayos se han batido heroicamente, defendiendo hasta el final la entrada de los palacios. En los aposentos, centenares de cuerpos carbonizados desprenden un olor insoportable y, en las calles, los cadáveres bloquean el avance de los vencedores.

Pero, del lado inglés, nadie consigue entender qué milagro ha sucedido para que la begum y sus tropas hayan logrado escapar sin que se les haya molestado.

La explicación oficial es que el regimiento de caballería encargado de perseguirles se equivocó de camino.

En el comedor de oficiales, la indignación alcanza su punto culminante: ¿cómo ha podido cometer semejante error el coronel encargado de las operaciones?

—No ha sido un error, puedo atestiguarlo, estaba presente —interviene un oficial en medio del alboroto.

Un silencio estupefacto acoge sus palabras.

—El coronel se negó a tener en cuenta las indicaciones de sus guías —prosigue— y ordenó tomar la dirección opuesta. Algunos de nosotros intentamos que entrara en razón, pero él se empeñó y le hemos tenido que obedecer. ¡Por eso hemos galopado en sentido contrario a los fugitivos!

—¡Qué vergüenza! ¡Ese hombre debe ser degradado!

El oficial sacude la cabeza.

—Posiblemente el responsable ha sido el propio sir Colin Campbell. Siente una gran admiración por la begum y no quería ni matarla ni hacerla prisionera. No ha olvidado que el pasado noviembre, ella permitió que nuestros compatriotas sitiados abandonaran la Residencia con las mujeres, niños y heridos. En un gesto caballeresco, ha decidido, a su vez, dejarla escapar. Sospecho también que, como escocés, con una larga historia de guerras de independencia, en lo más profundo de su ser siente aprecio hacia esos hombres que se baten para liberar su país.

—¡Estoy seguro de que siente simpatía hacia ellos! —confirma otro—. Yo le he escuchado decir: «Ahora que hemos tomado Lucknow, ¿por qué interceptar a esos soldados desesperados que no buscan más que huir?».

Pero el general Campbell ha subestimado la determinación de la begum de continuar luchando a cualquier precio.

Contrariamente a lo que sucedió tras la caída de Delhi, en la que miles de civiles fueron pasados por las armas, sir Colin Campbell se niega a organizar ejecuciones sumarias. Sin embargo, no puede controlar la ira de los soldados que se vengan de todos aquellos que no han podido escapar. Centenares de ancianos, enfermos, mujeres y niños son masacrados, y sus cuerpos, sumados a los miles de cadáveres de los combatientes, hacen que reine un hedor pestilente en toda la ciudad. Unos testigos relatarán haber visto a un joven que acompañaba a un anciano ciego implorar a un oficial que les protegiera de la venganza de los soldados:

—El oficial desenfundó su revólver y le golpeó. Con el chico en el suelo, le quiso disparar, pero se le encasquilló el revólver dos veces. No fue hasta la tercera vez cuando consiguió meterle una bala en la cabeza y el adolescente se derrumbó a sus pies, ensangrentado*.

Se informa también del destino reservado a cincuenta cipayos que se habían rendido tras haberles prometido que se les salvaría: después de pedirles que entregaran sus armas, el oficial responsable los alineó a lo largo de un muro y ordenó a sus soldados sijs terminar con ellos. A golpe de fusil y de bayoneta, se deshicieron de ellos en pocos minutos[87].

~

—¿Cómo pueden explicar estas atrocidades?

En ese final del mes de marzo de 1858, William Russell, el muy respetado corresponsal de *The Times* de Londres, conocido por sus reportajes durante la guerra de Crimea, paladea su whisky en compañía de algunos oficiales con los que, dos semanas atrás, ha entrado en Lucknow.

—Esos actos se parecen más a manifestaciones de venganza y de miedo que a castigos justificados —insiste—. Parece que los ingleses han olvidado rápidamente todos sus principios en la India.

—¡Y vos, señor, parece que os olvidáis de Kanpur! —replica un oficial temblando de ira—. Jamás la barbarie había alcanzado semejantes cotas, las mutilaciones, la violación de nuestras mujeres indefensas...

—Discúlpeme, pero he estado en Kanpur y he llevado a cabo una minuciosa investigación. Nadie ha sido testigo nunca de que una inglesa haya sido mutilada o violada. Son rumores que han justificado, desgraciadamente, los más terribles excesos por parte de nuestros hombres. Se quedaron horrorizados por esos abominables relatos de los que no he encontrado ni la más mínima prueba, relatos propagados por gentes de Calcuta que se encontraban a

---

[87] Extracto de William Russell, *My Indian Mutinity Diary,* 1858.

centenares de millas de los lugares donde sucedieron los hechos. Incluso he constatado con relativa certeza que las inscripciones en los muros de la casa donde se produjo la masacre fueron hechas después de que Havelock hubiera sitiado Kanpur; hechas, por tanto, por ingleses. Esas llamadas a «vengar las violaciones y las mutilaciones» han vuelto locos a los soldados y les han impelido a masacrar a todos los «negros» que se han encontrado, fuesen mujeres o niños.

Murmullos hostiles acogen sus palabras, pero a Russell le traen sin cuidado, sabe bien que no puede convencer a unos soldados lanzados en plena acción. Su único objetivo es informar a la opinión pública de la metrópoli y refutar las descripciones atroces y calumniosas de la prensa inglesa de Calcuta, que exhorta a la población a reclamar todavía más sangre. Único testigo en el lugar, se siente obligado a alertar a las autoridades de Londres para tratar de frenar, en lo posible, la destrucción y la carnicería.

Para Lucknow, desgraciadamente, es demasiado tarde.

La ciudad, de medio millón de habitantes, está ahora desierta. La población, presa del pánico, se esconderá durante semanas en los bosques vecinos, prefiriendo morir de hambre a arriesgarse a correr la misma suerte que los habitantes de Delhi, de los que se informa que han sido torturados antes de ser ejecutados.

Pero si bien la mayoría de su población ha podido escapar de lo peor, Lucknow la rebelde va a ser destruida. Es necesario castigarla por su larga resistencia, convertirla en ejemplo de lo que supone oponerse al poder británico. La ciudad de oro y plata, el símbolo de la cultura indomusulmana más sofisticado, la ciudad de los mil palacios, jardines, templos y mezquitas, cada cual más bello y más rico, será sistemáticamente devastada, salvajemente saqueada.

William Russell, llegado unos días antes del asalto, había conseguido a duras penas transportar su voluminoso corpachón hasta la terraza del palacio de Dilkushah, desde el cual, estupefacto, había descubierto la ciudad. Y escribió, subyugado:

> *Ninguna ciudad del mundo, ni Roma, ni Atenas, ni Constantinopla, es comparable a esta asombrosa belleza. Una sucesión de palacios, alminares, cúpulas de azul y oro, columnatas, grandes fachadas de bellas perspectivas y tejados formando terrazas, emergiendo en un sereno océano de verdor que se extiende a lo largo de miles de millas a la redonda. En medio de ese verde luminoso se alzan aquí y allá las torres de esta ciudad mágica. Sus flechas de oro resplandecen al sol, sus capiteles y sus cúpulas brillan como constelaciones. ¿Estamos verdaderamente en Awadh? ¿Es ésta la capital de una raza semibárbara? ¿Es ésta la ciudad erigida por una dinastía corrupta, decadente y vil?*

Dos semanas más tarde escribe, horrorizado:

> *Lucknow es ahora una ciudad muerta. Sus magníficos palacios no son más que miserables ruinas, sus fachadas y sus cúpulas están traspasadas por balas de cañón. Los tesoros de arte y los objetos preciosos que se habían acumulado durante siglos han sido pasto del pillaje y la destrucción por soldados sedientos de oro y «ebrios de rapiña». Destrozan todo aquello que es demasiado frágil o demasiado voluminoso para llevar. El suelo está cubierto de fragmentos de maravillas que los hombres se ensañan en despedazar*[88].

Las escenas de destrucción y pillaje más terribles tienen lugar en los lujosos palacios de Kaisarbagh. Los soldados han descolgado las puertas de madera preciosa y han sacado a los patios baúles cargados de brocados, de alfombras de seda bordadas con perlas, de muselinas tan finas como telarañas que desgarran con frenesí. En cuanto a los chales de cachemira bordados de oro y plata, los hacen quemar para recuperar el metal. Iracundos, hacen añicos las exquisitas colecciones de jade, los espejos de

---

[88] Ibídem.

Venecia y los candelabros de cristal y arrojan a grandes hogueras los delicados muebles con incrustaciones de marfil o de nácar, los instrumentos de música, los estuches de carey y miles de manuscritos antiguos iluminados ignorando su inestimable valor. En cambio, se disputarán todo aquello que es de metal o de piedras preciosas, vajillas de oro y plata y joyas abandonadas en su huida por las mujeres aterrorizadas. Para extraer los rubíes y las esmeraldas, reducen a pedazos las armas cinceladas con toda belleza, escudos damasquinados, sables y dagas antiguas, desgarran las sillas de los caballos y los elefantes reales con el fin de arrancar las perlas y las turquesas, destruyendo todas sus maravillas, testigos de una de las civilizaciones más refinadas del mundo.

Llegan incluso a arrancar las placas de oro fino que recubren la cúpula del palacio de Chattar Manzil. Centenares de kilos que acabarán en el mercado de Londres, donde su venta, consideradas como trofeos, alcanzará sumas insospechadas.

Las mezquitas y los templos son también profanados. En el interior de la espléndida mezquita anexa al Bara Imambara, los soldados británicos, totalmente borrachos, bailan la giga, y los sijs, saboreando su revancha sobre los odiados musulmanes, encienden fogatas.

Incluso las viviendas pobres, en las que no hay nada que robar, son saqueadas «¡Para que aprendan!». En efecto, como lo expresa con perspicacia el corresponsal de *The Times*: «Para esos soldados, lo peor es que la insurrección fue obra de una raza sometida, de hombres negros que se habían atrevido a derramar la sangre de sus amos[89]».

Y el pueblo indio, ¿qué pensaba de la forma en la que actuaban los blancos?

Una noche, cuando su criado estaba a punto de poner la mesa, Russell le planteó esa pregunta.

---

[89] Ibídem.

Tras asegurarse de que su amo no se enfadaría, el hombre respondió:

—¿Veis esos monos, sahib? Parece que están jugando, pero el sahib no sabe a qué juegan ni lo que van a hacer después. Pues bien, el pueblo contempla a los ingleses como contempla a los monos: como sabe que sois fuertes y feroces no se atreven a reír. Pero os ven como criaturas llegadas para hacer daño, aunque no puedan comprender ni las acciones ni los motivos[90].

~

El saqueo de la capital durará más de un mes. Cuando, cargado con toneladas de botín, el ejército termina por retirarse, Lucknow es una ciudad fantasma en la que los buitres se alimentan de restos de cadáveres en los jardines saqueados y los palacios en ruina.

Poco a poco, sus aterrorizados habitantes regresarán, se desescombrarán las ruinas y se reconstruirá la ciudad.

Pero el esplendor de la ciudad de oro y plata y, sobre todo, su espíritu de frivolidad y de hedonismo, su generosidad, sus maneras delicadas y sutiles, todo lo que otorgaba a Lucknow la calidad de vida más exquisita con la que se pudiera soñar ha desaparecido para siempre.

---

[90] Ibídem.

32

Hazrat Mahal ha huido con cuatro mil soldados, cuarenta y cinco cañones y una parte del tesoro sustraída a la avidez británica. Dos días de cabalgada para escapar del ejército enemigo, dos días y dos noches solamente interrumpidas por cortas paradas en las aldeas para abrevar a los caballos y descansar un poco.

Ante la insistencia del rajá de Mahmudabad, que le recuerda que bestias y hombres agotados no pueden continuar a ese ritmo, la begum termina por aceptar la hospitalidad de aquel a quien la ha confiado Jai Lal y que se ha convertido en su protector. Después de todo, el feudo de Mahmudabad está a ochenta millas al norte de Lucknow y los exploradores enviados por los caminos aledaños no han detectado ni rastro de soldados ingleses.

El palacio de Mahmudabad, que se eleva en un saliente sobre un río tranquilo, en medio de jardines sembrados con miles de rosas, es un oasis de serenidad y una de las residencias más bellas de Awadh, con sus torres y sus balcones de celosías, sus parapetos de frágiles columnas, sus largas balaustradas esculpidas como un encaje y sus muros de color ocre recubiertos por festones de estuco. Un paraíso que el rajá prudentemente ha hecho rodear de poderosas fortificaciones.

Su primera esposa, una hermosa joven de rostro delicado, acoge calurosamente a Hazrat Mahal en sus aposentos privados, mientras el joven rey es recibido por los dignatarios del principado en la parte del palacio reservada a los hombres. Su madre no volverá a verle durante toda su estancia.

La familia reinante de Mahmudabad presume, en efecto, de respetar el más estricto *purdah* de todo Awadh. Incluso en tiempos de guerra o de catástrofe natural, ningún hombre puede jactarse de haber visto el rostro o escuchado la voz de una dama del palacio. El mínimo gesto de intimidad se considera un atentado al pudor. La begum Shaharbano le confiesa a Hazrat Mahal que jamás va a casa de su suegra en compañía de su marido, pues eso se consideraría una demostración de familiaridad inconveniente, una falta de etiqueta y del respeto debido a la anciana señora, la muy poderosa Rajmata.

Contraviniendo excepcionalmente las reglas, Hazrat Mahal obtiene permiso para encontrarse cotidianamente con el rajá y preparar la estrategia que se debe adoptar en los días y semanas venideras. El rajá insiste para que haga de Mahmudabad su base: el palacio es inmenso y ella y su séquito podrán disponer del ala principal. Para el ejército será fácil edificar unos barracones en el terreno colindante.

Sin embargo, Hazrat Mahal tiene otros planes:

—Os estoy infinitamente agradecida, rajá sahab, pero no quiero atraer la desgracia sobre vuestra familia y vuestras aldeas. Desde hace un año estamos viendo a diario cómo la furia de los ingleses se abate sobre los civiles igual que sobre los combatientes. No solamente vuestros seres más queridos, sino también todos vuestros campesinos, corren el riesgo de ser exterminados.

—Entonces, ¿dónde pensáis ir?

—Hacia el noreste. El rajá de Gonda me ofrece su fortaleza de Bithauli, entre los ríos Ghogra y Chokra. Me ha advertido de que el alojamiento es muy rudimentario, pero ¿quién piensa ahora en la comodidad? Lo importante es que la fortaleza es de difícil acceso y hay muy pocas aldeas alrededor sobre las que el ejército británico pueda ejercer sus represalias. Si queremos que la población nos siga siendo fiel, no debemos ponerla en peligro.

—Perfecto. ¿Cuándo partimos para Bithauli?

—¿Vos vendríais? Pero ¿y vuestra familia? ¿Y los asuntos del principado...?

El rajá le lanza una mirada de reproche.

—¿Acaso no he dado mi palabra a mi mejor amigo de que en su ausencia permanecería a vuestro lado? En cuanto al principado, las mujeres de la familia, aunque respeten el *purdah*, están al corriente de todo y tienen la costumbre de gobernar cuando los hombres van a la guerra.

La rani se lo confirma sonriendo.

—Mi esposo os acompañará, majestad, sabe que con la Rajmata, su madre, y yo misma no hay nada de lo que preocuparse.

Hazrat Mahal está a punto de replicar que la situación es diferente y que los ingleses bien podrían querer vengarse en los más cercanos al rajá cuando es abordada por el hijo de éste:

—¡Os lo suplico, Houzour, permitid que vaya con vos!

Amir Hassan Khan es un chiquillo encantador de apenas ocho años. Desde el principio de la conversación le ha costado contenerse: se muere de ganas de unirse a los combatientes.

—Tú, hijo mío, tienes una responsabilidad mucho más importante —le asegura el rajá posando una mano en su hombro—. Como eres el mayor, te confío el cuidado de tu madre y tus hermanas. En mi ausencia, tú las protegerás.

—*Ji adab, aba Houzour*[91] —murmura el crío ruborizado por el orgullo, inclinándose ante su padre.

~

En ese mes de abril de 1858 todo el estado de Awadh está en pie de guerra. La toma de Lucknow, al expulsar a los rebeldes, los ha dispersado por el país, la administración

---

[91] «Sí, mi respetado padre». Se trata de una fórmula de cortesía.

británica se ha desmoronado, su policía indígena ya no existe: regimiento tras regimiento, ésta se ha amotinado y se ha unido a los insurgentes.

En cuanto a los *taluqdars* y los rajás, se han retirado a sus fuertes, donde reúnen a sus tropas. Si tras la caída de la capital habían pensado en reconciliarse con el poder británico, la proclamación de lord Canning, a finales de marzo, los ha disuadido totalmente. En efecto, el gobernador general ha anunciado la confiscación de los bienes de toda la aristocracia del reino, excepto los de una media docena de nobles menores que se han mantenido fieles.

—Todos los demás, incluyendo los *taluqdars* más poderosos, serán desposeídos de sus tierras. Sus vidas y las de sus gentes sólo serán perdonadas si se someten inmediatamente al alto comisario y a condición de que sus manos no se hayan manchado de sangre inglesa.

Dejando con vida a los nobles rebeldes, lord Canning cree dar prueba de su mansedumbre. En realidad, al confiscar sus bienes, les despoja de su poder, de su estatus y de su honor, y de esta forma les obliga a continuar la guerra.

~

—¡He hecho lo imposible para persuadir a Canning para que modifique su declaración, pero no hay quien se la quite de la cabeza!

En Lucknow, el alto comisario, sir James Outram, no consigue calmar su ira:

—¡No es tan difícil de entender que anexionando sus tierras y pueblos cerramos la puerta a todos aquellos que, después de la caída de Lucknow, no aspiraban más que a firmar la paz!

Sir James Outram ha recibido a sus amigos en el salón de uno de los escasos palacios que quedan todavía en pie. La Residencia y las viviendas que la rodean están en ruinas y el nuevo gobierno ha requisado las hermosas mansiones que han quedado intactas.

—Hay alrededor de quinientos rajás y *taluqdars* en Awadh —interviene un viejo funcionario—, ¿pensáis que a partir de ahora están todos contra nosotros?

—¿Acaso les hemos dejado otra opción? ¿Creéis que se van a dejar despojar dócilmente? Se han retirado a sus tierras para organizar la resistencia y se batirán hasta el final, porque ya no tienen nada que perder.

—Pero, entonces, ¿por qué lord Canning, del que se burlan por su falta de dureza, ha tomado una medida tan rigurosa?

—¡Tal vez quiere desmentir su reputación y mostrar que es capaz de castigar severamente! Pero, sobre todo, creo que se debe a que Calcuta está lejos y las decisiones se toman en despachos de altos funcionarios que ignoran por completo la realidad sobre el terreno.

~

Desde que se ha marchado de Lucknow, Hazrat Mahal ha abandonado completamente el *purdah,* y sólo lleva un ligero velo de gasa para disimular su abundante cabellera. La corte ya no existe, y el pesado protocolo, los modales sofisticados y las delicadezas desmedidas que constituían la cultura de Adab y daban renombre a la capital, aquí, en la fortaleza de Bithauli, no tienen razón de ser.

Con la dedicación de costumbre, Mammoo ha hecho todo lo posible para que las dependencias de su ama sean cómodas. Ahora que ese bellaco del rajá no está allí, siente que por fin volverá su camaradería de antaño. Con gran solicitud ha cubierto las habitaciones frías y desnudas de grandes alfombras de lana y pesadas cortinas y ha traído cofres de maderas preciosas para guardar sus pertenencias.

Conmovida por sus atenciones, la begum se preocupa, no obstante, por saber de dónde ha salido todo eso.

—Me lo han dado las gentes para vos, Houzour.

—¿Las gentes? ¿Qué gentes? —se asombra. Y, llevada por una sospecha, pregunta—: ¿No lo habrás requisado, por casualidad? —El eunuco baja la cabeza—. Acabamos de llegar a la región, ¿acaso quieres que nos detesten ahora que tenemos una necesidad absoluta de la solidaridad de sus habitantes? ¡Irás a ver a las personas a las que has despojado y te ofrecerás a pagarles o a devolverles sus bienes! ¡Aquí tienes el oro, márchate inmediatamente!

De igual forma que con los principios de honestidad, la Rajmata no transigirá en la etiqueta hacia el rey y ella misma. Ese año de ejercicio del poder le ha hecho aprender que la más mínima familiaridad es fatal para la autoridad. Pero lo que ahora le importa es el respeto y la obediencia al jefe de guerra en que se ha convertido, más que el ceremonial que antes acompañaba cada paso de su vida en palacio.

Estaba convencida de que el cambio sería difícil, pero, por el contrario, se siente liberada y constata sorprendida hasta qué punto la atmósfera de esa corte, en la que, sin embargo, ha pasado la mitad de su vida, le resultaba pesada. Casi se sentiría aliviada si no fuera por la inquietud que la atormenta acerca de la suerte de Jai Lal. Excepto los penosos relatos de destrucción y pillaje, sus espías en Lucknow no le han aportado la más mínima información sobre el rajá.

Cada día disminuye su esperanza de volver a verle.

Es sobre todo a la caída de la noche, a las horas en las que se veían, cuando la angustia se apodera de la joven. Intenta razonar, recordar que es la responsable de miles de combatientes, de todo un pueblo que confía en ella, pero siente que sin el hombre que ama, que la aconsejaba y cuya admiración nutría su fuerza y su determinación, ya no tiene energía para continuar luchando.

Afortunadamente, Mumtaz está con ella. Es a la única persona a la que puede hacer partícipe de su desasosiego y, cuando no consigue reprimir sus sollozos, su amiga la abraza y la mece acariciando sus cabellos, como se consuela a un niño.

—Llora todo lo que quieras, Muhammadi —murmura, retomando afectuosamente su nombre de antaño—. Llora para que mañana no tengas más lágrimas y seas otra vez la valiente, la radiante Hazrat Mahal, esa que todos necesitamos.

33

Desde su fortaleza de Bithauli, Hazrat Mahal coordina los ataques contra los británicos. Todos los combatientes que tuvieron que huir de Lucknow y de sus alrededores han reaparecido para ponerse bajo el estandarte real, de modo que sus fuerzas, las de sus aliados y las temibles tropas del *maulvi* Ahmadullah Shah suman ahora cerca de cien mil hombres. Se despliegan en grupos dispersos por todo el territorio de Awadh, el Rohilkhand vecino, entre el Ganges y las estribaciones del Himalaya, y una parte de la provincia de Bihar, al este.

La nueva estrategia no consiste en enfrentarse al enemigo en batallas perfectamente organizadas, sino en hostigarle desde todas direcciones para impedir que pueda establecer su autoridad y poner en marcha su administración.

La Rajmata sigue los consejos proporcionados por Jai Lal antes de su separación:

«No hay que tratar nunca de combatir a las tropas regulares británicas, pues son superiores en armas y en disciplina, sino espiar todos sus movimientos, vigilar los puestos en el río, interceptar sus comunicaciones, sus abastecimientos y sus correos, lanzar sin descanso ataques relámpago contra sus campamentos, no dejarles ni un instante de reposo».

Por la noche, cuando se encuentra sola en su habitación, Hazrat Mahal abre el medallón que le regaló su amante la última noche. Examina su bello rostro de rasgos marcados, siguiendo delicadamente con el dedo el contorno de sus cejas arqueadas y de sus labios. Todo su ser se vuelca hacia él. Lo presiente... sabe que está vivo.

~

Durante seis meses, la insurrección va a tener a los británicos en vilo.

En una carta escrita en la primavera de 1858, en la que rinde cuentas al gobernador general del estado de las operaciones, el general Campbell reconoce la dificultad de enfrentarse a los insurgentes.

Awadh está en estado de rebelión activa. Cada vez que nuestras columnas entran en acción, marchan literalmente sobre los cuerpos de los rebeldes, pero apenas han pasado la resistencia se reorganiza, corta las comunicaciones y los suministros, y vuelve a tomar los puntos que acabamos de liberar... El enemigo es tan formidable tras haber sido derrotado como antes de serlo.*

Por su parte, uno de los pastores del ejército, el reverendo Alexandre Duff, escribe en su diario:

No se trata de una simple revuelta militar, es una revolución larvada desde hace mucho tiempo que ha empujado a hindúes y musulmanes a unirse. Más allá de los cipayos, se trata de una revuelta de grandes multitudes contra la supremacía británica. La travesía de nuestros valientes y pequeños ejércitos a través de esas miríadas, en lugar de dejar la huella profunda del paso de la carreta, parece más bien la estela de un navío en un mar encrespado que la recubre rápidamente.*

Y no solamente sucede en Awadh. En todas las provincias vecinas la rebelión está en pleno apogeo. En Bihar, está a cargo de Kunwar Singh, un *taluqdar* de ochenta años al que llaman «el viejo tigre» por ser fuerte y astuto, y que mantendrá en jaque durante semanas a las fuerzas británicas. Su victoria decisiva en Azamgarh enardece a los combatientes indios. Perseguido por dos regimientos enemigos, atraviesa el Ganges a la cabeza de mil hombres para reconquistar su feudo de Jagdishpur, pese a tener un brazo roto y un muslo traspasado. Finalmente, una hemorragia acabará con él. Pero en el norte de la India Kunwar Singh se convertirá en leyenda: se cuenta que, herido, se cortó el brazo y lo lanzó al Ganges, ofreciéndolo en sacrificio por la victoria final.

La mayor parte del tiempo los jefes rebeldes combaten cada uno por su lado. En el noreste, las tropas de la begum, apoyadas por las del rajá de Mahmudabad; en el sur, los veinticinco mil hombres del rana[92] Beni Madho, yerno de Kunwar Singh; en el noroeste, los temibles combatientes del *maulvi.* Y, por doquier, los numerosos *taluqdars* y rajás que mantienen la insurrección.

Esa dispersión de fuerzas es la mejor táctica contra un enemigo desplegado por un inmenso territorio. En cambio, cuando se prepara una operación de envergadura, los insurgentes hacen causa común.

La estrategia se pone a punto en el cuartel general de la begum, sede del poder real, y se comunica a los distintos jefes por medio de correos que se relevan cada seis millas.

No teniendo acceso al telégrafo —controlado por los británicos, cuando las líneas no están saboteadas—, los indios utilizan el antiguo sistema del *harkara:* un mensaje escrito con un lápiz mojado en leche, para volverlo invisible, e introducido en un trozo de pluma de oca sellado por ambos lados. Escondido en la boca del primer correo es transmitido al siguiente, de forma que en una jornada el mensaje puede recorrer cerca de cien millas.

Así es como se prepara, en el más absoluto secreto, un plan para reconquistar Lucknow. No es suficiente con controlar el campo, es necesario recuperar la capital a toda costa, sede y símbolo del poder, y restaurar al soberano.

---

[92] Rajá para los nepalíes y, en ocasiones, también en el vecino Bihar.

Pero, para conseguirlo, es indispensable estar unidos y castigar en primer lugar a los *taluqdars* aliados de los ingleses para disuadir a aquellos que se sientan tentados a seguir su ejemplo. El nuevo alto comisario de Lucknow, Robert Montgomery, más hábil que el gobernador general, lord Canning, ha proclamado que todos aquellos que se rindan serán perdonados a todos los efectos y recuperarán sus bienes.

Sin más tardanza, Hazrat Mahal decide atacar a los traidores.

En mayo lanza su primera expedición punitiva contra el rajá Man Singh, que durante mucho tiempo ha llevado un doble juego y, en el colmo de la deslealtad, abandonó Lucknow en el momento en el que el general Campbell lanzaba el asalto.

Galopando a la cabeza de diez regimientos y seguida por las fuerzas de los *taluqdars* leales, Hazrat Mahal llega ante Shahganj, donde se ha refugiado el rajá. Rápidamente, emprende el asedio de la fortaleza distribuyendo a sus tropas de modo que corten todos los accesos e impidan a la guarnición recibir víveres o munición.

Man Singh, que ha caído en la trampa, hace llegar un mensaje desesperado a sus aliados:

> *Ella ha ordenado a todos los* zamindars, taluqdars *y amotinados que se unan para atacarme. Son alrededor de treinta mil. Pequeños y grandes se enorgullecen de ser los aliados de la begum. Incluso aquellos que antes me eran fieles se han vuelto contra mí**.

Su llamada de socorro no será atendida, los británicos están demasiado ocupados rechazando a los insurgentes, que les hostigan por doquier.

Eso es exactamente lo que la Rajmata pretendía demostrar: los ingleses son incapaces de proteger a sus aliados, es una locura unirse a ellos. Proclamando la confiscación del estado de Man Singh, anuncia que será repartido entre los *taluqdars* que combaten, y luego, tras haber alentado a sus tropas, regresa a Bithauli para poner a punto las próximas operaciones.

Man Singh, parapetado en su fuerte con sus hombres, continúa resistiendo.

Cuando finalmente, un mes y medio después, llega la ayuda inglesa, los rebeldes, fieles a su táctica, se retiran. Pero sólo para hacer la guerra contra otros traidores designados por la begum, que, sin escuchar ni sus promesas ni sus protestas, se mantiene inflexible.

Además de dirigir las operaciones militares, Hazrat Mahal continúa gobernando: se debe mantener el orden, impartir justicia y recaudar impuestos. Si los antiguos cobradores ya no se atreven a aventurarse en los pueblos, los funcionarios enviados por la Rajmata son, por el contrario, bien recibidos por los campesinos, sublevados por las exacciones del ocupante.

El prestigio de la dinastía y su influencia personal son tales que, incluso expulsada del centro del poder, Hazrat Mahal impone siempre respeto y obediencia.

~

El 10 de mayo de 1858 es un día grande para los insurgentes: el aniversario del principio del levantamiento, cuando los cipayos de la guarnición de Meerut se sublevaron y marcharon hacia Delhi para liberarla.

En Bithauli, la Rajmata quiere celebrar el acontecimiento. A falta de los *khilat,* ropas de gala recamadas con piedras preciosas, el joven rey distribuye a los más valientes chales de cachemira bordados, uno de los cuales será enviado al príncipe Firouz Shah por sus hazañas en el centro de la India. A través de esas recompensas, la Rajmata continúa reafirmando, al menos simbólicamente, el poder de su hijo.

Desde la huida de Lucknow, Birjis Qadar se ha encerrado cada vez más en sí mismo. Soporta mal su vida de exiliado, sin amigos de su edad, en medio de adultos que no hablan más que de la guerra. Aunque era un niño muy alegre, Hazrat Mahal ya no le oye reírse y, cuando trata de hacerle hablar, no obtiene más que una respuesta convencional: «Estoy muy bien, gracias, Amma Houzour». Tiene la dolorosa sensación de que su hijo se ha alejado de ella, que, a semejanza del resto, la considera la reina, no su madre, y es muy consciente de que ella misma es la responsable. Para recuperar su confianza, primero tendría que escucharle, discutir con él sus preocupaciones, aconsejarle; en resumen, darle todo lo que un hijo espera de una madre. Pero ¿de dónde sacar el tiempo? Se debe enteramente a la lucha de liberación. Y, después de todo, ¡es por él por quien combate!

Por tanto, se lo ha confiado a Mumtaz, segura de que su amiga, tan cariñosa y atenta, se ocupará de su hijo igual de bien que ella.

Necesitado de afecto, el adolescente se ha confiado rápidamente a la joven. Durante días enteros ella se queda a su lado y le conforta, tratándole con tanta ternura que él ha acabado llamándola «Amma Mumtaz[93]».

La primera vez que Hazrat Mahal escucha esas palabras, se le encoge el corazón: «Amma Mumtaz», cuando él siempre la llama «Amma Houzour[94]», como prescriben los usos de la corte... Pero se rehace rápidamente: ¿no era eso lo que deseaba? Que encontrara en Mumtaz esa disponibilidad que ella no puede darle.

¿No puede dársela...? ¿De verdad?

Una vocecilla le susurra.

«¿Pero acaso no encontrabas para tu amante el tiempo que le niegas a tu hijo?».

Mientras los soldados desfilan ante ella, Hazrat Mahal evoca cómo, unos meses atrás, con Birjis Qadar en la sala del trono del palacio de Chaulakhi, Jai Lal, a su lado, le presentaba a los cipayos más meritorios.

---

[93] Mamá Mumtaz.

[94] Respetada madre.

Ante ese recuerdo, todo su cuerpo se contrae, se preocupa tanto por él que apenas puede pensar en otra cosa. En efecto, unos días antes, un mensajero ha llegado para anunciarle que el rajá ha sido hecho prisionero el 22 de marzo, el último día de la batalla de Lucknow, y que su proceso ha comenzado.

Los ingleses tienden a hacer las cosas según las reglas, al menos en apariencia, pero por lo que respecta a las pruebas... Obligan a que otros prisioneros den testimonio, antiguos servidores o compañeros del rajá que, para obtener su perdón, no dudan en cargar a Jai Lal con todos los crímenes. Especialmente, la muerte de mujeres y niños cautivos, a lo cual se había opuesto rotundamente y que habían perpetrado aprovechando su ausencia.

¿Cómo salvarle? Hazrat Mahal se ha pasado horas discutiendo con el rajá de Mahmudabad distintas posibilidades. Han llegado a la conclusión de que necesitan encontrar un cómplice en el lugar que le ayude a escapar en el momento en que, con todas sus fuerzas reunidas, ataquen Lucknow.

La operación estaba inicialmente prevista para la segunda semana de junio, pero, ante la insistencia de la begum, que argumenta que cada día acerca al rajá a la muerte, todo está dispuesto para adelantarla.

Ahora que le sabe vivo, Hazrat Mahal se esfuerza, cuando se encuentra a solas, en ponerse en comunicación con el hombre que ama. Existe una antigua sabiduría, que los iniciados llegaron a dominar, que asegura que el tiempo y el espacio son ilusiones que la fuerza mental puede trascender. Reuniendo toda su energía, se concentra en transmitir a su amante esperanza y fuerza, evocando los momentos felices pasados juntos, las largas conversaciones en las que se contaban su juventud y sus proyectos para un país que pronto estaría liberado.

Observando, día tras día, actuar a Jai Lal, Hazrat Mahal ha comprendido la importancia del papel de un individuo. Si se halla dotado de un espíritu clarividente y de una determinación sin tacha, un hombre o una mujer puede cambiar el curso de la historia dirigiendo a las masas perdidas y desalentadas. Pero igualmente ha comprendido una cosa esencial: es preciso que la población reconozca en esa persona lo que ella misma buscaba de forma confusa. El verdadero jefe no es el que da las órdenes, sino el que revela un deseo profundo, el que sabe darle forma, concretarlo, y para eso debe estar lo más cerca posible del pueblo.

Tal es el caso de Jai Lal, y también el suyo. Ambos proceden de ambientes sencillos, al contrario que los aristócratas de la corte y la élite, tan alejados de la realidad que son incapaces de comprender las reacciones del común de los mortales.

«*Jai Lal, mi amor*».

Hará cualquier cosa por salvarle.

~

Desde hace algún tiempo, el general Hugh Rose ha emprendido la reconquista del centro de la India. Este antiguo cónsul general de Beirut, al principio acogido con escepticismo, se ha revelado como un jefe carismático, siempre en puestos avanzados, y se ha ganado rápidamente la adhesión de sus soldados.

En marzo de 1858, mientras Lucknow caía, sir Hugh Rose emprendía el asedio de Jhansi.

La imponente fortaleza, construida sobre un pico rocoso y rodeada de altas fortificaciones, estaba defendida por diez mil hombres bajo el mando de Lakshmi Bai, rani de Jhansi, descrita por todos como «una maravilla de belleza y coraje».

Después de algunos días, Rose lanzó el asalto y prendió fuego a la fortaleza. Acorralada, la rani, oculta bajo ropas de hombre, había conseguido escapar con una parte de sus tropas mientras el ejército británico ocupaba la ciudad ahora indefensa.

Si bien las grandes ciudades —Delhi, Lucknow, Kanpur y finalmente Jhansi— han sido reconquistadas, los combates continúan por todas partes bajo el impulso de la begum Hazrat Mahal, definida por los informes británicos como «el alma de la revuelta».

En el norte y en el centro de la India, los insurgentes son especialmente activos. Sin embargo, numerosos *taluqdars* vacilan, esperando a ver de qué lado se inclina la balanza, pues se dice que Londres enviará nuevos refuerzos muy pronto.

Adivinando sus cálculos, la begum hace proclamar que los soldados y el pueblo no tendrán ninguna piedad de aquellos que se alíen con el ocupante.

—¿Cómo podéis ser tan ingenuos para creer a estas alturas en las promesas de los ingleses? —pregunta sarcástica—. ¡Estad seguros de que se vengarán!

Ha cambiado mucho desde que huyó de Lucknow. Convertida en cabecilla de guerra y dispuesta a vencer por todos los medios, se ha endurecido y ha aprendido la táctica del chantaje. En lo sucesivo, no sólo se batirá para restaurar la dinastía, sino para salvar su vida y la de su hijo.

~

En Lucknow, el alto comisario, sir Robert Montgomery, ha reunido a sus principales colaboradores. Algunos, como Martin Gubbins, el consejero de finanzas, poseen una larga experiencia en la región.

—Esto no puede durar mucho. Las grandes ciudades son nuestras, aunque en algunas estallan todavía esporádicamente incendios criminales, pero no estamos logrando nada en el resto del país. Nuestros ejércitos se ven impotentes ante esos miles de hombres que se baten como si la muerte les fuera totalmente indiferente.

—Son todavía más valientes porque esperan gozar en una vida futura de todas las alegrías que les han sido denegadas en el curso de su miserable existencia —comenta un oficial.

—Sin embargo, ¿han observado que los prisioneros que desafían tan orgullosamente la horca o al pelotón de ejecución se desmoronan literalmente cuando les atamos a la boca de un cañón? —comenta un coronel destinado en la India desde hace más de diez años.

—Hay que reconocer que es un espectáculo abominable. Ver a esos jóvenes pulverizados en mil pedazos de carne sanguinolenta...

—Si empleamos cada vez más ese método, no crean que es por crueldad o necesidad de venganza, sino porque es el más eficaz —precisa el coronel.

—¿En qué? ¡Un muerto es un muerto!

—¡En este país no! Sin ritos de enterramiento o de cremación, no hay vida futura posible, lo que, tanto para los hindúes como para los musulmanes, es mil veces peor que la muerte, hasta el punto de que algunos prisioneros aceptan hablar si les concedemos el favor de fusilarles.

Las risas acogen esta declaración, pero el ceño fruncido del alto comisario basta para detenerlas.

—¡Un poco de decencia, señores! —Y volviéndose hacia Gubbins, añade—: Al parecer, ha recibido usted un mensaje del rajá Man Singh, ¿no?

—Sí, señor. Como ya sabe, antes del motín el rajá era mi amigo. Ciertamente, ha cometido errores, pero luego ha hecho todo lo posible para repararlos. Me ha hecho saber que nosotros lo estamos haciendo mal y que si ningún *taluqdar* había respondido a nuestras propuestas, no era por falta de ganas. Sencillamente, les es imposible, en vista del ánimo de la gente y de las amenazas de la begum, reunirse con nosotros o hacer una declaración pública de lealtad. Nos solicita que encontremos un medio, ya sea un intermediario discreto o un signo convenido previamente, para confirmarles que, en caso de adhesión, les perdonaremos y les permitiremos conservar todos sus bienes. Man Singh me asegura que así la mayoría de ellos se nos unirá.

—¡Palabrería! ¡Ya conocemos a esos tunantes! Llevan un doble juego mientras esperan a ver cómo salen las cosas —protesta un oficial.

—Desde luego —admite sir Robert—. Pero las cosas corren el riesgo de volverse a nuestro favor muy pronto. Tengo una buena noticia que anunciarles: hemos obtenido la cooperación del maharajá Jang Bahadur, primer ministro de Nepal y soberano de facto desde que expulsó al rey. Va a poner a nuestra disposición sus miles de gurkas, que vendrán a reforzar a los nuestros. A cambio, nosotros le hemos prometido los territorios del norte de Awadh que lindan con su país... y que con su ayuda vamos a reconquistar.

—¡Bravo! Entre sus gurkas y nuestros sijs, no sé quiénes serán los más feroces. Los rebeldes les temen como a la peste. Esa unión les desmoralizará totalmente.

Nada permanece mucho tiempo en secreto en la India. Los espías de la Rajmata no han tardado en enterarse de los pactos entre Jang Bahadur y los británicos y en informarla.

Instigado por su madre, Birjis Qadar envía un mensaje al maharajá. En él no apela a una dudosa solidaridad, sino que expone la situación sobre el terreno, por ahora claramente a favor de los indios:

> *¿Cómo es que esos ingleses, que no consiguen mantenerse en ninguna parte, pueden otorgaros tierras? ¡Somos nosotros los que dominamos el país y los que os ofrecemos, a cambio de vuestra alianza, territorios dos veces más importantes que aquellos que os han prometido y de los que no poseen ni la más mínima parcela!*

La carta ha sido confiada a un mensajero. ¿Habrá sido interceptada? Lo único cierto es que Birjis Qadar nunca recibirá respuesta.

En esas postrimerías del mes de mayo, mientras el calor infernal que precede al monzón asfixia a los europeos, la begum y sus aliados controlan todo Awadh hasta casi una quincena de millas de la capital.

34

Dieciséis mil combatientes están congregados a dieciocho millas de la capital, en Nawabganj, donde, un año antes, los cipayos se habían reagrupado y conseguido derrotar a los británicos en la famosa victoria de Chinhut.

Proyectan retomar Lucknow atacando por tres flancos a la vez. La begum ha enviado a la mayor parte de sus tropas, pero, esta vez, ella no participará en las operaciones. Ante la insistencia del rajá de Mahmudabad y de todos los generales, se ha resignado a permanecer en Bithauli: la batalla promete ser feroz, la Rajmata no tiene derecho a arriesgar su vida y la de su hijo, ellos representan la última dinastía real opuesta a los ocupantes, la única legitimidad incontestable. El *maulvi* Ahmadullah Shah en persona, ante la presión de sus hombres, ha tenido que arrimarse a ella. Si le ocurriera alguna desgracia, el movimiento, afectado ya por numerosas rivalidades, volaría en pedazos.

Hazrat Mahal ha cedido a sus razonamientos, pero, ahora que han partido, se encuentra vagando de un lado a otro por el interior de la fortaleza, incapaz de tranquilizar su espíritu corroído por la duda. ¿Por qué les habrá escuchado? Tiene la sensación de haber abandonado a sus tropas en un momento crucial... Y abandonado a Jai Lal.

Su estado mayor le ha prometido que el primer objetivo, al penetrar en Lucknow, será liberar al rajá, pero conoce demasiado bien los intereses y los celos de unos y otros para estar convencida de ello. Eso sin contar con que abrirse camino hasta la prisión, situada en el centro de la ciudad, no será fácil.

Por ello, decide convocar en secreto al comandante de uno de sus regimientos, un hombre joven que le profesa una admiración incondicional.

—Tengo una misión de confianza que encomendarte —le ha declarado—. Cuando te acerques a Lucknow, deberás rodear las zonas de combate y, con tus mejores hombres, dirigirte a la cárcel. Allí preguntarás por un oficial llamado Amir Khan, es de los nuestros, y le darás, en presencia de sus colegas, una orden para trasladar al rajá Jai Lal firmada por el alto comisario, sir Robert Montgomery en persona. La falsificación de la caligrafía es un arte muy desarrollado en nuestro país —añade con una sonrisa—. Sobre todo, no te retrases, no luches, salvo que sea indispensable para abrirte camino, y trae directamente al rajá a Bithauli.

—Pero ¿y si se niega? ¿Y si quiere participar en los combates?

—Entonces debes decirle... que la Rajmata está enferma y que ha solicitado verle... Sí, te estoy pidiendo que mientas, pero es por nuestra causa. Después de meses en la cárcel, el rajá no estará en condiciones de combatir. No vamos a liberarle para perderle, el ejército tiene necesidad de él, la guerra no se ha ganado todavía.

El ataque sobre Lucknow está previsto para el 2 de junio por la mañana.

El general Hope Grant se encuentra en la capital, donde se ha tomado un merecido descanso después de haber perseguido a los rebeldes durante semanas a través de todo el estado de Awadh. Informado de que el rana Beni Madho amenaza la ruta de Kanpur a Lucknow, en la que ya ha destruido numerosos puestos militares y atacado convoyes, el general se ve obligado a salir de su retiro. Durante diez días recorrerá la región en busca del rana, pero éste parece haberse volatilizado.

Durante esa expedición se entera de que fuerzas muy importantes congregadas en Nawabganj se preparan para atacar Lucknow.

¿Habrá tratado Beni Madho de atraer su atención para hacerle salir de la capital? Si ése es el caso, ha subestimado la rapidez de reacción de los ingleses. Rápidamente, Grant refuerza a sus tropas añadiendo un millar de sijs y una unidad de artillería pesada, y llama en su ayuda al maharajá de Kapurtala, que acude de inmediato con su ejército. Juntos marchan sobre Nawabganj, aislando al rana de sus hombres y rodeando la ciudad. El ejército indio, que ha caído en la trampa y se halla desconcertado por la ausencia de su jefe, está paralizado.

El 12 de junio, al alba, las tropas británicas lanzan el asalto. Los indios plantan cara con un coraje que se gana la admiración de sus adversarios. Sus contraataques son tan vigorosos que los ingleses tienen grandes dificultades para rechazarlos. Reagrupados bajo la enseña verde del islam y la blanca del hinduismo, los cipayos caen por oleadas, segados como la cosecha.

—He visto numerosas batallas y a muchos valientes decididos a vencer o a morir, pero jamás he sido testigo de una conducta tan heroica como la de estos hombres —declara, impresionado, el general Grant.

Esa batalla será el último intento de liberar Lucknow. Los rebeldes no podrán volver a reunir a tantos hombres para conducir una operación de esa envergadura.

En Bithauli, Hazrat Mahal está desolada. Es el primer revés grave después de la caída de la capital y la moral de todos se resiente. Pero ella vive también esa derrota como un drama personal: no ha podido salvar a Jai Lal.

«¿Por que habré escuchado a los generales? Si hubiese ido allí en persona, bajo cualquier disfraz y acompañada de algunos fieles, habría encontrado sin lugar a dudas un medio de llegar a la cárcel. Y allí, con nuestros cómplices y la carta, hubiera conseguido que saliera...».

Los remordimientos la ahogan, se ha dejado influenciar cuando no tenía que haber escuchado más que su intuición: ir ella misma a liberar a su amante. ¿Lo habrá puesto ahora en una situación de mayor peligro? En esa operación, los ingleses también han perdido hombres, ¿no querrán vengarse con sus prisioneros?

La duda que siempre ha tratado de rechazar la consume cada vez con más insistencia: ¿volverá a ver alguna vez al hombre que ama?

No puede sincerarse con el rajá de Mahmudabad —entre ellos nunca han mencionado a Jai Lal más que como un amigo leal, pese a que el rajá ha adivinado desde hace mucho tiempo que para la begum él es más importante que eso—. Ella le habla solamente de su desconsuelo ante todas las víctimas. ¿Acaso tiene derecho a enviar a miles de jóvenes a la muerte? ¿Qué causa puede justificar semejante carnicería?

—¡Es la guerra, Houzour! —le reprende dulcemente el rajá—. En ella se producen forzosamente derrotas y muertes. En cuanto a la justificación de una guerra, podríamos discutirlo largo tiempo. Para algunos espíritus fuertes, no hay ninguna, pues nada vale más que la vida. Para otros, como yo y la mayoría de los nuestros, oficiales o simples campesinos, está plenamente justificada por su fin: desembarazarnos de un poder extranjero, recuperar nuestra libertad y nuestra dignidad.

—Habláis, como yo, de libertad, de independencia... En realidad, desde tiempos inmemoriales, los indios han estado sometidos a poderes extranjeros. El último, el de los mogoles, se quedó en este país durante más de tres siglos.

—Cierto, pero los invasores arios, árabes o mogoles siempre se acababan integrando, e incluso indianizando. Todo lo contrario que los británicos. Se mezclaban con la población, la India era su país y su poder no cesaba de incrementarse. Los emperadores mogoles llevaron al arte y al artesano indios a una perfección sin igual y condujeron al país a una prosperidad muy superior a la de Europa. La dominación inglesa nos ha arruinado. Al exportar nuestros recursos para alimentar a su industria emergente e imponernos, a su vez, sus productos baratos, han reducido a la miseria a nuestros tejedores, a nuestros ebanistas, a nuestros herreros, a nuestros curtidores, a nuestros bordadores...

Sentados uno al lado del otro en el salón de la begum —una familiaridad que no habrían podido permitirse nunca en la corte de Lucknow—, el rajá de Mahmudabad y la Rajmata discuten como viejos amigos. Ella aprecia cada vez más a este hombre al que Jai Lal la ha confiado. A sus treinta y cinco años tiene la clarividencia y la madurez de un sabio, la sostiene y la aconseja en cada una de sus decisiones. Por su parte, el rajá admira el valor de la joven y su negativa, sea cual fuere el precio que le cueste, a aceptar la mentira y la injusticia. «De ahí su extraordinaria influencia sobre los combatientes, que se dejarían despedazar por ella —piensa el rajá—. Suscita tanta devoción como el *maulvi*, y sin utilizar jamás la religión, como hace éste...».

Desde hace algún tiempo, el *maulvi* acumula victorias. El 3 de mayo conquista Shahjahanpur, sede de una importante guarnición inglesa a medio camino entre Lucknow y Delhi. Expulsado una semana más tarde por las tropas de Campbell, aprovecha cuando los ingleses se marchan a batallar al norte para retomar la ciudad y obligar a sus ricos habitantes a pagarle una tasa para el mantenimiento de sus fuerzas.

Furioso de verse ridiculizado por ese hombre que no cesa de provocarle, sir Colin regresa a toda prisa. Del 14 al 19 de mayo los combates se recrudecen. Acuden de todas partes tropas armadas para salvar al *maulvi*, entre ellas las de la begum y el príncipe Firouz, cada uno a la cabeza de sus regimientos. Incluso Nana Sahib ha consentido en enviar a sus hombres, convencido por su consejero Azimullah —que ha decidido regresar con su amo y vigilarle, pues sospecha que está dispuesto a aliarse con los ingleses para obtener su perdón—.

Con esos apoyos, el *maulvi* conseguirá escapar de noche, seguido de una gran parte de sus fieles, para entrar de nuevo triunfalmente en Awadh, de donde había sido expulsado poco tiempo atrás.

¿Cómo apoderarse de ese demonio? Allí donde las armas han fracasado, los ingleses van a intentar la traición.

Ahmadullah Shah necesita reponer sus efectivos. Le han informado de que el rajá de Powain[95], pequeño estado situado entre Awadh y Rohilkhand, está considerando unirse a la rebelión. Rápidamente le envía un mensaje, pero el rajá quiere entrevistarse con el *maulvi* en persona.

Cuando el 15 de junio, acompañado de una sencilla escolta, Ahmadullah Shah llega a Powain, montado en su elefante, encuentra, para su gran sorpresa, las puertas de la ciudad cerradas y custodiadas por soldados. En lo alto de sus murallas están el rajá y su hermano.

Aunque ha olfateado el peligro, Ahmadullah Shah no renuncia y comienza a parlamentar con el rajá. No se da cuenta de que el hermano de éste ha desaparecido y que, oculto detrás de una tronera, le tiene a tiro. La discusión se prolonga, es evidente que el rajá no tiene ninguna intención de dejarle entrar. Furioso por haber sido burlado, el *maulvi* hace un signo al cornaca para que haga avanzar al elefante y poder derribar la verja de entrada. En ese momento el hermano del rajá dispara y le mata allí mismo.

La emboscada planeada ha funcionado a la perfección.

Después de cortar la cabeza al *maulvi,* los dos hermanos la envuelven en un paño y, recorriendo a galope las trece millas que les separan de Shahjahanpur, se presentan en el comedor de oficiales británicos en el momento de la cena. Con un gesto teatral lanzan la cabeza ensangrentada del *maulvi* a sus pies.

Como premio a su traición, se marcharán con la recompensa prometida de cincuenta mil rupias, pero se ganarán,

[95] También llamado Powayun.

por otro lado, tanto el desprecio de sus amigos como el de sus enemigos.

A la mañana siguiente, Mammoo se presenta ante su ama. Está exultante: no solamente su enemigo personal, el rajá Jai Lal, está en la cárcel, sino que el competidor más peligroso de la begum ya no existe.

—¡Houzour, tengo una buena noticia! —anuncia triunfal—. El hombre que no ha cesado de causarnos problemas acaba de ser abatido.

—¿Quién? ¿Hope Grant? ¿Colin Campbell? —pregunta la begum, con los ojos brillantes de esperanza.

—No, ¡Ahmadullah Shah!

—¿El *maulvi?* —salta Hazrat Mahal—. ¡Pero era nuestro aliado! ¿Cómo te atreves a alegrarte? ¿Te has vuelto loco?

—Bueno, él no dejaba de oponerse a vos...

—¡Decididamente, no entiendes nunca nada! ¡Vete, déjame!

Una vez sola, la Rajmata permanece un buen rato inmóvil, con la mirada vacía... ¿El *maulvi,* muerto? Él siempre salía indemne de las situaciones más desesperadas, hasta el punto de que sus partidarios le llamaban «el protegido de Alá». Apenas puede creerlo...

En realidad, sí constituía un peligro para ella, pero era un extraordinario líder de masas.

Se ganaba sobre todo a los pobres prometiéndoles el final de sus humillaciones en una sociedad libre, fundada en la igualdad preconizada en el Corán. Y les recordaba que para llamar a los fieles a la oración, el Profeta había escogido a un esclavo negro, mostrando así su repulsa a toda discriminación social o racial. Sus discípulos le reverenciaban como una especie de reencarnación del profeta Mahoma.

«Si hubiera habido más como él, quizá yo habría perdido el poder, pero habríamos ganado la guerra».

¿Quiere eso decir que piensa que pueden perderla? Rápidamente se rehace.

«Sin duda, la desaparición del maulvi *es un duro golpe, pero venceremos, incluso sin él».*

Aunque Ahmadullah Shah era un aliado muy valioso, ¿deseaba ella realmente su victoria? Una victoria contra los extranjeros y por la independencia del país, cierto, pero... ¿con vistas a qué sociedad? Si el *maulvi* hubiera logrado hacerse con el poder, ¿habría sido ese poder más aceptable que el de los británicos? Contra éstos, al menos pueden rebelarse, ¿pero podrían haberse rebelado contra la palabra de Dios que él pretendía representar? Una vez vencedor, ¿no habría impuesto una concepción rígida de la religión del Profeta, en oposición al islam abierto y tolerante establecido en la India desde hace siglos?

Puede ser que, a fin de cuentas, Mammoo esté en lo cierto...

En cambio, el anuncio, algunos días más tarde, de la muerte de la rani de Jhansi le aflige profundamente. Tenían casi la misma edad. Carismáticas y voluntariosas, eran hermanas en coraje; una hindú, la otra musulmana, ambas combatían a la cabeza de su pueblo para conseguir la independencia.

Lakshmi Bai había muerto tres días después que el *maulvi,* el 18 de junio, en el curso de la batalla de Kotah-ki-Serai, a algunas millas de Gwalior.

El mensajero que le ha traído la noticia a la Rajmata le entrega al mismo tiempo una carta de la rani, escrita la víspera de su muerte, una misiva desbordante de optimismo en la que relata sus últimas victorias:

> *Mi querida begum:*
> *¡Me alegra poder anunciaros que hemos tomado Gwalior! Nana Sahib no estaba presente, pues continúa escondido. Pero su sobrino Rao Sahib le representaba y teníamos con nosotros a los ejércitos de Tantia Tope. Habíamos llegado cerca de la ciudadela con cuatro mil jinetes y siete mil soldados de infantería. Al alba, el maharajá de Gwalior marchó sobre nosotros con ocho mil hom-*

bres, pero, para su gran humillación, todo su ejército, excepto su guardia personal, ¡cambió de bando y se unió al nuestro!

Al día siguiente logramos conquistar Gwalior, con su tesoro y su arsenal. Tantia ha querido organizar suntuosas fiestas a las que ha invitado a todos los nobles maratíes. Se esfuerza en ganarse a los principados de la antigua confederación para conseguir que reconozcan a Nana Sahib como el Peishwa. Pero los grandes príncipes maratíes, especialmente los maharajás de Indore y de Gwalior, continúan siendo aliados de los británicos e influyen en numerosos pequeños rajás. Lo cierto es que durante el curso de las fiestas Nana Sahib ha sido proclamado oficialmente Peishwa, su sobrino Rao vicepeishwa y Tantia Tope primer ministro.

No teniendo, evidentemente, nada que hacer allí, me he retirado a un pequeño palacio cercano en el que he encontrado por fin la tranquilidad para escribiros. Ahora estoy convencida de que vamos a ganar. Vos recuperaréis vuestro Lucknow y yo mi Jhansi. Tengo confianza, pues el pueblo está con nosotros. ¿Habéis visto alguna vez que un ocupante pueda con todo un pueblo? Nos llevará su tiempo, pero venceremos.

¡Pase lo que pase, hay que resistir!

Vuestra amiga,

Lakshmi, rani de Jhansi.

Es el mensajero, entre lágrimas, quien le relata los acontecimientos que siguieron:

—Mientras nosotros les creíamos lejos, el 18 de junio los ingleses aparecieron de improviso y nos atacaron con la velocidad del rayo. Desde hacía varios días Tantia Tope y sus tropas seguían de fiesta y no se enteraron de nada. La rani fue la primera en darse cuenta de la situación. Vestida como un soldado de caballería, a la cabeza de sus tropas, trató, en vano, de detener el avance británico. Fue abatida por un soldado, que estaba lejos de sospechar que disparaba a una mujer que era la heroína más legendaria de Jhansi. Pudieron identificarla gracias a los valiosos collares de perlas que no se quitaba jamás y que contrastaban extrañamente con su uniforme.

»Sorprendidos en mitad de su borrachera, Tantia Tope y sus hombres fueron fácilmente derrotados por el general Rose, que se ha apoderado de la ciudadela de Gwalior y ha restablecido al maharajá.

La carta de la rani tiembla entre las manos de Hazrat Mahal. Con ojos empañados, lee la última línea: «¡Pase lo que pase, hay que resistir!».

«Es como un mensaje del más allá... El pueblo está con nosotros, hay que seguir luchando».

~

En el centro de la India, las tropas británicas avanzan. Sir Hugh Rose sabe que si la rebelión se propaga a través del territorio maratí, el oeste del país se unirá a ella. Las reconquistas de Jhansi y de Gwalior han sido etapas importantes, pero ahora es necesario terminar con Tantia Tope y con el príncipe Firouz Shah, que continúan desafiándolos.

Afortunadamente para los británicos, los dos estados más grandes del centro de la India, Bhopal y Hyderabad, no solamente les son fieles, sino que incluso les proporcionan tropas de élite.

Tantia Tope huye de Gwalior con doce mil hombres y es interceptado por el ejército del general Rose. Pero consigue escapar y continúa hostigando a las columnas enemigas. Tiene sobre el adversario la ventaja de la rapidez, pues se desplaza sin tiendas ni provisiones: todo se lo suministra una población completamente entregada a su causa.

Hazrat Mahal, por su parte, se ha retirado más al norte, al fuerte de Baundi, al otro lado del río Ghogra. Desde allí, controla toda la región. Está cerca de su amigo el rajá de Mahmudabad y de algunos otros rajás y *taluqdars* leales.

Desde su nueva base, la Rajmata continúa lanzando operaciones contra los destacamentos ingleses y los *taluqdars* traidores, hacia los cuales se muestra cada vez más implacable a medida que las deserciones se multiplican. El general Campbell sabe cómo convencerles. Él mismo, nieto del jefe de un clan escocés que vio cómo sus heredades eran confiscadas inmediatamente después de la sublevación jacobina de 1745, comprende el dilema de los *taluqdars* y, en vez de enfrentarse, trata de reconciliarse con ellos.

Durante todo el verano Awadh resistirá sin dar un instante de respiro al enemigo. Hasta octubre, Hazrat Mahal y sus aliados, concretamente el príncipe Firouz y el rana Beni Madho, organizan operaciones coordinadas. Juntos encabezan una fuerza de setenta mil combatientes.

Fiel incondicional de la begum, el rana, como Tantia Tope, tiene como principal ventaja su movilidad. Mil veces los ingleses han creído atraparle, mil veces se les ha escapado, reapareciendo allí donde no lo esperaban. Se ha convertido en una leyenda que, durante décadas después de su muerte, se seguirá cantando en las veladas de las aldeas.

Sin embargo, las promesas de Campbell han terminado por convencer a la mayoría de los *taluqdars*. A principios de otoño apenas continúan sublevados más de una cincuentena de los trescientos que, en el momento más álgido de la lucha, habían participado activamente en la rebelión. Es un duro golpe para la Rajmata, pues la esperanza que acariciaba de convencer al maharajá de Nepal se ha desvanecido. Poco después de la derrota de Nawabganj, éste le ha escrito que es amigo de los ingleses y se niega rotundamente a ofrecerle su alianza.

Desde la caída de Lucknow, en marzo, hasta el otoño, Hazrat Mahal y sus aliados han mantenido a raya a las fuerzas británicas durante ocho meses y, a menudo, las han derrotado. Pero en ese mes de octubre de 1858, el principio de la estación seca, el general Campbell, convertido en lord Clyde por la gracia de su majestad la reina Victoria, comienza su campaña de invierno a la cabeza de un ejército más poderoso que nunca.

35

Entre las operaciones militares y las discusiones estratégicas, los únicos momentos de ternura de Hazrat Mahal son los que pasa con Mumtaz. Pero a veces se avergüenza de su egoísmo. Durante años se había olvidado de su amiga y, ahora que la ha recuperado, la ha convertido en su confidente y se desahoga con ella, sin preocuparse jamás de sus sentimientos ni interesarse por su vida personal.

Una noche, mientras su amiga, como es costumbre, le cepilla sus largos cabellos, la interroga:

—Y tú, Mumtaz, ¿no has estado nunca enamorada?

No esperaba la desazón que su pregunta suscita. Mumtaz se ruboriza, titubea y, finalmente, se decide a hablar.

—¿Enamorada? Lo he estado locamente, pero, al menos, no me han hecho demasiado daño. Como ya sabes, después de ser repudiada, me convertí en cortesana, en una casa diferente a la de Amman e Imaman, ya que con ellas me hubiera sentido avergonzada. Cada noche cantaba, bailaba y me divertía con los visitantes, pero no tenía ningún protector. Había, sin embargo, un *taluqdar* que acudía cada día y me contemplaba sin dirigirme la palabra, como fascinado. Yo me sentía casi como una adolescente ante su primer amor, sólo cantaba y bailaba para él. Tenía ese tipo de belleza que me atrae: alto, muy delgado, de ojos oscuros en un rostro marcado, nariz aguileña. Pensaba en él todo el día, pero, por la noche, apenas me atrevía a observarle por temor a que se me notaran mis sentimientos. Aquello duró un mes. Un mes de sueños maravillosos en los que me imaginaba manteniendo con él una relación intensa y luminosa, largas confidencias, alegrías y, sin duda, también penas, pero compartidas. Creía advertir en él cierto sufrimiento y estaba dispuesta a dárselo todo, me sabía capaz de hacerle feliz. Finalmente, una noche se acercó a hablar conmigo y, para mi gran sorpresa, de repente me confesó que su hijo único había muerto en un accidente de caballo y su mujer había perdido la razón. De eso hacía ya dos años, pero no conseguía recuperarse. Le escuché desahogar su pena. De pronto, él se dio cuenta de que nos observaban. «Esa gente me molesta», susurró, «¿cuándo podríamos vernos a solas?».

»¿Cuándo? Tuve que hacer un esfuerzo para no responder que cuanto antes y sugerí que nos podíamos ver dos días después en mis aposentos, que estaban en el primer piso, pero a las que se accedía sin pasar por los salones.

»A los dos días me hizo llegar un mensaje: debía marcharse para arreglar un asunto urgente, pero estaría de vuelta al cabo de tres días. ¿Estaría libre? Me apresuré a confirmarle que sí.

»Pasé los tres días siguientes preparándome, me examiné con ojo crítico: ¿le gustaría? Él, tan seductor, sin duda estaría habituado a tratar con mujeres muy hermosas; aunque yo era consciente de mi encanto, también sabía que no era una belleza.

»La noche fijada llegó, di vueltas y más vueltas en mi habitación, arreglando un cojín por aquí, un jarrón por allá, con las manos sudorosas de aprensión. Apareció con dos horas de retraso, yo pensaba que ya no vendría. Estaba nerviosa como una jovencita, ¡yo, una cortesana!

»Había hecho preparar una ligera cena, pero él no tenía hambre. Me tomó en sus brazos y trató de llevarme hacia el gran lecho mientras me susurraba lo atractiva que le parecía. Un poco sorprendida por las prisas, cuando había imaginado un acercamiento más tierno, traté de resistirme, pero no era hombre que aceptara negativas.

»Hicimos el amor y luego se durmió enseguida. Me quedé a su lado, con los ojos muy abiertos, un gusto amargo en la boca y la impresión de haber sido tratada como una prostituta. Traté de razonar, tal vez estaba simplemente cansado por el viaje. Le acaricié la frente dulcemente y él se despertó. «Tengo que irme», me anunció abruptamente. «¿No vas a pasar la noche aquí?», le pregunté, estupefacta. «Imposible, tengo una cita importante mañana a primera hora». Me acurruqué contra él. «Entonces, ¿nos veremos pronto?». «Desde luego», me respondió con un tono que me pareció que significaba lo contrario, pero aparté rápidamente esa idea de mi mente.

»Le esperé cada noche durante semanas.

»No volvió nunca.

»Me sentí furiosa con él, pero más furiosa todavía conmigo misma, por mi falta de habilidad. Se había desahogado, me había conquistado y se había desvanecido. ¿Tendría que haber disimulado mis sentimientos? Dime, Muhammadi, ¿por qué hay que calcularlo todo cuando uno ama? Si hay que contenerse, jugar al desapego para atraer más al otro, ¿dónde está la felicidad de amar?

Hazrat Mahal es incapaz de responder. Con Jai Lal había sido otro mundo... Ante el recuerdo de su amante, siente, de pronto, un violento dolor en el pecho... como un desgarro. Tiene miedo, como si alguna cosa terrible estuviera a punto de suceder, como si, lejos de ella, Jai Lal sufriera... la llamara.

~

Herido en lo más profundo por las críticas que le reprochan haber prolongado la guerra al dejar escapar a la begum, el general Campbell está en esta ocasión totalmente decidido a aplastar definitivamente a las fuerzas rebeldes.

Su estrategia es simple. El poderoso ejército británico atacará Awadh desde el sur, el este y el oeste, con el fin de rechazar a todos los insurgentes hacia el norte, a la región de Baraich, donde se halla la Rajmata.

Los regimientos avanzan metódicamente, cubriendo distrito tras distrito como una inmensa red, peinando cada palmo de terreno para no dejar escapatoria posible. Su objetivo es obligar a los rebeldes a replegarse hacia Terai, la región fronteriza con Nepal, rodearles y acabar con ellos.

Mammoo, sintiendo el viento cambiar, se carcome de inquietud, pero no se atreve a hablar con su ama por miedo a despertar una vez más su cólera. Desde que le reprendiera a propósito de la muerte del *maulvi,* no ha vuelto a aparecer ante ella y aguarda a que le llame. Pero ni siquiera parece haberse percatado de su ausencia... Por despecho, ha estado pensando incluso en dejarla y rendirse a los ingleses, como ya han hecho numerosos *taluqdars.* Sobre todo cuando no tiene ninguna gana de acabar como un mártir por una causa en la que no cree en absoluto. La independencia es para él una palabra vacía, él siempre ha servido a los poderosos, ya fueran indios o ingleses: ¿qué diferencia hay? Es verdad que algunos ingleses desprecian a los «indígenas»... pero ¿existe peor desprecio que el que le infligieron sus compatriotas al castrarle?

Durante días ha rumiado su rabia y jugado con la idea de marcharse, pero, en el fondo, sabe que no puede abandonar a su ama. Después de doce años viviendo a su lado, se ha convertido en su universo; podrá enfadarse, pero no puede vivir sin ella. ¿No es eso amor? En todo caso, se trata de una poderosa atadura que es incapaz de romper. ¡La protegerá aunque sea contra su voluntad!

En secreto, ha enviado un mensajero a Lucknow para discutir con sir Robert Montgomery las condiciones de rendición de la begum y las suyas propias. Pero, como siempre, Hazrat Mahal ha sido advertida por sus espías.

Fuera de sí, ha convocado inmediatamente al eunuco.

—¿Tú también me traicionas?

—No os traiciono, Houzour —balbucea Mammoo, sonrojado por la confusión—. Todo lo contrario, trato de salvaros.

—¿De salvarme? ¿Deshonrándome? —increpa ahogada por la indignación—. ¿Cómo he podido confiar en ti? ¡Esta vez se ha acabado de verdad, no quiero volver a verte!

Ahora, Hazrat Mahal se siente todavía más sola. Ha sido engañada por Mammoo, cuyas debilidades conoce, pero que, desde hacía tanto tiempo, formaba parte de su vida. Ya no le queda más que su fiel Mumtaz. Con ella, al menos, puede evocar al hombre al que ama y al que no ha renunciado a ayudar. Durante el día, ocupada por mil problemas, consigue no pensar en la suerte que le espera, pero de noche tiembla por él e inventa los planes más audaces hasta que cae en un pesado sueño poblado de pesadillas.

~

Mientras en el sur del país los regimientos del general Campbell avanzan como una apisonadora, la begum y sus aliados continúan sus ataques relámpago, siempre apoyados por la inmensa mayoría de los campesinos. Incluso cuando la causa de los rebeldes parece perdida, éstos continúan boicoteando a los británicos, negándose a proporcionarles víveres y dándoles falsas informaciones.

Su papel en esta revuelta es determinante, ya que constituyen el grueso de los combatientes[96].

Pero, pese a su heroísmo, hacia final de año la situación comienza a invertirse.

El ofrecimiento de amnistía de la reina Victoria supondrá el cambio de bando de numerosos jefes de guerra. En su proclamación, difundida el 1 de noviembre de 1858 por

[96] Los ingleses estimarán que, sólo en el estado de Awadh, alrededor de ciento cincuenta mil combatientes habrían encontrado la muerte, de los cuales treinta y cinco mil serían cipayos y los otros hombres del pueblo.

toda la India, notifica la disolución de la Compañía de las Indias Orientales y la transferencia de su autoridad a la Corona británica. Anunciando solemnemente una ruptura total con los errores del pasado, la reina garantiza todos los tratados con los príncipes y confirma cada uno de los puestos obtenidos en tiempos de la Compañía. Finalmente, desmiente toda nueva ambición territorial y promete la libertad religiosa.

> *Declaramos nuestra real voluntad y complacencia en que ninguna persona sea favorecida, inquietada o molestada por razones de fe o de observancia religiosa, y que todos se beneficien de la protección igual e imparcial de la ley. Es también nuestra voluntad que nuestros súbditos, cualquiera que sea su raza o creencia, sean libres e imparcialmente admitidos para ejercer, a nuestro servicio, los oficios para los cuales estén cualificados, ya sea por su educación, su talento o su integridad*.*

Pero lo más importante de todo es que la reina ofrece su perdón a los rebeldes que estén dispuestos a regresar pacíficamente a sus casas, con la excepción de aquellos que han tomado parte en los asesinatos de súbditos británicos o ayudado a los asesinos, y de los jefes o los instigadores de la revuelta. El resto, si se somete antes del 1 de enero de 1859, se beneficiará de una amnistía.

El 8 de noviembre, el rajá de Amethi, sitiado en su fortaleza por las fuerzas combinadas del general Campbell y del general Grant, termina por rendirse. Al ser uno de los más fieles aliados de la begum, su sumisión va a acarrear la de otros *taluqdars* que todavía vacilaban.

En cambio, Beni Madho, obligado a abandonar su fuerte, decide partir hacia el norte con quince mil hombres para unirse a las fuerzas del hermano de Nana Sahib. Al general Campbell, que le ofrece unas condiciones de rendición muy favorables, le responderá orgulloso: «No me es posible, mi persona no me pertenece, pertenece al rey Birjis Qadar*».

Al mismo tiempo, un mensaje secreto del general Campbell hace saber a la begum que, si abandona esa lucha sin esperanzas, podrá regresar a Lucknow, donde será acogida con los honores debidos a su rango y recibirá una generosa pensión.

Hazrat Mahal ni siquiera se toma la molestia de contestar. Con el corazón en un puño, recuerda una de sus últimas conversaciones con Jai Lal mientras en su bastión de Moussabagh eran bombardeados noche y día por los cañones enemigos.

—Si nos ofrecen la amnistía y que todo vuelva a ser como antes, como en tiempos de Wajid Alí Shah y del Residente británico, ¿qué harías tú? —le había preguntado él.

—¡Me negaría! —había respondido sin vacilar.

Y Jai Lal la había estrechado apasionadamente entre sus brazos.

Ahora, después de todo lo que su pueblo y ella han sufrido, está más decidida que nunca a rechazar el compromiso. A sus ojos, el motivo de la proclamación de la amnistía está claro: decapitar la revuelta, separar a los rebeldes más comprometidos de sus renuentes partidarios y así menguar sus fuerzas.

Para tratar de prevenir una oleada de deserciones, Hazrat Mahal publica una contraproclamación en la que, sarcástica, denuncia la hipocresía del discurso de la reina Victoria y las amenazas que se ocultan tras sus falsas promesas:

> *Hay que ser muy simple para creer que los ingleses han perdonado nuestras faltas o lo que ellos llaman nuestros crímenes. Todos sabemos que nunca han perdonado la menor ofensa, pequeña o grande, ya fuera cometida por ignorancia o por negligencia**.

Y uno a uno la begum pasa por el tamiz los diversos compromisos adoptados por la reina: ¿cómo creer que, porque la Corona reemplace a la Compañía, va a cambiar todo cuando el nuevo poder conserva el mismo reglamento, los mismos funcionarios, el mismo gobernador general y el mismo sistema judicial?

Se nos dice que todos los acuerdos suscritos por la Compañía serán cumplidos por la reina. Pero la Compañía se ha apropiado de toda la India y no ha respetado la mayor parte de los tratados firmados con los soberanos. ¿Es eso lo que la reina entiende por respetar? Y si su majestad no quiere ninguna anexión, tal como ella dice, ¿por qué no nos devuelve nuestro país como exige el pueblo?

Se nos anuncia también que, cualquiera que sea la religión, las leyes serán iguales para todos. ¡Eso debería ser evidente! En efecto, ¿qué tiene que ver el ejercicio de la justicia con la pertenencia a una u otra religión? En cuanto a la promesa de que no habrá ninguna interferencia en nuestras prácticas religiosas, es difícil de creer, dado que han destruido nuestros templos y nuestras mezquitas con la excusa de construir carreteras, se envían misioneros a las aldeas para enseñar el cristianismo y se paga a la gente para que aprenda los ritos de la Iglesia anglicana.

Está también escrito que todos serán perdonados, excepto aquellos que han matado, guiado la rebelión o ayudado a los rebeldes. Pero ¿a quiénes se refiere si es el pueblo entero el que se ha rebelado y se especifica que todas las personas implicadas serán castigadas? ¡Esa proclamación dice cualquier caso y lo contrario!

Finalmente, se nos promete, cuando la paz sea restaurada, emprender trabajos de construcción de carreteras y excavación de canales que mejorarán las condiciones de vida del pueblo. Es interesante apuntar que los ingleses no ofrecen a los indios un empleo más alto que el de peón. Si la gente no es capaz de entender lo que todo eso significa, no podemos hacer nada por ellos.

*Sobre todo, ¡no os dejéis engañar!**.

~

Esa mañana llegan inquietantes noticias de Mahmudabad. El palacio está sitiado y la rani ha enviado un mensaje a su esposo, diciéndole que teme no poder resistir mucho tiempo más.

El rajá, desolado, se ha presentado ante la begum. Dividido entre dos lealtades, da pena verle: no puede dejar a la Rajmata cuando ésta le necesita tanto, pero ¿puede abandonar a los suyos?

—Acordaos de lo que le dijisteis a vuestro hijo cuando quiso seguirnos —le recuerda Hazrat Mahal—: Que su primer deber era hacia los suyos. Querido rajá sahab, debéis partir inmediatamente a socorrer a vuestra familia. Ellos no os tienen más que a vos. Yo me las arreglaré, todavía tengo aliados. Desde luego, vuestra amistad, vuestra bondad hacia mi persona van a faltarme... —Se pone en tensión ante la emoción que la asalta—. Siempre os estaré agradecida, no os olvidaré jamás. —Y para aligerar lo que esas palabras pueden tener de solemne, concluye con tono jocoso—: Muy pronto iré a visitaros a Mahmudabad y cuento con que me organicéis una lujosa fiesta.

Contra todo convencionalismo, le ha tendido la mano, que, con fervor, él se ha llevado a la frente. Se han mirado conteniendo a duras penas su emoción: saben que tienen pocas posibilidades de volver a verse.

Dos semanas más tarde, Hazrat Mahal conocerá la abominable tragedia. Cuando se acercaba a Mahmudabad, el rajá fue interceptado por un mensajero de luto que le informó de que el palacio había sido incendiado y toda su familia, su madre, su esposa y su hijo, asesinados.

Desesperado, se disparó una bala en la cabeza.

La noticia era falsa. El palacio, ocupado por el ejército británico, estaba prácticamente intacto y la familia del rajá arrestada en la residencia y vigilada.

Sin mancharse las manos, los ingleses se habían vengado del primer gran *taluqdar* de Awadh que se había atrevido a rebelarse[97].

---

[97] Versión ofrecida por el menor de sus nietos. Otra versión familiar mantiene que el rajá murió por unas heridas recibidas en combate.

Durante ese tiempo, las tropas británicas siguen avanzando en Awadh y los insurgentes son rechazados inexorablemente hacia el norte. A finales de noviembre, todo el país al sur del río Ghogra está sometido. Algunos rebeldes consiguen regresar a sus pueblos y mezclarse con los campesinos, pero la mayoría pasará a engrosar las fuerzas de Baundi, la fortaleza de la begum, último bastión del poder. Implacable, el ejército enemigo se acerca. Las tropas indias tratan de impedir que atraviesen el río Ghogra, pero, pese a una resistencia tenaz, son aplastadas.

Tocado con el casco colonial y sable en mano, el general Grant emprende el camino hacia Baundi, donde cuenta con sorprender a la begum. Pero ésta ya ha huido hacia el norte y, junto a su hijo, galopa a la cabeza de su estado mayor, seguida de quince mil combatientes. Cerca de Nanpara se le unen Nana Sahib, Beni Madho y algunos *taluqdars* todavía leales. En un intento desesperado conjugan sus fuerzas para una última resistencia, pero de nuevo se ven obligados a batirse en retirada frente a la artillería enemiga. Finalmente, la mañana del 7 de enero de 1859, con el enemigo pisándoles los talones, la begum y sus aliados atraviesan el río Rapti para refugiarse en la región de Terai, en la frontera con Nepal.

Al llegar a la otra orilla, Hazrat Mahal se detiene. Con el corazón encogido, contempla la llanura que se extiende hasta perderse en el horizonte, los campos de trigo y de caña de azúcar, las verdes plantaciones de mangos y guayabas, y aquí y allá, emergiendo entre todo el verdor, los tejados de paja de las aldeas con sus humaredas blancas.

¿Volverá algún día a su país?

Con el fin de retrasar el avance inglés, un regimiento de cipayos se queda en la orilla sur del Rapti. Pero cuando la caballería británica aparece y carga con los sables desenvainados, despedaza a todos aquellos que tratan de cerrarle el paso.

El río se tiñe de rojo con la sangre de centenares de resistentes que han sacrificado su vida para ofrecer algunas horas de ventaja a la Rajmata y a su rey, unas horas preciosas que les han permitido escapar de sus perseguidores.

Es la última batalla en suelo de Awadh. Ahora, el territorio está totalmente bajo la férula de los británicos.

Los rebeldes están atrapados entre el río Rapti y las estribaciones del Himalaya, en el Terai nepalí, una región de bosques y ciénagas, plagada de mosquitos e infestada de cocodrilos. Sólo pueden elegir entre rendirse o perecer.

Creyendo que Awadh está pacificado, Campbell deja al general Hope Grant a cargo de las operaciones, convencido de que sin municiones ni alimentos los fugitivos no sobrevivirán mucho tiempo. Grant se limita a dar orden de desplegar sus regimientos a lo largo de la frontera para impedirles regresar.

La última esperanza de Hazrat Mahal recae en el maharajá Jang Bahadur. ¿Podrá éste negarle el asilo ahora que están vencidos?

A instancias de su madre, Birjis Qadar envía al maharajá una nueva carta. En ella le recuerda la antigua amistad que ha existido siempre entre las grandes familias de Awadh y de Nepal y, en nombre de la religión y de la fraternidad entre pueblos de la misma sangre, le solicita asilo para todos los suyos.

La mordaz respuesta llega unos días más tarde:

> *El estado nepalí, aliado y amigo de los ingleses, no os ofrecerá ninguna asistencia y os ordena abandonar su territorio en diez días. En caso contrario, enviaremos a nuestro ejército de gurkas contra vos. Para salvar el honor y la vida, aconsejamos a todos los que no hayan participado en la masacre de mujeres y niños que se rindan a las autoridades británicas*.*

¡Inadmisible! Hazrat Mahal, al igual que los otros fugitivos, ha perdido la confianza: la experiencia les ha demostrado el valor de las promesas de la pérfida Albión. Durante semanas, tratan de forzar por distintos puntos la barrera que les separa de Awadh, pero una y otra vez los británicos reaccionan y les persiguen hasta Terai. Se producirán algunos enfrentamientos, pero los rebeldes, agotados, no están ya en condiciones de resistir. Huyen a través de la jungla, las ciénagas y los cauces congelados. Entre esos hombres debilitados, la lluvia y el frío, las fiebres del pantano y el cólera causarán centenares de víctimas.

Como consecuencia de la continua dispersión de las fuerzas indias, Hazrat Mahal se vuelve a encontrar en compañía de Nana Sahib y de Mammoo —el trágico presente ha borrado las disputas pasadas—. Para escapar del enemigo deben cambiar constantemente de campamento con un ejército reducido a diez mil hombres, seguidos por cientos de mujeres y niños. La Rajmata se prohíbe todo desánimo, así se lo prometió a Jai Lal. Pero se plantea un problema urgente: ¿cómo alimentar a esos miles de personas? Las provisiones de harina están casi agotadas y ha ordenado a sus tenientes castigar severamente el más mínimo robo. Es necesario conservar la simpatía de la población, es su única protección.

Será obedecida. En medio del desastre, Hazrat Mahal conserva todavía el control de sus hombres[98].

A menudo, de noche en su tienda, alrededor del *mangal*[99], la Rajmata discute con sus dos compañeros las posibilidades de escapar de esa trampa, acorralados como están entre los gurkas al norte y los británicos al sur. Nana Sahib ha perdido gran parte de su soberbia, ya no le siguen más que un millar de fieles y su bestia negra, Azimullah, ha desaparecido.

---

[98] Como lo atestigua un informe del general Ramsay, Residente británico en Nepal: «Hasta el momento los rebeldes no han cometido ningún ultraje en Terai, pagan por todo lo que cogen y tratan a las autoridades de las aldeas con deferencia y respeto». Extracto del *Foreign Political Consultations*, Archivos de Nueva Delhi.

[99] Brasero.

Cuando Hazrat Mahal muestra su sorpresa ante la ausencia de Azimullah, Nana Sahib le explica, con tono avergonzado:

—Mi hermano mayor está enfermo y Azimullah está con él. Juntos van a tratar de llegar a Calcuta.

No parece propio de Nana privarse de un servidor tan valioso, aunque sea por su hermano. Hazrat Mahal concluye que han debido de pelearse.

Más tarde se enterará de que, disfrazado de faquir, Azimullah, efectivamente, había conseguido llegar a Calcuta. Allí, utilizando su encanto de «príncipe oriental» que en otros tiempos había causado estragos en Londres y en París, se las había ingeniado para seducir a una inglesa sedienta de amor. Junto a ella consiguió abandonar la India e instalarse en Estambul, donde se había convertido en el representante del jerife de La Meca.

Ante este relato, Hazrat Mahal estalló en carcajadas, algo que hacía tiempo no le sucedía.

—Ese «querido Azimullah», como decían todas esas damas europeas... ¡yo que le creía un idealista dispuesto a morir por su país! ¿No será en realidad un oportunista que, juzgando el combate perdido, ha preferido abandonar el barco? A menos que… —de pronto se queda pensativa—: A menos que en Estambul haya seguido conspirando contra los británicos [100].

En la tierra azotada por el viento glacial del Himalaya, el invierno se cobra cada vez más víctimas entre esos hombres y mujeres habituados al clima de la planicie indostánica del Ganges.

Una mañana, al despertar, Hazrat Mahal encuentra a su hijo ardiendo de fiebre. Los *hakims* llamados a su lecho dudan sobre el diagnóstico, aunque prescriben pócimas y sangrías. Pero nada da resultado. La Rajmata decide enviar de nuevo un mensaje a Jang Bahadur pidiendo ayuda.

---

[100] Azimullah morirá asesinado en Estambul, sin duda por motivos políticos.

Por toda respuesta, éste reitera sus amenazas: o la begum y todos los que la acompañan abandonan su territorio o enviará a sus gurkas.

¿Rendirse para salvar a su hijo? El general Campbell le ha hecho saber que su oferta de amnistía sigue en vigor. Hazrat Mahal está desesperada. No puede arriesgar la vida de su hijo... pero ¿tiene derecho a abandonar a sus compañeros de lucha, que no pueden esperar ningún perdón? Después de días y noches de angustia, el estado de salud de Birjis Qadar parece mejorar sensiblemente, y decide continuar resistiendo. Capitular sería una deshonra y renunciar a los derechos de ese rey de doce años que un día espera que reine sobre Awadh.

Pero el muchacho se encuentra todavía débil y debe estar sometido a una vigilancia permanente. Por suerte, Mumtaz está ahí para velar por él.

La joven se ha encariñado con Birjis como si fuera su propio hijo. Ha sufrido mucho por no poder ser madre y despliega con el joven toda su ternura, hasta ahora reprimida. Al principio contenía sus impulsos, repitiéndose que ese apuesto niño no era suyo y que, en cualquier momento, se lo podía arrebatar. Pero ha olvidado rápidamente de sus temores, la Rajmata está demasiado ocupada para intervenir en una situación que parece convenir a todo el mundo.

En ocasiones, Mumtaz no entiende a su amiga: ¿carece de sentimientos maternales? Sin embargo, cuando su hijo está enfermo, se la ve desesperada por la angustia... ¿será más por el rey que por su hijo por lo que se inquieta, como le sugiere amargamente Birjis Qadar?

En Katmandú, Jang Bahadur se ve presionado por el Residente, que le advierte de que sus aliados ingleses se impacientan: ¿cuándo va a enviar a sus gurkas para que fuercen a los rebeldes a rendirse?

En realidad, el maharajá se ha dado cuenta de que ha ido demasiado lejos: sus generales no están preparados para combatir a los refugiados sólo por complacer a los británicos[101].

Jang Bahadur decide emplear la astucia. Hace llegar una carta al rey Birjis Qadar, suplicándole que se rinda en Butwal, a medio camino entre su base de Terai y Katmandú. No quiere que se derrame más sangre, escribe, y se propone actuar como intermediario entre los indios y los británicos para tratar de buscar una solución honorable.

La begum Hazrat Mahal y sus compañeros juzgan la carta alentadora. De cualquier forma, ¿acaso tienen elección?

Sin más tardar, se ponen en camino.

Durante tres meses el largo convoy de cerca de diez mil hombres, mujeres y niños camina penosamente a través de las montañas nevadas. Como no tienen suficientes caballos ni carretas, la mayoría debe recorrer a pie las doscientas millas que les separan de Butwal. Muchos morirán de frío, de fiebre o de disentería.

Para desesperación de Hazrat Mahal, Mumtaz es una de las primeras víctimas. Desde su huida del Terai, la joven ha adelgazado mucho: «Mis admiradores jamás me reconocerían», bromea. Sufre frecuentes ataques de tos, pero cada vez que Hazrat Mahal quiere llamar al *hakim* se niega categóricamente, argumentando que no es más que una irritación de garganta. Sin embargo, cada día está más débil.

Una mañana, la begum, preocupada por su ausencia, entra en su tienda. Mumtaz está tendida, sus largos cabellos desparramados, una leve sonrisa en los labios. Hazrat Mahal piensa que jamás la ha visto tan hermosa. Queriendo despertarla dulcemente, como lo hacían cuando eran adolescentes, se inclina para besarle la frente y retrocede dando un gran grito: está helada... ¡Muerta! ¡Mumtaz está muerta!

---

[101] En una carta al gobernador general de Calcuta, el Residente escribe: «Por mucho que le cueste admitirlo, no está seguro de ser obedecido si debe enviar a su ejército a combatir a los fugitivos. Teme incluso que eso pueda desencadenar una revuelta. Los responsables del ejército consideran, en efecto, que debería acordarse una amnistía sin condiciones para todos los rebeldes, desde los jefes hasta los simples soldados*».

Por primera vez desde su huida de Baundi, Hazrat Mahal se derrumba. Conmocionada, se reprocha haber arrastrado a su amiga a esa aventura imposible, cuando tras la caída de Lucknow hubiera podido regresar a su aldea y esperar a que la situación retornara a la normalidad. Mumtaz no tenía nada que hacer con ellos, no había seguido a Hazrat Mahal por convicción política, sino por fidelidad a su antigua amistad. Fue por puro egoísmo por lo que la había llevado, porque necesitaba una amiga, una confidente. No había imaginado ni por un momento los peligros que la haría correr.

Pero el más dolido por la desaparición de Mumtaz es Birjis Qadar. Arrodillado delante de su lecho, cegado por las lágrimas, grita: «¡No me dejes, Amma Mumtaz, te lo suplico, vuelve!». Durante horas va a permanecer a su lado, deshecho en lágrimas, negándose obstinadamente a abandonar a aquella que, durante meses, le había consagrado todo su tiempo y su ternura. Será muy difícil conseguir separarles.

En marzo, cuando por fin las columnas de refugiados alcanzan Butwal, sus filas están considerablemente mermadas, sólo la esperanza de vivir muy pronto el fin de la pesadilla sostiene a los supervivientes.

Durante cuatro días, esperan la visita prometida de Jang Bahadur. En su lugar, aparece un oficial del ejército nepalí: es portador de un mensaje del maharajá en el que les reitera la orden de abandonar inmediatamente el país.

Estupefactos, la Rajmata y sus compañeros se dan cuenta de que les han engañado. Indignados, los rajás exclaman:

—Si ésa era la intención de Jang Bahadur, ¿por qué nos ha hecho venir? ¿Para destruirnos más fácilmente? Sabe que después de este terrible viaje somos demasiado pocos y estamos demasiado cansados para defendernos. ¿Es que no le da vergüenza traicionar así a sus hermanos? ¡Siendo hindú, como nosotros, al menos debería apoyarnos, pues hemos luchado para defender nuestra religión!

—No puedo discutir sobre eso —replica el oficial, incómodo—, sólo puedo repetir las órdenes de mi amo: si continuáis avanzando, los gurkas os matarán. Debéis abandonar Nepal y rendiros a los ingleses.

Y, con un saludo, se despide.

Mientras los rajás y Nana Sahib deciden instalarse en Butwal para que descansen las tropas y discutir qué van a hacer, la begum se retira al cercano Fuerte de Naya Kot para ocuparse de su hijo. Debilitado por el viaje y desesperado por la muerte de Mumtaz, Birjis Qadar ha vuelto a caer enfermo y Hazrat Mahal le vela día y noche. Ahora que corre el riesgo de perderlo, se da cuenta de que nada es más importante que la vida de su hijo. Por eso, cuando los enviados de Jang Bahadur llegan para interesarse por sus planes, les expulsa sin contemplaciones:

—¿Cómo os atrevéis a importunarme? Mi hijo se debate entre la vida y la muerte. ¡Dejadme, ya os responderé más adelante!

Jang Bahadur no insiste, pero, aprovechando que los rajás y la begum están separados, envía al ejército británico la señal convenida: que entren en Nepal y ataquen Butwal.

El 28 de marzo de 1859 tiene lugar el enfrentamiento entre el general Kelly y las tropas del rana Beni Madho y Nana Sahib. A pesar de estar debilitados por la enfermedad y la falta de alimentos, sin cañones ni munición, los hombres, acorralados, se ven obligados a combatir. No tienen forma alguna de escapar de los británicos, todas las carreteras están controladas y saben que si se rinden serán ejecutados. Resisten heroicamente. Pero es en vano. Finalmente, se baten en retirada. A costa de muchísimas dificultades, escalando las escarpadas montañas, atravesando torrentes, franqueando precipicios, los supervivientes consiguen alcanzar el desfiladero de Serwa. Allí, el 21 de mayo, librarán su última batalla.

—Hemos perseguido al enemigo hasta las montañas y hemos llegado a un lugar cubierto por ríos de sangre: allí, dos rebeldes estaban a punto de sucumbir a sus heridas, pero lo más desgarrador de todo fue ver a las mujeres de esos cipayos agonizar a su lado, de hambre y de cansancio, a veces con sus bebés en brazos* —informa el general Grant.

Cuando Hazrat Mahal, que ha permanecido con su hijo en el Fuerte de Naya Kot, es informada de la tragedia, cae en un profundo abatimiento: los años de combate, las decenas de miles de hombres sacrificados... ¿todo eso para nada?

Pero una última esperanza la ayuda a rehacerse: en el centro de la India el príncipe Firouz Shah y Tantia Tope, cada uno por su lado, continúan la guerrilla.

A principios del mes de abril, Tantia Tope se ha unido al rajá de Nardar, que encabeza un pequeño ejército. Juntos libran batalla, unas veces ganando y otras perdiendo terreno, hasta que, rodeados, se refugian en la selva de Paron. Gracias a sus espías, los británicos contactan con el rajá y consiguen negociar su sumisión: será perdonado, conservará todas sus propiedades y obtendrá, además, una fuerte recompensa a condición de que revele el escondite de Tantia Tope.

El aliado y amigo acepta.

Tantia Tope es sorprendido en pleno sueño y capturado.

Así, uno de los mejores generales de la insurrección, el antiguo ayudante de campo de Nana Sahib, que había luchado contra los británicos en todos los escenarios de la rebelión y obtenido asombrosos triunfos, no será vencido por las balas, sino por el dinero de los ingleses.

Durante su «proceso», Tantia Tope recusará al jefe de la acusación, arguyendo que no se ha rebelado contra el gobierno británico, dado que en ningún caso él es un súbdito británico, sino un general de Nana.

Diez días más tarde será ahorcado.

Con su desaparición, la insurrección en el centro de la India, privada de su líder, se desmorona.

A principios del mes de mayo, una carta del gobernador de Butwal informa al primer ministro nepalí del deterioro del estado de salud de Birjis Qadar y de la negativa de la

Rajmata a rendirse a los ingleses. El gobernador señala que la reina siempre lleva un saquito de veneno y que, para escapar al deshonor, no dudará en utilizarlo.

Hay que evitar a toda costa semejante gesto: la begum Hazrat Mahal se ha convertido en un símbolo admirado, incluso idolatrado. Su suicidio podría acarrear revueltas difíciles de controlar, tanto en Awadh como en Nepal, donde el pueblo no está conforme con el doble juego de Jang Bahadur.

Inquieto, éste se apresura a advertir a las autoridades británicas, que tampoco desean que se las considere responsables de la muerte de una heroína nacional. Se acuerda que Nepal ofrecerá asilo a la begum y a su hijo.

Durante diez días, Hazrat Mahal negociará para que se les permita a las mujeres y a los niños permanecer con ella. Se lo concederán, pero solamente para los pequeños menores de doce años. En cambio, a pesar de su insistencia, ninguno de sus soldados tendrá derecho a acompañarla. Ni siquiera Mammoo, que pese a sus frecuentes desacuerdos, es desde hace trece años su más devoto servidor. Pero no tiene elección, sólo puede aceptar las condiciones dictadas.

Al menos, con su negativa a someterse a los ingleses, ha conservado su honor y los derechos de su hijo.

La Rajmata pasa revista por última vez a sus tropas, o más bien a lo que queda de ellas, unos pocos centenares de hombres demacrados que, con ojos brillantes de lágrimas, la aclaman.

Con un nudo en la garganta, les da las gracias:

—¡Os habéis batido como héroes, seguiréis vivos en todas las memorias como la gloria de Awadh! ¡Los siglos pasarán, pero la historia se acordará de vosotros! Ahora debéis dispersaros y tratar de regresar a vuestros pueblos, pero sabed que el combate que hemos mantenido juntos no es más que el principio de la lucha por la liberación.

»¡Hemos mostrado el camino, nuestros hijos lo seguirán y muy pronto expulsaremos para siempre a los ingleses de la India!

36

Hazrat Mahal está ahora prisionera. No se hace ninguna ilusión sobre la «hospitalidad» ofrecida por el maharajá.

Jang Bahadur ha hecho acondicionar para ella una espaciosa casa, rodeada de un porche de madera clara abierto a un jardín, y ha puesto al servicio de la Rajmata a guardas y criados nepalíes. Contrastando con su rudeza anterior, la recibe con mil muestras de respeto y se interesa por la salud del joven rey. Incluso le envía a sus mejores *hakims:* hay que impedir que Birjis Qadar muera, porque sino se dirá que lo ha hecho matar él para complacer a los ingleses.

En cambio, a pesar de las protestas de Hazrat Mahal, han apartado de ella a todas sus sirvientas indias. La habían acompañado hasta Terai y el miedo, el hambre y el agotamiento fueron su pan de cada día... La Rajmata se pregunta a menudo qué es lo que le granjeaba semejante devoción: ¿es porque a través de ella y de la causa que simbolizaba esas mujeres daban lo mejor de sí mismas, sublimando su banal rutina para formar parte de un glorioso proyecto?

Jang Bahadur se mantiene inflexible, no quiere correr ningún riesgo. La docena de guardias de la entrada no basta para tranquilizarle. Si rodea a la begum de sirvientas nepalíes —cuestión de comodidad, razona, pues conocen las costumbres del país—, es en realidad para poder vigilarla mejor.

Quiere estar informado hasta de sus más mínimos gestos. La joven parece resignada, pero él no se fía, conoce su combatividad.

Por primera vez lejos de su país y de la ciudad que ama, Hazrat Mahal tiene un emocionado recuerdo para con otros exiliados: el viejo emperador, Bahadur Shah Zafar, su esposa la reina Zinat Mahal y su joven hijo, deportados a Pegu, un antiguo centro budista de Birmania, alejados de todo aquello que puede recordarles la India. En comparación, su suerte es casi envidiable. Al menos, está cerca de los suyos. Ya encontrará más adelante un medio para comunicarse con aquellos que continúan batiéndose en la frontera de la India con Nepal.

Por el momento, su única preocupación es la salud de su hijo. Los *hakims* nepalíes le llevan cestas con frascos de todos los colores, pociones hechas con hierbas maceradas durante semanas, incluso meses. Al principio consiguieron bajarle la fiebre, pero rápidamente ha vuelto a subir.

Hazrat Mahal vela al joven enfermo día y noche, humedece sus labios y refresca su frente con paños mojados. Cuando la ven vacilar de fatiga, las sirvientas nepalíes se ofrecen a relevarla; ella les da las gracias, pero siempre se niega. Se siente culpable por haber descuidado tanto a su hijo y abriga la esperanza de que si, en esa semiinconsciencia, el niño consigue sentir cuánto lo ama su madre, cómo su vida es para ella la cosa más importante del mundo, si adivina que nunca más permitirá que nada se anteponga a él y que estará siempre a su lado, cualesquiera que sean las circunstancias, él recuperará el gusto por la vida y sanará.

«Mi pobre niño, al que abandoné para poder luchar mejor por su porvenir y el de nuestra tierra, qué solo has debido de sentirte...».

Y besa sus manos y sus brazos enflaquecidos, inundándolos de lágrimas.

Impresionadas por su dolor, las nepalíes observan silenciosamente a esa mujer sobre la cual han escuchado rumores de lo más diversos: una ambiciosa sin fe ni ley, capaz de cometer perjurio y asesinar para llegar al poder...

una manipuladora que no piensa más que en sí misma... una mujer valiente que combate para liberar a su país... No entienden nada. Todo lo que ven es a una madre como ellas, una madre que sufre y que daría su vida para salvar la de su hijo.

Solamente después de varias semanas, cuando está segura de que la vida del muchacho ya no corre peligro, Hazrat Mahal empieza a recobrar el gusto por la vida y a mirar a su alrededor.

Rápidamente se interesa por las mujeres que la sirven, para gran sorpresa de éstas, dado que sus amos siempre las han mantenido relegadas a una categoría inferior.

Ha observado que examinaban con curiosidad su libro de *devanagari*[102]. En efecto, ha empezado a aprender el nepalí para poder comunicarse con su nuevo entorno. Pero cuando la begum les señala una palabra para preguntarles por su pronunciación, sacuden la cabeza con una pequeña risa incómoda: no saben leer.

Hazrat Mahal decide entonces organizar clases para esas mujeres y sus hijos. Una ocupación muy bienvenida, pues tras dos años de gobierno, de tomar decisiones y de conducir una guerra, lleva muy mal su obligada inactividad. Eso la distraerá de sus negros pensamientos.

Así, cada noche, con sus nuevas alumnas sentadas en el suelo, enseña los rudimentos de la lectura y la escritura. Está lejos de imaginar la estupefacción que su iniciativa provoca en esa sociedad todavía más desigual que la de Awadh, y, sobre todo, extremadamente retrasada. No solamente entre sus beneficiarios, sino también entre las familias y en sus pueblos de origen, todo el mundo habla de esa reina tan sencilla como buena que —¡desdichada!— es prisionera del terrible Jang Bahadur.

El rajá no es muy querido por su pueblo. Nadie ha olvidado el sangriento golpe de estado por el cual, doce años

---

[102] Escritura nepalí idéntica al hindi.

atrás, el joven general Jang Bahadur Rana se puso al frente del gobierno, relegando al rey a un papel de mero florero, ni cómo persiguió e hizo asesinar a sus oponentes. Ni, finalmente, su reciente alianza con los ingleses, que durante una guerra anterior confiscaron Sikkim y una parte de Terai a Nepal; alianza que, además, es contra sus correligionarios hindúes y ha conmocionado profundamente a la población.

Antes de aceptar el asilo en Katmandú, Hazrat Mahal había tenido buen cuidado de esconder el oro y sus joyas más valiosas en los dobladillos de sus *gararas*. Durante sus negociaciones con los enviados del maharajá, aunque no se mencionó ninguna compensación, le quedó claro que, como precio por su «hospitalidad», Jang Bahadur, conocido por su codicia, planeaba apropiarse de lo que quedaba del tesoro de Awadh. No tenía ninguna posibilidad de oponerse, pero pretendía guardar algo con lo que poder continuar apoyando la lucha. Incluso vigilada, ya encontraría el medio de hacer llegar a los combatientes algún tipo de ayuda.

Tras la curación de Birjis Qadar, ahora que su atención y sus fuerzas no están dedicadas al muchacho, se preocupa de nuevo por la suerte de sus compañeros que se han quedado en Terai.

De Nana Sahib no espera nada, así que tampoco se ha sorprendido mucho cuando Jang Bahadur le ha contado su enésima vileza: mientras que en Naya Kot, a pesar del estado de salud de su hijo, ella se negaba a someterse, Nana envió secretamente una carta a la reina Victoria, implorando su perdón. Una humillación que podría haberse ahorrado: pues las autoridades inglesas respondieron que debía rendirse y someterse a justo juicio, dado que le consideraban responsable de las masacres de Kanpur.

Nana Sahib no se había arriesgado y continuaba errando con su sobrino, Rao Sahib, y algunos fieles por las selvas de Terai.

En cambio, la begum se inquieta por la suerte de Beni Madho. Una conversación sorprendida a sus guardias le ha permitido saber que el rana resiste en la frontera, en el estado de Tulsipur. Después de meses de combates y de huidas, se imagina el deterioro de su ejército... ¿Cómo enviarle ayuda? Jang Bahadur la ha separado de sus fieles, está totalmente aislada. ¿Comprar a uno de los gurkas que hacen guardia? Se quedaría con el oro o la denunciaría al maharajá, o puede que las dos cosas a la vez.

¡No importa! Encontrará una solución. Hazrat Mahal nunca se da por vencida. *The Times* escribe sobre ella que «la begum de Awadh muestra más sentido de la estrategia y valor que todos sus generales juntos».

—¡Rani saheba!

La joven que está a sus pies es Ambika, su alumna más inteligente. Para ella, como para toda nepalí, una mujer de casa real es forzosamente una rani, y Hazrat Mahal se ha acostumbrado a esa nueva denominación.

—Rani saheba, mi hermano va a casarse, ¿me permitiríais regresar a mi pueblo para asistir a la ceremonia?

—Por supuesto. ¿Cuánto tiempo quieres ausentarte?

—No mucho, un mes como máximo. Mi pueblo no está a más de una semana de camino, no muy lejos de Tulsipur.

—¿Tulsipur? —El corazón de Hazrat Mahal comienza a latir aceleradamente—. ¡Pero si Tulsipur está en la India!

—Para nosotros, los lugareños, todo eso es el Terai, mitad indio, mitad nepalí. Muy astuto sería el que supiera dónde se encuentra la frontera de no haber a veces soldados británicos para rechazarnos.

¿Sería posible...? No, no puede confiar una misión tan arriesgada a una niña... Sin embargo, la coincidencia le parece una señal...

Ambika espera. Sabe que la rani quiere decirle algo, pero vacila. Entonces, superando su timidez, se arriesga:

—Vos habéis hecho mucho por nosotras, rani saheba. Lo he hablado con mis compañeras, es la primera vez que una dama se interesa por nosotras, nos ha hecho sentirnos orgullosas... No me estoy expresando bien, pero quiero solamente aseguraros que siempre estaré dispuesta a serviros.

—Te estoy muy agradecida, Ambika. Ahora, si eres tan amable, tráeme brasas para mi *hookah* y déjame sola. Pero, sobre todo, no te vayas sin venir a verme.

Desde que Hazrat Mahal lo probó por primera vez en la casa del Chowq, el murmullo del agua del *hookah* y las volutas de humo con fragancia a miel y rosa han ejercido siempre sobre ella un efecto calmante y la ayudan a reflexionar. Ha decidido jugarse el todo por el todo con Ambika, convencida de que la joven no la traicionará. Pero si le confía el oro, que aquélla coserá en el dobladillo de su ancha falda, ¿cómo podrá la muchacha establecer contacto con Beni Madho?

Es la propia Ambika la que le da la respuesta:

—Yo no podré salir de la casa, pero tengo primos y hermanos. Han oído hablar de vos y os admiran. Además, en mi familia no gusta demasiado el maharajá. Aquí no lo saben, pero el hermano de mi madre era leal al rey. Durante el golpe de estado, trató de resistir y fue capturado y torturado hasta morir. ¡Así que ayudaros es para nosotros una revancha inesperada!

Hazrat Mahal se asombra de las maneras tan sencillas y directas de la joven. Cualquier otra habría intentado aplazar su decisión, aunque sólo fuera para hacerse de rogar y obtener alguna ventaja a cambio. Ambika ha aceptado sin vacilar, a pesar del peligro, del cual es perfectamente consciente.

Durante un mes, Hazrat Mahal esperará con ansiedad.

Entre tanto, el 8 de julio de 1859, se declara oficialmente la paz en la India. El hecho suscita algunos comentarios sarcásticos de la begum, cuya situación le permite saber que los combates continúan en Terai, pero también en el centro de la India, donde, pese a la desaparición de Tantia Tope, el príncipe Firouz y varios centenares de hombres tratan de continuar la lucha.

Al día siguiente, Hazrat Mahal y su hijo tienen la alegría de saber que, en un gesto simbólico de buena voluntad, los británicos han liberado al rey Wajid Alí Shah de su encarcelamiento en el Fuerte William.

—Amma Houzour, me gustaría mucho volver a ver a mi padre. ¿Creéis que me lo permitirían? —pregunta el adolescente radiante de entusiasmo.

—No lo creo, *djani;* como bien sabéis, estamos en el exilio. No tenemos derecho a entrar en nuestro país.

—¡Pero sólo serán unos días! Y será para ver a mi padre. Lo echo mucho de menos... Ya hace tres años que se marchó. Os lo suplico, Amma Houzour, ¿no podríais solicitar ese favor al maharajá?

—No es él quien decide, hijo mío, son los ingleses, y a ellos no les quiero pedir nada.

—¿Por qué?

—Porque se negarían por el solo placer de humillarme, o peor, se aprovecharían para hacer correr el rumor de que hemos cedido y aceptado la paz con ellos.

El adolescente baja la cabeza para ocultar su decepción; admira a su madre, pero a veces la encuentra excesivamente dura.

Apenada por haber tenido que decepcionarle, Hazrat Mahal sabe bien que no le ha convencido, que le habla como a un adulto cuando no es más que un adolescente que apenas comprende por qué las opciones políticas de su madre le impiden ver a su padre.

«De todas formas, es preferible para él que no le vea, que continúe idealizándolo, imaginándole como un héroe, mártir por sus convicciones... Si le viera en su palacio de Calcuta, rodeado de sus bailarinas, ocupado con la música y la poesía, a mil leguas de la lucha llevada a cabo por su pueblo, su mundo se derrumbaría. Más vale que continúe admirando a su padre a distancia, aunque se enfade conmigo...».

Ambika ha regresado y ha traído una carta del rana Beni Madho en la que éste bendice a la Rajmata por su ayuda y le anuncia que ha encontrado por fin la manera de entrar en Awadh, donde cuenta con sublevar a la población en nombre del rey.

Hazrat Mahal ya no tiene suficiente oro para ayudarle, así que decide vender dos aderezos de maravillosos rubíes y diamantes. Una de sus sirvientas trabajó hace tiempo para una esposa del rey. ¿Podría contactar con ella? La familia real odia al nuevo amo de Nepal, su discreción está asegurada. Pero ¿y su entorno? La begum sabe que corre riesgos, pero ¿acaso los combatientes en Terai no corren más?

La ocasión lo exige: se compran inmediatamente los aderezos y da el oro a Ambika, que, esta vez, debe volver a su pueblo para asistir al supuesto entierro de su abuela.

Regresa muy pronto, pues la begum teme que sus repetidas ausencias parezcan sospechosas, pero ha podido confiar el oro a un primo, encantado de jugarle una mala pasada al maharajá. Han acordado una señal para confirmar el éxito de la misión.

Quince días más tarde Ambika y su ama continúan sin noticias.

—¡Estáis jugando a un juego peligroso, Houzour!

Jang Bahadur ha entrado sin hacerse anunciar siquiera. Su rostro está contraído por la ira. Tiene en la mano una carta del general Grant que agita ante la begum.

—El general me ha escrito que sus soldados han detenido a un joven campesino portador de dos bolsas llenas de oro. Le han «trabajado» a conciencia, pero ha muerto sin hablar. Como el arresto ha tenido lugar no muy lejos del campamento de Beni Madho, el general Grant ha llegado a la conclusión de que el oro estaba destinado a ese terrorista. ¿Quién se lo enviaría? ¿Tenéis vos alguna idea?

Amenazante, se planta delante de Hazrat Mahal, que se hace la sorprendida:

—¿Cómo podría saberlo? Estoy confinada aquí desde hace meses, no me permitís ni siquiera salir al jardín.

Fuera de sí, Jang Bahadur no puede reprimir una maldición.

—¿Sabéis que puedo encerraros en el calabozo, a vos y a vuestro hijo, y olvidaros allí... para siempre?

Los ojos verdes centellean, despreciativos.

—¡Pues bien, hacedlo! ¡Así la historia se acordará de vos para siempre!

Pensaba que el rajá le iba a pegar, pero se ha contentado con clavarle una mirada de odio y se ha marchado sin responder. A partir del día siguiente, la vigilancia se refuerza y todas las sirvientas son reemplazadas. Afortunadamente, nadie ha sospechado de Ambika.

En lo sucesivo, Hazrat Mahal no podrá comunicarse más con los rebeldes.

Convencida de que los indios se sublevarán de nuevo y terminarán por expulsar a los ocupantes, se dedica enteramente a la educación de su hijo. Un día, Birjis Qadar ascenderá al trono y debe estar preparado para ello.

El muchacho es vivaz e inteligente, las duras pruebas le han hecho madurar, pero sufre a menudo accesos de tristeza que inquietan a su madre, pues le recuerdan la tendencia melancólica de Wajid Alí Shah. Sin embargo, ¿hay que ir a buscar tan lejos? Aunque el joven por fin ha encontrado seguridad, está pagando el precio de los largos meses de penurias y privaciones y, sobre todo, a la edad en la que todo adolescente disfruta de la vida y de la libertad, él está encerrado en una casa y se revuelve como un león enjaulado.

Con su excepcional fuerza de persuasión, Hazrat Mahal se dedica a convencer a su hijo de que puede transformar su situación presente en una formidable ventaja para el día de mañana. En lugar de perder el tiempo en cacerías, cabalgadas y fiestas vanas, rodeado de cortesanos hipócritas, tiene tiempo para formarse en su función de rey. Ella está allí para ayudarle. ¿Acaso no ha ejercido ella responsabilidades de jefe de estado y, en cierta medida, de jefe militar durante casi dos años? Y antes, como estuvo cerca del poder durante diez años, pudo observar las tácticas y aprender a burlar las intrigas, en resumen, iniciarse en la política.

No tendrá que insistir mucho tiempo: Birjis Qadar necesita creer en su destino. Es su último recurso para no caer en la desesperación.

Ahora, las únicas visitas que reciben son las de Jang Bahadur. Hazrat Mahal las tolera, pese al odio que siente por él, pues son su oportunidad para recibir noticias, aunque él se regodee en comunicarle solamente las malas.

Así, a finales de agosto se entera de que se ha reanudado el proceso contra Jai Lal... ¡Después de más de un año! Los testigos de la acusación desfilan, viejos criados o antiguos aliados, como el rajá Man Singh. Sabe muy bien por qué los jueces prolongan esa mascarada: no tienen ninguna intención de perdonar a uno de los principales cabecillas de la insurrección, pero el rajá es admirado en todo el país, ejecutarlo se vería como el asesinato de un héroe de la independencia. Hay que dar con la manera de mancillarlo y, hasta el momento, los testimonios son demasiado contradictorios para ser convincentes.

«*Mi* djani... *Con tal de que no te hayan torturado...*».

No quiere ni imaginar las marcas sobre el cuerpo que tan a menudo acarició, sobre su bello rostro, que amó apasionadamente... Se acuerda de que un día él mencionó la tortura:

«Ceder, más que traicionar a los otros, es traicionarse a uno mismo —le había dicho—, es renunciar a todo aquello por lo que se ha vivido. No es sorprendente que aquellos que traicionan se suiciden o se conviertan en muertos vivientes. Es la consecuencia de la renuncia a uno mismo que uno acepta creyendo salvarse».

Jai Lal... Por más que le torturen sus carceleros, sabe que jamás cederá. ¡Oh, cómo le gustaría vengarle!

De repente la voz de su hijo resuena en sus oídos.

«¡Los ingleses nos han hecho tanto daño que me gustaría matarlos a todos!», exclamó un día. Ella le había reprendido por esa reacción primitiva, indigna de un ser inteligente. ¡Y ahí estaba ahora ella, reaccionando igual que él!

La violencia engendra violencia. Conoce bien ese círculo vicioso. Todo el mundo se cree con derecho a ser cruel si le han tratado con crueldad, con derecho a aplastar cuando ha sido aplastado.

El pueblo indio está a punto de vivir esa espiral de violencia. Cuando uno se libera del miedo que ciega y paraliza, a menudo el odio reemplaza a la docilidad, sobre todo cuando se añade además el odio a uno mismo por haber sido cobarde. Hazrat Mahal no se ha encontrado jamás en una situación semejante, pero ha visto en su juventud a tantas personas humilladas que puede comprender sus sentimientos.

Matando al otro matamos la mirada que nos encierra en nuestra insignificancia y nos niega nuestra dignidad como ser humano.

Sin embargo, cuando la violencia estalla, el mundo se indigna: «¿Por qué no han hablado antes? ¿Por qué no se han tratado de explicar?».

Esos hombres aplastados han intentado durante mucho tiempo hacerse entender, han exigido un poco de justicia, han tropezado contra un muro. Y si en ese muro jamás se ha abierto ninguna puerta, un día deberán derribarlo.

Ése es el fundamento de todas las insurrecciones, de toda la violencia: la imposibilidad, por mucho que se intente, de hacerse entender de otra forma.

Hazrat Mahal tiene la certeza de que si el gobierno británico no aprende ninguna lección de esa revuelta popular que ha estado a punto de acabar con él, la India se sublevará de nuevo.

Durante los meses siguientes, Jang Bahadur regresa regularmente con noticias y con una sonrisa cada vez más sarcástica.

A principios de septiembre, le anuncia que ha recibido una carta de Nana Sahib y de Mammoo, que, enfermos, imploran asilo. Parece vacilar, pero la begum sabe que aguarda a que ella ruegue por su causa para tener el placer de negarse. Cuando baja la cabeza, sin hacer ningún comentario, él se retira, decepcionado.

Tres semanas más tarde le informa de que Nana ha muerto de unas malas fiebres, en la selva.

—Habría podido acogerle si hubiera creído que eso os complacería, pero me parecisteis indiferente por su suerte —susurra con aire desolado.

Hazrat Mahal le mira con tal gesto de disgusto que el rajá se queda paralizado, en silencio.

—Amma Houzour, ¿quién era ese tal Nana Sahib? —pregunta su hijo.

No ha sabido qué responder... ¿Alguien ha sabido alguna vez quién era realmente Nana Sahib? Es difícil definir a ese personaje ambiguo y contradictorio, un ser vil empujado por su vanidad a superarse, un cobarde a veces capaz de ser valiente, un ser arrogante y lleno de complejos, un hombre a menudo atento pero capaz de dejar perpetrar espantosas matanzas mientras pedía a sus músicos que tocaran más fuerte para ocultar los gritos que le perturbaban...

Un día llega la noticia que Hazrat Mahal teme desde hace tiempo: el rajá Jai Lal ha sido ejecutado.

Esta vez, Jang Bahadur aparece con cara de circunstancias.

—Cuando pienso en la forma en que lo han matado... no lo han fusilado como a un soldado, ¡lo han colgado como a un vulgar bandolero!

Los ojos sibilinos la miran fijamente; tiene una duda, querría tener la certeza: hacer caer de su pedestal a la irreprochable begum podría ser útil a los ingleses.

Reuniendo todas sus fuerzas, Hazrat Mahal consigue responder:

—El rajá Jai Lal era un héroe; él, al menos, no ha traicionado a su pueblo aliándose con el ocupante.

Y le ha dado la espalda.

Apenas llega a su habitación, la joven se desmorona. Contra toda razón, había mantenido la esperanza de que Jai Lal no sería condenado más que a cautividad, que conseguiría fugarse o que un movimiento popular le abriría las puertas de la cárcel... No logra creer que no volverá a verle. Tal vez Jang Bahadour le ha mentido... «Jai Lal, mi *djani...*». Se lleva la mano al pecho, se ahoga... Cuando logra volver en sí, sus sirvientas, asustadas, la rodean, pero ella las despide, quiere estar sola... con él.

Abre su medallón de oro y contempla el rostro de su amante. Lo han ahorcado en Kaisarbagh, en el mismo sitio donde habían librado juntos sus últimas batallas, allí donde se amaron, allí donde habían trazado tantos proyectos de futuro... Tal vez ese pensamiento le haya sostenido cuando trataron de doblegarle, juzgando que matarle no era suficiente...

En noviembre, el rana Beni Madho y el rajá de Gonda son abatidos en Terai en el curso de los enfrentamientos con los gurkas.

El mes de diciembre de 1859 es testigo de la captura de la mayor parte de los rebeldes, uno tras otro, en las selvas de Terai. Khan Bahadur Khan, el nieto del último rey de Rohilkhand, y Amar Singh, el hermano de «el viejo tigre» Kunwar Singh y... Mammoo.

Hechos prisioneros por los hombres de Jang Bahadur, son llevados a Lucknow y entregados a las autoridades.

Tal vez la begum quiera despedirse de su antiguo servidor, sugiere, melifluo, el maharajá.

Hazrat Mahal vacila, por temor a que Mammoo se sienta humillado. Piensa en el eunuco, que le ha servido durante tanto tiempo. A pesar de las diferencias que mantuvieron, siente que la emoción la embarga y se acuerda de la época en la que él era su único apoyo. Sí, le verá una última vez para mostrarle su agradecimiento.

La entrevista es desgarradora.

Mammoo solloza besándole las manos y suplicándole que intervenga ante el maharajá: ¿no podría quedarse con ella? Hazrat Mahal sabe que no hay ninguna esperanza de salvarlo, pero, para tranquilizarle, le promete intentarlo y éste se marcha algo más reconfortado. Inmediatamente ella se reprocha su cobardía, ¿pero es cobardía dar esperanzas a quienes no quieren morir?

Unos días más tarde, se entera de que Mammoo ha sido ahorcado[103].

Los inviernos nepalíes son duros y la salud de Hazrat Mahal comienza a resentirse. Pero es, sobre todo, el exilio lo que mina su salud. En 1863, el gobierno británico le ofrece de nuevo regresar a la India a condición de que su hijo firme su renuncia al trono. Una vez más, ella no se molesta en responder.

Birjis Qadar se ha convertido en un muchacho reflexivo y decidido. Ha heredado la fuerza moral de su madre. El joven se prepara, sabe que un día regresará a su país.

La India está cambiando. Los británicos han restablecido su autoridad.

Pero, hagan lo que hagan, la insurrección ha sembrado las semillas que, antes de morir, Hazrat Mahal tendrá la felicidad de ver germinar.

En Bengala, durante el año 1870, la clase alta y los intelectuales lucharán a favor de los campesinos oprimidos por los colonos británicos. Es la «revuelta del índigo». Las élites iniciarán también un movimiento contra la censura de la prensa vernácula y contra la discriminación racial ante los tribunales.

Esas élites que no se habían unido a la insurrección de 1857, confiadas en la capacidad de los ingleses de moder-

---

[103] El único que consigue salvarse es Firouz Shah, «el príncipe de Delhi», que logrará escapar por Kandahar, Bujará y Teherán, llegando finalmente a la La Meca, donde morirá en 1877 en la miseria.

nizar el país, comprenden que, tal y como había vaticinado Hazrat Mahal, las promesas de la reina Victoria no eran más que una cortina de humo y los ideales británicos de democracia y de igualdad no se aplican a los indios.

Desde Katmandú, Hazrat Mahal sigue atentamente todos los acontecimientos. Aunque aislada y empobrecida, continúa siendo una reina infinitamente respetada. Pese a sus escasos recursos, no niega la caridad a quien acude a solicitársela.

El 7 de abril de 1879, la mujer a la que los ingleses llamaban «el alma de la revuelta» se apaga, a la edad de cuarenta y ocho años, después de haber hecho prometer a su hijo que continuará la lucha.

La pequeña Muhammadi, la poetisa del Chowq, la deslumbrante esposa de Wajid Alí Shah, la joven regente, la amante apasionada, la inspirada soberana, la intrépida líder de una guerra, en fin, Hazrat Mahal, fue como una aparición fulgurante en la historia.

Ella trazó el camino de la liberación de la India.

EPÍLOGO

En 1887, a la edad de sesenta y ocho años, el rey Wajid Alí Shah fallece en su palacio de Matiaburj, cerca de Calcuta. Los rumores apuntan a un envenenamiento, pues las uñas del difunto están azules.

En 1891, el virrey, representante del gobierno británico, permite a Birjis Qadar regresar a la India después de treinta y dos años de exilio. No disfrutará mucho tiempo de su libertad. Un año más tarde, el 14 de agosto de 1892, el heredero del trono de Awadh muere a su vez envenenado, junto a su primogénito y a su hija, durante un banquete ofrecido por su hermanastro.

Se insinuaron disputas a propósito de la herencia, pero también motivos políticos: Birjis Qadar compartía las convicciones de su madre y no ocultaba que consideraba a los británicos como usurpadores.

Los historiadores contemporáneos coinciden en afirmar que la revuelta de los cipayos no fue ni un motín ni una revolución, sino los prolegómenos de la marcha de los indios hacia su independencia.

La insurrección de Awadh en particular, la más larga y la más encarnizada, constituyó una verdadera lucha nacional en la que participó toda la población bajo el impulso de la begum Hazrat Mahal.

Algunos años después de su sangriento aplastamiento, el combate se reanudó, esta vez dirigido no por los príncipes, aliados de los británicos, sino por una burguesía educada que reclamaba participar en el gobierno de su país.

Ése será el objetivo del Congreso Nacional Indio, que celebrará su primera sesión en diciembre de 1885 en Bombay, y, posteriormente, el de la Liga Musulmana, partido moderado dirigido por el Aga Khan que vio la luz en 1906.

En esa misma época se produjeron varias acciones violentas. Como consecuencia de la partición de Bengala por los ingleses, un grupo de jóvenes indios de casta alta fundó un movimiento terrorista. Un terrorismo santificado como instrumento del poder divino. Esos jóvenes se consideraban los herederos de la tradición hindú de resistencia a una tiranía extranjera que violaba a la madre patria.

En 1916, en Lucknow, buque insignia de la revolución y símbolo de la unidad de las diferentes comunidades, se firma un pacto de cooperación entre el Congreso Nacional Indio y la Liga Musulmana con el fin de obtener de los británicos una autonomía semejante a la acordada para Canadá y Australia. Pero Londres no quiere oír hablar de ello.

Finalmente, en 1919, Gandhi pone en marcha el Satyagraha, movimiento no violento de desobediencia civil en el que participan hindúes y musulmanes.

Será una lucha larga y difícil.

Noventa años después del inicio de la sublevación contra los británicos y la lucha conducida por Hazrat Mahal, en 1947, la India obtiene su independencia.

Hoy en día poca gente recuerda a la reina combatiente, excepto en Lucknow, donde las familias antiguas se enorgullecen de haber participado en esa extraordinaria epopeya. Con motivo del centenario de la insurrección, en 1957, Nehru visitó la ciudad y, con gran pompa, rebautizó el Parque de la Reina Victoria con el nombre de Parque de la Begum Hazrat Mahal.

En el lugar exacto y sustituyendo al busto de la ex emperatriz de las Indias, Nehru hizo erigir un memorial en honor del «alma de la revolución», la heroica begum.

BIBLIOGRAFÍA BÁSICA

AFAQ QURESHI, Hamid, *The Mughals, the English and the Rulers of Awadh,* New Royal Book Company, Lucknow, 2003.

ANWER ABBAS, Saiyed, *Lost Monuments of Lucknow,* Lucknow, 2009.

ALI AZHAR, Mizra, *King Wajid Ali Shah of Awadh* (2 vols.), Royal Book Company, Karachi, 1982.

ATHAR ABBAS RIZVI, Saiyid, *Freedom Struggle in Uttar Pradesh,* (vol. 1: 1857-1859), Uttar Pradesh Editions, 1957.

BALL, Charles, *The History of the Indian Mutiny,* Londres, 1860.

CHANDA, S. N., *1857: Some Untold Stories,* Nueva Delhi, 1976.

CHANDRA MAJUMDAR, Ramesh, *The Sepoy Mutiny and the Revolt of 1857,* Calcuta, 1958.

DALRYMPLE, William, *The Last Mughal. The Fall of a Dynasty,* Bloomsbury, Londres, 2006.

DAVID, Saul, *The Indian Mutiny*, Penguin Books, Londres, 2002.

FISHER, Michael, *The Politics of the British Annexation of India,* Oxford University Press, Nueva Delhi, 1993.

FORBES MITCHELL, William, *Reminiscences of The Great Mutiny,* MacMillan and Co., Londres, 1910.

GARRETT, H. L. O., *The Trial of Bahadur Shah Zafar,* 1932.

GRAFF, Violette, *Lucknow: Memories of a City*, Oxford University Press, Nueva Delhi, 1997.

GUBBINS, Martin Richard, *An Account of the Mutinies in Oudh,* Londres, 1858.

HALIM SHARAR, Abdul, *Lucknow: The Last of an Oriental Culture,* Paul Elek, Londres, 1975.

HIBBERT, Christopher, *The Great Mutiny. India 1857,* Allen Lanes, Londres, 1978.

HOLMES, T. R., *History of the Indian Mutiny,* W. H. Allen & Co., 1888.

HOWARD RUSSELL, William, *My Indian Mutiny Diary,* Cassell & Company Ltd., Londres, 1957.

HUSSAIN, Sahibuddin, *The 1857 Mutiny*, Lucknow (tesis inédita).

JAMES, Lawrence, *Raj: The Making of British India,* Little, Brown & Company, Londres, 1997.

LLEWELLYN-JONES, Rosie, *A fatal friendhip. The Nawabs, the British and the City of Lucknow,* Oxford University Press, Nueva Delhi, 1985.

—, *Engaging Scoundrels: True Tales of Old Lucknow,* Oxford University Press, Nueva Delhi, 2000.

MALLESSON, coronel, *Indian Mutiny*, 1859.

MISRA, Amaresh, *Lucknow, Fire of Grace,* Rupa Paperback, Nueva Delhi, 2002.

MUKHERJEE, Rudrangshu, *Awadh in Revolt. 1859-1859,* Nueva Delhi, 1984.

—, *The Massacres of Kanpur,* Penguin Books, India, 1994.

NAHEED, Nusrat, *Jane Alam Aur Mehakpari,* Library Helpage Society, Lucknow, 2005.

NATH SEN, Surenda, *Eighteen Fifty-Seven,* Ministerio de Información, Gobierno de India, Nueva Delhi, 1957.

OLDENBURG, Veena, *Shaam e Awadh,* Penguin Books, India, 2007.

PEMBLE, John, *The Raj, the Indian Mutiny and the Kingdom of Oudh. 1801-1859,* Oxford University Press, Nueva Dehli, 1977.

SANTHA, K. S., *Begums of Avadh,* Varanasi, Bharati Prakashan, 1980.

SHARMA K., Suresh, *1857. A Turning Point in Indian History* (4 vols.), RBSA Publishers, Jaipur, 2005.

SPEAR, Percival, *The Twilight of the Moghols,* Cambridge University Press, Cambridge, 1951.

STOKES, Eric, *The Peasant Armed: The Indian Rebellion of 1857,* Clarendon Press, Oxford, 1986.

TAQUI, Roshan, *Lucknow, 1857-The Two Wars at Lucknow: The Dusk of an Era,* New Royal Book Company, Lucknow, 2001.

TAYLOR, P. J. O., *Chronicles of the Mutiny,* HarperCollins India, Nueva Delhi, 1992.

—, *A Star Shall Fall,* HarperCollins India, Nueva Delhi, 1993.

—, *A Shahib Remembers. What Really Happened During the Mutiny. A day-by-day Account of the Major Event's of 1857-1859 in India,* Oxford University Press, Nueva Delhi, 1997.

AGRADECIMIENTOS

En la ardua investigación para la elaboración de este libro, en el que, por primera vez, se relata la vida de la begum Hazrat Mahal, debo dar las gracias en primer lugar a mis amigos indios y paquistaníes, por los documentos y la valiosa información que me han aportado.

En particular, en Kanpur, a mi cuñada, Subashini Ali.

En Lucknow, al profesor Roshan Taqui, al rajá Amir Naqui de Mahmudabad, al rajá Suleyman de Mahmudabad, al rajá Jehangirabad, a la begum Habibullah y al extraordinario librero y hombre de gran cultura M. Ram Advani.

También a la biblioteca de Kaisarbagh y a su responsable, Nusrat Naheed, que puso a mi disposición numerosa documentación.

En Karachi, quiero dar las gracias al historiador y periodista Said Hassan Khan, a mi primo Anees Uddin Ahmed y a su esposa Yasmine.

En Lahore, a la añorada Qamar F. R. Khan y a su hija Nusrat.

En Londres, a mis amigos Nasreen Rehman y Mariam Faruqui.

En Francia, quiero dar las gracias por su leal amistad y sus ánimos a Ken Takase, Marie Deslandes y Rana Kabbani.

Y por su hospitalidad en esos lugares propicios para la escritura a Janine Euvrard, Jaques Blot, Manuela y Olivier Bertin-Mourot, Brendan y Beatrice Murphy, a mi hermano Jean-Roch Naville y su esposa Marie-Louise, a la princesa Rose de Croy y a la embajadora en Omán Malika Berak.

Por último, quisiera dar las gracias, especialmente por su atenta lectura, su paciencia y sus inteligentes consejos, a mi amiga Ishtar Kettaneh-Mejanes, así como a mi editor en Robert Laffont, Jean-François Gombert.

A todos los demás que me han sostenido y ayudado y a los que, por falta de espacio, me es imposible consignar aquí, quiero manifestarles mi infinito agradecimiento.